dtv

Nachdem die Kölner Hauptkommissarin Lena Larcher Mann und Sohn bei einem Autounfall verloren hat, gelingt es ihr nur mühsam, sich zurück ins Leben und in den Beruf zu kämpfen. Doch bei einem Treffen ihrer Trauergruppe begegnet sie einem Mann, der ihr Interesse weckt. Kurz darauf wird dieser tot in einem heruntergekommenen Hotel in Köln aufgefunden. Der Tote war Journalist und hatte offensichtlich über die sogenannten Bilderberger recherchiert, eine geheime Gruppe einflussreicher Personen aus Wirtschaft, Politik, Kultur und Adel. Lena ist die Einzige, die nicht an Selbstmord glaubt. Wo sind die Papiere des Toten, wo sein Smartphone oder Laptop? Da gibt es einen weiteren Todesfall. Aus dem Rhein wird eine junge Frau geborgen. Ihr Gesicht ist komplett zerstört; einziges Erkennungsmerkmal: zwei tätowierte Flügel auf ihrem Rücken. Kannte der Journalist die Tote? Beharrlich setzt Lena Larcher ihre Ermittlungen fort und entdeckt gefährliche Zusammenhänge. Zu spät bemerkt sie, dass sie in eine Falle gelockt wird. Und zwar von jemandem, den sie sehr gut kennt …

Reinhard Rohn, 1959 in Osnabrück geboren, lebt in Köln und Berlin und arbeitet als Verlagsleiter. Er hat zahlreiche Kriminalromane ins Deutsche übersetzt, bevor er selbst mit dem Schreiben von Spannungsromanen begann. Unter dem Pseudonym Arne Blum hat er außerdem drei Romane mit Kim, dem Detektivschwein, veröffentlicht. Bei dtv erschien 2015 sein Kriminalroman ›Leise, stirb leise‹ (21600), der erste Fall für Lena Larcher.

Reinhard Rohn

MORGEN STIRBST DU

Kriminalroman

dtv

Ausführliche Informationen über unsere Autoren und Bücher
www.dtv.de

Von Reinhard Rohn
ist bei dtv außerdem erschienen:
Leise, stirb leise (21600)

Dieses Buch ist ein Roman. Handlungen und Personen sind frei erfunden. Ähnlichkeiten mit lebenden oder toten Personen sind rein zufällig. Bei der Schilderung real existierender Schauplätze hat sich der Autor kleinere Freiheiten gestattet.

FSC www.fsc.org MIX Papier aus verantwortungsvollen Quellen FSC® C019821

Originalausgabe 2016

Dieses Werk wurde vermittelt durch die Literarische Agentur
Thomas Schlück GmbH, Garbsen
Umschlaggestaltung: Johannes Wiebel
Satz: Greiner & Reichel, Köln
Gesetzt aus der Aldus 9,5/11,85'
Druck und Bindung: Druckerei C.H.Beck, Nördlingen
Gedruckt auf säurefreiem, chlorfrei gebleichtem Papier
Printed in Germany · ISBN 978-3-423-21652-4

»Willst du recht haben oder glücklich sein? Beides geht nicht.«

Marshall Rosenberg

1.

Als sie für einen Moment die Augen schloss, sah sie Vögel – eine Menge schwarzer Krähen, die sich auf einem kargen Feld niedergelassen hatten und sich in die Lüfte erhoben – eine dunkle Wolke, die sich formierte. Wieso dachte sie an Krähen? Am Morgen hatte ein Vogel vor ihrem Fenster gesessen und sie angestarrt.

Helen, eine zarte Frau mit blonden, künstlichen Locken, sprach weiter von ihrem Kind, dass es behindert auf die Welt gekommen und vor drei Wochen in ihren Armen gestorben sei. »Er hat mich angeschaut, mit ganz leerem Blick, fragend, ängstlich. Mein Herz hat sich zusammengezogen, dann fing er an zu krampfen. Die Zunge fiel ihm aus dem Mund, sein Gesicht war ganz fahl. Erst da habe ich begriffen, dass Kasper, mein kleiner Liebling, sterben würde …«

Helen schluchzte. Die anderen in der Runde sagten kein Wort – sechs Frauen und zwei Männer.

Die Namen der Männer kannte Lena nicht.

Silvana Roth, die Psychologin, blickte in die Runde, mit hochgezogenen Augenbrauen, um zu erkunden, ob jemand etwas zu Helen sagen wollte, ein Trostwort, eine Anregung, doch niemand ging darauf ein.

Lena war froh, dass sie heute nicht an der Reihe war. Bei ihrem zweiten Besuch hatte Silvana sie aufgefordert zu sprechen – von Robert und Simon und dem Autounfall, bei dem ihr Mann und ihr Sohn ums Leben gekommen waren und den sie verschuldet hatte. Eine Stunde hatte sie geredet, danach war sie völlig leer und ausgelaugt gewesen. Hinterher, als sie am Stadtgarten vorbei nach Hause lief, hatte sie gehofft, dass niemand im Präsidium davon erfahren würde, dass sie in eine Selbsthilfegruppe ging. Wie das schon klang! Nach sinnlosem Gerede, nach Hilflosigkeit, schlaflosen Nächten ... Aber es stimmte ja, sie schlief schon lange nicht mehr länger als drei, vier Stunden in der Nacht.

Sie schloss wieder die Augen. Sofort kehrten die Krähen zurück. Eine einsame Krähe zog am Himmel entlang, scheinbar orientierungslos. Das bin ich, dachte sie. Ich bin eine Krähe, die sich immer weiter von den anderen entfernt.

»Helen«, sagte Silvana mit ihrer sanften, einfühlsamen Psychologenstimme, »ich danke dir für deine Offenheit. Wir wissen alle, dass es nicht einfach für dich ist, aber Offenheit ist der erste Schritt in Richtung Heilung. Heilung – nicht im Sinne von Verdrängung, falls du verstehst.« Es gehörte zu Silvanas Methode, jeden in der Gruppe zu duzen, um so ein Gefühl der Nähe und des Vertrauens zu schaffen.

Helen schluchzte, und Lena öffnete ihre Augen wieder.

Die beiden Männer hatten sich schon erhoben, sie hatten kein Wort gesagt, der eine hatte einen dichten schwarzen Bart und war ziemlich korpulent, er hatte fast ununterbrochen auf seine Hände geschaut, der andere war höchstens Mitte zwanzig und hatte schon beinahe eine Glatze, ein schmaler, schüchterner Jüngling. Eilig, nachdem sie Silvana zum Abschied zugenickt hatten, steuerten sie auf die Tür zu.

Finn war nicht gekommen. Lena nahm ihre Jacke und streifte sie über. Sie war neugierig gewesen, ob er wieder versuchen würde, sie einzuladen. Nur in einem weißen, verwaschenen T-Shirt, schwarzen Jeans und einem dünnen Mantel hatte er bei ihrem letzten Treffen vor einer Woche dagesessen und von seinem Sohn erzählt, einem Säugling, der am plötzlichen Kindstod gestorben war. Er hatte fast druckreif gesprochen, langsam und zögerlich zwar, aber wohlüberlegt. Von einer Frau war nicht die Rede gewesen – so als wäre er mit seinem Sohn ganz allein auf der Welt gewesen. Finn mochte Mitte vierzig sein. Ein Künstler, hatte sie gedacht, Fotograf, Regisseur, etwas in der Art, jedenfalls niemand, der in irgendein Büro ging und einen langweiligen Job hatte.

Als hätte er auf sie gewartet, hatte er auf einer Bank im nahen Stadtgarten gesessen und sie herausfordernd angeschaut.

»Ich habe zu viel geredet«, hatte er gesagt. »Nun brauche ich Gesellschaft. Wollen wir etwas trinken gehen?«

Sie hatte abgelehnt, sie wollte nicht in das Stadtgartenrestaurant, stattdessen waren sie auf der Bank sitzen geblieben, obwohl es recht kalt war, und er hatte ihr verraten, dass er Journalist sei, dass er ein Buch schreibe – über eine große Sache, die Aufsehen erregen werde.

Er hatte sie zum Lachen gebracht, und für einen kurzen Moment, als sie sich verabschiedeten, hatte sie das Gefühl gehabt, er werde sie gleich fragen, ob er mit ihr kommen könne.

Nun war er zu seinem zweiten Treffen nicht erschienen. Wenn sie ehrlich war, war sie ein wenig enttäuscht.

Sie war die Letzte im Raum. Silvana ordnete Papiere und winkte ihr zu.

»Dreimal treffen wir uns noch vor Weihnachten«, sagte sie. »Ich hoffe, du kannst es einrichten.«

Lena nickte, spürte jedoch, wie ein scharfer Schmerz ihr durch die linke Schläfe fuhr. Die Kopfschmerzen waren wieder schlimmer geworden. Manchmal glaubte sie, blind zu werden vor Schmerzen. Deshalb hatte sie auch Silvanas Angebot angenommen, an ihrer Gruppe teilzunehmen.

Heute war der 27. November. Allmählich musste sie sich Gedanken machen. Weihnachten dürfte sie nicht in Köln verbringen – auf keinen Fall. Sie würde irgendwo hinfliegen, in die Karibik, nach Florida, ganz egal, wohin.

Sie ging die Venloer Straße hinauf und bog dann am Stadtgarten ab. Es war Freitagabend, halb zehn, sie hatte ein langes, dienstfreies Wochenende vor sich und fühlte sich hin- und hergerissen – einerseits war sie froh, nicht ins Präsidium zu müssen, andererseits hatte sie keine Pläne. Sie könnte aufräumen, Wäsche waschen, mit dem Fahrrad am Rhein entlangfahren, sich etwas kochen – oder sie würde endlich einmal die Wohnungsangebote im Internet studieren. Die Wohnung war zu groß und zu teuer für sie alleine.

Ein Mann stand am Eingang zum Stadtgarten und schaute sie an. Er trug einen Hut und einen langen dunklen Mantel und rauchte. Sie dachte an Finn. Hatte er geraucht? Ja, das hatte er. Sie kannte nicht einmal seinen Nachnamen.

Dann setzte der Mann sich in Bewegung, überquerte die Straße und kam auf sie zu. Er hob die Hand, in der er die Zigarette hielt.

Sie spürte, wie ihr Herz zu klopfen begann. Es war nicht Finn. Wie kam sie überhaupt auf diesen Gedanken? David Bauer warf seine Zigarette achtlos weg. Er lächelte.

»Wie schön, dass ich dich treffe«, sagte er und breitete die Arme aus.

Sie schaute ihn misstrauisch an. Hatte er ihr aufgelauert? Wusste er, dass sie eben von einer Gruppentherapie kam?

David küsste sie auf beide Wangen. »Wolltest du auch zum Konzert in den Stadtgarten? Da spielt gleich die Saxophon Mafia – eine tolle Band.« Er gab sich alle Mühe, ihre Begegnung wie einen Zufall aussehen zu lassen.

»Nein«, sagte sie, »ich bin nur spazieren gegangen. Wollte noch ein wenig an die frische Luft. Ich hatte Kopfschmerzen – Migräne.« Der letzte Satz war ein Fehler, sie bemerkte es sofort.

David nahm sie am Arm, als wäre sie eine Greisin. »Wir können auch irgendwo einen Wein trinken, wenn du magst.«

Eine Zeit lang war er der wichtigste Mann in ihrem Leben gewesen – der erste Junge, mit dem sie geschlafen hatte. Fünfzehn war sie gewesen, er war achtzehn und der Star der Schule. Alle Mädchen hatten sie beneidet. Nun war er Staatsanwalt, kinderlos und unglücklich verheiratet, und er war Roberts bester Freund gewesen.

Sie gingen in ein Café am Westbahnhof. Er werde den Anfang des Konzerts verpassen, aber das mache ihm nichts aus.

»Es gefällt mir«, sagte er, nachdem er zwei Gläser Rotwein bestellt hatte, »dass du wieder im Präsidium Fuß gefasst hast. Ich meine …« Er zögerte. »Du bist die beste Ermittlerin … besser als all die Männer, die immer auf dicke Hose machen.«

Lena schaute ihn über den Rand ihres Glases an. Sie suchte in seinem hageren Gesicht den Jungen zu entdecken, in den sie sich einmal verliebt hatte. Er war stets leicht gebräunt gewesen, mit langen zurückgekämmten Haaren, in denen immer der Wind zu spielen schien. Ihm fällt alles zu, hatte sie damals gedacht, wo andere sich anstrengen müssen, um etwas zu begreifen, ist er schon einen Schritt weiter. Nun wirkte er angestrengt, sein Haar trug er fast genauso lang wie einst, und seine Hände waren noch immer zart und flink.

»Könntest du dir vorstellen«, sagte er plötzlich in einem anderen Tonfall, hektischer, energischer, »dass wir uns wieder häufiger sehen? Ich habe Hiltrud verlassen. Wir konnten nicht mehr miteinander reden, konnten uns nicht einmal mehr riechen. Verstehst du?«

Fast hätte sie gelacht. Was sollte das jetzt – ein Geständnis, dass er wieder allein war, dass er eine Frau suchte?

»Ich weiß nicht …«, sagte sie vage. Ihr Smartphone klingelte. Henning Mahns Nummer leuchtete auf, ihr Kollege, der vermutlich allein in seiner schäbigen Zwei-Zimmer-Wohnung in Ehrenfeld saß und sich langweilte. Seit er seine Spielsucht bekämpfte, rief er abends manchmal an, um sie zu einem Kinobesuch zu überreden.

Die Welt schien voll von einsamen älteren Männern zu sein.

»Lena«, sagte Mahn. »Es gibt Arbeit. Ein Toter in einem Hotel, scheint ein Suizid zu sein. Wo kann ich dich abholen?«

2.

Montag, 16. November

Der Hass überfiel ihn, als der Sarg aus der winzigen Kapelle getragen wurde. Da stand er, der Mann, der seine Ehe zerstört hatte, er stand da, rotgesichtig, aufgeschwemmt, ein Alkoholiker, und am liebsten hätte er eine Waffe gezogen und ihm eine Kugel in den Schädel gejagt, genau zwischen die Augen.

Kuhn wandte sich ab, als er an ihm vorbeiging. So war es schon früher gewesen, dass er keinem Blick standhielt, dass er sich klein machte, obwohl er mit fast ein Meter neunzig viel größer war, als es schien.

Als der Sarg in die Erde herabgelassen wurde, spürte er, dass ihm ein Schluchzen entfuhr; es war ein fremder Laut, den er so noch nicht gehört hatte und der ihn erschreckte. Er trauerte um Linda, er tat es wirklich, obwohl sie ihn betrogen hatte, mit Kuhn, mit anderen.

Dann baute er sich neben dem Grab auf, als wäre er wahrhaftig der Witwer, als wären Linda und er noch ein Paar gewesen. Berit trat auf ihn zu, Lindas älteste Freundin. Stumm drückte sie ihm die Hand, kein bisschen verwundert, dass er hier aufgetaucht war. Dann kamen Reimerts, ihre alten Nachbarn, Fischers, Möllns. Die halbe Straße hatte sich versammelt. Er hatte sie seit zwei Jahren nicht mehr gesehen, seit dem Tag, als er ausgezogen war. Er schüttelte Hände, die Gesichter verschwammen vor seinen Augen. Lindas Kolleginnen aus der Redaktion, ältlich gewordene, verhärmte Feministinnen, die er nie hatte leiden können. Auch Heinz, Lindas Onkel, war gekommen, der ehemals stolze Banker, nun ein alter gebeugter Mann, der an einem Stock dahinkroch, eine junge Frau, wahrscheinlich seine Pflegerin, neben ihm. Er mochte sich wundern, dass kein Priester die Zeremonie geleitet hatte, sondern ein profaner Trauerredner, den der Bestatter engagiert hatte.

Zuletzt trat Kuhn an das Grab. Er hatte sich einen Kinnbart wachsen lassen, der lächerlich aussah. Er blickte an ihm vorbei, reichte ihm nicht die Hand. Sein aufgeschwemmtes Gesicht war voller Tränen. »Na, mimst du den traurigen Witwer?«, zischte er ihm zu.

Er hätte ihn am liebsten ins Gesicht geschlagen. »Sie war meine Frau«, sagte er, »immer noch. Bist du an dem Unfall schuld? Habt ihr euch gestritten?«

»Halt's Maul«, sagte Kuhn voller Hass. »Was weißt du schon? Verschwinde!« Er starrte in das dunkle Grab und fingerte an einem weißen Taschentuch herum.

Eine Glocke erklang. Der Bestatter wandte sich dem Grab zu. Gleich würde man es mit schwarzer Erde schließen und es mit den Kränzen aus der Kapelle schmücken.

Linda war mit ihrem Golf auf gerader Strecke von der Straße abgekommen – irgendwann in der Nacht in der tiefsten Eifel. Vielleicht hatte sie noch gelebt, aber erst nach Stunden, im Morgengrauen, hatte man sie gefunden. Er mochte sich gar nicht vorstellen, ob sie gelitten hatte.

Kuhn wandte sich ab. Ein Weinkrampf schüttelte ihn. Auch dessen Frau entdeckte er nun, ein fahles, unscheinbares Wesen mit dünnen grauen Haaren, das offenbar alles ertrug, was ihm widerfuhr.

»Ich gehe in das Haus zurück«, sagte er. »Alles, was ich von dir finde, werde ich auf den Müll werfen.« Dann verließ er den Friedhof.

Erst im Auto, während er sich eine Zigarette ansteckte, begriff er, was er gesagt hatte. Er würde ins Haus zurückkehren. Ja, warum nicht? Wieso sollte er seine winzige Wohnung mit dem einen Dachfenster in der Mainzer Straße nicht aufgeben und wieder in dem Haus leben, das er einmal gebaut hatte? Köln-Fühlingen, eine ehrbare, grundsolide Adresse. Das Haus gehörte nun ihm allein. Schließlich waren Linda und er auf dem Papier noch immer verheiratet.

Wie glücklich waren sie gewesen, als sie dort eingezogen waren. Dreizehn Jahre war das her – sie hatten ihr Leben noch vor sich gehabt, zwei erfolgreiche dreißigjährige Journalisten in einem schneeweißen Haus mit riesigen Fenstern und einem Garten, in dem ein mächtiger Kirschbaum stand, der im Frühling voller Blüten war. Auf dem nackten Holzboden hatten sie sich in der ersten Nacht im Haus geliebt, er konnte den Geruch des Öls noch wahrnehmen, wenn er die Augen schloss. Lindas blonde Haare an seiner Schulter, ihr Atmen an seinem Ohr, ihr melodisches Summen … sie keuchte nicht, wenn sie einen Orgasmus hatte, sie summte, summte ein wirres, chaotisches Lied.

Er verlor sich in Erinnerungen. Nun war Linda tot. Die Affäre mit Kuhn, der sich nicht entscheiden konnte, ob er sie liebte oder bei seiner grauhaarigen, unscheinbaren Frau bleiben sollte, hatte sie getötet. Auch dafür hatte Kuhn eine Kugel zwischen die Augen verdient.

Er beobachtete, wie die kleine Trauergemeinde den Friedhof verließ. Nun hatte Kuhn die Führung übernommen, allein, ohne seine Frau, ging er voran. Er würde alle in den Gasthof an der Neußer Straße einladen, die halbe Straße und Lindas Freundinnen und Kolleginnen – Kuhn wusste, was sich gehörte. Er war schließlich Professor – Pädagoge und Professor. Gab es etwas Schlimmeres?

Rauchend blickte er ihnen nach, wie sie die Straße hinaufgingen. Manchmal in der letzten Zeit war er so voller Wut, dass er sich vorstellte, mit Handgranaten um sich zu werfen – hinein in laute, pöbelnde Menschenmengen.

Er war nicht mehr mit sich im Reinen, seit er Linda verlassen hatte – oder sie ihn.

Es war elf Uhr am Vormittag, ein trüber Montag im November. Er sollte in die Redaktion fahren, an seiner Serie über die Brücken von Köln arbeiten, doch zuvor würde er sich ein Frühstück im Café Central gönnen.

Seine Frau war tot. Den Gedanken konnte er immer noch nicht begreifen. Er hatte erst gestern Abend, kaum zwei Tage nach ihrem Unfall, davon erfahren.

Noldens Nummer leuchtete auf dem Display seines Smartphones auf.

Niemand beim ›Express‹ wusste, dass seine Frau ums Leben gekommen war.

Lustlos meldete er sich. Wenn Nolden jemanden vor zwölf Uhr mittags anrief, bedeutete es für gewöhnlich, dass Ärger ins Haus stand.

Vor zwei Tagen hatte er einen Artikel über einen ehemaligen Fernsehmoderator verfasst, der nun jeden Tag in sein leeres Studio fuhr und sich alte Sendungen anschaute, Quizshows mit Prominenten, die er einmal moderiert hatte. Teffy hatte er sich genannt, ein lächerlicher Name, der nun, da er vollkommen erfolglos war, noch lächerlicher anmutete. Bis hinauf zum Verleger hatte Teffy sich beschwert und eine Klage wegen Rufschädigung angekündigt.

»Wo bist du?«, fragte Nolden ohne jede Begrüßung. »Sitzt du noch im Central?«

»Ja«, log er. »Ich bin aber schon auf dem Weg.«

»Nicht nötig«, erwiderte Nolden. »Ich komme. Ich muss mit dir reden.«

Nolden hatte die Figur eines Marathonläufers, obwohl er viel rauchte und Sport verabscheute, ein Windhund, der auch zubeißen konnte. Seit zehn Jahren führte er den ›Express‹, hockte von zehn Uhr morgens bis spät am Abend an seinem Schreibtisch und überwachte die Redaktion. Er hatte eine Frau und zwei Kinder, aber er schien sich nichts aus ihnen zu machen. Nie hatte man ihn mit seiner Familie gesehen.

Das Café Central lag in dem Hotel Chelsea, ein paar Schritte vom Rudolfplatz entfernt. Nolden saß schon da und wischte an seinem iPad herum. Wie die meisten Journalisten war er ein Nachrichtenjunkie.

Er setzte sich. Nolden blickte mürrisch auf. Seine Augen hinter seiner modischen Hornbrille funkelten wütend.

»Tut mir leid«, sagte er. »Hatte noch was zu erledigen. Ist was mit Teffy? Bei wem hat er sich jetzt beschwert? Beim Erzbischof oder beim Oberbürgermeister?« Ein schwacher Scherz.

Nolden griff nach seiner Kaffeetasse. Er trank nur schwarzen Kaffee, jeden Tag mindestens zwei Kannen – eine Journalistenkrankheit. »Teffy geht mir am Arsch vorbei«, sagte er. »Es geht um was anderes – es geht um dich. Ich möchte, dass du Urlaub machst, einen langen Urlaub, ein paar Wochen, irgendwo im Ausland, Karibik, Lanzarote, und danach hast du keinen Schreibtisch mehr in der Redaktion.«

Er brauchte ein paar Momente, um zu begreifen, dass Nolden ihn soeben gefeuert hatte – auf eine für ihn wohl freundliche, geradezu zuvorkommende Art und Weise.

Maria, die junge Kellnerin, kam an den Tisch, sie hatte seinen Milchkaffee, den er hier immer trank, schon dabei. Er nickte ihr lächelnd zu.

Nolden blickte wieder auf sein iPad und schnaufte dann, offenbar unwillig, weil er noch keine Antwort erhalten hatte.

Ich habe vor einer Stunde meine Frau begraben, hätte er beinahe gesagt, und jetzt wirfst du mich raus, nach mehr als zehn Jahren?

»Es geht nicht mehr«, sagte Nolden dann und starrte ihm ins Gesicht. »Du weißt, wie schlecht die Geschäfte laufen. Die Auflage sinkt und sinkt, der Verleger steht mir auf den Füßen und fordert mich auf, die Kosten zu senken, und du hast schon lang nichts Richtiges mehr geliefert. Eine Serie über die Brücken von Köln – mein Gott!« Er hob die Hände und atmete theatralisch ein und aus. »Mit den Fernsehleuten hast du dich verkracht, und zum FC kann ich dich auch nicht schicken.«

»Ich mache keinen Sport mehr«, erwiderte er viel zu leise. »Habe ich dir schon oft gesagt.«

Noldens Telefon dudelte einen Van-Halen-Song. Verächtlich blickte er auf das Display, ohne das Gespräch anzunehmen.

»Du weißt, dass ich an einer ganz großen Geschichte arbeite – das Material bietet Stoff für eine Serie, sechs, sieben Folgen … Das Ganze wird großes Aufsehen erregen. Das schwöre ich dir.« Es war eine Lüge, und er begriff, dass er auch nicht allzu überzeugend klang.

»Ja, über die große Weltverschwörung … Ich weiß. Hast du mir letzte Woche schon erzählt.« Nolden kippte den Rest seines Kaffees hinunter. »Schreib es auf und mach dann ein Buch draus. Vielleicht findest du einen, der es druckt.« Er legte einen Zehneuroschein auf den Tisch und erhob sich.

»Linda«, sagte er nun doch, stockend und mit leiser Stimme. »Sie ist tot. Ist heute begraben worden.«

Nolden hielt einen Moment inne. Er blickte ihn an, ein kurzes Zögern, ein unsicheres Blinzeln, dann sagte er: »Mein herzliches Beileid.«

Maria brachte ihm einen Cognac. Eigentlich trank er nie; nicht einmal, als Berit ihm die Nachricht von Lindas Tod überbracht hatte, hatte er getrunken. Es war sein erstes Glas Cognac seit mehr als acht Jahren.

Sie schaute ihn beinahe fürsorglich an, als sie ihm das Glas hinstellte.

»Wie alt bist du, Maria?«, fragte er, eine Spur zu jovial, als wäre er selbst schon ein älterer Herr.

»Neunzehn«, erwiderte sie, »fast zwanzig.« Sie lächelte, ihre Lippen waren kirschrot, und in ihrem rechten Nasenflügel steckte eine kleine weiße Perle.

»Ich habe heute meine Frau beerdigt«, sagte er und kippte den Cognac hinunter.

»Oh«, erwiderte Maria. Ein ehrliches Erschrecken überzog ihr Gesicht.

Heiß floss der Alkohol seine Kehle hinab. Er sah, wie auf der Straße Noldens weißer Bugatti, sein Angeberauto, vorbeiglitt. Nun fuhr er in die Redaktion zurück und würde gleich verkünden, dass er einen seiner ältesten Reporter entlassen hatte – als Warnung für alle, die glaubten, noch einen sicheren Job zu haben.

Maria griff nach dem leeren Glas vor ihm. Sie hatte schöne Hände mit dunkelrot lackierten Fingernägeln.

»Tut mir wirklich leid«, sagte sie.

Er nickte. Er hätte gerne noch einen Cognac getrunken und dann noch einen und noch einen, bis er in einen betrunkenen Schlaf sinken würde … Aber nein, mehr als einen Cognac sollte er sich nicht gönnen.

»Weißt du, was ich tun werde?«, fragte er, als könnte die junge Kellnerin ihm wirklich eine Antwort geben. »Ich werde ein Buch schreiben – ein Buch über den größten Geheimbund der letzten Jahrzehnte. Kennst du die Bilderberger?«

»Sind das Maler – irgendwelche Künstler?«, fragte Maria und legte ihre Stirn in hübsche kleine Falten.

»Du musst mein Buch lesen«, sagte er. »Dann wirst du es wissen.«

3.

Im Radio lief ein Song von Depeche Mode, als Lena einstieg.

Henning Mahn blickte sie sorgenvoll an. »Tut mir leid, wenn ich dich aufgeschreckt habe«, sagte er. »Wird wohl nicht lange dauern. Wir schauen uns den Toten an, und dann hauen wir wieder ab und machen uns noch einen schönen Abend …«

Sie schaltete das Radio aus. ›Enjoy the Silence‹ hatte zu Roberts Lieblingsliedern gehört.

»Alles in Ordnung?«, fragte Henning. Er war unrasiert und trug seine schwarze, abgewetzte Lederjacke. Eigentlich war heute sein freier Tag gewesen.

»Spielst du am Freitagabend nicht mit deiner Band?«, entgegnete Lena. Sie sah, dass David im Café immer noch an ihrem Tisch saß und ihr nachblickte. Er schien es nicht eilig zu haben, zu seinem Konzert zu kommen.

»Heute nicht.« Henning gab Gas und fuhr stadtauswärts. »Ich habe mich nicht wohlgefühlt. Außerdem habe ich nicht genug geübt. Die Jungs werden schnell wütend, wenn ich mich verspiele.«

»Nicht wohlgefühlt« mochte bedeuten, dass er irgendwo in einer Kneipe in Ehrenfeld an einem Spielautomaten gehockt hatte. Wegen seiner Spielsucht hatte seine Frau ihn vor ein paar Wochen vor die Tür gesetzt.

»Nicht, was du denkst«, fügte er mit einem Blick auf Lena hastig hinzu. »Ich habe brav vor dem Fernseher gesessen. Manchmal sind die Jungs ganz froh, wenn ich nicht an meinem Bass herumzupfe und sie ein bisschen improvisieren können, ohne dass ich ihnen dazwischenfunke.«

Er fuhr weiter aus der Stadt hinaus – Militärring, Richtung Norden. Es herrschte wenig Verkehr, dann bog er in die Geestemünder Straße sein. Nun befanden sie sich in einer hässlichen, verlassenen Industriegegend.

»Gibt es hier nicht irgendwo einen Straßenstrich?«, fragte Lena. Sie schaute sich um, aber auf der dunklen Straße war niemand zu sehen. Lediglich zwei Trucks parkten am Rand.

»War hier wohl früher mal«, erwiderte Henning, dann hielt er vor einem zweistöckigen Haus, das einmal einen weißen Anstrich gehabt hatte, der aber mittlerweile fast vollkommen abgeblättert war. »Geestemünder Hof« verkündete eine Leuchtreklame. Eine echte Absteige.

Henning streifte sich bereits Handschuhe über, bevor er ausstieg. »Sieht nach einem Drogentoten aus, nicht wahr?« Er seufzte. »Na, ist dann schnell erledigt.«

Ein Streifenwagen stand mit eingeschaltetem Blaulicht vor dem Hotel.

Lena zog sich auch Handschuhe an. Sie wappnete sich. Auch wenn hier nicht mit einem Kapitalverbrechen zu rechnen war, hatte sie sich nie an den Anblick einer Leiche gewöhnen können. Henning ging voraus. Von einer Lobby konnte man bei diesem Hotel nicht sprechen. Ein schlecht beleuchteter Raum, in dem sich zwei schmale rote Sessel, ein winziger Tisch, auf dem eine Zeitung lag, und ein Tresen befanden. Ein dicker, glatzköpfiger Mann lehnte da. Ein Radio dudelte im Hintergrund. Henning hielt ihm seinen Ausweis entgegen.

Der Mann schnaufte und nickte dann. »Verdammter Mist, das …«, keuchte er. »So was passiert hier sonst nie … Hasse solchen Ärger …« Er deutete in einen Gang, der rechter Hand in den hinteren Teil des Gebäudes führte.

Der Gang war schwach erleuchtet. Es roch muffig und nach Insektenpulver. Sie liefen an drei unlackierten Sperrholztüren vorbei, die letzte Tür stand offen. Ein uniformierter Beamter hatte sich da postiert. Er schaute sie an.

»Schön, dass ihr endlich kommt«, sagte er mürrisch.

Offenkundig war er allein, ein zweiter Kollege war zumindest nicht zu entdecken.

In dem Raum brannte eine helle Neonröhre, die alles in ein kaltes, gnadenloses Licht tauchte. Selten hatte Lena ein trostloseres Hotelzimmer gesehen. Ein graues, breites Metallbett, das mit einer roten, zerschlissenen Tagesdecke überzogen war, ein Sperrholzschrank mit zwei Türen, zwei Metallstühle und ein Tisch mit einem tragbaren Fernseher, der zwanzig Jahre alt sein mochte und sich neben einer Terrassentür befand. Der Raum wirkte unbewohnt, nirgends persönliche Gegenstände, nur über einem der Stühle hing ein schwarzer Wollmantel, der teuer aussah und in dieses Ambiente überhaupt nicht passte.

»Wo ist der Tote?«, fragte Henning.

Der Beamte deutete in einen Nebenraum. »Liegt in der Badewanne – angezogen.«

»Ein Hotel mit Badewanne?«, fragte Henning verblüfft. Er schaute Lena an.

»Ist wahrscheinlich die Suite hier«, sagte der Polizist und lachte matt. Nun tauchte auch sein Kollege auf, ein junger Blonder mit Schnauzbart, der sein Smartphone noch am Ohr hatte und dann sein Telefonat beendete.

Das Bad war überraschend groß, fast so geräumig wie das Zimmer nebenan. Ein Waschbecken, eine Toilette und eine alte Badewanne, die auf vier Messingfüßen stand. Henning begann Fotos zu machen. Wasser tropfte.

Zuerst bemerkte Lena zwei Männerschuhe, die vor der Badewanne standen, nicht übermäßig groß, schwarz, elegant, mit einer dünnen Ledersohle.

»Scheiße«, sagte Henning, während er mit seinem Smartphone weiter Fotos schoss. »Das sieht nicht nach einem normalen Drogentoten aus.«

Über einer Heizung hingen zwei weiße Handtücher. Auf der Ablage vor dem Spiegel lagen ein Rasierapparat, daneben ein schwarzer Lederbeutel und ein Kabel, mit dem man Smartphones auflud.

»Wir haben einen Einsatz in Niehl«, erklärte der Beamte hinter ihnen. »Wir verschwinden – können hier sowieso nichts mehr machen. Den Bericht schreibt ihr, alles klar?«

Henning machte eine vage Handbewegung. »Idioten«, sagte er dann, als die beiden Streifenpolizisten verschwunden waren.

Wieder tropfte Wasser.

Der Tote hatte sich seine Schuhe ausgezogen und ordentlich vor der Wanne abgestellt, bevor er hineingestiegen war. Er trug einen grauen Anzug, eine dazu passende Weste und ein weißes Hemd. Eine Hand lag über der Umrandung der Wanne, der Kopf des Toten jedoch war unter die Wasseroberfläche gerutscht. Lena sah kurzes, offensichtlich blond gefärbtes Haar, offene, weit aufgerissene Augen, einen zusammengepressten Mund. Der Tote mochte etwa Mitte vierzig sein, ein typischer Junkie war er gewiss nicht.

»Wir brauchen die Rechtsmedizin«, sagte sie. »So einfach ist die Angelegenheit hier nicht zu klären.«

Henning stöhnte auf. »Wie schön, dass die Kollegen sich verdrückt haben.« Er beugte sich über die Wanne und machte weiter Fotos. Auch Lena näherte sich.

Der Schrecken traf sie wie ein Schlag ins Gesicht, den sie nicht hatte kommen sehen.

Den ganzen Abend hatte sie an Finn gedacht, warum er nicht zu ihrem Treffen gekommen war, und hier lag er, tot, mit gefärbten Haaren, in einem modischen Anzug in einer Badewanne.

Sie erinnerte sich an den Unfall. Der Lastwagen, den sie übersehen hatte, war wie ein Monster aus Stahl über sie hergefallen, mit Krach, Getöse und einem gewaltigen, furchterregenden Fauchen. Dann war eine eigentümliche kurze Stille eingetreten, in der sich ein Nichtbegreifen ausbreitete, ein Nichtbegreifen über das, was soeben Schreckliches passiert war. Die Realität war eine rissige Eisfläche, über die man ging, jeden Tag, ohne dass man es bemerkte, und nun war dieses Eis eingebrochen.

So empfand sie es auch hier, in diesem trostlosen Badezimmer, den toten Finn vor Augen.

Henning tauchte eine Hand in das Badewasser. »Eiskalt«, sagte er und zog die Hand wieder heraus. »Was ist mit dir? Alles in Ordnung?«

Die blond gefärbten Haare bewegten sich unter Wasser, trotzdem konnte man nicht den Eindruck haben, dass Finn noch lebte und jeden Moment auftauchen würde.

»Ich kenne den Mann«, sagte Lena. »Er heißt Finn, und er ist Journalist, glaube ich zumindest.«

Henning stöhnte auf, dann rief er die Rechtsmedizin an und die Spurensicherung hinzu.

Lena wandte sich ab. Was genau hatte Finn ihr erzählt, als sie da auf der Bank im Stadtgarten gesessen hatten? Obwohl es kalt gewesen war, hatte er über seinem T-Shirt nur einen dünnen beigefarbenen Trenchcoat getragen, wie sie eigentlich nicht mehr in Mode waren. Er hatte eine Zigarette geraucht und hatte auch ihr eine angeboten. Dann hatte er gesagt, dass er solche Therapiegespräche eigentlich nicht ausstehen könne, er sei ein Läufer, Halbmarathon mindestens, manchmal würde er auch vor seinen Problemen davonlaufen. Er hatte gelacht.

Was für Probleme konnte er gehabt haben?

Sie öffnete den Schrank. Zwei Hemden hingen da, der beigefarbene Trenchcoat und Trainingszeug: eine lange Hose und eine Outdoorjacke. Dazu in einem Seitenfach Unterwäsche und Laufschuhe. Sonst nichts. Kein Laptop, kein Smartphone. Finn war ein Mann, der offensichtlich ohne Gepäck unterwegs gewesen war. Oder jemand hatte es mitgenommen.

Henning kam ihr nach und blickte ihr über die Schulter. »Für mich sieht es wie der Suizid eines Mannes aus, der irgendwie feststeckte – Ehekrise, Schulden, das Übliche eben.«

Lena schloss die Tür wieder. Sollte sie von ihrer Therapie erzählen – dass sich da einmal in der Woche Frauen und Männer zusammenfanden, die ein Kind verloren hatten und nicht mit dem Verlust klarkamen?

Nein, dazu war später noch Zeit.

Der dicke Glatzkopf stand immer noch hinter dem Tresen. Er telefonierte und wimmelte unfreundlich einen Gast ab. »Keine Chance. Mitte Januar ist Messe, da sind wir ausgebucht.« Mit finsterer Miene legte er auf. »Wann wird der Kerl endlich abgeholt?«, fragte er Lena. »Ich habe Gäste im Haus. Die sollen nicht mitkriegen, dass …«

Lena griff über den Tresen und nahm das Buch an sich, das da lag. »Haben Sie hier die Personalien Ihrer Gäste aufgeschrieben?«

»Ja, wie es Vorschrift ist«, entgegnete der Glatzkopf. Er schwitzte unangenehm. »Der Mann hieß Helmut Müller, er stammte aus Gummersbach, Bahnhofstraße 7. Hat er jedenfalls angeben.« Er atmete schwer ein und aus. »Kann Ihnen den Meldezettel raussuchen.«

Helmut Müller? Finn hatte sich wenig Mühe gegeben, sich einen Namen auszudenken.

»Wann ist dieser Helmut Müller angereist?« Sie blätterte das Buch durch. Tatsächlich schien auch eine Absteige wie dieses Hotel Gäste zu haben, und es sah nicht aus, als würde es von Prostituierten, die auf der Geestemünder Straße standen, frequentiert werden.

»Vor drei Tagen – am Dienstag«, erklärte der Mann. »Er hat wenig gefrühstückt und war meistens auf seinem Zimmer. Kam mir gleich seltsam vor.«

»Hatte er Besuch?«

»Ich weiß nicht.« Er strich sich über die Glatze und schnaufte. »Ich bin nicht immer hier. Mache die Bücher, den Einkauf, die Wäsche … Ich glaube, einmal war ein junges Mädchen da, eine echte Schönheit, halblange blonde Haare. Sie ist wohl aus seinem Zimmer gekommen.«

»Wann war das?«, fragte Lena.

Henning trat nun auch zu ihr. Er hielt ein Stück Plastik

hoch, einen Kabelbinder. »Habe ich unter dem Bett gefunden«, sagte er.

Der Glatzkopf blickte auf den Kabelbinder. »Das Mädchen? Vorgestern, glaube ich.«

»Haben Sie den Toten entdeckt?«, fragte Lena.

Der Mann nickte. »Ich habe angeklopft, weil ich wissen wollte, ob er morgen abreist. Die Tür war nicht abgeschlossen, das Licht brannte, und die Terrassentür stand auf. Eigentlich bin ich nur reingegangen, um die Tür zu schließen. Wegen der Kälte, die hereinzog. Verstehen Sie?«

Lena zog ein Notizbuch hervor. »Sie haben die Terrassentür geschlossen, und dann?«

»Dann habe ich noch einen Blick ins Bad geworfen. Ich habe sonst nichts angefasst.« Er breitete die Arme aus. »Hören Sie – Sie denken doch wohl nicht, dass ich irgendetwas mitgenommen habe? So einer bin ich nicht mehr. Krumme Sachen kommen für mich absolut nicht mehr infrage.«

Der Wirt hieß Markus Schwarzer, er war neunundvierzig Jahre alt, mit seiner Frau führte er das Hotel erst seit knapp zwei Jahren. Zuvor hatte er wegen Raubs und räuberischer Erpressung fast drei Jahre im Gefängnis gesessen.

Lena brauchte einen Telefonanruf, um das herauszufinden. Schwarzers Vorgeschichte beunruhigte sie nicht sonderlich. Er hätte dem Toten möglicherweise ein paar Geldscheine aus dem Portemonnaie nehmen können, quasi als Anzahlung für die Scherereien, die ihn wegen dessen Tod erwarteten, aber warum hätte er gleich die ganze Geldbörse und alle Papiere verschwinden lassen sollen?

»Vielleicht hat dieser Finn ja seine Papiere in der Anzugtasche«, sagte Henning. »Am besten mit einem Abschiedsbrief – wasserdicht verpackt.«

Seine Laune hatte sich deutlich eingetrübt.

Die Kriminaltechnik rückte mit zwei Mann an – die kleine Besetzung –, dann kam auch noch die Rechtsmedizinerin,

Frau Doktor Margot Dreier, eine energische Frau Anfang vierzig mit hennarot gefärbten Haaren. Lena kannte sie lediglich vom Sehen.

Sie hörte, wie einer der Spurensicherer dem Wasser eine Probe entnahm, dann ließen sie es ab. Ein hässliches saugendes Geräusch entstand, und Lena stellte sich vor, wie Finns wächsernes Gesicht nun langsam auftauchte. Sie nahm ihr Smartphone hervor und ging erneut auf den schmalen Flur hinaus. Ein Gast hatte sich da eingefunden, ein älterer Mann in einem Lodenmantel. Er versuchte an ihr vorbei ins Zimmer zu blicken.

»Ist was passiert?«, fragte er.

»Ein Unfall«, erwiderte sie. »Haben Sie den Mann gekannt, der dieses Zimmer bewohnt hat?«

Der Mann kniff die Augen zusammen. »Sie sind Polizistin, was?«, fragte er. »Nein, den Mann kannte ich nicht. Ist er tot? Selbstmord?«

Sie ging wortlos an ihm vorbei und wählte. Es war fast Mitternacht. Silvana Roth meldete sich nach dem dritten Läuten.

Lena entschuldigte sich für die späte Störung, dann fragte sie: »An unserem vorletzten Treffen hat ein Mann teilgenommen – etwa Mitte vierzig, nicht sehr groß, braune Haare. Er heißt Finn mit Vornamen. Kannst du mir seinen Nachnamen geben und vielleicht seine Adresse?«

Silvana zögerte einen Moment. Ja, sie unterlag als Therapeutin der Schweigepflicht. Sie konnte nicht einfach einen Namen nennen, selbst wenn die Polizei sie darum bat.

»Es ist wirklich wichtig«, fügte Lena erklärend hinzu.

»Bedauere«, sagte Silvana Roth. »Aber ich habe noch nie einen Mann gekannt, der Finn heißt.«

4.

In den letzten Jahren hatte er ihn niemals verspürt: den Drang zu trinken, Bier, Wein, Cognac, gleichgültig, ein Glas nach dem anderen. Aber nun ... Er war dreiundvierzig Jahre alt, er hatte schon vor einiger Zeit seine Frau verloren, nun auch noch seinen Job. Er hatte genügend Gründe, sich das eine oder andere Glas zu gönnen, aber nein, er hatte geschworen, sich nie wieder zu betrinken, keinen Rausch mehr, nicht einmal einen Hauch von Leichtigkeit, die ein paar Gläser Wein mit sich bringen mochten.

Das Unglück ... er hatte es tief in sich begraben, niemand würde es mehr hervorholen, nicht einmal er selbst.

Er gab Maria ein großzügiges Trinkgeld, dann setzte er sich in seinen Volvo und fuhr ziellos durch die Stadt, den Ring hinauf, dann über die Mülheimer Brücke. Köln erlebte einen recht warmen Novembertag. Wie hieß es nun immer häufiger? Zu warm für diese Jahreszeit. Er hätte sich auch seine Laufschuhe nehmen und am Rhein entlanglaufen können. Als er spürte, dass ihm plötzlich Tränen über das Gesicht liefen, fuhr er auf den Fahrradweg und hielt an.

War es die Trauer um Linda? Was war es genau? Er würde sie nie wiedersehen – die Art, wie ihre Nasenflügel bebten, wenn sie wütend war, oder wie sie konzentriert, mit einer Brille auf der Nasenspitze auf den Bildschirm starrte, wenn sie an einem längeren Artikel saß.

Er hätte Kuhn doch niederschießen sollen.

Wenn Kuhn nicht gewesen wäre ... Sie hatte ihn wegen eines Artikels befragt, hatte ihn an der Universität aufgesucht, dann hatte er sie gebeten, an einem Buch mitzuarbeiten – immer später war sie abends nach Hause gekommen. Vor drei Jahren war das gewesen, vor drei langen Jahren …

Einmal hatte er die beiden zufällig in einem Restaurant gesehen, er hatte beobachtet, wie Linda Kuhn angelächelt hatte, und dann – er erstarrte noch immer bei dem Gedanken daran – hatte er zugeschaut, wie sie seine Hände ergriffen hatte, zärtlich, lächelnd und so, als wäre sie eine Handleserin, die ihm sein Schicksal vorhersagen könne. Da erst hatte er Bescheid gewusst. Linda liebte diesen Professor mit den wirren grauen Haaren, den geröteten Wangen, diesen Schönredner und Weintrinker.

Als Kathy ihn anrief, überlegte er, nicht an den Apparat zu gehen, doch sie war hartnäckig, sie ließ es klingeln, sie wusste, dass er irgendwann die Geduld verlieren würde.

»Meine Elfe«, sagte er sanft, »was willst du?« So nannte er sie eigentlich nur, wenn er guter Stimmung war. Sie war die schönste Frau, die er kannte, ein perfektes Gesicht, lange schwarze Haare und die Figur eines Models.

»Stimmt es, was Nolden erzählt hat? Du bist raus – du willst ein Buch schreiben?« Sie klang atemlos, als hätte sie diese Nachricht tatsächlich aufgebracht.

»Ja«, sagte er, »ich …« Nolden hatte nicht die Eier gehabt, die Wahrheit zu sagen, dieser Scheißkerl. »Du weißt, dass ich schon lange …«

»Willst du über diese Verschwörung schreiben … diese Geschichte aus dem Internet?«

Er konnte sich nicht erinnern, ihr davon erzählt zu haben. »Hör zu«, sagte er und bemerkte, wie sich seine Stimme veränderte, wie sie ernster und eindringlicher wurde. »Es haben sich ein paar Dinge verändert … meine Frau ist tot, ein Autounfall. Ich hatte das Gefühl, dass ich nicht mehr so weitermachen konnte. Ich meine, unser Job geht den Bach runter … Wer kauft sich noch eine Zeitung? Und für online bin ich nicht gemacht … Schnell eine Story zusammenschustern und dann gucken, wie oft sie angeklickt wird – das ist nichts für mich.« Er fand, dass er überzeugend klang.

»Tut mir leid«, sagte sie. »Aber du hättest mir etwas sagen können.« Sie wirkte ehrlich bekümmert. Sie hatte einen Freund, irgendeinen Schauspieler, der in einer Vorabendserie mitspielte und da den arroganten Schönling mimte.

»Meine Elfe«, sagte er, »ich rufe dich wieder an, okay?«

Dann unterbrach er die Verbindung. Er fuhr weiter. Jetzt hatte er immerhin eine Story: Meine Frau ist gestorben – ich habe so nicht mehr weitermachen können.

Und eine Waffe könnte er sich auch besorgen – erst eine Kugel für Kuhn, dann für Nolden.

Es war seltsam, den Schlüssel ins Schloss zu stecken und die Tür aufzuschieben. Er wusste gleich, dass in dem Haus niemand war. Leere und Verlassenheit wehten ihm entgegen. Kuhn würde hier nicht auf ihn lauern. Er schloss die Tür. Dann drückte er auf den Lichtschalter. Es war bereits dunkel, achtzehn Uhr, er hatte das Gefühl, nicht wie ein Einbrecher durch die Räume schleichen zu dürfen.

Das Licht funktionierte jedoch nicht, er ging durch den schmalen Flur, hinein in den Wohnraum. Auch hier kein Licht.

Er bewegte sich Richtung Küche. Der Kühlschrank stand offen. Jemand musste den Strom abgestellt haben. Er nahm sein Smartphone und schaltete die Funktion Taschenlampe an. Dann blickte er sich um. Alles wirkte geisterhaft und aufgeräumt, als hätte Linda eine lange Reise gemacht, und nichts schien zu fehlen. Der lange Holztisch mit den sechs Stühlen, die Sofaecke mit dem LED-Fernseher. Lediglich das Bild an der Wand kannte er nicht. Ein abstraktes Gemälde in Rot und Gelb hing da, wo ihr Foto gewesen war, Linda und er in einer innigen Umarmung. Das Foto war vor fast elf Jahren in Barcelona aufgenommen worden. Trauer überfiel ihn. Es war, als wäre dieses Haus, das sie zusammen gebaut hatten, ein lebendiges Wesen, das wusste, dass Linda nicht mehr am Leben war.

Er kehrte in den Flur zurück und ging die Holztreppe hinauf. Nun bewegte er sich doch wie ein Einbrecher durch das Haus. Das leise Knarren war der einzige Laut, den er hörte – neben seinem Herzschlag, den er bis in die Schläfen hinauf wahrnahm.

Er blickte kurz in sein ehemaliges Arbeitszimmer – es war so, wie er es verlassen hatte, der Glasschrank, in dem noch ein paar Hemden von ihm hingen, leere Regale, die schmale Arbeitsplatte mit dem defekten Radiowecker, die auf zwei Holzständern ruhte. Den Blick in Lindas Schlafzimmer ersparte er sich und lief gleich in ihr Arbeitszimmer. All ihre Bücher waren noch da, an der Wand die Auszeichnungen, die sie für zwei Reportagen bekommen hatte – eine über eine Sinti-Familie, die sie ein Jahr begleitet hatte, die andere über das Leben einer Arbeiterin in einer Schokoladenfabrik. Auf beide Preise war sie sehr stolz gewesen.

Auch hier funktionierte das Licht nicht. Langsam ging er hinunter, dann die Steintreppe hinab in den Keller. Die Klappe zum Sicherungskasten war angelehnt. Jemand hatte die Hauptsicherung herausgedreht.

Im Licht wirkte das Haus noch verlassener. Wo war Linda in der letzten Zeit gewesen? In der Küche fanden sich nur ein paar Dosen mit Pilzen und Tomaten. Die Spüle war staubtrocken und so sorgsam abgewischt worden, dass nicht einmal ein paar Wasserflecke zurückgeblieben waren. Auch in der Spülmaschine fand sich nichts, keine letzte schmutzige Tasse, kein benutztes, hastig weggeräumtes Glas. Und an der Kühlschranktür hing nichts mehr – keine Notiz, kein Einkaufszettel, keine Postkarte, lediglich die Weihnachtskarte von einer Hilfsorganisation. Oxfam – die Karte stammte aus dem letzten Jahr.

Hatte Linda bei Kuhn gewohnt? Waren die beiden irgendwo zusammengezogen? Aber Linda hatte dieses Haus geliebt, sie hatte es unbedingt halten wollen, auch wenn ihr Gehalt als Redakteurin nicht besonders üppig gewesen war.

Er stand in der Küche und blickte auf die Straße hinaus. Niemand war da zu sehen, er könnte zu Reimerts gehen, zu Möllns, sich erkundigen, was mit Linda geschehen war.

Als das Telefon klingelte, war es, als wäre ein Knallkörper explodiert, ein schriller, ungewohnter Laut, der ihn erschreckte.

Das Telefon befand sich im Wohnraum auf einer antiken Kommode, die Linda von ihrem Vater geerbt hatte, ein wuchtiges, dunkles Möbel, das eigentlich nie in das Haus gepasst hatte.

Er ließ es dreimal klingeln, dann meldete er sich mit einem heiseren »Ja?«.

Niemand antwortete. Er hörte zwei Atemzüge, er wiederholte sein »Ja?«, nur diesmal fester und fragender. Dann wurde aufgelegt.

Er hatte sofort Kuhn in Verdacht. Der feige Professor wollte wissen, ob er tatsächlich im Haus war.

Zurück in der Küche beobachtete er, wie draußen eine Frau mit einem Hund vorbeiging und sich nach ihm umschaute, zumindest blickte sie zu seinem erleuchteten Küchenfenster herüber. Kannte er sie? War sie eine Nachbarin? Rasch wandte sie sich ab und zog ihren Hund, einen Retriever, zu sich heran. Er überlegte, sein Smartphone zu nehmen und ein Foto von der Frau zu machen, doch nein, was sollte das? Irgendetwas war mit Linda geschehen, aber er durfte sich nicht verrückt machen lassen.

Er fand einen Rest Pulverkaffee, brühte ihn auf und trank ihn dann schwarz und ohne Zucker.

Sollte er tatsächlich wieder in dieses Haus einziehen? Er konnte es verkaufen, mit dem Geld könnte er eine Weile durch die Welt ziehen …

Wieder überkam ihn Trauer.

Er trank den Kaffee aus und legte sich auf den Holzboden. Er schloss die Augen, und plötzlich hörte er Linda, wie sie in der Küche hantierte, ein schnelles Essen kochte, ihre

Spezialität, Essensgerüche zogen durchs Haus, der Duft von geschmolzener Butter und Curry, dann beugte sie sich über ihn, küsste ihn wie beiläufig auf den Mund …

Der Klang seines Smartphones riss ihn aus seinen Gedanken.

»Nun«, sagte Mitchi, »hast du endlich Zeit, das Buch zu schreiben. Hast du schon angefangen? Kommst du nachher vorbei?«

Mitchi war fast achtzig Jahre alt, sie wohnte in einem Bungalow in Rösrath, mit drei Hunden und vier Katzen. Sie war erst die heimliche Geliebte, dann die Ehefrau eines berühmten Komponisten gewesen, der ihr das Haus vermacht hatte. Sie war eine Künstlerin, malte und baute Installationen aus Steinen und abgestorbenen Bäumen, und sie liebte jüngere Männer. Er hatte sie auf dem Sommerfest seiner Zeitung getroffen und hatte ihren Avancen knapp entgehen können. Damals war auch Linda dabei gewesen, die Mitchis Annäherungsversuche amüsiert beobachtet hatte.

»Sie ist ein altes Hippiemädchen«, hatte sie gesagt. »Für sie gelten keine Regeln.«

Dreißigtausend Euro hatte Mitchi ihm angeboten, wenn er ein Buch über die Bilderberger schreiben würde und über Ruben, ihren mexikanischen Freund, der vor vier Wochen von einem Tag auf den anderen verschwunden war.

Mitchis Hunde sprangen aufgeregt bellend um ihn herum, nachdem er eingetreten war, die Katzen hatten sich verzogen. Mitchi empfing ihn mit einer Umarmung. Sie roch nach Marihuana. Im Haus lief laute Musik, irgendwelche Sphärenklänge, die vermutlich ihr Mann, der vor zehn Jahren gestorben war, komponiert hatte.

Er küsste sie auf die Wange und hielt sich theatralisch die Ohren zu.

Mitchi lachte, dann klatschte sie in die Hände, und die

Musik und das Hundegebell verstummten. Sie trug ihr graues Haar in einem langen Zopf. Wenn sie lachte, wirkte sie schier alterslos, eine Göttin, die Segen schenkte oder auf freundliche Art bestrafte.

»Es ist schön, dass du kommen konntest«, sagte sie, und er wusste nicht, ob sie es spöttisch meinte.

Ihr Haus war auch ein Kunstwerk, ein wenig Bauhausstil mit einem gläsernen Innenhof, in dem sie ihre Gäste empfing.

Tee stand bereit, und daneben lagen ein Stapel Papiere, offenkundig Kopien, und ein Foto von Ruben.

Ruben Souza, ihr Lover, den er zwei- oder dreimal gesehen hatte, ein Kerl Mitte vierzig, mit einem schwarzen Zopf und einer Narbe auf der linken Wange. Er hatte überraschenderweise recht gutes Deutsch gesprochen.

Mitchi schenkte ihm Tee ein. Ihre Augen funkelten, ihre Hunde hatten sich wieder verzogen, nun war die Zeit der Katzen gekommen, die um sie herumschlichen.

»Woher weißt du, dass Nolden mich rausgeworfen hat?«, fragte er, und für einen Moment kam ihm der Gedanke, dass sie dahinterstecken konnte, damit er ihr Buch schrieb.

Sie nahm einen Schluck Tee und blickte auf zum schwarzen, wolkenlosen Himmel, ein paar Sterne funkelten da.

»Ich wusste schon länger von seinen Plänen«, sagte sie. »Ich telefoniere hin und wieder mit Nolden. Der Verleger hat ihn bedrängt, die Kosten zu senken. Außerdem hast du dich unbeliebt gemacht, der Verleger mag dich nicht … Du bist zu aufsässig, zu ambitioniert, zu …« Sie zögerte und strich sich über ihren Zopf. »Nolden ist kein Unmensch, er wird dir eine gute Abfindung zahlen, und dann kannst du endlich richtig an unserem Buch arbeiten.« Ihre Augen funkelten noch ein wenig intensiver, sie waren grün, grün wie Jade. Vor vierzig Jahren mochte Mitchi eine Frau gewesen sein, der kein Mann widerstehen konnte. Angeblich hatte sie vor Jahrzehnten auch mit dem Verleger eine Affäre gehabt – er war Professor wie Kuhn, ein angesehener Mann.

»Du könntest den Verleger anrufen«, sagte er. »Ein gutes Wort für mich einlegen ... Es ist ...« Er überlegte kurz, von Linda zu sprechen, verstummte dann aber abrupt.

»Der Verleger geht nicht mehr ans Telefon, wenn ich anrufe«, erwiderte sie und lachte lauthals. »Er nimmt es mir übel, dass ich seinen Namen in einer Anzeige aufgeführt habe – wegen der deutschen Flagge.« Sie lachte wieder.

Mitchi führte seit Jahren einen ganz eigenen, privaten Feldzug mit dem Ziel, die deutsche Flagge zu ändern. Sie wollte, dass man die Farben tauschte. Schwarz sei die Farbe der Erde, deshalb gehöre es an die erste Stelle, nicht das Gold. Man müsse die Flagge erden. Sie hatte auch ein paar Kunstwerke mit ihrer eigenen Flagge entworfen. Achenbach, dem Zeitungsverleger, war sie damit gehörig auf die Nerven gegangen.

»Die Zeitung ist schon lange nichts mehr für dich, das hat auch Nolden begriffen«, fuhr sie fort. Sie kraulte eine ihrer Katzen, die kleinste, die ganz weiß war und leise schnurrte. Die anderen drei beäugten die weiße neidisch.

»Du hast Nolden von dem Buch erzählt, du hast ihm gesagt, dass ich es schreiben werde?«, fragte er. Er verschwieg, dass er selbst auch schon von diesem Buch gesprochen hatte – um sich interessant zu machen und eine Unabhängigkeit vorzugaukeln, die er gar nicht empfunden hatte.

»Nicht direkt«, sagte sie. Sie beugte sich vor und nahm das Foto von Ruben. »Ich möchte, dass du es für mich tust. Ruben ist ermordet worden, das weiß ich genau, weil er zu viel über die Bilderberger zusammengetragen hat. Ihnen gefällt das nicht, wenn jemand darüber schreibt, was sie tun.« Sie schaute das Foto des Mexikaners voller Trauer an, furchte die Stirn und küsste es, wie ein Mädchen, das ihren Lieblingssänger anhimmelte.

»Ich habe schon ein wenig recherchiert«, entgegnete er. »Über die Bilderberger steht mittlerweile eine Menge im Internet, Listen und Termine. Möglicherweise ist Ruben nur abgehauen, zurück nach Mexiko. Vielleicht hat er dich nicht so geliebt wie du ihn.«

Sie legte das Foto zurück und nahm einen Stapel Papiere.

»Du bist Journalist«, sagte sie, »du solltest wissen, wie eine gute Story aussieht. Warum treffen sich hundert hochrangige Leute, Politiker, Militärs, Bankiers, Industriebosse, seit sechzig Jahren heimlich einmal im Jahr? Weil sie plaudern wollen? Guten Wein trinken und Zigarren rauchen? Nein!«, sagte sie entschieden. »Es stimmt, was Ruben mir erzählt hat. Diese Leute wollen eine neue Weltordnung. Sie sind eine heimliche Weltregierung, provozieren Krisen, schüchtern Politiker ein, und sie bringen Leute um.«

»Was also soll ich genau tun?«, fragte er.

»Du sollst herausfinden, was mit Ruben passiert ist, und du sollst dieses Buch schreiben, in dem alles über die Bilderberger steht. Wen sie alles umgebracht haben. Olof Palme, Alfred Herrhausen … Ruben hat schon eine Menge Material gesammelt. Morgen solltest du anfangen – und dass Linda tot ist, tut mir leid, aber ihr wart ja schon lange kein Paar mehr.«

5.

Sie hatten einen Toten ohne Identität. Bei Silvana Roth hatte er sich Joachim Schmidt genannt, als er ohne Anmeldung bei ihr vor der Tür gestanden hatte. Offenkundig hatte er eine Schwäche für belanglose, ein wenig altmodisch klingende Namen gehabt. Wenigstens einen Fund hatte die Spurensicherung gemacht. In einem Abfallkorb fanden sich fünf verschiedene Barbiturate sowie ein Plastikbecher. Sah ganz so aus, als hätte der Tote sich selbst einen tödlichen Cocktail verabreicht, bevor er sich in die Badewanne gelegt hatte.

»Also doch ein Selbstmord?«, hatte Henning von der Rechtsmedizinerin wissen wollen.

»Möglich«, hatte Margot Dreier erwidert, kein Wort mehr.

Ein Pass, ein Portemonnaie, andere Ausweispapiere oder ein Smartphone hatte der Tote nicht bei sich gehabt. Auch in seiner Kleidung hatte sich kein Hinweis auf seine Identität gefunden. Jemand hatte sogar die Etiketten entfernt. Und warum hatte ein Kabelbinder unter dem Bett gelegen? Aber vielleicht hatte der gar nichts mit dem Toten zu tun.

Während der Tote in die Rechtsmedizin abtransportiert wurde, hatte sich Lena noch einmal den Glatzkopf vorgenommen. War sein Gast mit dem eigenen Wagen vorgefahren? Hatte er von einem Apparat des Hotels telefoniert? Oder hatte er einen offen zugänglichen Computer benutzt?

»Ich hätte gleich wissen müssen, dass es Ärger gibt«, erwiderte Schwarzer. »Der Kerl hat im Voraus bezahlt – in bar. Für vier Nächte, sogar mit einem Trinkgeld. Wer tut so etwas heute schon noch?« Sonst hatte er nichts Auffälliges beobachtet, und einen Computer für Gäste gab es im Geestemünder Hof nicht.

Sie fuhren ins Präsidium. Vielleicht gaben die Vermisstenanzeigen etwas her, die in den letzten zwei, drei Tagen eingegangen waren. Eine treusorgende Gattin, die ihren geliebten Ehemann vermisste … Lena gab sich da keinen großen Hoffnungen hin, und Henning ging die Dateien nur lustlos durch. Nichts. Ein paar Jugendliche wurden gesucht, ein achtzigjähriger Mann, der an Demenz litt und aus seinem Altenheim weggelaufen war.

»Etwas stimmt an diesem Toten nicht«, sagte Lena. »Das Zimmer … es war zu aufgeräumt, zu wenige persönliche Gegenstände. Und wieso hatte der Anzug kein Etikett?«

Henning gähnte. Es war halb zwei in der Nacht. Er verabschiedete sich. »Soll ich dich mitnehmen?«, fragte er dann, als er schon beinahe aus der Tür war.

Sie winkte ab. Hinter dem größeren Verhörzimmer gab es eine kleine Kammer mit einem Sofa. Dort hatte sie schon häufiger übernachtet, wenn sie sich davor gefürchtet hatte, nach Hause in die leere Wohnung zu fahren.

In den letzten zwei Nächten hatte sie nicht schlafen können und war gegen zwei Uhr in Simons Hochbett geklettert. Sie glaubte, dort immer noch seinen Geruch wahrzunehmen, obschon er nun fast ein Jahr tot war. Es war wie eine Niederlage gewesen – Silvana hatte ihr geraten, Strategien gegen diesen Impuls zu entwickeln, im Bett ihres toten Sohnes schlafen zu müssen: einen Spaziergang zu machen, sich einen Kaffee zu kochen, Musik zu hören, eine Kerze aufzustellen oder Simon einen Brief zu schreiben, aber nichts hatte geholfen. Im Traum war auch ihre Geisterkatze wieder aufgetaucht, ein dünnes, ausgemergeltes Wesen, das sie häufiger in unruhigen Nächten heimsuchte. Sie war immer erschrocken, wenn sie im Traum die Wohnungstür öffnete und die Katze auf sie zuschlich, von ihr vergessen und kurz vor dem Verhungern, weil sie nicht daran gedacht hatte, sie zu füttern.

Während sie auf dem Sofa unter einer Decke lag, dachte sie erneut an den Mann, der sich Finn genannt hatte. Abgehetzt war er ihr vorgekommen, als hätte er sich spontan entschlossen, zu diesem Treffen von Trauernden zu gehen. Als Silvana ihn angesprochen hatte, hatte er seinen Sohn erwähnt, aber statt von dessen Tod hatte er von der Geburt gesprochen – wie glücklich er gewesen war. Ausführlich hatte er geschildert, wie er zuerst den schwarzen Haarschopf, dann den Kopf, die winzigen Hände seines Kindes gesehen hatte. Ohne jede Scheu hatte sein Sohn sich umgesehen, stumm und neugierig auf das, was die Welt ihm bot. Hatte der Mann den Namen seines Kindes erwähnt? Sie konnte sich nicht daran erinnern. In einem gleichmütigen Tonfall hatte er gesprochen, gefasst, als hätte er seine Geschichte schon viele Male erzählt. Sein Sohn war am plötzlichen Kindstod gestorben. Mitten in der Nacht war er zu dem Bettchen in ein Nebenzimmer geeilt, aufgeschreckt, weil etwas plötzlich anders gewesen war – die Stille, die Abwesenheit von etwas. Eine Frau war in den Schilderungen nicht vorgekommen.

Hatte der Mann, der nicht Finn hieß, sich vielleicht deshalb umgebracht, weil sein Kind gestorben war? Weil seine Frau ihn verlassen hatte? Hatte es niemanden gegeben, an den er einen Abschiedsbrief hätte richten können?

Sie hörte einen Streifenwagen, der mit eingeschalteter Sirene vom Hof fuhr, dann schlief sie endlich ein, traumlos, ohne dass die Geisterkatze sie verfolgte.

Um neun Uhr begann Margot Dreier mit der Obduktion. Lena hatte nur einen Kaffee getrunken. Mit der Straßenbahn war sie zum Melatengürtel zur Rechtsmedizin hinausgefahren. Noch immer vermied sie es, sich selbst ans Steuer eines Wagens zu setzen. Henning sah auch nicht aus, als hätte er viel Schlaf erwischt.

Lena hielt sich abseits, sie blickte nicht zu der Rechtsmedizinerin hinüber, die routiniert in ihr Diktiergerät sprach, während sie die äußere Leichenschau vornahm. Ein blasser Mann mit Nickelbrille attestierte ihr.

Finn – immer noch hatte der Tote für sie diesen Namen – war Anfang bis Mitte vierzig, er war einen Meter fünfundsiebzig groß, sportlich, kein Übergewicht. Am Kopf entdeckte Margot Dreier eine kleine Wunde, möglicherweise hatte er sich in der Wanne verletzt. An einem Armgelenk hatte er eine leichte Schürfwunde …

Henning warf ihr einen fragenden Blick zu. Der Kabelbinder … hatte er doch etwas mit ihrem Fall zu tun?

Dann begann die Rechtsmedizinerin die Leiche zu öffnen. Lena hörte die Säge, und plötzlich sah sie Finns Hände vor sich, wie er auf der Bank gesessen hatte, er hatte eine Zigarette geraucht, leicht vorgebeugt, mit starrem Blick auf den Boden vor sich. »Man begreift es nicht«, hatte er leise gesagt. »Ein totes Kind … das eigene Kind, leblos, in den Armen …«

Die Worte waren grausam gewesen, doch sie hatte etwas anderes gefühlt – Nähe zu einem Menschen, das Gefühl, dass sie doch noch einmal einem anderen nahe sein könnte.

Aus den Augenwinkeln sah sie, wie Margot Dreier den Brustkorb öffnete, die Säge kreischte, ein absurdes Geräusch, als würde da jemand fachmännisch ein Stück Holz zurechtschneiden. Sie stürmte hinaus, weil ihr Magen sich vor Übelkeit zusammenzog.

Auf dem Gang stand David Bauer, wieder in Hut und Mantel, als hätte er auf sie gewartet. Er nickte ihr zu, ein wenig distanziert und zögernd.

»Euer neuer Fall?«, fragte er und deutete in den Sezierraum. »Der Tote aus dem Hotel?«

»Leitest du die Ermittlungen?«, fragte sie. Ihr war noch immer übel. Selbst durch die geschlossene Tür war die Säge zu hören.

»Nein«, erwiderte David, »aber ich habe die Fotos gesehen, die Mahn gemacht hat. Wisst ihr mittlerweile, wer der Tote ist?«

»Noch nicht«, erwiderte sie. »Aber nachher kriegen wir die Fingerabdrücke. Vielleicht haben wir etwas in den Dateien.«

David kam einen Schritt auf sie zu. Er war unrasiert und sah auch nicht aus, als hätte er viel geschlafen. Das Konzert im Stadtgarten fiel ihr ein – und dass er ja nicht mehr mit seiner Frau zusammen war. Hatte er nun eine eigene Wohnung? Oder war in ein Hotel gezogen? Seltsam, dass ihr diese Fragen erst jetzt kamen.

»Wenn wir nichts finden, werden wir ein Foto des Toten an die Presse geben müssen«, fügte sie hinzu.

»Nicht nötig«, erwiderte David. »Ich kenne den Mann, habe ihn sofort erkannt. Er hat einmal ein Interview mit mir gemacht, wird drei Jahre her sein – er war Reporter beim ›Express‹.« Er griff in seine Tasche und hielt ihr eine Visitenkarte hin.

6.

Dienstag, 17. November

Es war seltsam, mitten in der Nacht in dem verlassenen Haus zu sein. Es war zwei Uhr in der Frühe. Mitchi hatte ihn zum Bleiben überreden wollen. Sie hatte zwei Gästezimmer im Haus, er hätte sich einrichten können, aber ihre Nähe störte ihn plötzlich, die Hunde, die sich wieder heranschlichen, die Gerüche, die durch das Haus wehten, Marihuana, Tee, Räucherstäbchen, Hundefutter. Ihr unaufhörliches Gerede – sie war achtzig Jahre alt, aber sie hatte mehr Energie als eine Vierzigjährige. Bevor er sich verabschiedete, drückte ihm Mitchi neben den zwei Aktentaschen Material über die Bilderberger noch eine kleine Schachtel in die Hand.

»Sie hat Ruben gehört«, sagte sie. »Er hatte sie vergessen. Vielleicht hätte sie ihm das Leben gerettet.«

Als er die Schachtel öffnete, lag eine Beretta darin.

Er hatte noch nie eine Waffe besessen.

»Nimm sie mit«, sagte Mitchi. »Sie ist geladen.«

Als würde er sich tatsächlich in Gefahr begeben.

In dem Haus ging er nicht in sein Arbeitszimmer, wo sich sein Bett befand, sondern legte sich auf das rote Samtsofa. Er löschte alle Lichter und lag nur da, die Pistole vor sich auf einem schmalen Glastisch.

Linda war noch zu spüren, dachte er. Sie war irgendwie anwesend, ihr Abdruck, als würde er ein Bett betrachten, auf dem sie eben noch gelegen hatte.

Er musste in Erfahrung bringen, wie sie genau gestorben war und wo sie sich zuletzt aufgehalten hatte.

Als er nicht einschlafen konnte, schaltete er die Leselampe über dem Sofa an und nahm die ersten Blätter hervor, die Ruben beschrieben hatte – mit der Hand, aber seine Schrift war groß und klar, sodass man sie leicht lesen konnte. Es waren Notizen in Englisch.

Die Bilderberger hießen so, weil sich 1954 in Oosterbeek in Holland in einem Hotel namens De Bilderberg ein paar bedeutsame Leute zum ersten Mal zusammengefunden hatten. Das war nicht neu. Das hatte er auch schon im Internet gelesen. Prinz Bernhard der Niederlande galt als Initiator und ein polnischer Jesuit, der schon für den englischen Geheimdienst gearbeitet hatte. Der Milliardär David Rockefeller gehörte zu der Gruppe, Henry Kissinger, der ehemalige Außenminister der USA, der Fiat-Boss Agnelli, die Vorstände von Banken und Ölfirmen. Nach 1954 hatten sich die Bilderberger Jahr für Jahr getroffen, immer an einem anderen Ort und ohne dass eine Zeitung darüber berichtet hatte. Das war überhaupt das Auffälligste. Obschon auch mächtige Verleger zu der Gruppe gehörten, hatte niemand über diese Treffen geschrieben. Weder wusste man, ob es eine Tagesordnung gab, noch, ob Beschlüsse gefasst wurden. Über fünfzig Jahre war es den Bilderbergern gelungen, ihr Geheimnis zu bewahren. Erst mit dem Siegeszug des Internets fanden sich erste Berichte über sie im Netz. Sie hatten sich auch in Deutschland getroffen – in Garmisch-Partenkirchen, Wiesbaden, Aachen, Baden-Baden und im Jahr 2005 in Rottach-Egern.

Ruben hatte die Treffen fein säuberlich aufgeführt. Er hatte etliche Namen in Druckschrift danebengesetzt – darunter Olof Palme mit drei Ausrufezeichen, Alfred Herrhausen, Helmut Kohl, Gerhard Schröder und Angela Merkel.

»Meeting in Germany in May 2005 – Angela Merkel was there, but Schröder was just allowed to say hello to the secret guests. In fall 2005 Merkel became chancellor.«

Eindeutig, was Ruben damit sagen wollte, die Bilderberger hatten Merkel gewissermaßen zur Kanzlerin gemacht.

Aber das war Unsinn! Wie sollte so etwas möglich sein? Eine Verschwörungstheorie, die durch das Internet geisterte.

Er legte die Papiere beiseite und betrachtete die Pistole. War das ein Wink des Schicksals? Der Gedanke, Kuhn niederschießen zu müssen, verfolgte ihn den ganzen Tag – und nun hatte er hier eine Waffe, wahrscheinlich unregistriert, von einem verschwundenen Mexikaner.

Er löschte das Licht. Endlich überfiel die Müdigkeit ihn, doch plötzlich leuchtete ein Scheinwerfer durch das Küchenfenster herein, und einen Moment später klingelte es an der Tür.

Es war drei Uhr in der Nacht.

Er nahm die Pistole. Der Scheinwerfer hatte sich weiterbewegt, ein Lichtkegel schien an der Hauswand hin und her zu gleiten. Er ging in den Flur, die Pistole vor sich, und versuchte, ruhig zu bleiben. Kein Einbrecher würde um drei Uhr nachts an der Tür klingeln. Aber was sollte das Ganze? Kuhn würde ihm kaum um diese Zeit auflauern. Er schob sich zur Haustür und blickte dann durch das kleine, eingelassene Fenster. Ein Mann stand da, in einer Uniform. Polizei.

Zaghaft öffnete er und so, dass man die Pistole nicht sehen konnte.

»Entschuldigen Sie die Störung«, sagte der Polizist, ein junger Bursche mit einem Schnauzbart. »Wir haben einen Anruf bekommen – es sollen sich Einbrecher im Haus aufhalten.« Von hinten näherte sich ein zweiter Polizist mit einer eingeschalteten Taschenlampe.

»Nein«, sagte er. »Es gibt keine Einbrecher. Ich wohne hier – bin zurück in das Haus gezogen. Meine Frau …« Er verstummte.

Der Polizist lächelte. »Haben Sie einen Ausweis – nur dass wir ganz sicher sein können?«

Für einen Moment dachte er, dass es sich um zwei falsche

Polizisten handeln müsse: Wie konnte man um diese Zeit so wach und freundlich sein?

Er steckte die Pistole unauffällig in die Hosentasche und holte dann seinen Führerschein hervor.

Der Polizist warf lediglich einen kurzen Blick darauf. »Nichts für ungut«, sagte er und tippte sich zum Abschied grüßend an die Stirn.

Mitchi weckte ihn um acht Uhr zwölf, als sie ihn auf dem Festnetz anrief. »Dachte ich mir, dass du in das Haus zurückgekehrt bist«, sagte sie ohne Begrüßung. »Hast du die Papiere schon durchgelesen?«

Er versuchte sich zu orientieren, das Telefon hatte auf dem Glastisch gelegen, draußen begann es zu dämmern. Er erhob sich von dem Samtsofa und ging zur Terrassentür. Der Garten war immer Lindas Stolz gewesen, nun wirkte er verwahrlost, der Rasen war offenbar lange nicht gemäht worden.

»Hör zu«, sagte er. »Ich habe andere Dinge zu tun. Ich glaube auch nicht, dass Ruben etwas passiert ist …«

»Doch«, erwiderte Mitchi. Für einen Moment hörte es sich an, als würde sie schluchzen. »Jemand will sich mit dir treffen«, fuhr sie fort, »ein Journalist … Eigentlich war er mit Ruben verabredet, aber nun musst du ihn sprechen … Er kennt sich aus und ist ebenfalls bedroht worden.«

Er ging von der Terrasse in die offene Küche. Auf seinem Smartphone, das er auf stumm geschaltet hatte, waren vier Anrufe eingegangen – zweimal die Redaktion, dann ein Anruf von Kathy und eine unbekannte Nummer.

»Mitchi, ich will niemanden treffen. Auch wenn ich keinen Job mehr habe … Ich muss mich um das Haus kümmern, darum, was Linda hinterlassen hat …« Seine eigenen Worte erschreckten ihn. … was Linda hinterlassen hat … Wollte er tatsächlich hier sitzen und sich mit ihrem Vermächtnis beschäftigen?

»Es ist noch etwas anderes passiert«, sagte Michi. »Jemand

hat mir eine Traueranzeige geschickt, so als wäre sie in einer Zeitung erschienen. Über Ruben.«

»Was steht in der Traueranzeige – dass Ruben tot ist?«

»Ja, Ruben Souza, geboren 1971 – gestorben 2015 – in tiefer Trauer. – Darüber steht in Deutsch: ›Gedenkt meiner in Eurem Herzen.‹ – Was hat das zu bedeuten?«

»Das ist ein Scherz«, erwiderte er, »ein ziemlich schlechter Scherz. Jemand will dir Angst einjagen.«

»Du musst mir helfen – vierzigtausend Euro, wenn du das Buch schreibst. Der Journalist ruft mich nachher an, wo ihr euch treffen könnt. Dann melde ich mich.« Sie legte auf, ohne sich zu verabschieden.

Mit dem letzten Pulver machte er sich einen Kaffee, dann ging er durch das Haus. Elf Jahre hatte er hier gelebt, davon waren vielleicht drei oder vier glücklich gewesen. Sie hatten in Sommernächten im Garten geschlafen, waren im Fühlinger See schwimmen gewesen, für eine gewisse Zeit hatten sie sich sogar Liebesgedichte geschrieben, die sie in einem hohlen Ast im Kirschbaum hinterlegt hatten. Aber dann war das Unglück geschehen, und Linda hatte begonnen, in ihrem Arbeitszimmer zu übernachten …

Er wagte es nun, nach oben in Lindas Schlafzimmer zu gehen. Auch hier war alles aufgeräumt, sogar ihr Bett war abgezogen. Bücher lagen neben dem Bett, zwei Romane, eine Studie über Prostitution, daneben eine Ausgabe der Zeitschrift ›Frauenpower‹, für die sie nun seit zehn Jahren schrieb. Das Heft stammte aus dem Mai. Auf dem Cover war eine junge, nackte Frau zu sehen. Ein großes rotes X bedeckte ihren Oberkörper. Daneben stand die Schlagzeile: »Sexarbeit – nein, danke. Für ein Verbot der Prostitution«.

Auch daran waren sie gescheitert – er war der Boulevardjournalist geblieben, während sie sich mit ihrer Zeitschrift immer mehr ernsten gesellschaftlichen Themen zugewandt hatte.

Ihre Kleider hingen noch in ihrem Schrank, zumindest

hatte sie ihn nicht komplett ausgeräumt. Ob sie etwas mitgenommen hatte, konnte er nicht wirklich abschätzen. Aber auf ihrem Schreibtisch fehlte der Laptop, mit dem sie ständig gearbeitet hatte, da lagen nur ein paar Rechnungen, Kontoauszüge und ein leeres Notizbuch für das Jahr 2015.

Wo war ihr Laptop? In dem Wagen, mit dem sie verunglückt war?

Er musste mit Kuhn sprechen, auch wenn ihm dieser Gedanke Übelkeit bereitete. Kuhn würde mehr wissen als er.

Ein schlecht kopierter Ausschnitt einer Landkarte befand sich auch noch auf dem Schreibtisch. Köln, Bonn und die Eifelgegend. Er nahm das Papier, faltete es und steckte es ein. In der Eifel war Linda zu Tode gekommen. Es gab ziemlich viele Fragen, die er Kuhn stellen musste.

Dann hörte er, wie unten die Haustür geöffnet wurde. Eine Stimme rief: »Hallo, ist jemand da?«

Sein Herzschlag beschleunigte sich, er eilte aus dem Zimmer, die Holztreppe hinunter.

Sigmund Mölln, der Nachbar, stand im Wohnzimmer. Er hatte die Beretta in die Hand genommen und betrachtete sie. Mit ernster Miene wandte er sich um. Dann glitt ein Lächeln des Erkennens über sein Gesicht. »Du?«, sagte er. »Mein Gott, bin ich froh, dass nicht wieder Einbrecher im Haus sind!«

7.

Das Gefängnis ist in deinem Kopf, hier hast du dich eingesperrt, hier sitzt du hinter den Gitterstäben und denkst unentwegt an deine Schuld, daran, was du alles falsch gemacht hast. Es war ein Gemeinplatz. Silvana hatte ihr das oft gesagt. Nur du kannst dich selbst befreien. Erinnere dich an deine Siege mit Robert, an die schönen Tage. Sie versuchte es: Sie dachte an ihre gemeinsamen Segeltouren auf der Nordsee, an die Freude, als sie schwanger wurde, an den Tag, als sie das Kinderzimmer eingerichtet und sich auf dem Wickeltisch geliebt hatten. Und doch … die Schuld würde nicht vergehen, und nun dachte sie sogar daran, ob sie nicht auch an Finns Tod eine Mitschuld trug. Hatte es ein Zeichen gegeben, dass er in Gefahr schwebte? Hatte er deshalb mit ihr reden wollen? Aber nein, das war Unsinn. Er konnte ja gar nicht wissen, dass sie Polizistin war.

Sie starrte auf die Visitenkarte, die David ihr gegeben hatte: Jörn Falk, Chefreporter beim ›Express‹.

Jörn, nicht Finn.

Sie hatten einen Mordfall. Dass sich Jörn Falk getötet hatte, erschien ihr nun immer unwahrscheinlicher. Wieso sollte er sich die Haare färben und dann in einem heruntergekommenen Hotel Unterschlupf suchen?

Noch bevor die Obduktion beendet war, fuhr sie mit dem Taxi ins Präsidium. Sie bat Mona Beckmesser, ihre Assistentin, alles, was sie über Falk finden konnte, zusammenzutragen. Als sie seinen Namen im Internet eingab, tauchten etliche Artikel auf. Der letzte Eintrag war eine kurze Meldung, dass er, um sich anderen Projekten zu widmen, beim ›Express‹ ausgeschieden sei. Diese Meldung war elf Tage alt. Ein Foto, das vier Monate alt war, zeigte ihn mit Achenbach, dem Verleger der Zeitung, der ihm lächelnd die Hand schüttelte. Falk lachte nicht, er sah stumm vor sich hin. Die Artikel, die online noch zu finden waren, befassten sich mit der Geschichte der Kölner Rheinbrücken, mit stadtbekannten Politikern, Schauspielern, Kölner Bands. Da schien auf den ersten Blick nichts Brisantes dahinterzustecken.

Henning kehrte zurück. Er war offenkundig schlechter Laune. »Du hättest mir sagen können, dass du gehst«, erklärte er, »und dass du schon über die Identität des Toten Bescheid weiß.«

»David Bauer kannte ihn«, erwiderte sie. »Was hat die Obduktion ergeben?«

»Der Mann ist nicht ertrunken, kein Wasser in der Lunge. Er ist an dem Cocktail von Barbituraten gestorben. Die Packungen haben ja im Abfall gelegen, die genaue Analyse bekommen wir noch. Ansonsten keine Besonderheiten. Er scheint auch länger nichts mehr gegessen zu haben. Kein Mageninhalt.«

»Aber hat er sich diesen Cocktail selbst verabreicht, oder wurde er dazu gezwungen?«, fragte Lena.

»Darüber hat die Rechtsmedizinerin nichts gesagt. Der Kabelbinder und die leichte Schürfwunde an der Hand geben darüber keinen Aufschluss. Ich würde von Selbstmord ausgehen.« Henning setzte sich auf seinen Stuhl und starrte sie an. »Ich weiß, dass du anders darüber denkst.«

»Wenn wir an dem Kabelbinder DNA-Spuren von dem Toten finden, müssen wir ermitteln«, sagte sie.

Henning nickte. »Habe ich schon weitergegeben, aber da werden sie nichts finden, glaube mir.« Er seufzte. »Ein Mann, der wahrscheinlich Schulden hatte oder sonst wie mit seinen Problemen nicht mehr klarkam, hat sich eine Absteige gesucht, um seinem Leben ein Ende zu setzen. Aus, finis.« Er hob die Hände und ließ sie sinken. »Kennen wir doch«, fuhr er fort. »Das Gefühl, dass es nicht mehr weitergeht.« Er musterte sie. »Ich habe noch mehr als hunderttausend Euro Schulden, meine Frau wird mich nie mehr in meine Wohnung lassen … Na ja, und du?«

Und du? Über sich wollte sie nicht sprechen, nicht mit Henning jedenfalls.

»Ich werde mir diesen Jörn Falk etwas genauer ansehen, und dann muss es jemand seinen Angehörigen sagen. Unwahrscheinlich, dass er ganz allein auf der Welt war.«

Mona kam ins Zimmer, sie hatte eine neue Haarfarbe ausprobiert, ihr übliches Rot war nun noch weiter ins Orange abgedriftet. Sie legte Lena ein paar Ausdrucke hin. »Keine Vorstrafen, seine Frau ist vorletzte Woche bei einem Unfall ums Leben gekommen.«

»Kinder?«, fragte Lena.

»Nein, wohl nicht, aber unten an der Pforte steht eine Frau, die sagt, sie weiß, wer ihn ermordet hat.«

Die Frau, die aus der Fahrstuhltür trat, war riesengroß. Sie trug einen gelben Mantel, ihre langen grauen Haare waren zu einem Zopf geflochten, der auf und ab wippte, als sie auf Lena zukam. Ihre Lippen waren grellrot geschminkt, und ihr Gesicht wurde von spitzen Falten überzogen. Sie mochte achtzig sein, bestimmt nicht viel jünger.

Eine alte Indianerin macht uns ihre Aufwartung, dachte Lena.

Die Alte breitete die Arme aus, beinahe als wäre sie es gewohnt, alle, die sie begrüßte, auf die Wange zu küssen.

»Mein Gott!«, sagte sie. »Endlich hört jemand auf mich. Jörn – es geht um ihn. Er ist umgebracht worden. Ganz sicher!«

Lena bemerkte aus den Augenwinkeln, dass Henning mit den Augen rollte. Konnte diese Frau Falks Mutter sein? Wohl kaum.

Sie baten die Frau in ihr Büro. Sie seufzte wieder, als sie sich setzte, dann lächelte sie. »Ich weiß, was Sie denken. Woher weiß die Frau das alles schon?« Sie tippte sich an die Stirn und betrachtete dann ihren Finger, an dem ein wenig bräunliche Schminke klebte. »Ich heiße Mitchi Vogel – ich habe ein paar Spione in der Stadt, gute Kontakte, auch beim ›Express‹. Da hat einer schon etwas gewusst, und dann habe ich den Staatsanwalt angerufen, diesen Bauer, und dann …«

Henning hob die Hand, um die Frau zu unterbrechen. »Sie kennen Jörn Falk?«, fragte er. »Sind Sie mit ihm verwandt? Oder …«

»Aber nein.« Die Frau lächelte wieder, dann wurde sie ernst. »Wie ist er umgekommen? Haben sie es wie einen Selbstmord aussehen lassen? Das tun sie gerne. Eigentlich bin ich schuld daran, dass Jörn tot ist. Ja, das bin ich …« Nun schluchzte sie und griff an ihrem Zopf herum. »Er sollte ein Buch für mich schreiben. Über eine Verschwörung … über die Herren der neuen Weltordnung. Wissen Sie, wer das ist?«

»Nein«, sagte Henning gereizt. »Das wissen wir nicht.«

»Man nennt sie die Bilderberger – eine Gruppe von Leuten, die sich jedes Jahr treffen. Alles Männer …« Sie klatschte in die Hände. »Klar, Frauen wollen die in so einem Kreis nicht haben. Hohe Politiker, Industrielle …«

»Sie glauben, diese Männer haben Jörn Falk ermorden lassen?«, fragte Lena.

»Wie ist er getötet worden?«, fragte Mitchi Vogel. »Die Bilderberger haben genug Geld und Einfluss. Die haben Geheimdienste – CIA, Mossad. Was sie wollen, kriegen sie.«

Henning stöhnte auf.

»Wann haben Sie Jörn Falk zuletzt gesehen?«, fragte Lena. Sie bemühte sich, das Gespräch nun zu führen. Henning hatte schon halb abgeschaltet, weil er die Alte für eine Spinnerin hielt.

»Vor knapp zwei Wochen, am Montag«, sagte sie. »Es ging um das Buch und um einen Freund, der verschwunden ist.

Später, am 20., hat er mir noch eine SMS geschickt. Er habe sich erkundigt, dieser Freund sei zurück nach Mexiko, aber ich wusste, dass es gelogen war.«

Vor zwei Wochen – das war eine verdammt lange Zeit.

»Was war das für ein Freund, der verschwunden ist?«, fragte Lena.

Unhöflich, wie er manchmal sein konnte, hatte Henning sich schon wieder seinem Computer zugewandt, um deutlich sein Nichtinteresse zu signalisieren.

»Er heißt Ruben«, antwortete die Frau. »Er ist Mexikaner, auch ein Journalist. Er hat mich überhaupt erst auf die Bilderberger gebracht. Er hat Material zusammengestellt …« Die Frau begann zu schluchzen, und nun rollte tatsächlich eine große Träne über ihre Wange. »Ich habe Ruben geliebt … wir waren wohl ein Liebespaar.«

Erstaunt blickte Henning die Alte an. Eine Frage stand in seinen Augen, die Lena beinahe zum Lachen gebracht hätte: Wie alt, verdammt, ist dieser Ruben?

»Ruben ist also verschwunden?«, fragte Lena. »Und Jörn Falk sollte ihn suchen?«

»Jörn sollte das Buch schreiben – das vor allem«, erwiderte die Frau. Sie wischte sich über die Wangen und richtete sich auf. »Ich weiß, dass manche mich für eine Spinnerin halten, eine Verschwörungstante, aber …«

»Was ist mit diesem Jörn Falk?«, fiel Lena ihr ins Wort. »Er ist beim ›Express‹ entlassen worden. Was ist mit seiner Frau? Und …« Sie zögerte kurz. »Mit seinem Kind?«

»Seine Frau ist tot«, erklärte Mitchi Vogel. »Verkehrsunfall, aber sie lebten schon eine ganze Weile getrennt, und Kinder hatte er keine.«

Henning hatte sich dafür entschieden, die Frau für eine ausgemachte Idiotin zu halten. Überhaupt glaubte er nicht, dass sie einen Fall hatten. Falk hatte sich umgebracht, das würde auch der schriftliche Bericht der Rechtsmedizin ergeben.

Mitchi Vogel redete ununterbrochen, während sie zu Falks Haus fuhren. Über Ruben, ihren mexikanischen Freund, über ihren verstorbenen Mann, der ein genialer Musiker gewesen war, und darüber, dass sie Kunst machte, Artefakte aus Steinen, die den Menschen vermitteln sollten, dass sie der Mutter Erde verbunden waren, aus der Erde kam die Wahrheit, und gegen jeden, der gegen die Wahrheit war, würde sie bis zu ihrem letzten Atemzug zu Felde ziehen.

»Wissen Sie, ob Falk tatsächlich an diesem Buch gearbeitet hat?«, fragte Lena. Sie musste sich im Wagen umwenden und beinahe schreien, damit die Alte auf der Rückbank sie verstand.

»Ja«, sagte sie, »er hat an dem Buch geschrieben, und er hat sich mit Leuten getroffen … Journalisten, auch mit Politikern …«

»Hat er sich bedroht gefühlt?« Lena sah aus den Augenwinkeln, wie Henning die Augen verdrehte. Ja, sie konnte seine Gedanken lesen. Was soll das?, dachte er. Weshalb stellst du ihr so eine Frage?

Mitchi Vogel machte ein ernstes Gesicht. »Jeder, der über die Bilderberger schreibt, muss sich bedroht fühlen – das war auch Jörn bewusst. Am Anfang hat er mir auch nicht geglaubt, aber dann …« Sie beugte sich zu Henning vor. »Wissen Sie, wer Alfred Herrhausen, diesen berühmten Bankier, umgebracht hat? Ja …« Sie lachte höhnisch auf. »Sie glauben, es zu wissen. Die RAF! Aber das stimmt nicht. Bis heute weiß niemand etwas Genaues. Im Gebüsch, neben dem Fahrrad, auf dem die Autobombe lag, hat man damals – wir reden vom Jahr 1989 – ein Bekennerschreiben der RAF gefunden, doch das war eine Fälschung, nur ein Blatt Papier mit dem Logo der Bande. Der Verfassungsschutz hat dann versucht, Zeugen zu bestechen, damit sie den Anschlag der RAF in die Schuhe schieben konnten, aber das ist fehlgeschlagen. Die beiden RAF-Leute, die den Mord begangen haben sollten, waren gar nicht in Deutschland, und die Bombe, die war schwierig zu bauen, viel zu schwer für …«

»Liebe Frau«, sagte Henning mit triefendem Spott, »vielen Dank, dass Sie uns diese alten Geschichten erzählen, aber wir möchten lediglich wissen, wie Jörn Falk zu Tode gekommen ist.«

»Davon rede ich doch«, erwiderte die Alte trotzig. »Die Bilderberger – sie können alles. Alfred Herrhausen hat sich damals für einen Schuldenerlass in der Dritten Welt eingesetzt. Das hat natürlich den Rockefellers und Kissingers gar nicht gefallen …«

Henning stöhnte erneut auf, diesmal lauter und ungehaltener. Zum Glück waren sie in Fühlingen angekommen.

»Es ist das letzte Haus«, sagte Mitchi Vogel. »Fahren Sie die Straße zum Sportplatz hinunter.«

Das Haus lag ein wenig zurückgesetzt von der Straße – ein weiß verputzter Neubau mit Sprossenfenstern aus Holz. Ein echtes Familienheim, hätte man auf den ersten Blick meinen können, doch dann entdeckte Lena den verwilderten Vorgarten, eine rostige umgekippte Regentonne und eine Gartenbank, von der die grüne Farbe abblätterte.

Mitchi Vogel zog einen Schlüssel hervor. »Ich bin noch nie hier gewesen«, sagte sie und deutete zur Tür. »Den Schlüssel hat Jörn mir förmlich aufgedrängt.«

Sie öffnete die Tür. Rötliche Bodenfliesen waren zu sehen, dann eine Metallfigur, ein rostfarbenes Ungetüm mit zwei breiten Flügeln, vielleicht ein Engel, der hier Wache hielt.

Henning ließ sie vorausgehen, drängte sich dann jedoch an der Alten vorbei, um ihr nicht den Vortritt zu lassen.

Es roch muffig, und es war warm, die Heizung schien auf Hochtouren zu laufen.

An einer Tür vorbei, die in ein kleines Bad führte, gelangten sie in einen großen Wohnraum, an den sich eine offene Küche anschloss.

»Jesses!«, rief Mitchi und stöhnte auf. »Ich bin ja schon unordentlich, aber das hier …« Sie klatschte in die Hände.

Jörn Falk hatte ein Chaos hinterlassen. Auf einem roten

Sofa, das man allenfalls erahnen konnte, lagen Handtücher, Hemden, Hosen, Zeitungen, Plastiktüten. Ein Glastisch vor einem riesigen Bildschirm war mit Flaschen und Pizzakartons übersät. Falk hatte vor allem Bier getrunken, aber auch zwei Rotweinflaschen fanden sich da, und zwischendrin eine Kanne, in der noch ein Kaffeerest schwamm, bedeckt mit grünlichem Schimmel. In der Küche sah es nicht besser aus. Schmutziges Geschirr, noch mehr Pizzakartons, weitere leere Flaschen und drei geöffnete Dosen.

Lena rümpfte angewidert die Nase. Ihre Kopfschmerzen drohten zurückzukehren.

»Eine Putzfrau hat unser Freund wohl nicht mehr gehabt«, sagte Henning und lachte matt auf.

In dem Wohnraum gab es einen langen Tisch mit sechs Stühlen. Auch hier ein Durcheinander von Zeitungen, leeren Flaschen und ein paar aufgeschlagenen Büchern, doch ein Winkel war frei, direkt vor dem ersten Stuhl.

Hier, dachte Lena, hier hat er mit seinem Laptop gesessen und gearbeitet, aber der Laptop war nicht mehr da.

Sie betrachtete ein Buch – es war ein Reiseführer, Curaçao.

Mitchi war neben sie getreten. »Ich verstehe das alles nicht«, sagte sie. »So war Jörn nicht – so chaotisch, so … verloren.« Sie hob hilflos die Hände.

»Wenn mich einer fragt«, meinte Henning und blickte aus dem Küchenfenster auf die Straße, auf der niemand zu sehen war, »deutet jetzt noch mehr auf Selbstmord hin. Wer in diesem Dreck hockt, muss doch auf solch einen Gedanken kommen.«

Lena warf ihm einen scharfen Blick zu. He, sagte dieser Blick, erinnere dich an deine eigene heruntergekommene Wohnung in Ehrenfeld – wie es da aussieht!

Henning wandte sich ab. »Was genau suchen wir hier?«

»Es muss Unterlagen geben«, sagte Mitchi Vogel, »über das Buch, über seine Suche nach Ruben … ein Manuskript.«

»Wir werden nichts finden.« Lena hatte auch das zweite

Buch umgeschlagen, eine Studie über Geheimbünde. Auf dem Cover war eine Ku-Klux-Klan-Gestalt zu sehen.

Dann ging sie zu einer altmodischen dunklen Kommode hinüber. Da stand ein Telefon in einer Halterung. Sie nahm das Gerät. Der letzte Anruf war vor sechs Tagen eingegangen.

»Jörn«, sagte eine zitternde junge Frauenstimme, »Jörn, verdammt, wo bist du? Wo versteckst du dich?«

8.

Jemand hatte vor etwa zwei Wochen die Terrassentür aufgehebelt, ganz fachmännisch, ohne groß Spuren zu hinterlassen, und war dann ins Haus eingedrungen. Linda war zum Glück nicht da gewesen, es musste am Nachmittag passiert sein.

»Danach hat Linda sich hier unwohl gefühlt«, sagte Sigmund Mölln. »Sie war kaum noch zu Hause und ist dann gar nicht mehr gekommen.« Er wischte sich mit den Händen über seine graue Hose, als müsste er sie reinigen. Schuldbewusst blickte er auf. »Jörn«, fuhr er fort, »es tut mir leid, was mit Linda … mit euch passiert ist.«

Er nickte und nahm Mölln die Beretta aus der Hand. »Sigmund«, sagte er, »weißt du, wo Linda zuletzt gewesen ist? Warum war sie in der Eifel?«

Mölln zuckte mit den Schultern. Das tat er oft – er war ihm immer wie die Gleichgültigkeit in Person vorgekommen. Mit fünfundfünfzig war er von seiner Firma, die Reinigungsdienste für Schulen und Behörden anbot, entlassen worden, aber es hatte ihm augenscheinlich nichts ausgemacht.

»Du und Linda … ihr hättet zusammenbleiben sollen … Ihr beide …«

Das Telefon klingelte laut und dringend. Mölln tippte sich an die Stirn und ging.

Eine Frauenstimme meldete sich. »Schön, dass endlich jemand zu Hause ist«, sagte sie schnippisch. »Ist Frau Linda Falk zu sprechen?«

»Worum geht es?«, fragte er.

»Wir sollten Sicherheitsschlösser an ihrem Haus anbringen – ich habe einen Kostenvoranschlag geschickt und wollte nun nachfragen, ob …«

»Wir brauchen keine Sicherheitsschlösser mehr«, sagte er und legte auf.

Er sah Richard Kuhn unten am Katheder stehen. Mit großen, ausschweifenden Gesten sprach er von Operationen im Unterricht, der Einführung neuer mathematischer Grundsätze. Von hier oben wirkte er beinahe imposant, zweihundert Studenten und Studentinnen, die Lehrer werden wollten, hingen an seinen Lippen. Zum ersten Mal konnte er fast verstehen, was Linda an dem Professor fasziniert hatte. Mitunter strich er sich über seinen grauen Kinnbart und schüttelte lächelnd den Kopf, wenn er einen flauen Scherz gemacht hatte, auf den die Studenten mit einem willigen Lachen eingingen.

Die Beretta spürte er warm in seiner Hosentasche. Konnte man aus einer solchen Entfernung einen Mann erschießen? Er stellte sich vor, wie Kuhn zusammensackte, mitten aus einer Bewegung heraus, und wie er den allgemeinen Tumult nutzte, um unerkannt den Hörsaal zu verlassen.

Nein, er musste mit seinem Hass aufhören … er hatte etwas vor.

Kuhn beendete die Vorlesung mit einer leichten Verbeugung, die irgendwie theaterhaft wirkte, und mit einem Dank für die Aufmerksamkeit, dann hob er den Kopf und schaute ins Auditorium. Ihre Blicke trafen sich – harte Klingen, die aufeinanderprallten. Er hatte ihn also längst bemerkt. Taschen wurden gepackt, die Studenten drängten hinaus, während Kuhn an seinem Pult noch so tat, als müsse er Unterlagen sortieren.

Dann endlich war der Saal leer.

Er erhob sich langsam, zwängte sich durch die Sitzreihe und schritt die Stufen hinunter. Die Beretta schob sich in seiner Hosentasche hin und her, wie ein Tier, das aus seinem Versteck herauswollte.

»Was willst du hier, Falk?«, fragte Kuhn unfreundlich. Er schaute ihn nicht an, sondern nahm seine Tasche und hielt sie wie ein Schild vor seine Brust.

»Ich muss ein paar Dinge wissen«, sagte er, nicht so hart und bestimmt, wie er eigentlich wollte. »Was hat Linda in der Eifel gemacht? Und wo ist ihr Laptop? War der in ihrem Wagen?«

Kuhns Blick irrte durch den Saal, als suche er nach etwas, als könnte ein anderer diese Frage beantworten.

»Falk«, sagte er leise, »dein Problem war immer, dass du dich für etwas hältst, was du nicht bist. Und du siehst Dinge, die nicht so sind. Linda und ich ... wir waren nur noch Freunde, nichts weiter ... Alles andere war längst passé ...« Er wandte den Kopf und schaute ihn zum ersten Mal an. Sein Kinnbart ließ ihn aus der Nähe noch älter wirken, als er war. Auf seinen Wangen waren rote aufgeplatzte Äderchen zu sehen. Zu viel Alkohol, zu viel Nikotin.

»Wo ist der Laptop?«, fragte er wieder. »Woran hat Linda zuletzt gearbeitet?«

Kuhn starrte ihn an, dann lächelte er, hässlich, voller Hohn. »Warum interessiert dich das? Du bist doch die letzten Monate nie für sie da gewesen. Linda war krank – eine üble Rückengeschichte ... Und sie hatte eine Geschichte, an der sie arbeiten wollte. Mehr weiß ich nicht ...«

Er packte ihn am Arm. »Der Laptop ... wo ist der?«

Unwillig schüttelte Kuhn ihn ab und steuerte zum Ausgang. Ein paar Studenten blickten herein, irritiert von der Szene am Pult.

»Ich habe gleich Sprechstunde für meine Studierenden«, sagte Kuhn nun förmlicher. »Und ich habe dir auch nichts mehr zu sagen. Der Wagen steht in Euskirchen bei einem Schrotthändler, und von einem Laptop weiß ich nichts.« Er nickte ein paar Studenten zu und beschleunigte seinen Schritt. An der geöffneten Tür blieb er kurz stehen und wandte sich um. »Ach, Falk«, sagte er. Sein Ziegenbart tanzte in seinem Gesicht auf und ab. »Sie hat dich geliebt, bis zuletzt.«

Kuhn hatte ihm diese Worte wie einen Fluch nachgeworfen – sie hat dich geliebt, bis zuletzt. Als wäre er der Idiot gewesen, als hätte er Linda verlassen und sie nicht ihn …

Er konnte die Worte jedoch nicht abschütteln. Sie verfolgten ihn. Bei ihrem letzten Treffen vor fünf Monaten in einem Café am Ring war Linda still und abweisend gewesen. Er hatte ein paar Papiere unterschreiben sollen, Versicherungen für das Haus, eine Hypothek musste verlängert werden.

Fickt Kuhn dich noch? Diese Frage hatte ihm die ganze Zeit auf der Zunge gelegen, und irgendwie hatte sie ihm seinen Groll angesehen. Er hatte sie nach ihrer Arbeit gefragt und hatte die ganze Zeit ihre Hände betrachtet. Sie hatte noch immer die Hände eines Mädchens, klein, zart, zerbrechlich. Hände, die nicht grob sein konnten. Nach einer halben Stunde waren sie schweigend auseinandergegangen.

Der Schrotthändler in Euskirchen, bei dem Lindas zerstörter Golf stand, wusste nichts von einem Laptop. Die Sachen, die sie gefunden hatten, hatten in eine Plastiktüte gepasst. Klassische CDs, eine Sonnenbrille, zerfledderte Landkarten, eine Packung Kaugummi, die Bedienungsanleitung für den Golf sowie eine Postkarte. Die Karte erschütterte ihn regelrecht. Sie war an ihn gerichtet. Mit der richtigen Adresse, Mainzer Straße, obwohl er ihr sie nie genannt hatte. »Können wir uns treffen?«, stand da. »Am 17. um 16 Uhr im Dom?«

Was sollte das? Wieso hatte sie ihn nicht angerufen? Ein Treffen im Dom, ganz konspirativ?

Der Schrotthändler wusste immerhin, wo sie den Wagen abgeholt hatten – in einem langen Waldstück vor dem Ort Gemünd.

»Eigentlich kann man da gar nicht verunglücken«, hatte der Mann gesagt. »Es sei denn, man ist betrunken, oder es läuft einem ein Reh vor den Wagen.«

Er fuhr in die Eifel und glaubte nach einigem Suchen, die Stelle gefunden zu haben. Kurz vor einer leichten Kurve musste

Linda die Kontrolle verloren haben und genau auf einen Baum zugerast sein. Scherben lagen rund um den lädierten Baum, graue Lacksplitter hatten sich in die Rinde eingraviert. Der Wald rechts und links war sehr dicht, gut möglich, dass von da ein Tier hervorgesprungen war.

Er ging um den Baum herum, suchte etwas. Konnte der Laptop bei dem Aufprall aus dem Auto geflogen sein? Nein, wohl nicht. Ein Stück dunkles Plastik, das zu der Stoßstange gehört haben musste, lag da, daneben eine leere Bierdose, die nagelneu aussah. Er beugte sich vor und nahm die Dose auf. Linda trank kein Bier. Aus ihrem Wagen konnte die Dose wohl nicht stammen. Er steckte sie ein und entdeckte dann noch etwas anderes: einen Schraubenzieher, ebenso neu, ohne jeden Rostflecken. Auch den Schraubenzieher nahm er an sich.

Ein Wagen rauschte auf der Straße vorbei, er wurde langsamer und hielt beinahe. Ein bärtiger Mann sah ihn argwöhnisch an und gab dann wieder Gas.

Viel Verkehr herrschte auf dieser Straße nicht.

Er setzte sich in seinen Wagen, doch als er den Schlüssel ins Schloss stecken und losfahren wollte, zitterten ihm plötzlich die Hände. Ein Begreifen sickerte ein. Hier, an dieser Stelle, war Linda zu Tode gekommen, ein einsamer, grausamer, unerklärlicher Tod.

Tränen liefen ihm über das Gesicht, dann begriff er, dass heute der 17. November war. In einer Stunde hätte Linda ihn im Dom treffen sollen.

Er ließ den Wagen an und fuhr zurück.

Kurz nach sechzehn Uhr hatte er den Dom erreicht. Von unterwegs hatte er noch bei der Polizei in Euskirchen angerufen. Dort hatte man ihm nichts Genaueres über den Unfall sagen wollen, und auch von einem Laptop wusste man nichts. Vor dem Marienaltar zündete er eine Kerze für Linda an, dann lief er den Hauptgang zum Altar hinauf. Warum hatte sie ihn hierher bestellt? Die Kathedrale war voller Menschen, Touristen liefen umher, einige fotografierten, zwei telefonierten sogar. Ein Dom-Schweizer eilte heran und ermahnte einen Chinesen, sein Telefonat zu beenden.

Er ging weiter und blickte zu dem Richter-Fenster hinauf, durch das letzte Sonnenstrahlen fielen. Dann, während er sich umdrehte, sah er ihn aus den Augenwinkeln. Einen Mann mit dunkler Haut, schwarzen, zu einem Zopf gebundenen Haaren. Zwei braune Augen musterten ihn kurz, bevor der Dunkelhäutige sein Gesicht abwandte.

Ruben Souza, fiel ihm ein, Mitchis Mexikaner. Er schritt auf den Mittelgang zu, doch die einzige Person mit langen, zusammengebundenen schwarzen Haaren, die er entdeckte, war eine junge Spanierin, die entsetzt aufschrie, als er sie am Arm packte. Er entschuldigte sich verlegen. Eine Verwechslung, es tue ihm leid. Als der Begleiter der Spanierin ihm einen Stoß versetzte, konnte er nur noch das Weite suchen.

Draußen auf der Domplatte rauchte er eine Zigarette. Er fror im kalten Wind, er war am Ende, seine Sinne waren überreizt.

Als er Mitchi anrief und ihr von seiner Beobachtung erzählte, lachte sie nur: »Ruben ist Atheist, er hasst die Kirche, er würde nie in den Dom gehen, unter keinen Umständen. Hat er nicht einmal mir zuliebe gemacht.«

9.

Sie musste sich darum kümmern. In knapp vier Wochen war Weihnachten. Dieses schreckliche Fest durfte sie auf keinen Fall in Köln verbringen – allein, bei nasskaltem Wetter, grauem Himmel in einer viel zu großen Wohnung. Eine Vorstellung, die ihr Schrecken einjagte. Ihre Freundinnen hatte sie zu sehr vernachlässigt – die würden ihr keine Hilfe sein. Eva würde bis zuletzt in ihrer Boutique in der Ehrenstraße stehen und auf gute Geschäfte hoffen, und Marion sang in Bonn an der Oper, sie würde mit ihrem spanischen Mann nach Barcelona zu dessen Familie fahren. Und ihren Vater, den pensionierten Hauptkommissar Georg Larcher, würde sie am allerwenigsten ertragen können …

Sie surfte durch das Internet. Angebote an allen Ecken und Enden. Es gab selbst Offerten für »reifere, anspruchsvolle Single-Damen«. War sie mit zweiundvierzig schon so etwas – eine reifere, anspruchsvolle Single-Dame?

Sie hätte auch nach Sri Lanka fliegen können. Vor ein paar Wochen hatte sie erfahren, dass Robert da einen Sohn hatte. David hatte es ihr gesagt. Ein Urlaubsflirt vor fast zwanzig Jahren war nicht ohne Folgen geblieben. Rashmi hieß der Junge, mit dem sie bisher zweimal telefoniert und ein paar E-Mails ausgetauscht hatte.

Als ihr Festnetzanschluss klingelte, hatte sie das Gefühl, Robert rufe sie an. So etwas passierte ihr immer noch – sie war in einer Zeitschleife, die sie zurücktrug. Alles war ein Albtraum gewesen, nebenan spielte Simon selbstvergessen ein Videospiel, und Robert meldete sich aus seiner Kanzlei, um zu erfahren, ob er noch etwas einkaufen solle. Ein normales Familienleben, wie sie es nie wieder haben würde.

»Was tust du?«, fragte David Bauer.

»Nichts«, antwortete sie, und weil sie selbst spürte, wie unbefriedigend diese Antwort war, fügte sie rasch hinzu: »Ich trinke einen Tee.« Er sollte nicht wissen, dass sie verzweifelt nach einem Ort suchte, wo sie Weihnachten hinter sich bringen konnte.

»Was macht euer Fall?«, fragte er. »Vermutlich war es Selbstmord, nicht wahr? Ich habe Nolden, den Chefredakteur, angerufen. Dieser Falk war ziemlich am Ende ... er lebte von seiner Frau getrennt, sie hatte dann einen tödlichen Unfall, er hatte keinen Job mehr, und eigentlich wollte er Schriftsteller sein ...«

»Ja, ich weiß«, unterbrach Lena ihn. »Warum interessiert dich der Fall?«

David Bauer schwieg einen Moment. »Ich dachte, wir könnten noch etwas trinken«, sagte er. »Gestern sind wir unterbrochen worden, und ich ...«

»Die Bilderberger ... sagt dir das etwas?«

David lachte auf. »Darüber wollte Falk schreiben? Hat Nolden auch erwähnt. Die Bilderberger – die heimlichen Herren der Welt. Die neue Weltordnung.« Er lachte noch einmal. »Das ist reinste Verschwörungstheorie – wie etwa, dass die Anschläge vom 11. September eigentlich ein Werk der CIA waren. Das Internet ist voll von solchen Geschichten.«

»Mich interessiert das«, sagte sie. »Ich muss darüber noch ein wenig recherchieren.«

Dann legte sie auf.

David hatte recht. Im Internet fand sie gleich Dutzende Artikel über die Bilderberger.

Krude Geschichten, die sich aber wie Romane lasen. So steckten die Bilderberger angeblich hinter dem Mord an Olof Palme, dem schwedischen Ministerpräsidenten. Palme hatte Henry Kissinger, der zum inneren Kreis der Bilderberger gehörte, nicht zu ihrer Tagung nach Schweden einreisen lassen wollen, weil er ihn für einen Kriegsverbrecher hielt. Seither waren die beiden Todfeinde gewesen. Zudem hatte sich der Schwede für eine atomwaffenfreie Zone in Europa eingesetzt. Unmittelbar vor seinem Tod im Jahr 1986, bevor er zu seinem spontanen Kinobesuch aufbrach, hatte Palme angeblich noch mit einem Bilderberger telefoniert.

Alle Krisen der Welt hatten die Bilderberger vorhergesehen und geschürt – die Ölkrise in den Siebzigerjahren, den Untergang der Sowjetunion, den Irakkrieg 2003 und dic Finanzkrise 2008. Im Jahr 1988 hatten sie den Bundeskanzler Kohl einbestellt und ihm bereits einen Fahrplan für die deutsche Wiedervereinigung mitgegeben.

Konnte man sich in diesen Verschwörungstheorien verirren – sie für bare Münze nehmen? Ja, das konnte man wohl. Aber Jörn Falk war ein versierter Journalist gewesen, und nirgendwo hatte sie eine Spur darüber gefunden, dass er tatsächlich über die Bilderberger ein Buch geschrieben hatte.

Erst gegen zwei Uhr in der Nacht schaltete sie den Computer aus. Sie schaffte es nicht mehr, ins Bett zu gehen. Auf dem Sofa schlief sie ein, unter einer dünnen Decke. Als Letztes glaubte sie, einen Schatten im Zimmer zu sehen, der sich näherte und sich über sie beugte. Robert, der ihr einen Kuss auf die Wange hauchen wollte. So würde es immer sein, solange sie in dieser Wohnung blieb – der Gedanke, dass er gar nicht tot war, dass er hier noch irgendwo herumgeisterte und sich um sie sorgte.

Eine SMS weckte sie am Morgen um halb acht.

»Die Techniker haben schnell gearbeitet«, schrieb Henning. »Keine DNA am Kabelbinder. Wir haben keinen Fall.«

Sie setzte sich auf Roberts Rennrad. Es war Sonntag, da musste sie auch nicht fürchten, verspäteten Schulkindern über den Weg zu laufen. Dreimal war sie Freunden von Simon morgens begegnet; deren Unbehagen, deren leere, ängstliche Blicke, das

Gefühl, dass Simon doch eigentlich zu ihnen gehören sollte, all das hatte sie kaum ertragen können.

Sie brauchte vierzig Minuten nach Fühlingen. Vermutlich war sie die einzige Polizistin, die mit dem Rennrad zu einem Tatort anrückte.

Henning hatte sie zweimal angerufen. Irgendwo am Rhein hatte man eine Leiche aus dem Wasser gefischt, doch sie hatte nicht zurückgerufen. Sie stellte ihr Smartphone auf lautlos. Sie war noch nicht bereit für einen neuen Fall, sollte er sich allein darum kümmern. Ein paar Dinge musste sie noch über Jörn Falk erfahren.

Die Straße lag verlassen da, eine Frau mit einem Hund bog in einen Feldweg ab. Fühlingen gehörte zwar zu Köln, war aber eher ein kleines, abgeschiedenes Dorf. Sie lehnte ihr Fahrrad an einen Laternenpfahl und schloss es ab. Jeden Nachbarn wollte sie befragen – irgendjemand musste etwas über Falk wissen, was er in den letzten Wochen getan, mit wem er sich getroffen hatte. Vielleicht würde sie auch die Frau finden, die auf den Anrufbeantworter gesprochen hatte.

Als sie sich dem ersten Haus zuwenden wollte, sah sie aus den Augenwinkeln, dass die Tür zu Falks Haus offen stand. Sie schritt durch den Vorgarten. Aus dem Haus drang kein Geräusch.

»Hallo«, rief sie in den Flur hinein.

Niemand antwortete.

Hatte Mitchi Vogel gestern bei ihrem Besuch vergessen, die Tür zu schließen?

Langsam trat sie ein. In dem Wohnraum hatte sich jemand gründlich umgesehen. Die Zeitungen, die auf dem Sofa und dem Tisch gelegen hatten, waren nun ordentlich vor einer Terrassentür gestapelt worden. Aus den Regalen waren die Bücher in der Mitte des Wohnraums zu mehreren Türmen aufgeschichtet worden. Die Kleidungsstücke lagen nun auf einem Haufen. Es roch nach Kräutertee.

Noch einmal rief Lena »Hallo« und lauschte.

Waren irgendwo Schritte zu hören? Nein, wohl nicht.

Sie nahm ihr Telefon hervor, um die Nummer von Mitchi Vogel zu erfragen, und sah, dass Hennings Nummer auf dem Display aufleuchtete. Auch Mona hatte einmal angerufen – und ihr Vater, Georg Larcher, der nie von sich aus zum Hörer griff, um sich bei ihr zu melden. Sie spürte, wie sich ihr Herzschlag beschleunigte, eine kindische Reaktion, die aber immer eintrat, wenn ihr Vater im Spiel war. Nach dem grausamen Krebstod ihrer Mutter hatten sie sich überworfen. Insgeheim hatte sie ihm die Schuld gegeben, dass ihre Mutter tödlich erkrankt war. Viel zu wenig hatte er sich um sie gekümmert.

Sie hörte ihre Mailbox ab. Henning fragte noch einmal, wo sie abgeblieben sei. Bei der Leiche handele es sich um eine junge Frau, die offenbar ertrunken sei. Mona hatte keine Nachricht hinterlassen, und dann vernahm sie die sonore Stimme ihres Vaters. »Lena«, sagte er langsam und betont. »Ruf mich zurück. Es gibt ein Problem, über das ich mit dir sprechen muss.« Dann schwieg er einen Moment und legte auf. In der einen Sekunde Schweigen war seine ganze Schroffheit zu spüren.

Sie überlegte, ihn sofort anzurufen. Was konnte das Problem sein? Doch im nächsten Moment wurde das Haus durch ein Geräusch erschüttert, das aus der ersten Etage drang. Es klang wie ein Orkan – ein heftiger Wind, der tosend durch ein Fenster gebrochen war.

Lena steckte das Telefon ein und eilte die Holztreppe hinauf. Die Geräusche veränderten sich – jemand kratzte auf einer Geige herum, ein Motor ratterte, der Wind heulte leiser.

In einer offenen Tür entdeckte sie Mitchi Vogel, die auf dem Boden hockte, Papiere um sich verstreut, und sie lächelnd und kein bisschen überrascht anschaute.

»Das«, rief sie durch den Musiklärm, »ist ›Windspiel‹. Das letzte Stück, das mein Mann komponiert hat, bevor er starb.«

Mitchi Vogel hatte die Nacht im Haus verbracht und es durchsucht. Wo waren die Unterlagen über die Bilderberger, wo war das Manuskript, an dem Falk angeblich gearbeitet hatte? Gefunden hatte sie nichts von Bedeutung – nur ein paar Kopien und einige handschriftliche Notizen von Falk.

Lena hatte den Verdacht, dass er gar nichts geschrieben hatte, aber davon sagte sie der Alten nichts.

Sie saßen im Wohnraum. Mitchi hatte Tee gekocht, den sie mitgebracht hatte und der nach scharfen Kräutern schmeckte.

»Ich verstehe das nicht … etwas müsste da sein. Mehr als ein paar Notizen. Falk hat gesagt, dass er schon angefangen hat zu schreiben.«

Das wenige, das Mitchi zusammengetragen hatte, lag vor ihnen auf dem Tisch. Ausdrucke von Wikipedia über Geheimbünde und amerikanische Thinktanks, ein Artikel über einen Drogenhändler in Venezuela, eine billige Broschüre über ein Bordell am Eigelstein in Köln, das Laufhaus genannt wurde, und einen Artikel, den Linda Rosen – so hieß Falks Frau – über Sexarbeiterinnen geschrieben hatte. Nichts über die Bilderberger, keine Seite eines Manuskripts, auch kein Abschiedsbrief.

»Für meinen Kollegen ist der Fall eindeutig«, sagte Lena. »Da hat sich jemand getötet, der eindeutig am Ende war. Der Job weg, die Frau …«

»Kindchen«, unterbrach Mitchi sie und berührte ihren Arm, »ich weiß, was Ihr Kollege denkt, aber Jörn hat sich bestimmt nicht umgebracht. Da steckt etwas anderes dahinter, und wenn es nicht die Bilderberger waren, dann waren es andere Leute, denen er auf die Füße getreten ist. Wir müssen es herausbekommen, und wir müssen das Manuskript finden. Wahrscheinlich hat er es irgendwo anders versteckt und in Sicherheit gebracht.« Mit ihren grünen Augen schaute Mitchi sie bittend an. Dafür, dass sie die ganze Nacht herumgesucht hatte, wirkte sie erstaunlich munter. »Hören Sie nicht auf Ihren Kollegen!«

Für einen Moment war Lena versucht, davon zu sprechen, dass sie Falk getroffen und er sogar ein wenig mit ihr geflirtet hatte – in einer Selbsthilfegruppe, doch dann hörten sie, wie die Tür geöffnet wurde.

Ein Mann kam herein und schaute sie verblüfft an – er war Anfang vierzig, hatte einen kahlen Schädel und einen Vollbart.

»Entschuldigung«, sagte er, »ich bin Christian Falk, der Bruder. Die Polizei hat mich angerufen. Ich soll mich um das Haus kümmern, weil Jörn sich umgebracht hat.«

10.

Die Redaktion des Magazins ›Frauenpower‹ lag im Rheinhafen in einem alten Speichergebäude. Noch als er mit Linda zusammen gewesen war, hatte er sich über den Namen mokiert. ›Frauenpower‹ – wie peinlich und anmaßend.

Als er aus dem Auto stieg, fiel ihm ein, dass die Chefredakteurin, nachdem sie vor ein paar Jahren Drohungen erhalten hatte, einen Metalldetektor hatte aufbauen lassen, durch den jeder Besucher gehen musste, genau wie am Flughafen. Mit seiner Beretta wäre er vermutlich sofort aufgefallen. Er überlegte, die Waffe ins Handschuhfach zu legen, schob sie dann aber unter den Fahrersitz.

Berit, Lindas älteste Freundin, empfing ihn in ihrem winzigen Büro. Immerhin konnte man auf den Rhein blicken, der im Dämmerlicht zu erahnen war. Manuskripte stapelten sich auf ihrem Schreibtisch neben einem altmodischen Telefon und einem Laptop. Hinter ihr hing ein Foto, das Linda und sie selbst auf einer Kanutour zeigte – sie hatte es mit einem Trauerflor versehen. Ihm fiel auf, dass er noch nie in diesem Büro gewesen war, überhaupt war er wohl allenfalls zwei- oder dreimal in der Redaktion gewesen.

»Was genau willst du wissen?«, fragte Berit. Ihr Tonfall war offen feindselig. Sie hatte sich eine Zigarette angesteckt – sie war eine Kettenraucherin, was man ihr auch mittlerweile ansah. Ihre Haut wirkte wie altes Leder, für ihre knapp fünfzig Jahre sah sie alt und erschöpft aus.

»Ich frage mich, woran Linda zuletzt gearbeitet hat. Weshalb war sie in der Eifel?« Er bemühte sich, freundlich zu klingen. Mit Leuten, die nicht mit einem Boulevardjournalisten sprechen wollten, hatte er Erfahrung.

Berit lehnte sich zurück und sah den Rauchschwaden nach, die sie produzierte. »Ich verstehe nicht ganz, warum du hier plötzlich auftauchst. Linda ist tot. Ein tragischer Unfall. Wir alle haben um sie getrauert und tun es noch, aber von dir …« Sie richtete sich auf und sah ihn an. »Von dir ist nie was gekommen. Du hast Linda in ihrer Arbeit nie unterstützt.«

Er hätte nun auch gerne nach einer Zigarette gegriffen, unterließ es jedoch. »Berit«, sagte er in einem versöhnlichen Ton, »wir beide haben uns immer ganz gut verstanden, oder nicht? Ja, Linda und ich hatten unsere Probleme miteinander. Trotzdem habe ich sie geliebt, und nun will ich mir selbst ein paar Fragen beantworten. Woran hat sie zuletzt geschrieben?«

Berit verzog den Mund, dann strich sie eine dunkelrote Haarlocke zurück. Seit er sie kannte, färbte sie sich ihr Haar in einem besonderen Rot. Dann warf sie ihm ein Heft hin, auf dem ein geplatztes Kondom zu sehen war, kein appetitlicher Anblick.

»Linda hatte sich aus der Redaktion ausgeklinkt. Sie wollte etwas Großes über unsere Kampagne gegen Prostitution schreiben. Daran hat sie in den letzten Wochen gearbeitet.«

Er nahm das Heft in die Hand und blätterte es durch. Ja, er erinnerte sich. Ellen Rumpf, die Chefredakteurin, eine fast siebzigjährige Feministin der ersten Stunde, trat seit Jahren dafür ein, Prostitution in jeglicher Form zu verbieten. Ihm war dieses Vorhaben immer lächerlich vorgekommen. Prostitution war das älteste Gewerbe der Welt, man konnte es einfach nicht verbieten. Darüber hatte er sich mit Linda gelegentlich gestritten, als sie noch zusammen gewesen waren.

Berit musterte ihn. »Ich weiß«, sagte sie spöttisch. »Ihr großen Jungs vom ›Express‹ findet das alles absurd und abwegig, aber wir …« Sie drehte sich um und griff nach einem Stapel Papier. »Wir reden mit den Frauen, die auf einem Straßenstrich stehen oder in irgendwelchen billigen Bordellen auf

Freier warten. Heutzutage gibt es da sogar Flatrates – all you can fuck. Widerlich! Die Mädchen verdienen keine zwanzig Euro in der Stunde.« Sie ließ die Papiere auf den Schreibtisch fallen.

»Ich will wissen, was Linda zuletzt geschrieben hat«, erklärte er, so ruhig er konnte. »Habt ihr das Manuskript gesehen? Hat sie vielleicht ihren Laptop hier in der Redaktion?«

»Nein, wir haben noch keinen Text gesehen«, erwiderte Berit. Sie drückte ihre Zigarette aus. Ihr Telefon klingelte, sie hob ab und sagte: »Ja, ich komme gleich … Habe noch jemanden hier … In fünf Minuten.«

Er begriff, dass er hier nicht weiterkommen würde. »Kann ich Lindas Schreibtisch einmal sehen?«, fragte er, nachdem Berit aufgelegt hatte. Hinter ihr fuhr ein hell erleuchtetes Containerschiff den Rhein hinunter, es sah aus, als könnte man es mit Händen greifen.

»Nein«, antwortete Berit bestimmt. »Du gehörst nicht zur Redaktion. Ich werde mich um die Dinge kümmern, die Linda hier zurückgelassen hat. Wenn ich etwas finde, das dich interessieren könnte, rufe ich dich an – vielleicht.« Berit erhob sich.

Er legte ihr seine Visitenkarte mit dem ›Express‹-Logo hin. »Ruf bitte meine Mobilnummer an, falls du …« Er verstummte, als er Berits abweisendes Gesicht sah.

»Linda hätte sich gerne mit dir versöhnt. Das weiß ich genau«, sagte sie. »Aber du hast nicht einmal zurückgerufen, als sie dich brauchte. Das hat sie mir gesagt, als wir das letzte Mal telefoniert haben.«

Jeder hatte so seine eigene Wahrheit. Für Berit war er offenbar der Schurke im Stück, nicht Kuhn oder ein anderer, mit dem Linda sich in den letzten Jahren eingelassen hatte. Ja, sie hatte ihn ein paar Mal versucht anzurufen, und er war immer zu beschäftigt gewesen, nein, nicht zu beschäftigt, er wollte sie durch sein Schweigen bestrafen, dadurch, dass er sich nicht meldete.

Nun war sie tot, und für Gespräche und ein Verzeihen war es zu spät.

Er setzte sich auf eine Bank am Rhein und gab bei Google »Linda Rosen« ein. Ihren Geburtsnamen hatte sie auch nach ihrer Heirat nicht abgelegt. Sie hatte sogar einen Wikipediaeintrag, registrierte er. Die Trennung von ihm war erfasst. Auch ihre Journalistenpreise wurden erwähnt. »Linda Rosen tritt unbeirrt für Frauenrechte ein. Ihre letzten Arbeiten beschäftigten sich vor allem mit dem Kampf gegen die Prostitution.« Ein paar Artikel fanden sich in den Fußnoten. Ihren Tod jedoch hatte Wikipedia noch nicht vermeldet.

Wieder spürte er Trauer, und auf einmal betrauerte er sich selbst, dass er nicht das Leben geführt hatte, das er hatte führen wollen. Wieso waren Linda und er auseinandergekommen? Sie hätten sich lieben sollen, einfach lieben – aber so eine Vorstellung war naiv und realitätsfern.

Sein Smartphone klingelte. Eine unbekannte Nummer, die er schon wegdrücken wollte, dann überlegte er es sich anders.

Eine heisere Männerstimme nannte einen Namen, den er nicht verstand. »Den Laptop«, fuhr die Stimme fort. »Wir haben ihn doch hier, haben ihn einfach übersehen.«

»Welchen Laptop?« Er war für einen Moment verwirrt.

»Na, von Ihrer toten Frau. Sie haben doch danach gefragt, oder nicht?«

Es war kurz nach neunzehn Uhr, als er vom Schrottplatz in Euskirchen langsam nach Köln zurückfuhr, als hätte er eine Bombe an Bord. Es war Lindas Laptop, da war er ziemlich sicher, ein Apple MacBook Pro, etwa zwei Jahre alt. Er hatte sie einmal in einem Café daran arbeiten sehen. Das Gerät war ziemlich ramponiert, eine Ecke war gesplittert, und den Bildschirm überzog ein langer Riss. Der Schrotthändler hatte nur eine kurze schriftliche Bestätigung verlangt, dann hatte er den Laptop mitnehmen dürfen.

Er fuhr ins Café Central und setzte sich an einen hinteren Tisch. Voller Erwartungen schaltete er das Gerät an, es fuhr langsam hoch, es war anscheinend unversehrt. Er sollte das Passwort eingeben. Er versuchte es mit Lindas Geburtsdatum, wurde jedoch ablehnt.

Dann gab er »Paula« ein, diesen Namen hatte ihre verstorbene Mutter getragen, an der sie sehr gehangen hatte.

Wieder abgelehnt.

Als ihm der nächste Name in den Sinn kam, spürte er, wie ihm der Mund trocken wurde. Er bestellte einen Cognac, den er sofort hinunterkippte.

»Maximilian«.

Konnte es sein, dass sie tatsächlich …?

Der Bildschirm öffnete sich. Verschwommen, weil ihm Tränen in die Augen getreten waren, sah er die Icons auf dem Desktop. Skype, Mozilla Firefox, Adobe, Antivirus, ein paar andere, die ihm nichts sagten …

Für einen Moment war er so wütend, dass er sich beinahe übergeben hätte, dann griff er nach der Tasse neben dem Laptop, trank auch den Kaffee aus und klickte sich in ihre Dateien ein. Es waren nicht sehr viele, acht Textdateien, wenn er sich nicht verzählt hatte.

Bei der ersten handelte es sich um das Porträt einer Schauspielerin, die in Hamburg und Köln am Theater spielte und es trotzdem schaffte, allein ein Kind aufzuziehen.

Auch zwei weitere Texte waren offenkundig Artikel, die Linda für ihre Zeitschrift verfasst hatte. Eine lesbische Lehrerin berichtete von ihren Schwierigkeiten im Kollegium, mit den Eltern und Schülern, nachdem sie ihre Freundin geheiratet hatte. Genau den gegenteiligen Tenor schlug eine lesbische Fußballspielerin an, die im Nationalteam im Tor stand und von allen sehr geachtet wurde.

Die vierte Datei enthielt eine Geschichte, die zur Weihnachtszeit spielte. Offenbar hatte Linda sie für ein Kind geschrieben. Welche ihrer Freundinnen hatten Kinder? Er erinnerte sich nicht genau. Vera, ihre älteste Schulfreundin, vermutlich.

Der fünfte Text war eine lange Abhandlung über das Frauenwahlrecht – fünfzig Seiten lang und offensichtlich nicht von Linda, dafür war die Sprache zu akademisch. Aber eine Quelle, woher der Text stammte, fand er nicht.

Datei sechs enthielt nur Notizen – kurze Beschreibungen über Studentinnen, die nebenbei Jobs nachgingen, eine arbeitete in einem Copyshop, eine als Messehostess, eine andere als Escort-Girl.

Erst in der siebten Datei tauchte das Wort »Prostitution« auf – sie bestand aus etwa sechzig Seiten Material über Bordelle, Straßenstrichs, Bars, Saunaklubs, Orte also, an denen Prostitution stattfand. War das die Stoffsammlung für ein Buch oder eine Artikelserie?

Er ließ sich einen Kaffee bringen und öffnete dann die letzte Datei. Er hatte erwartet, hier das Manuskript zu finden, an dem Linda zuletzt gearbeitet hatte, doch schon die ersten Worte ließen ihn zusammenzucken.

Lieber Maximilian, las er da, *es ist Nacht, und mir ist kalt. Gestern haben wir deinen neunten Geburtstag gefeiert. Wir waren im Zoo. Du hast mich überrascht. Eigentlich hätte ich gedacht, dass die Elefanten dir am besten gefallen würden – als ich in deinem Alter war, habe ich Elefanten geliebt –, ihre mächtigen Körper, die Art, wie sie ihre Rüssel hin und her warfen und wie sie ihre Ohren aufrichteten. Ich habe gedacht, dass Elefanten Humor haben, dass sie eigentlich immer lachen. Dich aber hat es zu den Adlern hingezogen – du hast sie eine halbe Stunde lang angeschaut. Sie haben da auf ihren Ästen gesessen und sich nicht bewegt, und dann hat einer seine Flügel ausgebreitet und ist geflogen, nur ein paar Meter unter dem Glasdach, aber man konnte erahnen, welch ein majestätisches Tier er ist. Du hast in die Hände geklatscht vor Begeisterung.*

Auf dem Weg nach Hause haben wir Eis gegessen, und du

bist bald eingeschlafen. Ich habe dich zugedeckt und dir zugeschaut. Du hast im Schlaf die Lippen bewegt, aber ich konnte nicht verstehen, was du gesagt hast.

Heute aber bist du sehr weit weg. Ich vermisse dich und kann gar keinen klaren Gedanken fassen. Diese Wirklichkeit gefällt mir nicht.

Er spürte, wie sich ihm die Kehle zuschnürte. Sollte er noch weiterlesen? Er hob seinen Arm, und da kam die Kellnerin heran, eine junge Frau mit streichholzkurzen schwarzen Haaren, die er nicht kannte, und brachte ihm noch einen Cognac.

Was hatte Linda da getan? War sie krank gewesen? Wie hatte sie so etwas schreiben können?

Ich habe den Mund voller Schweigen, hatte Linda weiter geschrieben. *Ich bewege mich zwischen Gespenstern und spreche doch nur mit dir, flüsternd, heiser, verwehte Worte. Meine Tage sind langsam und rückwärtsgewandt. Ich blicke unaufhörlich in den Rückspiegel, während ich lebe, falsch lebe. Ich trinke Kaffee und Wein und strecke meine Hand aus, damit du sie ergreifst, und ich höre, wie meine Tränen fallen, kleine klingende Perlen …*

Er musste aufhören zu lesen. Hatte sie das tatsächlich an Maximilians Geburtstag geschrieben? Er schloss die Datei. Ja, der Text stammte vom siebten Februar. Wieder traten ihm Tränen in die Augen. Was hatte er am siebten Februar gemacht? Er erinnerte sich nicht mehr. Dann kam ihm eine andere Idee, ein Gedanke wie aus Notwehr heraus geboren. Er zog sein Smartphone hervor und rief Kathy an. Sie war noch in der Redaktion und schien sich tatsächlich zu freuen, von ihm zu hören.

»Meine Elfe«, sagte er, und es gelang ihm sogar, einigermaßen fest und freundlich zu klingen. »Wir haben doch mal was über so einen Computernerd gebracht, oder nicht? Hast du seine Telefonnummer? Ich muss was an meinem Laptop überprüfen lassen.«

11.

Neulich hatte sie am frühen Abend am Ebertplatz einen Fuchs gesehen, er war über die kleine schmutzige Rasenfläche gelaufen, und plötzlich war er stehen geblieben, hatte sich umgedreht und sie angeschaut, ein langer Blick aus gelben traurigen Augen. Wie konnte ein Fuchs mitten in der Stadt überleben? Und warum lebte er überhaupt hier – warum suchte er sich nicht ein anderes Revier, weit weg in einer Gegend, in der es kaum Menschen gab?

Krähen und Füchse – sie hatte einsame Gedanken, die sie nicht verdrängen konnte.

Vollkommen durchgefroren kam sie am Präsidium an. Sie schloss ihr Fahrrad ab, grüßte den Pförtner und ging zum Fahrstuhl. Christian Falk, der Bruder, hatte ihnen auch nicht weiterhelfen können – er war Arzt, Orthopäde, drei Kinder, wohnte in Brühl bei Köln, seine Frau arbeitete in seiner Praxis mit, offenbar eine Bilderbuchfamilie. »Ich bin das Gegenteil von meinem Bruder«, hatte er gesagt. »Meine Eltern hatten eine Bäckerei, Tag und Nacht haben sie da gestanden. Um Jörn und mich hat sich keiner gekümmert. Ich hatte einen Freund, den Pfarrer unserer Gemeinde. Ich bin katholisch, aber Jörn … er war immer sehr für sich, ein Eigenbrötler.«

Seinen Bruder hatte er seit zwei Jahren nicht mehr gesehen. Einmal, vor gut einer Woche, hatte Falk ihn angerufen, mitten in der Nacht. »Es war zwei Uhr, Freitagnacht … Ich dachte, es wäre einer meiner Patienten, aber bevor ich etwas sagen konnte, hatte er aufgelegt. Ich habe keine Ahnung, was er gewollt hat.«

Ob sein Bruder selbstmordgefährdet gewesen sei?

Nein, das wisse er nicht. Er habe seinen Bruder nie wirklich gekannt.

Henning schaute sie vorwurfsvoll an, als sie in ihr Büro kam. Er saß an seinem Computer und tippte etwas ein.

»Wo warst du?«, fragte er, dann stand er auf und schenkte ihr einen Kaffee ein.

Sie sagte es ihm mit wenigen Worten.

Er nickte und warf ihr dann ein paar Fotos hin.

»Unsere nächste Wasserleiche«, sagte er, »eine junge Frau, ist aber wohl ertrunken, nur …« Er sprach nicht mehr weiter.

Dankbar nahm Lena den Kaffee. Er schmeckte bitter, war aber wenigstens heiß.

Sie begriff, warum er nicht mehr weitergeredet hatte. Das Gesicht der Frau sah fürchterlich aus, sie hatte eigentlich kein Gesicht mehr, da, wo Mund und Nase gewesen waren, klaffte eine große Wunde, rohes, dunkles Fleisch.

Lena spürte, wie sich ihr Magen zusammenzog.

»Was ist mit der Frau passiert?«, fragte sie.

Henning setzte sich wieder. »Sie ist in Leverkusen angespült worden. Vielleicht ist sie in eine Schiffsschraube geraten. Das wäre eine plausible Erklärung für diese Verletzungen. Wir wissen es noch nicht. Ich habe sie in die Rechtsmedizin bringen lassen. Kostet zwar was, aber …« Er hob die Arme. »Die Staatsanwaltschaft wird die Ermittlungen in Sachen Jörn Falk einstellen. Eindeutig Freitod. Die Pressemitteilung geht morgen früh raus. Nur, damit du das weißt.«

Sie antwortete nicht darauf. Es war ein Fehler – sie wusste es genau. Falk hatte sich nicht getötet.

»Wissen wir, wer die Frau ist?«, fragte sie.

Henning blickte auf seinen Bildschirm. »Nein, ich bin alle Vermisstenmeldungen der letzten vier Wochen durchgegangen. Keine Beschreibung, die auf den ersten Blick passt.«

Lena sah sich alle zehn Fotos an. Die Frau hatte halblange schwarze Haare. Ihre Augenbrauen sahen gepflegt aus, soweit man das auf den Fotos erkennen konnte. Ihre Hände verrieten, dass sie noch nicht alt gewesen sein konnte, zwanzig, fünfundzwanzig allenfalls. Auffällig waren zwei Tätowierungen, die sie auf dem Rücken hatte. Sie hatte sich auf jedem Schulterblatt zwei Flügel stechen lassen. Das tat keine Frau, die älter als dreißig war. Was sollte das bedeuten? Ich bin ein schöner, reiner Engel?

»Wenn jemand die Frau vermisst und etwas genauer kennt, wird er die Tätowierungen auf dem Rücken erwähnen«, sagte Lena.

»Ja«, sagte Henning beiläufig. Er schrieb weiter an seinem Bericht. Seine Laune war im Keller, aber Lena verspürte wenig Lust, sich zu rechtfertigen, dass sie ihn nicht zum Rhein begleitet hatte.

»Wie lange hat die Frau vermutlich im Wasser gelegen?«

»Nicht lange – ein, zwei Tage. Wie eine typische Wasserleiche sieht sie ja nun nicht aus.«

Als ihr Smartphone klingelte, nahm sie es zur Hand, weil sie sicher war, dass Mitchi Vogel doch noch etwas in Falks Haus aufgestöbert hatte. Der Name ihres Vaters leuchtete auf dem Display auf. Sie hatte ganz vergessen, ihn zurückzurufen.

»Lena«, sagte er mit seiner festen, befehlsgewohnten Stimme. »Ich habe schon einmal angerufen.«

»Ich weiß.« Sofort fiel sie in einen Tonfall der Rechtfertigung. »Ich war unterwegs – wir haben einen neuen Fall. Ich muss deshalb heute arbeiten.«

»Es ist so«, fuhr er förmlich fort. »Ich muss dir etwas mitteilen.« Er räusperte sich.

Er will heiraten, kam ihr in den Sinn. Sie wusste, dass er eine Freundin hatte, die er ihr noch nie vorgestellt hatte. Er will heiraten, aber nein, das konnte nicht sein … ein alberner Gedanke.

»Glaukom«, sagte er. »Hast du dieses Wort schon einmal gehört?«

»Nein, ich glaube nicht.« Er konnte aus jedem einfachen Gespräch eine Schulstunde machen.

»Das Wort kommt aus dem Griechischen – es heißt ›leuchtend, glänzend‹. So beschreiben die Griechen das Meer bei schönem Wetter.« Er lachte kurz auf, und sie spürte, wie sie ungeduldig wurde.

»Vater«, sagte sie, »ich muss gleich in eine Besprechung, also …«

»Glaukom ist auch der Fachbegriff für ›Grüner Star‹. Ich habe in letzter Zeit ein paar Probleme beim Lesen und Autofahren gehabt. Vor sechs Wochen war ich zum ersten Mal beim Augenarzt … Ich wollte dir eigentlich nichts davon sagen, aber nun geht es nicht mehr anders … Mein Augeninnendruck ist besorgniserregend hoch. Ich muss damit rechnen, blind zu werden.«

Es gab ein paar Dinge außerhalb ihrer Vorstellungskraft – etwa, dass ihrem großen starken Vater etwas passierte. Als Kind, als einziger Tochter war er ihr immer unverletzlich erschienen. Deshalb war sie vermutlich auch Polizistin geworden: Sie hatte genauso unerschütterlich und unverletzlich werden wollen wie er. Nur war ihr das nie gelungen.

Dass Robert und Simon sterben könnten, dafür hatte es auch nie einen Platz in ihren Gedanken gegeben.

Sie brachte es nicht über sich, noch einmal auf Roberts Rennrad zu steigen, sondern nahm sich ein Taxi nach Sülz.

Es war früher Abend, kurz nach achtzehn Uhr. Ihr Vater öffnete ihr. Er umarmte sie und wirkte unverändert. Sie hatte erwartet, dass das Haus hell erleuchtet sein, dass jede Lampe brennen würde, aber so war es nicht.

Ihr Vater führte sie ins Wohnzimmer. Der Fernseher lief. Er hatte in seinem Lehnstuhl gesessen, neben sich ein Glas Rotwein und eine aufgeschlagene Zeitung. Ein idyllisches Bild – ein Pensionär, der seinen Lebensabend genoss. Einzig die Lupe, die auf der Zeitung lag, störte das Bild.

»Ich weiß«, sagte er, nachdem er ihr auch ein Glas Rotwein angeboten hatte, »ich habe dir einen Schrecken eingejagt, aber ich konnte diese Nachricht nicht länger für mich behalten.« Er strich sich über sein volles graues Haar, er sah jünger aus als siebenundsechzig.

Sie wusste, dass sie etwas sagen müsste, ein Wort des Trostes, der Verständigung, doch sie brachte nichts hervor, sondern stellte sich ihn als hilflos durch das Haus tapsenden Blinden vor. Nur einmal hatte sie ihn aufgelöst gesehen, am Grab ihrer Mutter, als er für zehn Minuten hemmungslos geweint hatte.

»Es ist der Augeninnendruck«, erklärte er. »Ich hätte wohl eher zum Arzt gehen müssen … Der Druck schädigt den Sehnerv. Man kann dagegen Tropfen nehmen, aber es gibt kein Allheilmittel. Ich müsse mich auf das Schlimmste einstellen, hat der Arzt gesagt.«

Sie griff nach der Hand ihres Vaters und drückte sie. Plötzlich hatte sie das Gefühl, gleich schluchzen zu müssen, als wäre sie noch ein kleines Kind, doch sie schaffte es, diesen Impuls zu unterdrücken.

»Du solltest eine zweite Meinung einholen«, hörte sie sich sagen. »Vielleicht gibt es eine andere Therapie, neuere Methoden.« So hatte sie auch geredet, nachdem ihre Mutter die Krebsdiagnose bekommen hatte.

Ihr Vater lachte auf. »Nein«, sagte er, »ich vertraue meinem Arzt, und eine Weile wird es noch dauern bis zur völligen Erblindung, ein, zwei Jahre vielleicht, wenn ich Glück habe.«

»Ich könnte ein-, zweimal in der Woche für dich kochen«, sagte sie, »und vielleicht sollten wir jemanden besorgen, der dir vorlesen kann. Du warst … bist doch ein leidenschaftlicher Zeitungsleser, und …«

»Nein«, er schaute sie mit ernstem Gesicht an. »Diese Dinge werde ich alle selber organisieren. Ich wollte zwei Dinge mit dir bereden. Ich möchte nicht, dass irgendjemand davon erfährt, niemand im Präsidium soll es wissen. Und dann noch eines … Ich möchte mit dir über mein Testament sprechen, es gibt ein paar Details, die du wissen solltest. Das Haus ist natürlich längst abbezahlt, ich habe noch zwei Versicherungen, ein paar Anteile an einer Genossenschaft und ein Aktiendepot. Die Aktien haben sich ganz hübsch entwickelt in letzter Zeit, es handelt sich nicht um sehr große Summen, aber es wird dir helfen, wenn ich …« Er sprach nicht mehr weiter.

Auch wenn deine Sehkraft allmählich nachlässt, wirst du nicht gleich sterben, wollte sie entgegnen, unterließ es aber. Es wirkte beinahe, als würde er seinen Abschied vorbereiten, aber er würde sich nichts antun, dachte sie. Ihr großer stolzer Vater und Selbstmord – ein Gedanke, der sich nicht denken ließ.

Er hatte sich erhoben und war ins Esszimmer zu einer Kommode gegangen. Mit einem Aktenordner kehrte er zurück. Auf dem Rücken erkannte sie die elegant geschwungene Handschrift ihrer Mutter – »Versicherungen«.

Ich will das alles nicht, dachte sie, nicht schon wieder einen Verlust.

Unaufmerksam hörte sie zu, wie er ihr die Unterlagen erklärte – sogar eine Sterbeversicherung hatte er. Fünfzehntausend Euro für eine ordentliche Beerdigung.

Als Henning sie anrief, nahm sie das Gespräch dankbar an.

»Ich bin in der Rechtsmedizin«, erklärte er ohne Begrüßung. »Überstunden. Mit unserer Wasserleiche stimmt etwas nicht. Kannst du herkommen?«

»Sofort?«, fragte sie so eifrig, dass ihr Vater sie misstrauisch anschaute.

»Wäre nicht schlecht«, sagte Henning und legte auf.

Henning stand vor dem rechtsmedizinischen Institut und rauchte, als Lena aus dem Taxi stieg. Ihr Vater hatte sogleich verstanden, dass sie vor ihm floh, dass sie nur zu gerne die Entschuldigung, arbeiten zu müssen, genutzt hatte, um sich davonzumachen.

Ihr Vater mit einem Blindenstock, der sich tastend einen Weg suchte. Die Vorstellung bereitete ihr Übelkeit.

Henning nickte ihr zu.

»Die Dreier wartet auf uns«, sagte er und warf seine Kippe ins Gebüsch. »Stell dich auf einen langen Sermon ein.«

Margot Dreier stand neben der Frauenleiche. Sie war ganz in Weiß gekleidet, auch ihr hennarotes Haar war bedeckt. Sie hielt ein Diktiergerät an ihre Lippen, doch sie sprach nicht hinein, sondern betrachtete das schrecklich verunstaltete Gesicht der Leiche. Die Tote war mit einem grünen Tuch bedeckt. Nur ihr Kopf und ihre Hände schauten hervor.

Lena spürte, dass Henning sich genauso langsam dem Seziertisch näherte wie sie.

Margot Dreier wandte sich zu ihnen um, sie wirkte müde. Ein bitterer Zug hatte sich um ihren Mund geschlichen.

»Ach, Sie sind es schon wieder«, sagte sie zu Lena. »Sie arbeiten auch zu viel – genau wie ich. Haben Sie keinen Mann, kein Zuhause?« Mit einer beiläufigen Bewegung deckte sie das schrecklich entstellte Gesicht des Leichnams ab.

Für einen Moment stockte Lena der Atem. Was für eine Unverschämtheit!

»Nein«, sagte sie dann, »er ist gestorben – vor knapp einem Jahr. Genau wie mein Sohn.«

Margot Dreier reagierte nicht, sie kniff nur kurz die Augen zusammen. Keine Entschuldigung für ihre gedankenlose Frage kam ihr über die Lippen.

»Ihre Tote«, sagte sie, »erzählt eine besondere Geschichte. Und zwar nicht die, an die man zuerst glaubt. Zuerst einmal die Finger …« Sie nahm eine Hand der Toten und hielt sie in die Höhe. »Da sie noch nicht lange im Wasser lag, kann man es gut erkennen. Kurze, lackierte Fingernägel, sehr gepflegt. Ich wette, dass sie regelmäßig in ein Nagelstudio oder zu einer Kosmetikerin gegangen ist. Und auch sonst …« Sie ließ den Arm langsam sinken. »Ich zeige es Ihnen jetzt nicht, aber die junge Frau hat sich besonders zurechtgemacht. Keine Achselhaare, auch unten rum – kein einziges Haar. Und ihre Brust – da hat ein Fachmann Hand angelegt, eine gut gelungene Vergrößerung …«

Henning schnaubte. »Junge Frauen …«, sagte er, »… sie gucken sich diese Shows im Fernsehen an, und dann rennen sie zu einem Schönheitschirurgen und werden trotzdem nicht glücklich.«

Margot Dreier bedachte ihn mit einem harten Blick. »Sie sind so ein Frauenversteher, was?«, meinte sie verächtlich. »Es gibt mehrere Arten zu ertrinken«, fuhr sie, an Lena gewandt, fort. »Typisches und atypisches. Beim typischen taucht man mehrmals unter, kommt wieder an die Wasseroberfläche, schnappt nach Luft, geht unter, taucht wieder auf, bis man endgültig untergeht. Ein guter Rechtsmediziner kann diesen langsamen Vorgang des Ertrinkens in dem Leichnam ablesen.« Sie machte eine Pause und deutete auf die Tote. »Diese Frau ist nicht auf eine typische Art und Weise ertrunken. Bei ihr ging es ganz schnell, und sie ist auch nicht im Rhein ertrunken, sondern in irgendeiner Badewanne. Wir müssen noch ein paar Untersuchungen durchführen, aber ich wette, wir werden keine Algen, nichts, was auf Flusswasser hindeutet, in ihrer Lunge finden.«

»Und die Verletzungen im Gesicht?«, fragte Lena.

Margot Dreier blickte ihr in die Augen. Sie mochten beide ungefähr gleich alt sein, und auf einmal hatte Lena das Gefühl, eine Leidensgenossin vor sich zu haben, eine Frau, die nicht gut schlief, die etwas umtrieb.

»Für eine Schiffsschraube sind die Wunden viel zu filigran. Man sieht genau die Einstiche, wo ein spitzes Messer angesetzt worden ist. Auch das muss ich mir noch genauer ansehen, aber ich bin sicher, in den Wunden keine Verunreinigungen zu entdecken, wie sie typischerweise bei einer Schiffsschraube zu finden sind.« Sie stöhnte auf. »Ich glaube, auf euch kommt eine Menge Arbeit zu.«

12.

Mittwoch, 18. November

»Du musst endlich anfangen«, hatte Mitchi ihm am Telefon gesagt. Sie hatte ihn aus dem Schlaf geholt. Fast zehn Minuten hatte sie das Telefon klingeln lassen. Sie war hartnäckig. »Und du musst Ruben finden. Ich will einfach nicht glauben, dass er tot ist.«

Wann hatte er zuletzt so viel getrunken? Er hatte Lindas Laptop noch am späten Abend in einem schmutzigen Computerladen irgendwo in einer Seitenstraße in Kalk abgegeben, dann hatte er sich zwei Flaschen Rotwein gekauft und einen teuren Cognac, einen Château de Plassac, dabei hatte es doch gar keine Rolle gespielt, mit was er sich betrank. Zehn Minuten hatte er für die erste Flasche Rotwein gebraucht.

Linda hatte tatsächlich Maximilian einen Brief geschrieben, sie hatte seinen neunten Geburtstag gefeiert, als wäre er noch am Leben, sie war in den Zoo gegangen, hatte Eis gegessen …

Er brauchte zwei Aspirin und drei Tassen Kaffee, bis er wieder einigermaßen klar denken konnte.

Vielleicht hatte Mitchi recht – er sollte versuchen, über Lindas Tod hinwegzukommen, und dieses Buch über die Bilderberger schreiben, über irgendwelche wahren, halb eingebildeten oder vollkommen herbeifantasierten Verschwörungen. Mit vierzigtausend Euro würde er eine Weile über die Runden kommen, wenn Nolden ihm kein Gehalt mehr zahlen würde.

Der Journalist, mit dem er sich treffen sollte, erwartete ihn im Café Reichard, gegenüber vom Dom, mit Blick auf das imposante Portal und die Touristen, die hin und her liefen. Ein echtes Plüschcafé, gediegen, mit Gästen, die fast alle deutlich über sechzig waren, und trotzdem hatte er das Gefühl, dass es der richtige Ort für konspirative Treffen war, für Waffenschmuggler, Finanzakrobaten, windige Schreiber, wie er nun einer war. Dieser Eindruck erheiterte ihn für ein paar Momente. Er bestellte sich einen Milchkaffee, und ihm fiel auf, dass er noch nichts gegessen hatte, aber das Hungergefühl war ihm abhandengekommen. Kathy hatte ihn noch einmal angerufen, irgendwie hing die Kleine an ihm, und Änne Esser, Noldens strenge Sekretärin, die sich besorgt nach seinem Befinden erkundigte. Sonst niemand – kein Mensch aus einer Redaktion, für die er zehn Jahre lang gearbeitet hatte. Die Erkenntnis war nicht neu, aber nun traf sie ihn doch: Er hatte keine wirklichen Freunde, Kollegen, Bekannte, Informanten vielleicht, aber keine richtigen Freunde, und sein Bruder, dieser Superarzt aus Brühl …

Er wusste nicht, wen er genau erwartet hatte, einen Südamerikaner, einen mexikanischen Journalisten, aber der Mann, der an seinen Tisch trat, war ein Deutscher, er war allenfalls Mitte vierzig, also viel zu jung für das Café, und überaus elegant gekleidet – grauer Anzug mit Weste, weißes Hemd, eine dunkelrote, geschmackvolle Krawatte. Sein Haar war leicht ergraut und in der Mitte gescheitelt, und er trug eine elegante Brille mit einem grauen Metallrand. Er verbeugte sich sogar und stellte sich vor.

»Doktor Rudolf Wrobel – Sie sind Jörn Falk, nicht wahr?«

Er nickte und deutete auf den Stuhl vor sich.

Wrobel lächelte. »Ich bin ein wenig zu spät – war kein Parkplatz zu finden.« Er verstummte sofort, als die ältliche Kellnerin heraneilte, und bestellte dann einen Tee. »Es ist schön, dass wir uns treffen können«, fuhr er leiser fort und lächelte wieder, als hätte man ihm einen großen Gefallen getan.

»Mitchi Vogel«, sagte er und schaute Wrobel an. »Sie hat so eine Theorie, dass Ruben Souza, ihr … Freund, dass ihm etwas passiert sein könnte, weil er über die Bilderberger recherchiert hat. Haben Sie Ruben kennengelernt?«

Wrobel nickte. Als wäre er es gewohnt, dass man ihn überall beobachtete, schaute er sich verstohlen um, als er antwortete. »Ich bin ihm zwei-, dreimal begegnet. Ein höflicher, etwas finster dreinblickender Mensch, aber ich war natürlich auch bei ihm vorsichtig … bin ich bei jedem.« Er verstummte erneut, als die Kellnerin ihm seinen schwarzen Tee servierte. »Ich lebe davon, dass ich Geheimnisse lüfte. Zurzeit arbeite ich an etwas anderem – Syrien, Libanon … Ich glaube, dass es Verbindungen der Islamisten nach Amerika gibt. Die Amerikaner arbeiten heimlich mit denen zusammen – gegen die Russen und gegen uns, die dummen Europäer. Die Bilderberger sind nicht mehr das große Thema, da gibt es nun viele Dinge im Internet. Bald werden die sich umbenennen, und …«

»Haben Sie eine Ahnung, wo Ruben sein könnte?«, fragte er dazwischen.

Wrobel furchte die Stirn. Anscheinend mochte er es nicht, unterbrochen zu werden. »Nein«, sagte er dann, »das weiß ich nicht. Aber die Bilderberger mögen es ganz und gar nicht, wenn man Nachforschungen anstellt. Habe ich selbst erlebt. Vor ein paar Jahren in Griechenland hat man mich festgenommen. Ich hatte ein Boot gemietet, weil ich von der See zu dem Hotel fahren wollte, in dem sie sich trafen. Die Küstenwache hat alles abgeschirmt, man konnte nicht mal Fotos machen. Als wir dann doch näher heranfahren wollten, hat man unser Boot aufgebracht und uns aufs Polizeirevier verfrachtet. Ich musste das Land innerhalb von vierundzwanzig Stunden verlassen, ein Skandal eigentlich, aber es hat niemanden interessiert, und als ich mich beim Außenministerium beschweren wollte, hat man mich nicht einmal angehört. Ein Skandal«, wiederholte er. »Da treffen sich ein paar mächtige Privatleute, und die Polizei und das Militär schirmen alles ab und verhaften Leute.«

Er hatte einen Eiferer vor sich, dachte er, solche Leute gab es überall, auch im Journalismus. Sie sahen überall Unrecht, konstruierten die seltsamsten Zusammenhänge.

»Ich will eigentlich nur wissen, wo ich Ruben suchen könnte«, erklärte er, als Wrobel abermals ansetzte, sich über die Polizei und das Außenministerium zu beklagen. »Mitchi ist besorgt.«

Wrobel lächelte. »Mitchi ist eine echte Seele – solche Menschen gibt es nicht mehr. Sie hat mich mit Ruben in Kontakt gebracht. Er wusste eigentlich nicht viel über die Bilderberger, jedenfalls für einen Journalisten, der extra nach Deutschland gekommen ist, um über sie zu recherchieren. Er hat mir auch nie einen Artikel gezeigt, den er geschrieben hat, und im Netz habe ich auch nichts über ihn gefunden. Es gab einen anderen Ruben Souza, der für El Universal gearbeitet hat, aber der ist vor zwei Jahren gestorben, und ursprünglich kommt Mitchis Ruben auch gar nicht aus Mexiko.«

»Er war gar kein Mexikaner?«

»Ruben ist eigentlich Holländer. Nein, das ist nicht ganz richtig. Er hat einen holländischen Pass, weil er aus Curaçao stammt – Niederländische Antillen«, fügte Wrobel hinzu. »Den Pass habe ich zufällig bei ihm gesehen.«

»Haben Sie Ruben darauf angesprochen?«

Wrobel verzog den Mund. »Herr Falk«, sagte er dann, »wieso hätte ich das tun sollen? Ruben wollte ein paar Auskünfte, und ich habe sie ihm gegeben.« Er verstummte und blickte sich erneut verstohlen im Café um. »Nein, ich habe Ruben nicht nach Curaçao gefragt. Ich habe das alles auch nur Mitchi zuliebe getan. Ich habe ihm ein paar Fotos und Papiere gezeigt, ziemlich geheimes, exklusives Material, das für einen Journalisten Gold wert ist. Ich habe die Aussage eines dänischen Kellners aus dem Hotel, in dem die Bilderberger sich zuletzt getroffen haben, hochbrisant … und ich habe ihm die Adresse eines Politikers gegeben.« Wrobel lachte kurz auf. »Achim Riesner, ein Grüner, ausgerechnet, er war im Jahr 2003 Staatssekretär, deshalb haben ihn die Bilderberger einmal eingeladen, und er ist tatsächlich hingegangen. Er sitzt immer noch im Bundestag und wohnt hier am Ubierring in einer schönen Penthousewohnung.«

Er sah Achim Riesner zufällig, wie er am Ubierring über die Straße ging, trotz der kühlen Witterung in Trainingshose und einem schwarzen T-Shirt. Er hatte ein Tablett mit einem schmutzigen Teller in der Hand, das er offenbar ins Wippenbeck zurückbringen wollte. Der Bundestag hatte keine Sitzungswoche, aber einen Interviewtermin hatte Riesners Büro trotzdem nicht vermitteln wollen. »Herr Riesner ist auf einer Klausurtagung«, hatte man ihm am Telefon gesagt. Offensichtlich eine Lüge.

Er trat auf Riesner zu. Zuletzt hatte er ihn im Fernsehen gesehen, mit Schlips und weißem Hemd, ganz wie ein seriöser Geschäftsmann oder Politiker, nun wirkte er heruntergekommen, er war unrasiert, lange graue Strähnen hingen ihm bis fast auf die Schultern.

»Jörn Falk, ›Express‹«, stellte er sich mit einem routinierten Lächeln vor. »Kann ich Sie für einen Moment sprechen? Ich recherchiere für ein Buch – über die Bilderberger. Sie waren doch auch einmal bei einem Treffen, nicht wahr?«

Riesner blieb erst für einen Moment stehen und schaute ihn interessiert an, dann, als würde das Wort »Bilderberger« etwas in ihm auslösen, wandte er den Kopf und ging schnell weiter auf das Wippenbeck zu. »Über meine privaten Reisen spreche ich nicht.«

»Das war eine private Reise – zu solch einem geheimen Treffen?«

Riesner ging noch schneller, das Tablett zitterte in seiner Hand. »Ich muss darüber niemandem Auskunft geben – und wenn Sie mich noch einmal auf der Straße belästigen, beschwere ich mich bei Ihrem Verleger.« Riesner griff nach der Tür und zog sie auf. Dann floh er förmlich in das Lokal hinein.

Er überlegte zu warten. Riesner musste gleich wieder herauskommen. In diesem Aufzug würde er sich kaum an einen Tisch setzen. Zum ersten Mal hatte er das Gefühl, dass Mitchi recht haben könnte – die Bilderberger waren nicht nur ein Hirngespinst von Verschwörungstheoretikern.

Als sein Telefon klingelte, vermutete er, dass Mitchi ihn schon wieder kontrollierte. »Unbekannte Nummer« leuchtete auf dem Display auf.

Er nannte seinen Namen. Ein paar Sekunden lang hörte er nur Atemzüge, kurz und hektisch. Dann sagte eine Frauenstimme: »Es ist ein Notfall. Wo ist Linda?« Wieder ein Atemzug, der in ein Schluchzen überging. »Warum kommt sie nicht? Sie hat gesagt, in absolutem Notfall soll ich diese Nummer anrufen …«

Die Tür des Wippenbeck wurde aufgerissen. Er beobachtete, wie Riesner, nun ohne das Tablett, auf ihn zustürmte, aufgebracht, mit vorgereckten Fäusten, ganz wie ein wütender Boxer. »Verschwinden Sie!«, schrie er. »Ich rufe die Polizei.« Er versetzte ihm einen Stoß, der ihn ins Taumeln brachte. Bevor sein Smartphone zu Boden fiel, hörte er noch, wie die Frau panisch »absoluter Notfall« wiederholte.

Er wartete, das Smartphone vor sich auf dem Tisch. Es war kurz nach zweiundzwanzig Uhr. Er hatte sich ein paar Notizen zu den Bilderbergern gemacht, hatte sich eine Pizza besorgt, sie aber nur halb gegessen. Er durfte sich nicht wieder betrinken, obwohl die Versuchung groß war. Er hatte noch zwei Flaschen Wein. Riesner hatte tatsächlich den Verleger angerufen und sich über ihn beschwert, wie er von einem wütenden Nolden erfahren hatte, aber das spielte nun keine Rolle mehr. Die panische Frau hatte nicht zurückgerufen. Hatte Linda ihr seine Mobilnummer gegeben? Für einen Notfall, ohne dass sie ihm auch nur ein Wort gesagt hatte? Hatte sie ihn deshalb im Dom treffen wollen?

Er surfte durch das Internet. Männer mit Namen »Ruben Souza« gab es viele, einer hatte tatsächlich Artikel für eine mexikanische Zeitung verfasst, aber ob dieser Ruben Souza gestorben war, wie Wrobel behauptet hatte, konnte er nicht feststellen. Sein Spanisch war lausig, und ein Foto von Mitchis Ruben fand er nirgendwo. Einige Kontakte zur Kölner Polizei hatte er jedoch noch, die ihm weiterhelfen konnten.

Raimund Bahner meldete sich sofort auf seinem privaten Handy. Er hatte also immer noch seine alte Nummer.

»Jörn Falk vom ›Express‹«, meldete er sich. »Tut mir leid, wenn ich störe. Ich hänge in einer Recherche fest.«

Bahner lachte. »Falk«, sagte er. »Nur weil ihr Schreiberlinge nie Pause macht, denkt ihr wohl, es wäre bei uns genauso. Was willst du?«

Bahner arbeitete beim Staatsschutz, Abteilung KK 42. Fast war er versucht, ihn nach den Bilderbergern zu fragen. Was wusste ein erfahrener Polizist über diese Gruppe? »Ich suche jemanden«, sagte er dann, »einen mexikanischen Staatsbürger, vielleicht kommt er auch aus Curaçao. Ruben Souza.«

»Hat er etwas verbrochen?« Im Hintergrund waren Stimmen zu hören. Als sie sich zuletzt gesehen hatten, hatte Bahner allein gelebt. Keine Frau, keine Kinder. Seine einzige Leidenschaft war Paragliding gewesen.

»Nein, er ist ein Kollege von mir, ein Journalist, und nun ist er verschwunden.«

»Vielleicht ist er nach Mexiko zurückgekehrt«, sagte Bahner. »Falk, ich kann nicht einfach an den Computer gehen und den Namen deines Freundes eingeben. So läuft das nicht – habe ich dir schon früher gesagt.«

»Nein, ich weiß«, entgegnete er, »aber …«

»Gut«, unterbrach ihn Bahner, »aber ich sehe, was ich tun kann, aus alter Verbundenheit. Wenn irgendetwas Aktuelles vorliegt, erfahre ich vielleicht etwas.« Dann legte er auf.

Kurz vor Mitternacht trank er doch das erste Glas Rotwein, dann rasch ein zweites. Die Frau würde ihn nicht mehr anrufen, sagte er sich, sie steckte in Schwierigkeiten, aber er hatte sie abgeschreckt. Für sie musste es ausgesehen haben, als habe er die Verbindung kurzerhand unterbrochen, weil er nicht mit ihr sprechen wollte.

Konnte man ein Handy aufspüren? Es gab Spy-Programme, hatte er einmal recherchiert, doch diese Programme musste man vorinstallieren, sie waren in der Hauptsache dafür gedacht, dass Eltern wussten, wo ihre Kinder sich aufhielten. Die Polizei hatte ihre Möglichkeiten, über Funkzellen oder stille SMS, aber es war kompliziert. Nichts, was Bahner etwa einfach so in die Wege leiten konnte. Und von welchem Handy hatte die Frau überhaupt angerufen? Er hatte sich zwar wegen Lindas Laptop Gedanken gemacht, aber ihm war nicht aufgefallen, dass auch ihr Smartphone nicht in dem Unfallwagen gewesen war.

Er rief ihre Nummer an, die er immer noch eingespeichert hatte. Eine mechanische Stimme sagte ihm, dass der Teilnehmer nicht erreichbar sei und er es später wieder versuchen solle.

Als er das dritte Glas hinuntergekippt hatte, klingelte sein Smartphone.

Betrunken, wie ihm selbst auffiel, stieß er seinen Namen hervor.

Es war keine Frau am Telefon.

»Sie wollten doch sofort angerufen werden«, sagte ein Mann mit leichtem kölschem Akzent. »Also, ich habe mir Ihren Computer gleich angesehen. War eine echte Aufgabe. Da hat jemand ein ordentliches Eraser-Programm drüberlaufen lassen. Hat sich einer richtig Mühe gegeben … Sorry, ich habe alles versucht, aber außer den paar Dateien, die man hinterher wieder draufgespielt hat, ist da nichts mehr.« Der Mann stöhnte. »Können Sie morgen wieder abholen. Zweihundert Euro – ein Sonderpreis. War ja nicht erfolgreich.«

Er brauchte ein paar Sekunden, um zu begreifen, was der Nerd aus dem Computerladen in Kalk ihm da eben mitgeteilt hatte. Jemand hatte auf Lindas Computer Daten gelöscht.

»Wann?«, fragte er mit schwankender Stimme. »Können Sie mir sagen, wann die Daten gelöscht worden sind?«

»Klaro.« Die Stimme nahm einen helleren Tonfall an. »Am 14.11., dafür kann ich garantieren.«

Am 14. November? Das war der Tag, an dem man Linda in aller Frühe tot aufgefunden hatte.

13.

Sie konnte nicht schlafen. Wie viel hätte sie für ein paar Stunden Ruhe ohne wirre Träume gegeben! David hatte schon wieder angerufen, er verfolgte sie nun regelrecht, schützte vor, sich nach ihrem neuen Fall erkundigen zu wollen, doch sie hatte nicht zurückgerufen. Ihre Freundin Eva hatte ihr kürzlich geraten, sich irgendein Vergnügen zu suchen, das sie ablenkte. Geh zu einer Massage, lass dich von einem knackigen jungen Mann durchkneten, etwas in der Art.

Ja, vielleicht sollte sie das tun.

Ihr Vater würde erblinden – und sie hatte zwei Todesfälle, die ihr Kopfzerbrechen bereiteten. Jörn Falk war auf mysteriöse Art und Weise in einer Badewanne ums Leben gekommen, und ihre gesichtslose Wasserleiche war nicht im Rhein ertrunken.

Hatte jemand der Frau das Gesicht zerschnitten, um sie unkenntlich zu machen, bevor er sie ins Wasser geworfen hatte? Ein brutaler, abenteuerlicher Gedanke.

Um Viertel vor sieben, als sie im Bademantel vor einer Tasse Kaffee in ihrer Küche saß, klingelte ihr Smartphone.

»Ich kann nicht schlafen«, sagte Margot Dreier, die Rechtsmedizinerin. »Geht mir nicht oft so, aber dieses Mädchen … Also, sie ist definitiv nicht im Rhein ertrunken, sondern in einer Badewanne. Die Wunden im Gesicht sind ihr unmittelbar nach ihrem Tod zugefügt worden. Ein grausamer Mord!«

»Gibt es andere Verletzungen?«, fragte Lena. »Am Kopf, am Hals, an denen man erkennen kann, dass man sie ertränkt hat?«

»Schätzchen«, sagte Margot Dreier. »Wenn es sie gäbe, hätte ich sie gefunden, aber um jemanden in der Badewanne zu ertränken, braucht man keine Gewalt. Zwei schnelle Griffe an den Beinen, die einen unter Wasser ziehen, reichen völlig aus.«

»Wann ist dieser Mord passiert?«

Margot Dreier schwieg einen Moment. »Vor zwei, drei Tagen, viel länger kann es noch nicht her sein. Und noch etwas … Ich gehe jede Wette ein, dass das Mädchen sich verkauft hat. Sie war eine Prostituierte. Vermutlich aus Osteuropa, wenn ich mir den Zahnstatus anschaue, aber dazu muss ich noch einen Kollegen befragen.«

Die Schlaflosigkeit schien über Köln gekommen zu sein. Henning war ganz gegen seine Gewohnheit bereits im Präsidium, als Lena um zehn vor acht Uhr eintraf. Er saß vor den Fotos der Toten und telefonierte. Offensichtlich sprach er mit einem Kollegen der Wasserschutzpolizei.

»Sie wissen nichts«, sagte er, nachdem er aufgelegt hatte. »Haben keine Ahnung, wo man die Tote ins Wasser geworfen haben könnte. Die Strömung im Rhein ist zu unberechenbar.«

Lena nahm sich ein Foto der Toten und setzte sich. Sie ließ ihren Blick über den Körper gleiten, versuchte, das schrecklich zerstörte Gesicht auszublenden.

»Vielleicht kann jemand von der Kriminaltechnik das Gesicht rekonstruieren«, sagte Henning hilflos, während er sie beobachtete. »Wäre doch möglich, oder?«

Sie betrachtete die vollen, makellosen Brüste der Frau, ihren Bauchnabel, ihre Hüften. Es konnte stimmen, was Margot Dreier gesagt hatte.

»Die Fingerabdrücke haben nichts ergeben, nehme ich an«, sagte sie.

Henning seufzte. »Nein, leider nicht. Morgen erscheint ein Foto der Frau im Stadt-Anzeiger. Bohl hat entschieden, dass wir nur ihren Rücken mit den Tattoos zeigen. Vielleicht meldet sich dann jemand, der sie gekannt hat.«

Bohl war Kriminaldirektor und ihr Vorgesetzter. Henning war meistens anderer Meinung als er.

»Ich fahre nachher ins Pascha«, sagte sie. »Die Rechtsmedizinerin glaubt, dass die Frau eine Prostituierte gewesen sein könnte.« Das Pascha war Kölns größtes Bordell.

Henning schnalzte mit der Zunge. »Du meinst, wir sollten die Bordelle abklappern – mit dem Foto einer Frau, die kein Gesicht hat?«

»Mache ich schon allein, wenn du nicht willst«, erwiderte Lena. »Es wird nicht viele Frauen geben, die zwei Flügel auf ihre Schultern tätowiert haben.«

Wie sie erwartet hatte, ließ Henning sie nicht alleine fahren. Gab es ödere Orte als ein Bordell an einem Montagmorgen um halb zehn? Im Pascha, einem Bordell mit elf Etagen, waren noch die Putzfrauen unterwegs. Ein Hausmeister tauschte Neonröhren aus und wies ihnen den Weg in die Verwaltung, wie er es nannte.

Ein Mädchen mit zwei tätowierten Flügeln auf den Schultern gebe es hier nicht, erklärte eine ältere, stark geschminkte Frau unfreundlich. Sie kenne alle Mädchen. Das Foto, das sie ihr hinhielten, schaute sie sich nur flüchtig an.

Auch im Eros-Center gegenüber Fehlanzeige. Ebenso in einem Bordell in Longerich und in der Moselstraße.

Hennings Laune verdüsterte sich immer mehr.

»So kommen wir nicht weiter«, sagte er. »Wir können nicht jeden Puff in Köln abklappern.«

»Eine Station noch«, sagte Lena. »Ein Laufhaus am Eigelstein.«

Henning warf ihr einen Blick zu, als ahne er, dass hinter ihrer Bitte noch etwas anderes stecken musste.

Es war zwölf Uhr, als sie das Bordell betraten, ein schmales, mit grauen Fliesen versehenes Gebäude. Henning hatte sich noch einen Kaffee besorgt, den er in der Hand hielt. Eine alte Frau mit einem langen grauen Zopf saß hinter einer Rezeption und betrachtete sie misstrauisch durch dicke Brillengläser. In dem engen Foyer befanden sich eine abgewetzte Sitzgruppe, ein großer amerikanischer Kühlschrank und ein schmaler Tisch. Nur das rötliche Licht, das dezent verblendete Neonröhren spendeten, deutete darauf hin, dass sie nicht in einem billigen Hotel standen.

»Haste deine Frau gleich mitgebracht?«, fragte die Alte in breitem Kölsch. »Oder wer seid ihr?«

Lena lächelte und hielt der Alten ihren Ausweis hin. »Kripo Köln, wir wollen nur eine Auskunft.«

Die Alte kniff ihre Augen zusammen und erhob sich, sie mochte allenfalls einen Meter sechzig groß sein. »Bei uns ist alles sauber«, antwortete sie, »die Mädchen, die Zimmer, kann sich jeder ansehen, aber außer Natascha und Vanessa sind noch keine Mädchen da. Die sitzen hinten in der Küche und kochen Kaffee.«

Henning hielt sich mit seinem Kaffeebecher dezent im Hintergrund und überließ es Lena, ein Foto der Toten hervorzuholen.

»Wir suchen ein Mädchen, das sich zwei Flügel auf den Rücken tätowiert hat«, sagte Lena und reichte der Alten das Foto.

Die Alte verzog den Mund zu einem Lächeln. »Was es nicht alles gibt«, sagte sie, ehrlich beeindruckt. Ein faltiger Zeigefinger wanderte über die Aufnahme, als wolle er die Flügel ertasten. »Nein, so ein Mädchen hat hier nie gearbeitet. Hat die Kleine etwas ausgefressen?«

»Vielleicht«, antwortete Lena vage und zog ein anderes Foto aus der Tasche. »Was ist mit diesem Mann?«, fragte sie weiter. »Haben Sie ihn schon einmal gesehen?«

Die Alte reichte ihr mit zitternden Händen das Foto der Toten zurück und nahm das andere entgegen.

Lena bemerkte aus den Augenwinkeln, dass Henning einen Schritt nach vorn gemacht hatte.

Die alte Frau betrachtete die Aufnahme einen Moment, dann sie schaute auf. »Ja, der Mann war mal hier. Weiß nicht mehr genau, wann. Ist ein paar Tage her, Samstag vor einer Woche, glaube ich, er hat nach seiner Frau gefragt.«

»Er wollte wissen, ob seine Frau hier arbeitet?« Henning schob sich vor und nahm der Alten das Foto von Jörn Falk aus der Hand.

»Aber nein.« Die alte Frau lächelte nachsichtig, als hätte man ihr eine besonders dumme Frage gestellt. »Seine Frau war Journalistin, er wollte wissen, ob sie hier war, um etwas über die Mädchen zu schreiben.«

»Und?«, fragte Lena. »War seine Frau hier gewesen?«

»Olga!« Aus einem Hinterzimmer rief plötzlich ein Mädchen. »Olga, haben wir noch Taschentücher? Wir finden keine.« Doch die Alte ging nicht darauf ein. Eine Sekunde später tauchte eine blonde Frau, die einen weißen, durchsichtigen Bademantel trug, in einer Tür auf, die in den hinteren Teil des Bordells führte. Die Alte verscheuchte sie mit einer Geste.

»Die Frau hieß Linda, wenn ich mich richtig erinnere. Mein Namensgedächtnis lässt ein wenig nach. Sie war einmal hier, vor drei oder vier Wochen vielleicht, und sie hat mit Irena geredet, ziemlich lange, aber Irena wollte dann nicht mehr. Linda war ihr zu moralisch.« Sie betonte das letzte Wort, als wäre es ihr völlig fremd. »Ja, zu moralisch. So hat sie sich ausgedrückt.«

»Können wir auch mal mit Irena sprechen?«, fragte Lena und nahm Henning mit einer beiläufigen Bewegung das Foto von Jörn Falk ab, was er mit einem Stirnrunzeln quittierte.

»Leider nein«, antwortete die Frau. »Irena ist zurück. Sie kam aus Slowenien. Ihre Mutter ist krank geworden, hat sie jedenfalls gesagt.« Sie zuckte mit den Schultern und setzte sich wieder hinter ihren Schalter.

Henning war wütend. »Du kannst es nicht lassen«, zischte er sie an, als sie wieder im Auto saßen, auf dem Rückweg ins Präsidium. »Du musst weiterbohren, wir haben den Fall geschlossen, aber du weißt es ja besser ... Deshalb wolltest du in diesen Puff. Um das Foto von Falk zu zeigen …« Er drückte das Gaspedal durch, und der Passat machte einen Satz nach vorne. »Hör zu«, sagte er. »Mein Job fällt mir im Moment schwer genug, da kann ich keine Kollegin gebrauchen, die mir in den Rücken fällt.«

»Ich falle dir nicht in den Rücken«, sagte Lena. »Wir wissen beide, dass Jörn Falk sich nicht umgebracht hat.«

»Ich weiß es nicht«, stieß Henning hervor. »Ich habe einen mittelalten, arbeitslosen Mann in einer Bruchbude von Hotel gesehen, der sich mit Barbituraten vollgepumpt hat. Nichts anderes.«

»Auch wenn es dir nicht gefällt«, sagte Lena. »Ich muss noch mehr über diesen Falk herausfinden. Ich melde mich für heute bei Mona krank.«

Als Henning auf der Neußer Straße an einer Ampel hielt, stieg sie aus.

Eines wusste sie ganz sicher, sie musste mehr über Jörn Falk erfahren, sie musste zum ›Express‹ gehen, mit seinen ehemaligen Kollegen reden, sie musste sich die Wohnung anschauen, in der er zuletzt gelebt hatte, und vor allem musste sie herausfinden, warum er über seine tote Frau Nachforschungen angestellt hatte. Außerdem wollte sie wissen, was es mit seinem toten Kind auf sich hatte. Hatte er sie und die ganze Gruppe angelogen? Hatte das Kind gar nicht existiert?

Im Café Elefant setzte sie sich an einen einzelnen Tisch. Hier würde Henning sie nicht finden, falls er es überhaupt versuchen würde. Zuerst trug sie die Informationen zusammen, die sie über Linda Rosen, Falks Frau, im Internet fand. Offenbar war sie vor gut zwei Wochen bei einem Autounfall ums Leben gekommen. In dem Magazin ›Frauenpower‹, für das sie geschrieben hatte, wurde in einem zweiseitigen Nachruf ihr Berufsleben nachgezeichnet. Drei Attribute tauchten auch in einer Traueranzeige auf: Sie sei mutig, engagiert, wahrheitsliebend gewesen. Ein Foto zeigte eine gut aussehende, blonde, zweiundvierzigjährige Frau. Ein Grund, warum Falk seine Nachforschungen betrieben haben könnte, entdeckte Lena allerdings nirgends.

Auch die Beiträge, die es über Falk im Netz gab, schaute sie sich noch einmal an. Er war ein ganz anderer Typ Journalist gewesen als seine Frau, er hatte über Fernsehstars geschrieben, über Kölner Lokalpolitik, sogar über Stars des Karnevals.

Vielleicht machte sie sich doch etwas vor, vielleicht war er doch ganz einfach nur ein ausgebrannter, müder Reporter gewesen, den man auf die Straße gesetzt hatte.

Als ihr Smartphone klingelte, war sie sicher, dass Henning sie ins Präsidium einbestellen würde.

»Sie sind Kommissarin Lena Larcher?«, fragte eine Frauenstimme.

Lena bejahte.

»Sie haben die Akte wirklich schon geschlossen? Sie glauben, dass Jörn sich umgebracht hat?«

»Nun …« Sie zögerte. »Wer sind Sie? Warum fragen Sie mich das?«

»Ich bin eine … sagen wir, eine ehemalige Kollegin. Können wir uns treffen? Heute Abend?«

Schälsick hieß die Bar im Hyatt. Das verstanden Hotelmanager wohl unter Humor. Obwohl sie ja in Köln geboren war – in diesem Deutzer Nobelhotel war sie noch nie gewesen. Prominente übernachteten hier, Präsidenten, Wirtschaftsbosse, Filmstars.

Die Bar war hässlich, fand sie, so ganz mit rötlichem Holz ausgekleidet. Es herrschte nicht viel Betrieb. Zweiundzwanzig Uhr. Vier Managertypen saßen an einem Tisch, mit gelockerten Krawatten und vom Alkohol geröteten Gesichtern. An einem Tisch schwieg sich ein älteres Ehepaar an – er starrte in sein Weinglas, während ihr Blick durch den Raum irrte.

Ein Mann in einem Trainingsanzug saß an der langen

Theke. Er bedachte sie mit einem neugierigen Blick, den sie stumm erwiderte.

Lena setzte sich an einen Tisch in einer Nische. Ein Kellner kam, und sie bestellte ein Glas Rotwein, das in dieser Bar vermutlich ein Vermögen kostete.

Warum hatte die Frau sie ausgerechnet hier treffen wollen?

Sie wartete. Einmal stand der Typ von der Theke auf und ging durch den Raum, als suche er sie.

Lena beachtete ihn nicht.

Das Foto der Toten stand bereits in der Online-Ausgabe des Stadtanzeigers. Die tote Frau aus dem Rhein, lautete die Überschrift. Dazu eine genaue Personenbeschreibung sowie der Fundort der Leiche. Die beiden Engelsflügel auf ihrem Rücken waren gut zu sehen.

Um zweiundzwanzig Uhr fünfzehn trat eine Frau an ihren Tisch. Sie mochte dreißig sein, eine wahre Schönheit mit langen schwarzen Haaren, einer dunklen Haut, braunen forschenden Augen. Sie trug eine zu große, schwarze Lederjacke und blaue Jeans. Mit einem Lächeln griff sie nach dem Stuhl und setzte sich.

»Schön, dass Sie gekommen sind, Frau Larcher«, sagte die Frau und streckte ihr eine Hand entgegen.

Lena ergriff die Hand, sie war kalt und erstaunlich stark.

»Sie kennen meinen Namen, aber ich kenne Ihren nicht.«

Die Frau streifte ihre Lederjacke ab, darunter trug sie einen schwarzen Kaschmirpullover. »Reine Vorsichtsmaßnahme«, sagte sie, dann wartete sie ab, bis der Kellner kam, und orderte routiniert einen Cocktail, als sei sie ein Stammgast – Watermelon Man.

»Hier«, sagte sie, »weiß ich, dass niemand aus der Redaktion herkommt. Die hängen alle woanders ab, in einem Brauhaus, im Pfäffgen oder im Früh. Sind alles Biertrinker.«

»Warum wollten Sie mich sprechen?«, fragte Lena.

»Ich heiße Kathy Busch … ja, Kathy, nicht Kate wie diese englische Sängerin.« Sie lächelte. »Ich arbeite beim ›Express‹, seit zwei Jahren, bin da Redaktionsassistentin. Es hat mich wirklich getroffen, was mit Jörn passiert ... Ich meine, dass er tot ist.«

Der Kellner brachte den Cocktail. Kathy Busch hob das Glas, schaute Lena an und trank.

Sie war seine Geliebte, dachte Lena, ein einfacher, platter Gedanke, der einem aber sofort durch den Kopf ging.

»Sie dürfen die Akte nicht schließen«, fuhr Kathy fort. »Er hat sich nicht umgebracht. Da bin ich sicher. Er war einer großen Sache auf der Spur – einem Kriminalfall.«

»Sprechen Sie von den Bilderbergern?«, fragte Lena. »Von diesem Buch?«

Kathy winkte ab. »Nein, es ging um seine Frau. Er zweifelte daran, dass sie bei einem Unfall ums Leben gekommen war. Irgendjemand hat ihren Computer manipuliert, und dann ...« Sie trank wieder und schaute sich um. Ein Mann hatte sich an den Nebentisch gesetzt. Er trug einen grauen Anzug mit Weste und eine große Hornbrille. In bestem Oxford-Englisch rief er nach dem Kellner.

»Ich habe oft versucht, ihn zu sprechen, aber er wollte am Telefon gar nichts mehr sagen. Er war sehr nervös.«

Plötzlich fiel Lena ein, dass sie Kathys Stimme schon gehört hatte – auf dem Anrufbeantworter in Falks Haus.

»Was wissen Sie genau?«, fragte Lena.

»Ich weiß, dass Jörn ein guter Reporter war, dass man ihn nie hätte rauswerfen dürfen – und dass ihn jemand umgebracht hat. Sie dürfen die Akte nicht schließen.«

»Das ist nicht viel«, sagte Lena. Sie war enttäuscht. Von diesem Treffen hatte sie sich mehr erwartet.

»Ich bin sicher, dass Jörn Erkundigungen über den Unfall eingeholt hat, bei der Polizei, im Krankenhaus, wo seine Frau gestorben ist – und dass er nach Unterlagen gesucht hat. Können Sie nicht nachforschen, ob es Ungereimtheiten gibt? Jemand hat Daten auf dem Laptop seiner Frau gelöscht. Das weiß ich genau.«

»Wo ist der Computer jetzt?«, fragte Lena.

»Das müssen Sie herausfinden.« Kathy trank ihren Cocktail aus.

»Warum treffen wir uns hier? Warum wollen Sie nicht, dass jemand aus Ihrer Redaktion mitbekommt, dass Sie mit mir sprechen?«

Kathy nahm ihr Glas noch einmal in die Hand, obwohl es bereits leer war. »Ich könnte Ihnen viel erzählen, aber ich sage Ihnen die Wahrheit. Ich habe mal Mist gebaut, als ich jung war, bin da in etwas hineingeraten … mein damaliger Freund hatte einen CD-Laden, das war im Siegerland, habe erst nicht kapiert, was da lief. Hardrock, habe ich gedacht, war aber nicht. Dann hat mich der Verfassungsschutz angesprochen, sie wollten Informationen über die Musikszene.« Sie schwieg einen Moment. »Ich war total unpolitisch, aber die Musik … waren alles rechte Bands, Blood and Honour, Nazikram. Ich bin dann irgendwann abgehauen, habe mich von meinem Freund getrennt und bin nach Köln.«

»Sie waren Informantin für den Verfassungsschutz?«, fragte Lena voller Erstaunen.

»Ja«, sagte Kathy, »so könnte man es nennen. Wenn das beim ›Express‹ jemand erfährt, bin ich geliefert. Verstehen Sie?«

14.

Donnerstag, 19. November

Der Anruf kam um drei Uhr in der Nacht. Er erwachte aus einem betrunkenen Dämmerschlaf. Linda war bei ihm gewesen, er hatte sie in seinem Traum nicht gesehen, aber er hatte ihre Hand in seiner gefühlt.

Mit tauber Zunge sagte er seinen Namen.

Die Frau schluchzte. »Ist Linda was passiert?«, fragte sie wie ein ängstliches Kind.

»Wer sind Sie?«, brachte er heiser hervor. Er war auf dem roten Samtsofa eingeschlafen. Sein Rücken tat ihm weh. Aus der Küche fiel Licht herüber.

»Ich habe Hunger«, sagte die Frau. »Ich habe nur noch ein paar Kekse und Wasser. Warum kommt Linda nicht? Sie wollte doch wiederkommen. Sie hat gesagt, ich soll warten, auf sie warten, es würde ein wenig dauern … Aber … nicht so lange … So lange doch nicht … Es ist nun fast eine Woche her.«

Er richtete sich auf und fuhr sich mit der freien linken Hand über das Gesicht.

»Können Sie mir nicht Ihren Namen sagen? Wer sind Sie? Und warum hat Linda …«

»Ich habe Angst«, sagte die Frauenstimme.

Er stellte sich eine junge Frau vor, vielleicht zwanzig, sicherlich nicht viel älter. Sie stand irgendwo in einer Wohnung, die Linda gemietet hatte, allein und verloren.

»Wer sind Sie?«, fragte er noch einmal.

»Das darf ich nicht sagen, wenn Sie es nicht wissen. Aber können Sie Linda für mich finden, ja?«

Er suchte nach Worten. Konnte er dieser jungen Frau die Wahrheit sagen? Dass Linda tot war – dass sie nie zurückkommen würde?

Sie atmete laut ein und aus.

»Können wir uns irgendwo treffen? An einem Ort, den Sie bestimmen?« Er versuchte, sanft zu klingen, vertrauenerweckend und zuversichtlich, obwohl sein Kopf schmerzte und sein Mund völlig ausgedörrt war.

»Da … da kommt ein Auto«, sagte die Frau panisch, und dann hörte er ein hartes Klicken, und die Leitung war tot.

Die Frau hatte aufgelegt. Es war drei Uhr zwölf in der Nacht.

Er ging in das schmale Gästebad, das vom Flur abzweigte. Er trank Wasser und wusch sich das Gesicht. Ein heftiger Alkoholschmerz hockte hinter seiner Stirn. Er war wieder ein Säufer geworden, ein böser, elendiger Rückfall.

Irgendwo saß eine junge Frau und wartete auf Linda. Hatte diese Frau eine besondere Geschichte, die Linda hatte aufschreiben wollen, aber warum wusste niemand davon? Nicht einmal Berit, Lindas beste Freundin, schien eine Ahnung davon zu haben, woran Linda zuletzt gearbeitet hatte.

Er zündete sich eine Zigarette an und setzte sich auf das Sofa. Er nahm einen tiefen Zug, fast schuldbewusst. Linda hatte es nie geduldet, dass er im Haus rauchte. Er hatte immer auf die Terrasse gehen müssen. Dabei hatten sie dann oft zu zweit gestanden, die Sterne über ihnen, und hatten sich geküsst, und manchmal hatte Linda sich vorgebeugt und hatte einen Zug aus seiner Zigarette genommen.

Er überlegte, Kuhn anzurufen, obwohl es mitten in der Nacht war. Dieser Scheißkerl war doch mir ihr zusammen gewesen, er musste etwas wissen, dann entschloss er sich dagegen, stattdessen schaltete er im ganzen Haus die Lichter an und schaute in jeden Schrank, jede Schublade, ob er irgendetwas Verdächtiges fand.

Doch nichts.

Zwei Stunden und drei Tassen Kaffee später war er überzeugt, dass Linda keine Datei, keinen USB-Stick, keinen Fetzen Papier im Haus hatte, nichts, was verriet, warum eine junge Frau sie so verzweifelt suchte.

Der Unfall war gar kein Unfall gewesen. Dieser Gedanke kam ihm beim vierten Kaffee. Ein Gedanke, den er schon früher hätte haben können. Der Computer war manipuliert worden. Was auch bedeutete, dass ihn jemand nach dem Unfall ins Auto gelegt haben musste. Er sollte den Schrotthändler befragen.

»Linda«, flüsterte er vor sich hin, »in was hast du dich verstrickt? Dafür war ich doch zuständig – für Schwierigkeiten, für miese Storys. Du warst doch immer die aufrechte Journalistin von uns beiden.«

Um halb acht rief er Bahner an, der nach dem dritten Klingeln abhob.

»Falk?«, fragte er leutselig. »Was willst du? Ich habe deinen Mexikaner noch nicht gefunden.«

»Vergiss den Mexikaner. Es geht um etwas anderes – ich muss unbedingt eine junge Frau finden.«

Sie trafen sich im McDonald's am Deutzer Bahnhof, ganz konspirativ, wie es sich für einen Staatsschützer gehörte.

Bahner erwartete ihn bereits. Man hätte ihn für einen Bodyguard oder einen Türsteher halten können. Er war fast zwei Meter groß, ein muskulöser, stets lächelnder Glatzkopf. Er war eine Zeit lang als Polizist im Ausland gewesen. Was er nun genau bei der Abteilung Staatsschutz machte, hütete er wie ein strenges Geheimnis.

»Falk«, sagte Bahner, »du machst es ganz schön spannend.«

Er schob Bahner einen Zettel mit Lindas Mobilnummer zu. Vermutlich hatte die Frau Lindas Smartphone, war ihm eingefallen. Dann erzählte er die Geschichte der jungen Frau, die sich irgendwo versteckte und auf Linda wartete.

»Ich habe nun auch ernste Zweifel, dass Linda bei einem gewöhnlichen Unfall ums Leben gekommen ist«, fügte er hinzu. Die Geschichte mit dem manipulierten Computer erzählte er jedoch nicht.

Bahner betrachtete den Zettel mit der Nummer. Mit ernstem Gesicht hatte er zugehört. »Ich weiß nicht«, sagte er dann, »hört sich nach einer ziemlich abenteuerlichen Geschichte an. Kann es nicht einen ganz einfachen Grund geben, warum diese Frau auf Linda wartet?«

»Nenn mir diesen Grund. Die Frau hockt irgendwo in einer Wohnung und hat Angst, auf die Straße zu gehen. Linda hat sie versteckt. Das kann nur mit einer Story zu tun haben, an der sie gearbeitet hat …«

»Diese Frau …«, sagte Bahner, »… war sie eine Deutsche? Hatte sie einen Akzent?«

Er musste einen Moment überlegen. Ja, es konnte sein, dass sie mit einem leichten Akzent gesprochen hatte, aber er war sich nicht sicher.

»Spielt das eine Rolle?«

»Nein, wohl eher nicht.« Bahner nahm den Zettel und steckte ihn ein. »Ich kann nichts versprechen«, sagte er. »Telefonüberwachung ist eine heikle Angelegenheit. Wenn die Zeitungen wüssten, was wir da so alles treiben.« Er verzog das Gesicht zu seinem typischen Lächeln. »War ein Scherz. Ich melde mich bei dir, falls ich dir helfen kann, Falk. Kann aber ein paar Tage dauern.«

Es war ein sonniger Novembertag. Er hätte in seine Wohnung in der Mainzer Straße fahren können, sich umziehen und loslaufen, den Rhein hinunter, Richtung Rodenkirchen und weiter. Einen Rhythmus finden und laufen, für eine Zeit die Gedanken ausschalten und sich ganz einer körperlichen Anstrengung hingeben. Wenn er mit einer Artikelserie nicht weiterkam, hatte es immer geholfen. Doch irgendwie hatte er das Gefühl, er müsse in jedem Moment in der Lage sein, sich ins Auto zu setzen und loszufahren. Die Frau würde wieder anrufen – sie hatte offenbar nur seine Nummer.

Er ging zu seinem Volvo zurück, den er am Hyatt Hotel am Deutzer Ufer geparkt hatte, und versuchte, Berit in der Redaktion zu erreichen, doch sie ließ sich verleugnen. Er wusste, dass sie ihn nicht zurückrufen würde, auch wenn er inständig darum bat. Er würde ihr auflauern müssen, um etwas von ihr zu erfahren.

Statt jedoch zur Redaktion des Frauenmagazins fuhr er aus Köln heraus, Richtung Norden. Er hatte noch immer Kopfschmerzen, etwas anderes machte ihm jedoch noch mehr zu schaffen – das Gefühl, dass ihm jemand eine Aufgabe übertragen hatte, die er nicht begriff. Nein, es war kein Jemand gewesen, sondern Linda – sie hatte ihm diese Aufgabe übertragen, aus irgendwelchen Gründen, die er nicht verstand, einer jungen Frau zu helfen.

Kümmerst du dich eigentlich um Leute?, hatte sie ihn einmal gefragt. Du bist Journalist, aber eigentlich interessieren dich Menschen gar nicht. Du siehst immer nur die Story, das Besondere, Sensationelle, aber die Menschen hinter der Story scheren dich nicht.

Genauso ist Boulevardjournalismus, hatte er mit einem spöttischen Lächeln erwidert.

Er hatte sich gern mit Linda gestritten, sie war klüger als er, weniger oberflächlich, verletzlicher.

Er spürte eine Sehnsucht nach ihr, die ihm buchstäblich das Herz zerriss.

In Fühlingen bog er zum Friedhof ab. Ohne dass er einen richtigen Entschluss gefasst hatte, war er schon auf dem Weg zu ihrem Grab.

Die Blumen und Kränze waren noch nicht weggeräumt worden. Ein trostloser Anblick – welke Blumen, Kränze, die in sich zusammengefallen waren, feuchte, schmutzig gewordene Schleifen. Auf einer Schleife las er »Richard Kuhn und Frau«. Welch ein Hohn!

Vor dem Grab faltete er die Hände, ganz so, als könnte er beten. Das letzte Gebet hatte er wohl vor dreißig Jahren gesprochen, als er noch manchmal zur Kirche gegangen war.

Linda, sagte er in Gedanken, verzeih mir, ich habe wieder getrunken. Ich weiß, ich habe es geschworen, nach Maximilians Tod, dass ich nie wieder Alkohol anrühre, keinen Tropfen mehr ... aber nun ...

Er verstummte in Gedanken.

Kuhn hatte nichts von Maximilian gewusst, sie hatte ihm nie von ihm erzählt, sonst hätte er Linda neben ihrem Kind begraben lassen.

Der Friedwald in Lohmar – Linda hatte kein gewöhnliches Kindergrab haben wollen, sondern einen besonderen Platz für Gedanken und Erinnerungen ... Er war schon ein Jahr lang nicht mehr da gewesen.

Ganz weit über ihm sang ein Vogel. Er dachte an Maximilian und an Linda, an das Bild, wie sie ihn im Arm gehalten hatte, kurz nach der Geburt, ein typisches Mutter-Kind-Bild: sie, noch im Nachthemd, müde, erschöpft, mit zurückgebundenen Haaren, das Kind in einem blauen Strampelanzug selig schlafend in ihrer Armbeuge.

Ein Eichhörnchen lief über den Weg, und er riss sich von seinen Gedanken los. Erinnerungen, nur Erinnerungen, die zu nichts führten ... Er musste diese Frau finden.

Als er aus dem Friedhof trat, hörte er, wie eine Autotür zugeschlagen wurde, dann stürmten zwei Schatten heran, zwei Gestalten in Schwarz, mit Sturmhauben.

»Hör mit deinen Schnüffeleien auf, Scheißkerl!«, zischte die eine Gestalt, bevor sie mit einem Gummiknüppel zuschlug. »Schöne Grüße von den Bilderbergern!«

Der Knüppel traf ihn am Ohr, dann ein zweiter, schwerer Hieb auf der Schulter. Der Schmerz war wie eine Explosion, der seinen ganzen Körper erfasste. Er sah buchstäblich Sterne, als er zu Boden ging. Noch ein Schlag, danach ein Tritt in den Magen, der eine weitere Explosion auslöste.

Sein Körper stand in Flammen, er sah und hörte nichts mehr – außer Schmerzen.

Konnte man Schmerzen hören und sehen?

Ja, das konnte man – sie waren grell und gelb und schmeckten nach Blut.

Ganz weit entfernt meinte er zu hören, wie ein Auto wegfuhr, aber er war zu kraftlos, um die Augen zu öffnen und dem Wagen nachzublicken, um eventuell ein Kennzeichen wahrzunehmen.

Eine Weile lag er einfach nur da, atmete mühsam und spürte, wie die Schmerzwelle abebbte, dann drang ein Röcheln aus seinem Mund, er spuckte Blut, weil er sich wohl auf die Lippen gebissen hatte, und plagte sich auf die Knie.

Als er die Augen öffnete, sah er zuerst seine Hände, sie waren schmutzig und aufgeschrammt, dann fiel sein Blick auf eine zwergenhafte, grauhaarige Frau, die ganz in Schwarz gekleidet war. Sie hielt eine grüne Plastikgießkanne in der Hand. Aus etwa zwanzig Schritten Entfernung musterte sie ihn.

»Ist Ihnen nicht gut?«, fragte sie besorgt. Anscheinend hatte die Frau nicht mitbekommen, was ihm widerfahren war.

Er machte mit der linken Hand eine wedelnde Geste. »Nein«, sagte er, »alles in Ordnung. Nur ein kleiner Schwächeanfall.«

15.

»Diese Tote aus der Zeitung, die Frau mit den Engelsflügeln – was ist mit ihr?«, erkundigte sich ihr Vater.

Spontan hatte sie ihn am Morgen angerufen, ob sie nicht gemeinsam frühstücken sollten, sie würde Brötchen und Käse mitbringen. Er war überrascht gewesen und hatte zugestimmt. Der Tisch war bereits gedeckt, als sie mit Roberts Rennrad angekommen war.

Man merkte ihm nicht an, dass sein Augenlicht nachgelassen hatte. Nur manchmal schien er die Lider zusammenzukneifen, als könnte er von einem Gegenstand nur die groben Konturen erkennen, und plötzlich fiel ihr auf, dass er sowohl in der Küche als auch im Wohnzimmer zwei große Lupen deponiert hatte.

»Man hat ihr das Gesicht zerstört, sie ertränkt und dann in den Rhein geworfen«, antwortete Lena. »Wir wissen noch nicht, wer sie ist.«

»Klingt, als wären da skrupellose Leute am Werk – war die Frau drogensüchtig?«

Lena überlegte einen Moment. »Nein, wohl nicht«, sagte sie dann.

Ihr Vater lächelte. »Es ist noch nicht ganz zu Ende mit mir. Ich darf mich noch für ein paar Dinge interessieren.« Er griff nach ihrer Hand und drückte sie.

Eigentlich hatte sie mit ihm über einen Arztbesuch sprechen wollen, die zweite Meinung eines Spezialisten einholen, aber nun wusste sie, dass sie es nicht schaffen würde, wenn er nicht die Sprache darauf brachte.

»Warum wird so eine Frau ermordet? Entweder weil sie nicht mehr von Nutzen ist oder weil sie etwas wusste und verraten wollte«, fuhr ihr Vater fort. »Da denkt man unwillkürlich an Drogen.«

»Ja, möglich, aber mich beschäftigt noch etwas anderes – der Tote aus der Badewanne. Für meine Kollegen ist der Fall abgeschlossen, allerdings ...« Sie berichtete von Jörn Falk und ihrem Gespräch mit Kathy.

»Ich könnte mit Nolden, dem Chefredakteur vom ›Express‹, reden und mich nach diesem Falk erkundigen, wenn dir das hilft«, sagte ihr Vater, nachdem sie geendet hatte.

»Du kennst Nolden?«

»Ja, sicher. Er hat auch mal als Reporter angefangen – damals noch bei der Kölnischen Rundschau. Als wir die kleine Nadine gesucht haben, hat er mich jeden Tag mit Anrufen traktiert, und damals gab es noch keine Handys.«

Darauf beruhte bis heute der legendäre Ruf ihres Vaters, des Hauptkommissars Georg Larcher – er hatte einen spektakulären Entführungsfall gelöst, der die ganze Stadt in Atem gehalten hatte. Fast dreißig Jahre lag der Fall nun zurück.

Als ihr Smartphone klingelte, griff sie wie beiläufig danach. Henning würde nach ihr fragen, sie hätte schon seit einer Stunde im Präsidium sein sollen.

Der Name, der auf dem Display aufblinkte, ließ sie erschreckt innehalten. »Farkas« leuchtete da auf.

Mit zitternden Händen nahm sie das Gespräch an.

»Hallo, Lena«, sagte er mit seiner wohltönenden, einschmeichelnden Stimme. »Ich will nicht stören, aber es kann sein, dass ich diese Frau, die ihr sucht, die Frau mit den Engelsflügeln, mal getroffen habe.«

Adrian Farkas – dieser Name stand für ihr schlechtes Gewissen, dafür, dass sie einen schweren Fehler begangen hatte. Drei Monate hatte ihre Affäre gedauert, und kurz vor dem Unfall, sie am Steuer, er auf dem Beifahrersitz, hatte sie sich mit Robert gestritten. Sie war mit Farkas gesehen worden, hatte ihm einen Kuss auf die Wange gegeben …

Wieso tauchte Farkas jetzt plötzlich wieder auf? Immer, wenn sie glaubte, ihn endgültig aus ihrem Leben verbannt zu haben, meldete er sich. Aber nein, sie musste sich nicht wundern. In einer Stadt wie Köln konnte man ihm gar nicht entgehen – er war prominent, er sang in einer Band, die im Karneval auftrat und über vierhundert Auftritte im Jahr absolvierte. Wahrscheinlich kannte man ihn sogar in München und Hamburg: der Sänger mit den braunen, fast schulterlangen Haaren, der sich trotz seiner fünfzig Jahre ein jugendliches Aussehen bewahrt hatte.

Sie brachte das Frühstück mit ihrem Vater ohne allzu große Hast zu Ende. Auf der Straße, während sie ihr Rennrad die Berrenrather Straße hinunterschob, rief sie ihn zurück.

»Was weißt du von dieser Frau?«, fragte sie sofort.

Er räusperte sich. Offenbar begriff er, dass sie sofort zum Thema kommen und keine Abschweifung zulassen wollte.

»Ich habe einmal ein kleines Konzert gegeben, nur ich und meine Gitarre, ganz exklusiv, für dreißig, vierzig Leute. Da hat ein Mädchen getanzt. Sie war vielleicht zwanzig, sehr hübsch, obwohl man ihr Gesicht nicht sehen konnte. Sie trug eine Maske, so wie in Venedig beim Karneval.«

»Und diese Frau hatte Engelsflügel als Tätowierung auf dem Rücken?«

»Ja«, antwortete Farkas. Sie hörte, dass er an einer Zigarette zog. Im Hintergrund waren Stimmen zu hören. Vermutlich war er in seinem Büro. Die Karnevalssession hatte vor drei Wochen wieder begonnen. »Sie hat nur ein paar Minuten getanzt, in einem beinahe durchsichtigen weißen Kleid, eher künstlerisch, also kein Striptease oder so etwas.«

»Und wo hat dieses Konzert stattgefunden?«, fragte Lena.

»In den Ballonihallen in Ehrenfeld, eine private Veranstaltung. Ist ein paar Monate her. Ich glaube, Mieka hat es organisiert.«

»Wer ist Mieka?«

»Du kennst Mieka Fischer nicht? Sie ist eine unserer berühmten Charity-Damen, keine Wohltätigkeitsveranstaltung, an der sie nicht beteiligt ist.«

»Gibt es Fotos von diesem Auftritt?« Lena bemerkte, dass ein anderer Anruf sie erreichte, doch sie brach das Gespräch nicht ab.

»Keine Ahnung. War wie gesagt eine Charity-Geschichte. Ich glaube, es ging um den Zoo oder um den Neubau der Flora. Ach, ich weiß es nicht mehr.«

Sie dachte an seine Hände. Diese zarten, feingliedrigen Hände hatte sie zuerst gesehen, als sie sich im Museum Ludwig zum ersten Mal begegnet waren.

»Kannst du mir die Telefonnummer dieser Mieka per SMS schicken?«, fragte sie. Ihr Tonfall war abweisend, wie sie selbst bemerkte.

»Lena«, sagte Farkas, »ich rufe dich wirklich nur deshalb an … weil ich dieses Foto der toten Frau gesehen habe … eine schreckliche Geschichte … aber wenn du meinst, dass wir uns mal wieder sehen sollten, können wir gerne …«

»Nein«, fiel sie ihm ins Wort, »wir sollten uns nicht mal wieder sehen.« Dann drückte sie den Anruf weg und stieg auf ihr Fahrrad.

Dreiunddreißig Hinweise waren bereits zu der Toten mit den Engelsflügeln eingegangen, wie Mona erklärte, nachdem Lena im Präsidium eingetroffen war.

»Wahrscheinlich regt so ein Foto die Fantasie der Leute an«, meinte Mona. Ihre orangefarbenen Haare schienen noch heller zu leuchten, und ihre Fingernägel hatte sie knallrot angemalt. Lena bewunderte an ihr, dass sie niemals schlechte Laune zu haben schien. Selbst wenn um sie herum das große Durcheinander ausbrach, verlor sie nicht den Überblick.

Henning saß an seinem Schreibtisch und las in einer Adressenliste. Stöhnend blickte er auf. »Hast du einen Schönheitsschlaf gehalten?«, fragte er missmutig. »Bohl wollte von mir einen Bericht zu der Toten. Viel hatte ich ihm nicht zu bieten.«

Lena setzte sich und schaltete ihren Computer an. »Dreiunddreißig Hinweise ist doch nicht schlecht – und ich habe auch noch einen.«

Während Henning sie stumm musterte, gab sie den Namen Mieka Fischer bei Google ein.

Mieka Fischer hieß eigentlich Margaretha mit Vornamen, sie war neunundfünfzig Jahre alt und die Witwe eines Bauunternehmers, sie wohnte in einer Villa in Junkersdorf und stand vier Vereinen vor – außerdem war sie Förderin des Kölner Völkerkundemuseums, des Zoos, der Oper und gab einmal im Jahr eine Gala für einen Verein, der sich für behinderte Kinder einsetzte. Das Foto in dem Wikipediaeintrag zeigte eine resolute, braungebrannte Frau mit kirschroten, aufgespritzten Lippen und blond gefärbten, hoch toupierten Haaren, eine Frisur, wie sie vielleicht vor fünfzig Jahren modern gewesen war.

»Wer ist das?«, fragte Henning. Er war um den Schreibtisch herumgekommen und blickte auf ihren Bildschirm.

»Unsere Engelsfrau war vielleicht Tänzerin«, sagte Lena. »Mieka Fischer, diese Charity-Lady hier, hat einmal ein Konzert mit Farkas veranstaltet. Da hat eine Frau mit Engelsflügeln getanzt.«

»Du hast diesen Karnevalssänger wiedergetroffen?«, fragte Henning ungläubig. »Kommst du deshalb so spät?« Er hatte ihr nie gesagt, dass er von ihrer Affäre mit Farkas gewusst hatte.

»Nein«, erwiderte sie tonlos. »Farkas hat mich angerufen.«

Dass er Farkas einen Karnevalssänger genannt hatte, nahm sie Henning übel. Ja, es ärgerte sie, und gleichzeitig ärgerte sie sich über diesen Ärger. Manchmal schien Henning nicht zu wissen, wer er in Wahrheit war: Henning Mahn, ein zweiundfünfzig Jahre alter Kriminalkommissar, den seine Frau wegen seiner Spielsucht hinausgeworfen hatte, der seine drei halb erwachsenen Kinder kaum mehr sah und in einer dunklen Zwei-Zimmer-Wohnung in Köln-Ehrenfeld sein Dasein fristete.

Nachdem sie von einer ausgesucht höflichen Sekretärin einen Termin mit Mieka Fischer bekommen hatte, nahm sie ihre Jacke und stahl sich förmlich davon. Sollte Henning seine Listen allein abarbeiten.

Kaum hatte sie ihr Fahrrad aufgeschlossen, klingelte ihr Smartphone. Henning war natürlich neugierig, doch sie nahm seinen Anruf nicht an.

Die Adresse, an der sie Mieka Fischer treffen sollte, lag in der Apostelnstraße. Sie hatte ein Büro erwartet, vielleicht ein Café, doch sie stand vor einer Tanzschule.

Als sie klingelte, wurde ihr sogleich aufgedrückt. Musik drang ihr entgehen. Ein Wiener Walzer. In einem riesigen Saal tanzte Mieka Fischer, die ein rosafarbenes Kleid trug, mit einer viel jüngeren Frau in einem Hosenanzug. Was für ein merkwürdiges Bild! Die jüngere Frau, die lange blonde Haare hatte und Anfang dreißig sein mochte, hatte eindeutig den Männerpart übernommen. Mieka Fischer ließ sich von ihr führen, sie machte ein verschlossenes, hochkonzentriertes Gesicht.

Als Lena zwei Schritte in den Saal trat, sah sie, dass ein Mann mit kurzen blonden Haaren hinter einer Bar stand und den beiden Frauen zusah. Offensichtlich war er auch für die Musik zuständig. Kaum hatte er Lena registriert, brach der Wiener Walzer jäh ab.

Mieka Fischer verharrte und wandte sich dann mit einem Ausdruck der Missbilligung zu dem Mann an der Bar um.

»Patrick«, sagte sie vorwurfsvoll, doch der Mann deutete auf Lena.

»Dein Besuch ist da.«

Mieka Fischer drehte sich zu ihr um und strich sich über

ihr rosafarbenes Kleid. Ein routiniertes Lächeln glitt über ihr Gesicht, wie eine Lampe, die plötzlich ansprang.

»Sie sind die Polizistin, nicht wahr?« Sie streckte ihre faltigen, braungebrannten Arme aus, als wolle sie Lena umarmen, beließ es dann jedoch bei einem Händedruck. »Wollen wir uns an die Bar setzen?« Ohne Lenas Antwort abzuwarten, rief sie dem Mann zu. »Machst du uns einen Cocktail? Alkoholfrei bitte – wir sind beide im Dienst.«

Mit einer sanften Handbewegung führte sie Lena zu den beiden äußersten Barhockern. Dann, als sei ihr etwas eingefallen, wandte sie sich abermals um. »Roja«, rief sie der Frau in dem Hosenanzug zu, die von einem Stuhl im hinteren Bereich des Saales eine Tasche genommen hatte. »Holst du mich in zehn Minuten ab? Wir werden dann so weit sein.«

Die Blonde nickte bloß, während sie an ihnen vorbei zum Ausgang eilte.

»Roja ist meine Sekretärin, sie hat alles im Blick«, sagte Mieka Fischer wie zur Erklärung. »Mit ihr muss ich auch hin und wieder tanzen üben. Ich bin viel unterwegs, und gelegentlich kann ich einem Eröffnungstanz nicht aus dem Weg gehen, und eine Frau ohne einen Mann … Soll ja alles nicht peinlich aussehen.« Sie hob die Arme, stöhnte leicht und lächelte dann vor sich hin, während der Mann ihnen zwei grüngelbe Cocktails hinstellte. »Garantiert ohne Alkohol, Mieka«, sagte er beflissen, bevor er sich an das andere Ende der Bar zurückzog.

»Ich kenne Ihren Chef ganz gut – Neuenfels. Er ist manchmal auch auf meinen Bällen.« Sie beugte sich vor, um einen Schluck zu trinken. Als sie sich wieder zurücklehnte, war an dem Glas ein roter, dicker Abdruck ihrer Lippen zurückgeblieben.

Neuenfels war der Polizeipräsident. Lena konnte sich nicht erinnern, wann sie zuletzt ein Wort mit ihm gewechselt hatte.

Während Mieka Fischer sie musterte, holte Lena das Foto der Toten hervor und legte es vor sich auf die Bar. »Ich möchte

Sie nur um eine Auskunft bitten. Wir müssen die Identität einer Frau ermitteln, die sich Engelsflügel auf ihre Schulterblätter tätowiert hat.«

Mieka Fischer betrachtete das Foto, sie streckte ihre rechte Hand danach aus, zuckte jedoch zurück, bevor sie es berührte.

»Warum glauben Sie, dass ich so eine Frau kennen sollte?«

Lena berichtete kurz von Farkas und seinem Anruf.

»Adrian – der Gute.« Mieka Fischer klatschte in die Hände und rollte mit den Augen. »Was glaubt er, mit wie vielen Mädchen ich zu tun habe! Nein, ich kann mich ganz vage an dieses kleine Konzert erinnern, aber nicht an ein Mädchen mit Engelsflügeln. Bedauere.« Sie beugte sich abermals vor, um zu trinken.

Lena beobachtete, wie sich ihre Muskeln am Hals spannten – Mieka Fischer tanzte nicht nur, sie ging regelmäßig in ein Fitnessstudio und betrieb wahrscheinlich noch zwei, drei andere Sportarten.

»Wer könnte denn dieses Mädchen engagiert haben?«, fragte Lena. Sie nahm das Foto wieder an sich und zog ein anderes aus der Tasche, das sie jedoch umgedreht, wie eine verdeckte Spielkarte, auf die Bar legte.

»Tut mir leid. Vielleicht wissen die Leute bei Balloni was.« Mieka Fischer hatte ihren Cocktail bereits geleert.

»Gibt es Fotos von diesem Konzert?«, fragte Lena. Nun trank auch sie. Der Cocktail schmeckte nach Limette. Köstlich – sie warf dem Mann hinter der Bar einen freundlichen Blick zu, den er aber nicht beachtete.

»Meine Liebe!« Mieka Fischer blickte auf eine schmale goldene Armbanduhr an ihrem linken Handgelenk. »Keine Ahnung. Vielleicht hat Roja Fotos gemacht, aber vermutlich nur von Adrian und unseren Ehrengästen. Ich werde sie fragen, wenn ich gleich mit ihr in mein Büro fahre. Haben Sie eine E-Mail-Adresse – hat die Polizei so etwas? Dann mailen wir Ihnen zu, was wir haben.«

Mit einem spöttischen Lächeln zückte Lena ihre Visitenkarte und legte sie gleichfalls auf die Bar. Dann drehte sie das Foto um. »Noch eine letzte Frage. Kennen Sie diesen Mann?«

Mit theatralisch gerunzelter Stirn betrachtete Mieka Fischer das Foto von Jörn Falk. Für einen Moment zwinkerte sie, fast sah es so aus, als würde sie aus dem Takt geraten.

»Nein«, sagte sie dann, »wer soll das sein?« Sie blickte Lena an – eine geübte Lügnerin.

»Vielen Dank«, entgegnete Lena. Sie nahm das Foto wieder an sich. »Es wäre schön, wenn Sie uns die Fotos von dem Konzert baldmöglichst schicken könnten.«

Die Fotos trafen drei Stunden später ein, als Lena im Präsidium schon eine Weile vor ihrem Computer gesessen hatte. Sechs Aufnahmen: einmal Farkas mit träumerisch geschlossenen Augen Gitarre spielend, dreimal Mieka Fischer in einem schwarzen Cocktailkleid, das ihre drahtige Figur betonte, mit einem Mikrofon in der Hand, eine Ansprache haltend, ein Foto zeigte, wie der Oberbürgermeister Mieka Fischer umarmte, und die letzte Aufnahme galt dem Publikum, etwa vierzig bereits älteren Damen und Herren, die an Tischen saßen und offenkundig applaudierten. Gut betuchte Mitglieder der Zoogesellschaft. Es war jedoch keine Aufnahme mit einer Tänzerin dabei. Die E-Mail hatte eine gewisse »Roja Walz – Kulturmanagerin« mit einem kurzen, nichtssagenden Gruß geschickt.

»Vielleicht hat dein Karnevalssänger sich auch geirrt.« Henning hatte sich über ihre Schulter gebeugt, um einen Blick auf die Fotos zu werfen.

Lena antwortete nicht darauf. Seine Stimmung war auf der nach unten offenen Skala bei minus zehn angekommen – mindestens. Sie hatten die bisher eingegangenen Hinweise zu der Tattoofrau bearbeitet – fünfzig waren es mittlerweile. Bei zweiunddreißig stimmten Beschreibung und Alter auf den ersten Blick nicht. Zwei Tattoostudios hatten sich ebenfalls gemeldet und gleich Fotos mitgeschickt, die jedoch auch nicht passten. Henning mochte diese Detailarbeit überhaupt nicht. Telefonieren, im Internet recherchieren, Daten abfragen. Dann war er wie ein Hund, der sich angekettet fühlte und auf die Straße wollte.

Der wichtigste Hinweis war von Mona gekommen.

»Wir haben einen anonymen Anruf erhalten«, hatte sie gesagt. »Leider ohne Sprachaufzeichnung. War ja kein Notruf. Ein Mann ist sicher, dass er die Frau einmal getroffen hat – in einem Klub. Sie war eine Hostess. So hat er sich ausgedrückt. Als die Kollegen von der Pforte ihn zu mir durchstellen wollten, ist er abgesprungen.«

Gegen achtzehn Uhr stand Henning auf, nahm seine Jacke und ging zur Tür. »Ich habe noch eine Verabredung«, sagte er betont geheimnisvoll und verschwand.

Kaum hatte er das Büro verlassen, klingelte ihr Smartphone. »David Bauer« leuchtete auf dem Display auf, und eine Sekunde später stand er in der Tür, sein Telefon am Ohr. Er lächelte. »Ich war gerade in der Gegend«, sprach er in den Apparat hinein, »und ich dachte, wir könnten unseren angebrochenen Abend von neulich fortsetzen. Ich möchte gerne etwas mit dir besprechen.«

Es war die ständig wiederkehrende Angst vor der leeren Wohnung, die sie mit David in das Stadtgarten-Restaurant trieb. Wann würde das endlich aufhören? Wahrscheinlich nicht eher, bevor sie sich eine neue Wohnung gesucht hatte. Während sie auf dem Fahrrad in die Stadt fuhr, sah sie aus den Augenwinkeln eine junge Frau, die ihr schreiendes Baby an sich drückte. Nur eine winzige Szene in einer Straße, aber der Stich, den dieser Anblick verursachte, ging ihr durch und durch. Was war Glück? Glück war, eine Familie zu haben, zu wissen, wohin man gehörte.

David saß schon da, zwei Gläser Rotwein vor sich. Er stand auf und schritt auf sie zu, ganz wie ein Kavalier bei einem ersten Rendezvous. Er spürte, dass sie bedrückt war.

Er sprach von einer Wohnung, die er sich gekauft hatte – in Lindenthal am Kanal, davon, dass er es noch einmal wissen wollte. Sie fragte nicht, was er damit meinte. Sein Haar war kürzer und wirkte noch grauer.

»Was wolltest du besprechen?«, fragte Lena, nachdem sie das erste Glas Rotwein getrunken hatten.

»Nun«, sagte er zögernd, und sie fürchtete, er würde von ihr und ihm sprechen, von ihrer gemeinsamen Geschichte, die sie doch wieder aufleben lassen könnten, aber dann sprach er einen Namen aus, der alles änderte. »Ich telefoniere gelegentlich mit Sanuthi … Ich weiß, ich hätte es dir sagen sollen.«

Sanuthi war Rashmis Mutter, die Frau, mit der Robert vor mehr als achtzehn Jahren während eines Urlaubs eine Affäre gehabt habe. David hatte sie vor einem Jahr zufällig getroffen und als Erster erfahren, dass Roberts Abenteuer damals nicht ohne Folgen geblieben war.

»Ja und?«, fragte sie lauernd.

»Sie ist unglücklich. Rashmi kann nun seinen Vater nicht mehr kennenlernen, aber er würde gerne dich treffen, herkommen und sehen, wo sein Vater gelebt hat.«

»Ich habe mit ihm telefoniert, kürzlich erst.« Nein, fiel ihr ein, es war bereits drei Wochen her.

»Er hat dir einen langen Brief geschrieben und zwei E-Mails. Du hast nicht geantwortet. Er würde gerne Weihnachten zu Besuch kommen.«

Weihnachten zu Besuch kommen – die Worte fielen wie in einen tiefen Brunnen. Nein, wollte sie erwidern, nein, das geht auf keinen Fall. Ich bin nicht hier – ich werde ganz woanders sein, vielleicht fliege ich in die Karibik, oder ich besuche Rashmi, nicht umgekehrt. Doch sie musste sich eingestehen, dass sie für konkretere Reisepläne keine Kraft gehabt hatte.

»Mein Vater … er hat eine Augenkrankheit, er wird erblinden«, sagte sie leise vor sich hin. Kaum hatte sie die Worte ausgesprochen, begriff sie, was für einen Vertrauensbruch sie begangen hatte.

»Dein Vater wird blind?« Sie sah das Entsetzen auf Davids Gesicht. Als Jugendlicher hatte er wie alle Jungen ihrer Schule vor ihrem Vater, dem Kriminalkommissar, einen Heidenrespekt gehabt.

»Ich habe geschworen, dass ich es niemandem verrate.«

Er griff nach ihrer Hand, berührte sie tatsächlich und zog sie ein Stück zu sich heran.

Wortlos saßen sie eine Weile da, fast so, als wären sie ein altes Ehepaar, das sich stumm verstand.

»Ich werde Sanuthi sagen, dass ich mit dir gesprochen habe, dass du noch eine Weile brauchst, bis du …«

»Nein«, unterbrach sie ihn. »Ich werde Rashmi schreiben, heute noch. Vielleicht wäre es doch gut, wenn er kommt.« Sie dachte an seine jugendliche, immer fröhlich klingende Stimme, an seinen englischen Singsang, den sie mitunter kaum verstanden hatte.

Vor der Tür des Restaurants verabschiedeten sie sich mit einer freundlich-distanzierten Umarmung.

Es war kalt geworden. Fröstelnd schloss sie das Rennrad auf. Robert hatte einen Sohn, der noch lebte, und was hatte sie? Der Gedanke nagte an ihr.

Sie fuhr in die dunkle, stille Spichernstraße am Stadtgarten hinein. Den Wagen mit den grellen Doppelscheinwerfern bemerkte sie erst, als er aus einer Seitenstraße auf sie zuschoss. Ihr Körper reagierte sofort. Hastig stieg sie in die Pedale, um aus der Gefahrenzone zu geraten. Dann schon spürte sie den Aufprall. Metall krachte auf Metall. Der Wagen erwischte ihr Hinterrad und schleuderte es herum. Sie stürzte auf das Pflaster, versuchte die Hände hochzureißen, doch da schlug sie mit dem Kopf auf. Ein heftiger Schmerz durchzuckte sie, bevor sie das Bewusstsein verlor.

16.

Er schleppte sich zu seinem Wagen und fuhr dann die wenigen Meter zu Lindas Haus, das nun auch wieder ihm gehörte. Auf der Straße vermochte er nichts Verdächtiges zu erkennen. Seinen rechten Arm konnte er kaum bewegen, so heftig hatte der eine Mann mit dem Gummiknüppel zugeschlagen. Auch das Atmen fiel ihm schwer. Möglicherweise hatten sie ihm ein paar Rippen gebrochen. Seinem Gesicht sah man nichts an, registrierte er, als er sich im Autospiegel anschaute. Nur seine Lippe war aufgeplatzt.

Schöne Grüße von den Bilderbergern! Was mochte das zu bedeuten haben? Eine Warnung, weil er ein wenig recherchiert hatte? Nie zuvor war er verprügelt worden. Als Boulevardjournalist war er Beschimpfungen und Anfeindungen gewöhnt, und gelegentlich waren ihm Prügel angedroht worden, doch niemals hatte jemand tatsächlich die Hand gegen ihn erhoben.

Bevor er ins Haus ging, zog er die Waffe hervor, die Mitchi ihm gegeben hatte und die noch immer unter dem Fahrersitz lag. Er schloss die Tür auf, lauschte und ging dann in den Wohnraum. Im Stehen gönnte er sich ein Glas Rotwein. Nur zur Beruhigung, sagte er sich.

Als Mitchi ihn auf seinem Smartphone anrief, nahm er das Gespräch nicht an. Es war besser, wenn sie nichts von diesem Überfall erfuhr. Oder schwebte auch sie in Gefahr? Würden die Bilderberger einer alten Frau Schaden zufügen?

Sie hatten ihn beobachtet, und dann hatten sie buchstäblich zugeschlagen. So viel stand fest.

Die Bilderberger … Zum ersten Mal dachte er, dass Mitchis Sorgen nicht unbegründet waren, dass sie ihren Ruben möglicherweise aus dem Weg geräumt hatten.

Das Zittern seiner Hände bemerkte er erst, als er nach seinem Glas Rotwein griff.

Er hatte Angst. Sie hatten es geschafft, dass er zitterte.

Dann fiel ihm die junge Frau ein, die irgendwo in einem Versteck auf Linda wartete. Er nahm sein Smartphone und wählte Lindas Nummer. Doch wieder erklang lediglich die mechanische Stimme, dass der Teilnehmer nicht zu erreichen sei und er es später versuchen solle.

Nach dem zweiten Glas Rotwein wurde er ruhiger. Gleichzeitig nahm das Gefühl der Verlorenheit wieder zu. Vielleicht hatte Nolden recht, er sollte Urlaub machen, wegfahren. Noch bekam er sein Gehalt, eine Weile würde es reichen.

Die verdammten Bilderberger konnten ihm gestohlen bleiben …

Er trank ein drittes Glas, dann ging er unter die Dusche und legte sich im Bademantel auf Lindas Samtsofa. Seine Rippen taten ihm weh. Vermutlich hatte er sich wirklich etwas gebrochen. Er schloss die Augen. Er lauschte und vermisste Linda. Warum war sie nicht da? Warum machte sie keine Geräusche?

Linda, dachte er, es ist alles ein Irrtum gewesen, wir reißen dieses Haus ab und drehen die Zeit zurück. Wir begegnen uns noch einmal. Du bist Volontärin, und ich bin frisch von der Journalistenschule und tue so, als wäre ich ein genialer Schreiber, die Edelfeder, die bald für den Spiegel oder ein anderes großes Magazin arbeiten würde … Dein Haar hat nach Zitrone gerochen, und du hast dir den Anschein gegeben, als könntest du mich nicht ausstehen. Es war nach einer Lesung, erinnerst du dich noch? Du kanntest den Autor, einen Iraner, der in London im Exil lebte, und ich … wieso war ich eigentlich da? Geküsst habe ich dich fünf Stunden später, mitten auf der Zülpicher Straße. Noch nie hatte ich eine Frau im Arm gehalten, die so gut gerochen hatte.

Als er aufwachte, war es dunkel im Raum. Er musste sich orientieren. Er lag auf dem Sofa, und bei jeder Bewegung spürte er einen grellen Schmerz, als würde jemand von innen mit einer Lanze gegen seine Rippen stechen.

Dann klingelte es, und er begriff, warum er aufgewacht war. Jemand stand vor der Tür. Er griff nach der Beretta und schlich in den Flur.

Mitchi, dachte er, sie war wirklich hartnäckig, sie würde ihn nicht vom Haken lassen, bevor er nicht mit dem Buch angefangen hatte.

Der Schatten, den er durch das schmale Fenster in der Tür entdeckte, sah anders aus – eine schmächtige Figur, lange Haare.

Wieder klingelte es.

Er schob die Beretta in die Tasche seines Bademantels und öffnete.

Kathy stand da, die schöne Elfe. »Dein Auto«, sagte sie ein wenig atemlos, so sprach sie oft, abgehackt und atemlos. »Ich habe gewusst, dass du hier bist.«

Sie schob sich an ihm vorbei ins Haus.

»Was ist mit dir?«, fragte sie. »Warum meldest du dich nicht?«

»Ich …«, stammelte er. Seine Stimme klang heiser, als wäre er lange krank gewesen. »Meine Frau … sie … ihr Tod …«

Er sah Kathy in der Dunkelheit lächeln, ein Schimmer Licht glitt über ihr langes schwarzes Haar, dann trat sie an ihn heran und legte ihm einen Finger auf die aufgeplatzte Lippe.

»Nolden ist ein Idiot«, flüsterte sie. »Er wird dich wieder einstellen müssen, es wird nicht laufen ohne dich. Du wirst schon sehen.«

Als er die Stehlampe einschaltete, die neben dem Samtsofa stand, schämte er sich, wie es im Raum aussah – seine schmutzige Jeans lag auf dem Boden, daneben Socken und Unterhemd. Die fast leere Flasche Wein stand auf dem Glastisch, daneben sein halb volles Glas.

Kathy bemerkte das alles mit einem Blick, ohne etwas zu sagen.

»Was ist mit deiner Lippe passiert?«, fragte sie, als sie sich in den Sessel setzte.

Er lächelte. Er sollte ihr etwas anbieten, einen Kaffee, ein Glas Wein, den Gastgeber spielen, doch es gelang ihm nicht. Seine Rippen schmerzten so sehr, dass er kaum atmen konnte.

»Ich bin gefallen«, sagte er, »auf der Straße …«

»Oh, Jörn«, sagte sie, »ich weiß immer, wann du lügst. Ich habe gewisse Sensoren für Lügen. Damit kommst du bei mir nicht durch.«

Er überlegte, ihr von dem Überfall zu erzählen, davon, was die beiden Männer gesagt hatten, dann jedoch sagte er: »Ich habe mich mit dem Lover meiner Frau geprügelt. Es musste sein.«

Kathy verzog das Gesicht, wohl, weil sie ihm immer noch nicht glaubte, dann nahm sie sein Glas und trank daraus, eine seltsame, intime Geste.

»Die Polizei hat sich nach dir erkundigt. Ich habe das Telefonat zu Nolden durchgestellt.« Sie nahm noch einen Schluck, dann war das Glas leer.

»Die Polizei? Habe ich falsch geparkt?« Es sollte beiläufig klingen, wirkte jedoch nur falsch und bemüht. Hatte Bahner bei Nolden angerufen?

»Ich koche uns einen Kaffee, ja?« Er stand auf und ging in die Küche. Auf der Straße, direkt vor seinem Haus, hatte Kathy ihren kleinen weißen Fiat geparkt.

Als er sich umdrehte, stand sie hinter ihm und berührte sein Haar. »Ich weiß nicht, was genau passiert ist«, sagte sie leise, »aber ich weiß, dass du Hilfe brauchst.«

Sie baute ein Lager mitten im Wohnraum, drei, vier Decken, ein Kissen, einen Teppich. Als er seinen Bademantel abstreifte, fiel die Beretta heraus. Kathy nahm sie auf, zog die Augenbrauen hoch und schwieg. Ihr nackter Körper war weiß. Wie

Alabaster, ging ihm durch den Kopf. Sie streichelte ihn, fuhr mit ihren Fingerspitzen über seine verletzten Rippen. Er schloss die Augen. Es war alles wie im Traum. Er roch ihre nackte Haut, er spürte ihre Brustwarzen, berührte ihren Bauchnabel. Zaghaft küsste er ihre Schultern. Ihr Haar strich über seine Wange.

Sie sagten kein einziges Wort.

Er hätte sie gern geliebt, aber er wusste, dass es nicht funktionieren würde. Der Schmerz in seinen Rippen war wie eine Welle, die heranbrandete und sich wieder zurückzog.

Er verstand all das nicht. Er lag mitten im Zimmer, im flirrenden, schwindenden Licht. So war es auch mit Linda gewesen, vor zwölf Jahren, als sie in dieses Haus gezogen waren.

Als sie mit ihren Liebkosungen aufhörten und nebeneinanderlagen, ihre Hand auf seinem Bauch, begann Kathy ihm etwas zuzuflüstern. Sie war wirklich eine Elfe, sanft und geheimnisvoll.

»Ich will dir Glück bringen«, flüsterte sie. »Alles wird gut. Vertrau mir!«

»Ja«, sagte er, nur das eine Wort, nicht mehr.

»Du solltest kein Buch über irgendwelchen Unsinn schreiben.«

»Ja.«

»Und hör auf, den Lover deiner Frau zu verprügeln.«

»Ja.«

Als er aufwachte, war es bereits hell. Niemand lag neben ihm. Er hatte nur geträumt, dachte er, er hatte geträumt, dass eine Elfe zu ihm gekommen war, und nun war sie fort, hatte sich in Luft aufgelöst, wie Zauberwesen das wahrscheinlich konnten.

Dann sah er ein einzelnes langes schwarzes Haar auf dem Kissen, das Kathy und er sich geteilt hatten. Sie hatte keine Nachricht hinterlassen. Nein, das war ihre Nachricht, dachte er, ein einzelnes Haar und ein Geruch, der noch um ihn schwebte.

Der Schmerz in seinen Rippen schien verschwunden zu sein, als hätte sie ihn tatsächlich geheilt. Durch das Küchenfenster beobachtete er, wie Sigmund Mölln, sein Nachbar, eine Mülltonne vor sein Haus rollte und ihm zuwinkte, nachdem er ihn entdeckt hatte. Eine vertraute Geste, die ihm gefiel und ihm Vertrauen einflößte. Es war alles in Ordnung. Den Überfall gestern musste er vergessen, und er musste Mitchi sagen, dass er ihr Buch nicht schreiben und auch nicht nach dem verschwundenen Ruben suchen würde.

Dann klingelte laut und dringend sein Smartphone, das auf dem Glastisch neben der Beretta lag.

»Ich werde verrückt«, sagte die junge Frau, und nun vernahm er einen leichten osteuropäischen Akzent, »ohne Linda werde ich ganz verrückt. Wo ist sie? Ist sie tot?«

17.

Als sie aufwachte, befand sie sich in einem dunklen Raum. Sie lag in einem Bett, erkannte sie. Ein Streifen Licht fiel unter einer Tür herein, und dann hörte sie ein heftiges Atmen, ein Schnauben, gefolgt von einem leisen Stöhnen. Als sie sich aufrichtete, schoss ihr ein intensiver Schmerz durch den Kopf. Sie bewegte ihre Hände. Ihr Kopf war bandagiert. Auch ihre Arme taten weh. Das Stöhnen wurde lauter. Jemand saß vor ihrem Bett, ein Schatten auf einem Stuhl, der sich bewegte, dann sagte die Gestalt: »Lena, bist du wach?« Es war ihr Vater. Er stand auf und schaltete eine Leuchte ein, die verdeckt über ihrem Bett hing. Er trug eine schwarze Hornbrille, die sie nicht kannte. Seine Haare waren zerzaust, er wirkte erschöpft.

»Wie lange bist du schon da?«, fragte sie.

Er griff nach ihrer Hand. »Ich bin gleich gekommen, nachdem mich die Polizei angerufen hat – mit dem Taxi. Es war kurz nach Mitternacht. Du bist angefahren worden.«

Sie nickte. Sie erinnerte sich daran, wie sie von ihrem Fahrrad gestürzt war, mit dem Kopf auf den Bordstein. Sanitäter waren gekommen, Blaulicht, laute Stimmen, eine schnelle rasende Fahrt, Gesichter, die sich über sie beugten, Augen, die sie anstarrten.

»Wie spät ist es?«

»Es ist gleich sechs Uhr. Dein Kollege weiß auch Bescheid. Ich soll dich von ihm grüßen.« Ihr Vater setzte sich wieder.

Die Brille stand ihm nicht. Sie ließ ihn kleiner wirken, als würde sich sein Gesicht hinter diesen großen Gläsern verstecken wollen.

»Es war Fahrerflucht«, sagte ihr Vater. »Der Scheißkerl, der dich angefahren hat, ist abgehauen. Warum warst du überhaupt in dieser Straße? Hast du dich mit jemandem getroffen?«

Sie versuchte sich im Bett aufzurichten und horchte in sich hinein. Auf ihrem rechten Handballen klebte ein Pflaster. Zu atmen bereitete ihr Schmerzen, weil sie sich Prellungen am Oberkörper zugezogen hatte, und in ihrem Kopf schien ein heißer Faden unangenehm zu glühen. Sonst war offenbar alles in Ordnung mit ihr.

»Bist du dienstlich am Stadtgarten gewesen?«, fragte ihr Vater dringlicher. »Hast du allein ermittelt?« Der Vorwurf in seinen Worten war nicht zu überhören. Ihr Vater mochte schwerkrank sein, aber den Polizisten in sich konnte er nicht verleugnen.

»Nein«, sagte sie. »Ich war im Restaurant im Stadtgarten, habe ein Glas Wein getrunken.« Sie spürte seinen forschenden Blick. »Allein«, fügte sie hinzu.

Warum log sie? Es war doch nichts dabei, sich mit David zu treffen.

Ihr Vater musterte sie, er glaubte ihr nicht. »Sie haben deinen Kopf geröntgt. Du hast Glück gehabt. Kein Bruch, nur eine Gehirnerschütterung.«

»Dann kann ich nachher nach Hause gehen?«

Er lächelte. »Nein«, sagte er, »das glaube ich nicht. Die Ärzte wollen dich bestimmt noch zur Beobachtung hierbehalten.«

»Wir könnten uns gegenseitig pflegen«, erwiderte sie. Es sollte wie ein Scherz klingen, doch er zog missmutig die Augenbrauen zusammen.

»Ich sehe nachher Doktor Moll, unseren Anwalt. Ich will dir das Haus und mein Aktiendepot überschreiben und eine Patientenverfügung machen.«

»He«, sagte sie aufmunternd, »du hast Probleme mit deinen Augen, ja, aber du bist nicht sterbenskrank. Es gibt Menschen, die sind ihr Leben lang blind, die haben trotzdem ...«

»Ich werde über mein Leben selbst bestimmen«, erklärte er mit fester Stimme. »Und auch über meinen Tod.«

Sie wollte sich zu ihm vorbeugen, doch ein heftiger Stich, der ihr durch die Brust fuhr, ließ sie zurücksinken. Ich mag es nicht, wenn du so redest, wollte sie sagen, dann fiel ihr ein, was Jürgen Weiler, der Chef der Kriminaltechnik und ein alter Freund ihres Vaters, ihr einmal gesagt hatte: Kümmere dich um deinen Vater. Er ist die ganze Familie, die du noch hast.

»Der Wagen, der mich angefahren hat«, sagte sie, um das Thema zu wechseln, »ich habe ihn nicht richtig gesehen, aber ich glaube, es war ein SUV, ein schwarzer Range Rover.«

Henning Mahn kam gegen acht Uhr. Sie saß angezogen auf ihrem Bett. Mühsam hatte sie ihre Jeans übergestreift. Von dem Sturz zeugte ein großes Loch am rechten Knie. Außerdem war ihre schwarze Lederjacke voller Schrammen. Einen schwarzen Schal, den sie in der Tasche bei sich gehabt hatte, hatte sie sich über den Kopfverband gezogen.

»Lena«, sagte Henning, kaum dass er das Zimmer betreten hatte, »bist du verrückt geworden? Du hast eine schwere Gehirnerschütterung. Du kannst nicht einfach so nach Hause gehen!«

»Doch«, sagte sie, »ich kann. Und komm mir bitte nicht mit dem Quatsch mit ›auf eigene Verantwortung‹ und so weiter. Wir leben alle auf eigene Verantwortung, oder nicht?«

»Hast du mit dem Arzt gesprochen? Hat er es dir erlaubt?«

»Ja, ich habe mit ihm geredet. Ich habe ihm gesagt, dass ich in einer wichtigen Ermittlung stecke. Er war nicht begeistert, aber er hat es eingesehen.« Wieder log sie, die zweite dicke Lüge an diesem Tag.

»Er hat es eingesehen!«, äffte Henning sie nach. Er glaubte ihr genauso wenig, wie ihr Vater ihr geglaubt hatte, aber es spielte keine Rolle.

Wenn die Kopfschmerzen zu heftig würden, könnte sie ihre Hausärztin aufsuchen, aber nun hatte sie etwas zu erledigen.

Sie zog den schwarzen Schal enger um ihren Kopf, dann gingen Henning und sie auf den Flur hinaus. Krankenschwestern waren keine zu sehen, nur ein Wäschewagen stand mitten im Weg. Sie gelangten unbehindert zum Ausgang der Station.

»Du weißt, was Bohl dir für Schwierigkeiten machen wird, wenn er erfährt, dass du aus einem Krankenhaus abhaust«, sagte Henning, »und erwähne bitte nicht, dass ich dir Fluchthilfe geleistet habe.«

Lena warf ihm einen düsteren Blick zu, ohne etwas zu erwidern.

Henning war mit ihrem Dienstpassat gekommen. Sie dirigierte ihn über die Innere Kanalstraße zum Stadtgarten.

»Du glaubst doch nicht im Ernst, dass dein Unfall etwas mit unseren Ermittlungen zu tun hat?«, fragte Henning. Sie bedeutete ihm, dass er auf dem Gehsteig parken sollte, dann stieg sie wortlos aus. Er folgte ihr.

»Lena«, sagte er ungeduldig. »Was hast du vor? Denkst du wirklich, jemand hat dich absichtlich angefahren?«

Sie antwortete nicht darauf, sondern suchte mit ihrem Blick die Straße ab. Von ihrem Sturz waren keine Spuren zurückgeblieben, keine Scherben, kein Stück Metall von einer Stoßstange. Für einen Moment schloss sie die Augen und versuchte, sich die Szene erneut zu vergegenwärtigen. War der Wagen die Straße heraufgekommen, oder hatte er dort geparkt und war erst losgefahren, als sie ins Blickfeld geraten war? Sie hatte ihr Fahrrad aufgeschlossen, dann war sie in die Spichernstraße eingebogen. Die Stille war ihr aufgefallen, eine stille, dunkle Straße. Dann jedoch war ein Motor angesprungen. Ja, ganz am Rande ihrer Wahrnehmung hatte sie einen Motor gehört, was bedeutete, dass der Wagen losgefahren war, nachdem sie ihr Rad vom Gehsteig auf die Straße gelenkt hatte. Kurz danach waren die grellen Scheinwerfer auf sie zugekommen. Der Wagen hatte beschleunigt, als sie in die Lichtkegel geraten war. Es war kein Unfall gewesen, sondern Absicht. Jemand hatte sie überfahren wollen.

»Ist dir nicht gut?«, fragte Henning. Er berührte sie am Arm, als wäre sie eine blinde Frau, der er über die Straße helfen wollte.

»Nein, alles in Ordnung.« Sie öffnete die Augen wieder und schüttelte seinen Arm ab. »Der Wagen hat in der Straße auf mich gewartet. Vielleicht hat sogar jemand dem Fahrer ein Zeichen gegeben. Dann ist er losgefahren – ein großer Wagen mit einem mächtigen Kühlergrill. Ein Range Rover, schätze ich.«

»Du glaubst wirklich, es war Absicht – ein Mordversuch?« Als Henning das Wort ausgesprochen hatte, begriff sie es auch. Mordversuch. Jemand hatte sie buchstäblich aus dem Verkehr ziehen wollen.

Sie antwortete nicht, sondern ging in die Seitenstraße hinein. Wo mochte der Wagen geparkt haben? Vierzig, fünfzig Meter von der Kreuzung entfernt, weiter wohl kaum.

Henning schritt ein Stück hinter ihr. Er hatte sich eine Zigarette angesteckt. »Ich kapiere das alles nicht«, sprach er laut vor sich hin. »Wer sollte es auf dich abgesehen haben? Und warum?«

»Wegen Jörn Falk«, sagte sie. »Damit ich nicht weiter ermittle.«

»Aber …« Er blieb stehen. »Der Fall ist abgeschlossen. Selbstmord. Eindeutig.«

Ihr Smartphone klingelte. David rief sie an, erkannte sie mit einem Blick auf das Display. Sie würde ihn fragen müssen, ob er etwas mitbekommen hatte, aber nicht jetzt.

Ein Wagen, dem sie ausweichen musste, fuhr die Straße herauf. Der Fahrer betrachtete sie argwöhnisch. Am liebsten hätte sie ihr Smartphone hergenommen und ein Foto von ihm gemacht. Wurde sie allmählich neurotisch? Bildete sie sich ein, verfolgt zu werden?

Nach etwa vierzig Schritten blieb sie stehen. Sie drehte sich um. Ja, hier konnte der Wagen gestanden haben. Man brauchte drei, vier Sekunden bis zur Kreuzung, wenn man voll beschleunigte. Das bedeutete, der Fahrer war nicht allein gewesen. Jemand hatte ihm ein Zeichen gegeben.

Sie wandte sich wieder um und suchte die Straße und den Gehsteig ab. Ihr Kopf schmerzte, und jede Bewegung bereitete ihr Mühe. Sie würde sich hinlegen müssen, ein paar Stunden ausruhen.

»Lena«, sagte Henning verärgert, »gibt es Dinge, die ich nicht weiß? Warum, meinst du, hat es etwas mit diesem toten Journalisten zu tun?«

Sie antwortete nicht. Was sollte sie ihm sagen? Dass sie so ein Gefühl hatte – die Intuition einer Polizistin? Dass sie mit einer Kollegin von Falk gesprochen hatte, die sicher war, dass er keinen Selbstmord begangen hatte?

Ihr Blick scannte erneut die Straße. Gab es etwas Auffälliges zu entdecken? Nein, nichts. Ihre Augen wanderten zu den Fassaden der Häuser – keine schlechte Wohngegend, ruhig, aber zentral, mit einem kleinen Park vor der Tür. Sollte sie die Wohnungen abklingeln und nachfragen, ob jemand etwas gesehen hatte – einen auffälligen Wagen, der gestern Abend ein paar Minuten in der zweiten Reihe geparkt hatte?

Henning hatte sich abgewandt und telefonierte. Er machte ihr durch sein Desinteresse deutlich, dass er ihre Vermutungen für Hirngespinste hielt.

Während sie sich langsam, damit die Kopfschmerzen nicht heftiger wurden, um die eigene Achse drehte, begriff sie, dass sie einen Fehler gemacht hatte. Sie hatte auf der falschen Seite gesucht. Jemand, der hinter einem Lenkrad saß und auf ein Signal wartete, würde seine Zigarette mitten auf die Straße schnippen.

Nach drei Schritten sah sie es, keine Zigarettenkippe, sondern eine Dose Red Bull, leicht eingedrückt, aber ohne jede Spur von Rost.

»Henning«, sagte sie, und nun spürte sie, wie ihr allmählich übel wurde, weil sie sich überanstrengt hatte, »hast du eine Plastiktüte bei dir? Diese Dose …« Sie deutete nach vorn in die

Gosse. »… ich möchte, dass Weiler von der Kriminaltechnik diese Dose auf Fingerabdrücke und DNA-Spuren untersucht.«

Roberts Rennrad war nur noch ein Haufen Schrott. Die Polizei hatte ihrem Vater das Rad gebracht. Ausgerechnet. Am Telefon klang seine Stimme so befehlsgewohnt wie immer.

»Wieso fährst du überhaupt mit dem Fahrrad? Was soll das? Benutzt du auch im Dienst das Rad? Das ist ja lächerlich!«

Ihre Empathie für ihn begann bereits dahinzuschmelzen. Sie beendete das Telefonat, so schnell sie konnte.

Ihre Kopfschmerzen waren noch heftiger geworden. Vielleicht hätte sie doch im Krankenhaus bleiben sollen, aber nein, das wäre ihr wie eine Niederlage vorgekommen.

Sie trank Tee, lag auf ihrem Sofa und spürte, wie sie immer deprimierter wurde. Was hatte das alles zu bedeuten? Jemand hatte sie überfahren wollen.

Als sie kurz einschlief, hörte sie wieder Schritte im Raum, aber selbst im Halbschlaf wusste sie mittlerweile, dass es Geisterschritte waren. Niemand war in ihrer Wohnung, nichts als Echos schwirrten um sie herum, die Erinnerung an ein Familienleben, an Geräusche, die längst verklungen waren und nur noch in ihrem Kopf nachhallten.

Was hätte Robert ihr geraten?, fragte sie sich, als sie wieder erwachte. Sollte sie weiterermitteln, obwohl der Fall Jörn Falk als abgeschlossen galt?

Das Krankenhaus rief sie an. Ein beleidigt klingender Arzt machte ihr zuerst Vorwürfe, dass sie sich selbst entlassen hatte, und erkundigte sich dann nach der Adresse ihrer Hausärztin, der er seinen Bericht schicken wollte.

Dann versuchte sie Kathy Busch zu erreichen, doch bei ihr meldete sich nur eine Mailbox, und auch Nolden, der Chefredakteur vom ›Express‹, war nicht zu sprechen.

Sie musste mehr über Jörn Falk erfahren, sagte sie sich.

Als Nolden zurückrief, war er einsilbig und wenig auskunftsfreudig. Falk sei ein guter Reporter gewesen, kein

Teamplayer allerdings, er habe einige brillante Geschichten geschrieben, aber zuletzt habe man ihn kaum mehr steuern können. Deshalb habe man sich im Guten getrennt. Nein, Falks Frau habe er nur ein-, zweimal gesehen und nicht wirklich gekannt. Warum sie ihn überhaupt behellige – die Todesursache sei doch eindeutig geklärt, oder nicht?

»Hatte Falk ein Kind?«, fragte sie Nolden.

»Ein Kind? Nein, von einem Kind war nie die Rede. Ich glaube nicht. Er war auch nicht der Typ, der sich aus Kindern etwas machte.«

Sie beendete das Gespräch. Kathy Busch war immer noch nicht zu erreichen, und David Bauer anzurufen sparte sie sich für später auf. Sie hatte noch keine Kraft für lange Erklärungen.

Um neunzehn Uhr rief Henning sie an. »Geht es dir besser?«, fragte er, doch ohne Überzeugung, wie eine lästige Pflicht.

»Ja«, log sie, »ich bin morgen wieder im Präsidium. Ich habe lange gebadet und dann geschlafen. Es geht mir gut.«

»Es will uns jemand treffen, dich und mich«, sagte er. »Ein anonymer Anrufer, der die Frau mit den Engelsflügeln kennt. Heute Abend am Niehler Hafen. Soll ich dich gegen halb zehn abholen?«

Sie saßen in einer Straße vor den Rheinauen, hinter ihnen parkten drei Lastwagen. Es war stockdunkel, nur in einem Führerhaus eines Trucks brannte eine Leuchte, die kaum Licht verbreitete. Ein Fahrer war nicht zu sehen gewesen.

Hier wollte sie jemand treffen?

Henning rauchte und sah immer wieder auf seine Armbanduhr. Seine schlechte Laune hatte sich nicht gebessert.

Lena schloss hin und wieder die Augen. Sie hatte den Kopfverband abgenommen. An einer Stelle hatte man ihr die Haare abrasiert, um eine kleinere Platzwunde behandeln zu können. Die Ruhe am Nachmittag hatte ihr gutgetan.

»Denkst du auch manchmal daran, dass du dein Leben vergeudest?«, sagte Henning plötzlich vor sich hin. »Dass du immer das Falsche getan hast? Die falsche Frau, der falsche Job? Das falsche Leben?«

Lena blickte zum Rhein hinunter. Was sollte sie darauf antworten? Nein, sie hatte den richtigen Mann geheiratet – sie hatte Robert geliebt, sie hatte sogar den Alltag mit ihm genossen, zusammen zu kochen, spazieren zu gehen, Rotwein zu trinken, nebeneinander im Bett zu liegen und sich nur an den Händen zu halten.

»Ich denke, ich habe die falsche Frau geheiratet«, redete Henning weiter, weil er gar keine Antwort erwartet hatte, »trotzdem will ich zu ihr zurück. Merkwürdig, nicht wahr? Manchmal denke ich, dass ich gar nicht denken will – dass ich deswegen all diesen Unsinn gemacht habe. Deswegen bin ich in Spielsalons gerannt und habe vor diesen blödsinnigen Automaten gesessen. Um mich loszuwerden, keinen Gedanken zu haben, und deshalb habe ich mir manchmal Mädchen gesucht ... von der Straße ...« Er zog an seiner Zigarette wie ein Süchtiger.

Im Seitenspiegel bemerkte Lena, dass jemand mit einem Fahrrad heranpreschte, doch der Jemand hielt nicht, sondern raste an ihnen vorbei den Gehsteig hinauf zu der Auffahrt zur Fußgängerbrücke, die sich in einem Bogen über das Niehler Hafenbecken spannte.

»Was genau hat der Mann gesagt?«, fragte Lena. Sie verspürte wenig Neigung, mit Henning über sein verpfuschtes oder nicht verpfuschtes Leben zu sprechen. »Warum will er uns hier treffen?«

Henning drückte seine Zigarette im Aschenbecher aus und warf ihr einen Blick zu. »Dass er eine wichtige Information hat ... zu der Frau mit den Engeltattoos, aber dass er sich nicht offen zu erkennen geben kann.«

Hundegebell erklang vom Rhein, dann hörten sie von irgendwoher einen Motor. Doch niemand kam. Es war bereits fünfzehn Minuten nach zweiundzwanzig Uhr. Lena dachte an ihren Vater, der nun in seiner vermutlich hell erleuchteten Wohnung saß und mit der Lupe seine Zeitung zu lesen versuchte. Sie empfand ein tiefes Mitgefühl für ihn, und trotzdem wusste sie, dass sie ihn, wenn er eines Tages erblindet sein würde, nicht würde pflegen können. Er war zu unbeherrscht, zu befehlsgewohnt, es würde nicht funktionieren.

»Ich habe Jörn Falk einmal getroffen«, sagte sie unvermittelt, von sich selbst überrascht, »bei einer Psychologin, zu der ich manchmal gehe. Wir haben im Kreis gesessen, und er hat von seinem Kind gesprochen, das gestorben ist. Er hat einen falschen Namen genannt, und ein Kind hat er auch nicht gehabt.« Sie schwieg und spürte, dass Henning sie anschaute.

»Doch«, sagte er dann. »Falk hat nicht gelogen. Ich habe mir einen Auszug vom Einwohnermeldeamt kommen lassen. Seine Frau Linda und er hatten ein Kind. Es ist mit neun Monaten gestorben. Das muss vor neun Jahren gewesen sein.«

Lena wandte den Kopf. Das Innere des Passats wurde von den Scheinwerfern eines Wagens erhellt, der langsam heranrollte, dann drehte und wieder davonfuhr.

Falk hatte tatsächlich ein Kind gehabt.

»Aber Mona hat nichts von einem Kind gesagt. Sie hat sich die Daten zu Falk angeschaut.« Auf einmal, obwohl diese Information zu seinem Kind offensichtlich nichts mit seinem Tod zu tun hatte, kam es ihr noch unwahrscheinlicher vor, dass Falk sich getötet hatte.

»Mona hat ausnahmsweise mal nicht ordentlich recherchiert«, sagte Henning. »Außerdem spielt es ja auch keine Rolle. Das Kind ist vor vielen Jahren gestorben.« Er blickte wieder auf die Uhr. »Dieser Scheißkerl hält uns zum Narren. Ich hätte auf diesen Vorschlag gar nicht eingehen dürfen.«

Lena blickte wieder zum Rhein hinunter. Niemand wusste von Falks totem Kind, weder Mitchi noch Kathy, die Kollegin. Er hatte es allen gegenüber verheimlicht.

»Wir fahren«, sagte Henning. »Ich werde hier nicht die ganze Nacht sitzen und warten.«

Als er den Motor startete, klingelte sein Smartphone.

»Mona«, hörte Lena ihn überrascht ausrufen. »Was ist? Bist du im Präsidium?« Er zögerte einen Moment, hörte konzentriert zu und unterbrach dann die Verbindung. »Der Mann an der Pforte hat Mona angerufen, weil er dich nicht erreicht hat«, sagte er, während er bereits Gas gab und den Wagen wendete. »Ein Mann hat etwas für dich abgegeben. Einen Umschlag mit dem Foto einer jungen Frau. Nun hat die Frau mit den Flügeln endlich ein Gesicht.«

Lena zog ihr Smartphone hervor. Ja, fiel ihr ein, sie hatte das Telefon auf stumm gestellt, weil sie weder mit ihrem Vater noch mit David hatte reden wollen. Zwei Anrufe von Mona waren eingegangen.

»Haben wir eine Beschreibung dieses Mannes?«, fragte sie ein wenig schuldbewusst.

»Keine Ahnung«, entgegnete Henning, »aber ich wette, es war dieser Scheißkerl, der uns hierherbestellt hat. Er wollte sicher sein, dass er uns nicht begegnet.«

18.

Freitag, 20. November

Ganz ruhig, sagte er sich, während er sich langsam auf das Sofa setzte, damit niemand ihn durch das Küchenfenster sehen konnte. Er durfte keinen Fehler machen, die junge Frau nicht noch einmal verschrecken.

»Ich bin Jörn Falk«, sagte er, »Lindas Mann. Wie heißen Sie? Haben Sie auch einen Namen?«

»Linda?«, stieß die Frau hervor. »Ihr ist etwas passiert, nicht wahr? Haben die sie umgebracht?«

Nun war deutlich zu hören, dass die Frau einen Akzent hatte. Sie kommt aus Russland oder Polen, dachte er, aber sie spricht sehr gut Deutsch.

»Wo sind Sie?«, fragte er. »Können Sie mir das sagen?«

Er hörte die Frau atmen, dann schluchzte sie. »Ich weiß nicht, wo ich bin«, flüsterte sie. »Ich hätte das nicht tun dürfen. Wusste ich sofort, aber Linda … sie hat mich überredet.« Das Schluchzen wurde lauter. »Ich habe schon überlegt, ob ich mich umbringen soll. Ich will zurück nach Velenje, aber vielleicht ist es zu gefährlich …«

Er hörte ein Rascheln und Rauschen. Gleich würde sie wieder die Verbindung unterbrechen.

»Hören Sie«, sagte er. »Ich bin Ihr Freund. Linda ist meine Frau. Ich kann Ihnen helfen. Wir können uns treffen. Sagen Sie mir wo.«

Die Frau antwortete nicht. Sie weinte. Er konnte es hören,

ein leises, klägliches Wimmern. Sie stand irgendwo in einem Zimmer und weinte vor sich hin.

»Wenn Sie zum Fenster gehen – was sehen Sie da? Können Sie mir Ihren Blick beschreiben?«

Wieder ein Rauschen.

»Ich sehe eine Wiese«, sagte sie dann mit zitternder Stimme. »Dazwischen ein Weg, keine Straße, nur ein Weg aus Sand, und dahinter ist Wald, ein Hügel mit vielen Bäumen.«

»Gut«, sagte er, »sehr gut. Ist da irgendwo ein Schild mit einem Namen?«

Sie atmete tief ein.

»Nein«, sagte sie. »Nein.«

»Gibt es noch ein anderes Fenster in der Wohnung?«, fragte er.

»Nein, nur dieses Fenster. Davor ist ein kleiner Balkon, aber ich soll nicht rausgehen, hat Linda gesagt, nicht auf den Balkon gehen. Bis sie zurück ist. Wann kommt Linda zurück?«

Er wusste, dass er nun nichts Falsches sagen durfte. »Es wäre schön, wenn Sie mir Ihren Namen verraten würden. Ich will Ihnen helfen, genau wie Linda. Sie … Meine Frau hatte einen Autounfall. Sie ist gestorben, aber nun bin ich da. Ich helfe Ihnen.«

»Einen Autounfall?«, flüsterte die Frau. »Sie kommt nicht mehr?«

»Nein«, sagte er. »Sie ist tot, aber nun kann ich Ihnen helfen. Wir müssen herausfinden, wo Sie sind. Dann komme ich und hole Sie.«

»Ich heiße Dana«, sagte die Frau. »Keine Polizei, das hat Linda gesagt. Wir müssen alles aufschreiben, und dann gehen wir zu einem Anwalt.«

Es klickte in der Leitung. Er glaubte für einen Moment, Dana habe den Hörer irgendwo abgelegt, aber sie hatte die Verbindung unterbrochen.

Sofort rief er Lindas Handy an, doch es war tot, nicht einmal eine mechanische Stimme erklang.

Dana, dachte er. Linda hatte irgendwo eine junge Frau versteckt. Und Dana hatte noch einen anderen Namen genannt. Velenje – dahin wolle sie zurück.

Er gab den Namen im Internet ein. Velenje war eine Stadt in Slowenien. Daher der Akzent.

Welcher Sache war Linda da auf die Spur gekommen? Eines wurde ihm klar: Was immer es war, deshalb hatte sie sterben müssen. Dass sie auf gerader Strecke von der Straße abgekommen war, hatte nicht daran gelegen, dass sie eingeschlafen oder einem Reh ausgewichen war. Jemand hatte sie abgedrängt oder auf andere Art und Weise dafür gesorgt, dass sie gegen einen Baum gefahren war.

Er rief noch einmal Lindas Smartphone an. Mit dem gleichen Ergebnis. Kein Anschluss.

Dann ging er duschen und zog sich an.

Er musste überlegt vorgehen. Keine Polizei, hatte Linda gesagt, aber warum?

Er konnte sich keinen Reim darauf machen. Linda war als Journalistin nie an großen, aufsehenerregenden Stoffen dran gewesen, sie hatte ihre Themen: Frauenpolitik, Benachteiligung von Minderheiten, Kinderarmut. Alles wichtig, aber keine Geschichten, die einen ins Visier von Kriminellen brachten. Diesmal jedoch war ihre Story anscheinend so brisant gewesen, dass sie keine Unterlagen darüber im Haus hatte. Oder er hatte ihr Versteck einfach nicht finden können. Und den Laptop hatte jemand manipuliert, doch wusste dieser Unbekannte offensichtlich nicht, wo Dana sich aufhielt.

Dana war irgendwo in der Eifel. Deshalb war Linda auf dieser einsamen Landstraße verunglückt. Sie war höchstwahrscheinlich zurück auf dem Weg nach Köln gewesen.

Er steckte die Beretta ein, schloss das Haus ab und ging zu seinem Wagen.

Wenn es einen Menschen gab, der wissen musste, an was Linda gearbeitet hatte, dann war es Berit, ihre älteste und beste Freundin.

Die Frau an der Rezeption hatte ihm gesagt, dass Berit noch nicht in der Redaktion eingetroffen sei. Er wartete draußen vor der Tür. Wie die meisten Journalisten gehörte auch Berit nicht zu den Frühaufstehern. Als sie gegen halb elf mit ihrem Fahrrad kam, wollte sie sich an ihm vorbeischieben.

»Ich muss dich sprechen.« Er versperrte ihr den Weg.

Sie trug einen leuchtend gelben Fahrradhelm. Wie eine alte, ewig mürrische Frau sah sie aus, fand er.

»Falk«, sagte sie. »Ich will dich aber nicht sprechen.« Sie kniff ihre Augen zusammen und versuchte, sich an ihm vorbeizudrängen.

»Lindas Tod war kein Unfall. Ich bin ganz sicher. Woran hat sie gearbeitet?«

»Was planst du?«, fragte sie verächtlich. »Eine große Story über deine Frau – jetzt, wo du beim ›Express‹ rausgeflogen bist?«

Für einen Moment hatte er keine Antwort parat. Der Hass, den Berit ihm förmlich entgegenschleuderte, überraschte ihn – als hätte er seine Frau getötet.

»Ich will nur wissen, an was Linda gearbeitet hat«, sagte er nach einigem Zögern.

»Linda wollte ein Buch schreiben – über euer Kind und darüber, dass man über den Tod eines Kindes nie hinwegkommt. Und nun lass mich endlich vorbei. Ich habe gleich Redaktionskonferenz.«

Stumm trat er beiseite. Berits Worte hatten ihn wie Schläge getroffen. Sie hatte seine Schwachstelle ausfindig gemacht, eindeutig. Linda wollte über ihr totes Kind schreiben. Nein, das war eine Lüge, deswegen saß niemand in irgendeinem Versteck und ängstigte sich zu Tode.

Du bist eine Lügnerin, wollte er Berit anschreien, doch sie war schon im Gebäude verschwunden.

Wut erfasste ihn. Er hätte seine Beretta ziehen und in die Redaktion stürmen können, um sie Berit an die Stirn zu halten. Dann hätte sie gewiss etwas zu sagen gehabt. Wie kam sie dazu, ihn mit einer solchen Verachtung zu behandeln, als hätte er Linda auf dem Gewissen? Linda hatte kein Buch über Maximilians Tod schreiben wollen, niemals.

Er spürte, wie sich ihm die Kehle zuschnürte. Dann fiel ihm Kuhn ein. Konnte er wissen, an was Linda gearbeitet hatte? Vor ein paar Tagen war er sich noch sicher gewesen, doch nun nicht mehr. Er würde in die Universität fahren und ihm vor seinem Büro auflauern.

Als er wieder in seinem Wagen saß, versuchte er sich zu beruhigen. Er musste planvoll vorgehen, sich nicht von seiner Wut leiten lassen.

Hatte er eine Chance, das Versteck der jungen Frau in der Eifel zu finden? Oder sollte er bei der Polizei nach den Einzelheiten von Lindas Unfall recherchieren? Aber wahrscheinlich hatte kein Polizist auch nur einen Gedanken darauf verwendet, dass bei dem Unfall etwas nicht mit rechten Dingen zugegangen sein könnte.

Bahner war nach einem Klingeln an seinem Telefon. Im Hintergrund war Verkehrslärm zu hören.

»Falk«, sagte Bahner, »ich wusste ja, dass du hartnäckig bist. Ich habe auch etwas für dich herausgefunden. Dein Mexikaner ist wieder zurück nach Mexiko-Stadt, vor zwei Wochen, vom Frankfurter Flughafen. Hat vorschriftsmäßig eingecheckt. Keine Besonderheiten.«

»Gut«, erwiderte er. Das würde Mitchi nicht freuen, dass ihr Lover sich einfach so davongemacht hatte. »Aber die Sache interessiert mich nicht mehr. Ich forsche über Lindas Unfall nach, und die junge Frau hat mich auch wieder angerufen. Sie heißt Dana und hält sich irgendwo versteckt.«

Bahner zögerte einen Moment. Der Straßenlärm war leiser geworden. »Mit der Handy-Ortung ist das so eine Sache. Hast du eine Ahnung, wo die Frau ungefähr sein könnte?«

»Nein«, sagte er, »irgendwo in der Eifel.«

»Ich halte dich auf dem Laufenden«, erwiderte Bahner, »aber viel werde ich da nicht für dich tun können.« Er legte auf.

Bahner würde keine Hilfe sein. Er schickte Mitchi eine SMS, Ruben sei wahrscheinlich zurück nach Mexiko, dann rief er Kathy an. Vielleicht hatte die schöne Elfe eine Idee, wie man an Handy-Daten herankommen konnte, doch sie hob nicht ab. Ihre gemeinsame Nacht auf dem Holzboden – vermutlich war ihr seltsames Rendezvous ihr mittlerweile peinlich.

Als er den Motor starten wollte, bemerkte er im Rückspiegel einen weißen Bugatti. Nolden hielt direkt auf die Einfahrt zur Redaktion von ›Frauenpower‹ zu. Er schaltete die Warnblinkanlage an und stieg aus. Er trug einen weißen Anzug und eine Sonnenbrille, doch statt durch die Glastür zu gehen, wandte er sich um und steuerte direkt auf Falks Volvo zu. Mit den Händen formte er eine Pistole und feuerte auf ihn.

»Falk«, rief er aus einiger Entfernung. »Mach ein paar Tage Urlaub. Verschwinde aus der Stadt!« Dann drehte er sich um und drückte die Glastür auf. Es wirkte routiniert, als würde er hier ein und aus gehen.

Er hätte so viele Dinge zu erledigen gehabt: mit Mitchi reden, die Frau in der Eifel suchen, bei der Polizei etwaige Aufzeichnungen über Lindas Unfall einsehen, stattdessen fuhr er nach Lohmar in den Friedwald hinaus. Berits Worte hatten ihn bis ins Mark getroffen, aber, verdammt, er fand den Baum nicht, an dem Maximilians Urne bestattet worden war.

Wie konnte das sein, dass ein Vater nicht wusste, wo das Grab seines Kindes lag?

Als er wieder in seinem Wagen saß, verspürte er keine Kraft mehr, den Zündschlüssel herumzulegen und loszufahren. So viele Erinnerungen hatte er unterdrückt. Das Lachen seines Kindes … Maximilian hatte auf seiner blauen Decke gelegen, und er hatte ein weißes Plastikpferd in der Hand gehalten und hatte es immer wieder auf ihn zu bewegt, mit übertrieben ruckhaften Bewegungen. Der Kleine hatte so sehr gelacht, dass er sich verschluckt hatte. Und beim Schwimmen war er ihm einmal aus den Händen geglitten, doch statt zu schreien, hatte Maximilian sich unter Wasser wie ein Taucher bewegt.

Er hatte nicht viele Erinnerungen an seinen Sohn ... der Duft seiner sanften weichen Haut, kleine Finger, die sich um seine legten, sein helles Glucksen, wenn sich das Mobile über ihm bewegte.

Dann der Streit mit Linda, die sich das alles anders vorgestellt hatte. Sie wollte nicht für alles verantwortlich sein, wollte ihr Kind abstillen, eine Nacht durchschlafen, wieder in die Redaktion gehen, um wenigstens an der wöchentlichen Konferenz teilzunehmen.

Linda war mit Berit ins Kino gegangen, zum ersten Mal seit Monaten, wie sie vorwurfsvoll meinte, und er hatte sich betrunken, die ersten Gläser Cognac hatte er nur so in sich hineingeschüttet. Cognac – wer trank eigentlich noch Cognac?

Als Maximilian aufgewacht war, hatte er sofort begonnen zu schreien, den Tee hatte er verweigert, auch seinen Schnuller hatte er ausgespuckt. Fast eine halbe Stunde hatte der Kleine geschrien. Er hatte ihn im Arm gehalten, war mit ihm umhergelaufen. Das Schreien hatte nicht aufgehört, da hatte er ihn einfach in sein Bettchen gelegt und war gegangen. Ganz laut hatte er die Musik aufgedreht, Bruce Springsteen, und hatte sich einen Cognac gegönnt und noch einen ...

Dann war er eingeschlafen, mitten im Wohnzimmer auf dem Holzboden. Als er wieder aufgewacht war, zwei Stunden später, war ihm zuerst die Stille aufgefallen. Keine Musik mehr, kein Schreien. In seinem Kopf schrillte ein hoher Ton – die Nachwirkung des Alkohols –, aber hinter diesem Ton war nichts als Stille, eine abgründig tiefe Stille, die ihm sofort Angst einjagte. Er war aufgesprungen, so gut das in seinem Zustand ging, und ins Kinderzimmer gestürzt, und im selben Moment war Linda nach Hause gekommen. Beide hatten sie sich über das blaue Kinderbett gebeugt, und da hatte Maximilian gelegen, starr, ein totes Porzellangesicht, das sie anblickte. Linda hatte ihn schreiend an ihre Brust gedrückt.

Plötzlicher Kindstod – was für eine nüchterne Diagnose für die größte Katastrophe, die ein Mensch erleben konnte.

Er fuhr nach Köln zurück, langsam, wie ein halb blinder Hundertjähriger, trotzdem fiel ihm der schwarze SUV auf, der ihn verfolgte. Hatten die beiden Männer, die ihn verprügelt hatten, immer noch nicht aufgegeben? Er gab sich Mühe, sie abzuschütteln, aber immer, wenn er glaubte, er sei sie losgeworden, tauchten sie wieder auf.

Er fuhr hinter dem Friesenplatz in ein Parkhaus und eilte dann hinaus, um irgendwo in einer der engen Gassen zu verschwinden.

Dann plötzlich sah er sie – zwei dunkle Gestalten, der eine trug ein Basecap, der andere hatte sich eine Kapuze über das Gesicht geschlagen. Sie gingen nebeneinander, beinahe im Gleichschritt, zwei Schläger, die ihr Ziel im Visier hatten.

Lasst mich mit euren verdammten Bilderbergern in Ruhe, wollte er ihnen zurufen, aber ging es hier überhaupt noch um irgendwelche Politiker oder Großindustriellen, die sich einmal im Jahr heimlich trafen?

Er wechselte die Straßenseite, er lief am Stadtgarten entlang, bog dann in eine Seitenstraße, die zum Ring führte. Er lief im Kreis, aber die beiden Männer hinter ihm legten es gar nicht mehr darauf an, unentdeckt zu bleiben.

Vor ihm ging eine Frau mit längeren blonden Haaren, sie trug Jeans, einen halblangen Ledermantel und helle Turnschuhe. Beides – die blonden Haare und die weißen Turnschuhe – waren für ihn wie ein Zeichen. Da war eine Frau, die vor ihm herschwebte und ihm den Weg wies. Er musste beinahe lachen bei dem Gedanken.

Als er sich über die Schulter umblickte, sah er, dass seine beiden Verfolger ein Stück zurückgefallen waren. Hatten sie doch nicht vorgehabt, ihn zu stellen?

Die blonde Frau bog in die Venloer Straße ein. Er ging schneller, rannte beinahe und schloss zu ihr auf. Sie hielt etwas in der Hand, bemerkte er, ein schwarzes Notizbuch, sie umklammerte es, als müsste sie sich daran festhalten. Er war beinahe auf gleicher Höhe mit ihr, als sie in einen Hof einbog und dann an einer Tür klingelte. Er konnte eben noch das Schild lesen, als er sich nach ihr hineindrückte. Silvana Roth, Psychologische Praxis.

Zehn Minuten später saß er in einem Halbkreis da, die schöne blonde Frau vor sich, die ihn hierhergeleitet hatte, ohne es zu wissen. Und dann wurde er aufgefordert, von seinem Verlust zu sprechen, von seinem toten Kind. Ihm wären beinahe die Tränen gekommen. Er war in einem Trauerkurs gelandet, ausgerechnet. Lerne mit deinen Verlusten fertig zu werden.

Er konnte die blonde Frau nicht ansehen, während er sprach, und doch hatte er sie ständig im Blick. Sie sah übermüdet aus, Schatten unter den Augen, hin und wieder wischte sie sich über das Gesicht, als wäre ihr eine Haarsträhne in die Stirn gefallen. Sie trug einen breiten silbernen Ring, keinen Ehering, ihre Hände waren schmal, gepflegt. Ihre Fingernägel waren mit einem farblosen Lack überzogen, gelegentlich blinkten sie im Licht. Zwei Falten hatten sich um ihren Mund gegraben. Welchen Verlust mochte sie erlitten haben? Sie war schlank, hatte eine sportliche Figur, flache Brüste. Um ihren Hals hing eine silberne Kette, aber einen Anhänger konnte er nicht sehen. Er hätte gerne ihre Stimme gehört.

Während er sprach, fühlte er sich Maximilian auf einmal wieder nahe. Es war so ganz anders als vor ein paar Stunden im Friedwald, als er nur umhergeirrt war.

Für ein paar Momente konnte er sogar vergessen, dass zwei Männer hinter ihm her waren, dass irgendwo eine junge Frau mit Namen Dana saß, die er retten musste.

Als der Trauerkurs vorbei war, schlich er auf die Straße. Warteten die Männer irgendwo in der Nähe auf ihn? Er sah die blonde Frau vor sich, die den ganzen Abend kein Wort gesagt hatte. Er ging ihr nach. Zum ersten Mal fiel ihm auf, wie nachlässig er gekleidet war – ein fahles T-Shirt und sein geliebter Trenchcoat. Eine Sekunde lang kam er auf den verwegenen Gedanken, bei ihr die Nacht zu verbringen, auf dem Sofa, heimlich und ganz beschützt. Auf seinem Telefon, das er stumm geschaltet hatte, waren vier Telefonate eingegangen. Zweimal Mitchi, einmal Kathy und ein unbekannter Anrufer.

Während die blonde Frau vor einem Schaufenster innehielt, eilte er an ihr vorbei. Am Stadtgarten setzte er sich auf eine Bank, er schob sich eine Zigarette in den Mund, und als sie auf ihn zusteuerte, sprach er sie an. Er nannte sich Finn, eine plötzliche Eingebung, ein Name, der ihm gefiel, und er erzählte ihr eine Geschichte, die beinahe stimmte.

19.

Es war kurz nach Mitternacht, als Henning sie vor ihrer Haustür absetzte. Lena war so erschöpft, dass sie sich kaum noch auf den Beinen halten konnte. Vor ihm hatte sie diese Schwäche jedoch verbergen können – so hoffte sie zumindest.

Die Frau mit den Engelsflügeln – das Foto, das ein Mann in einem braunen Umschlag abgegeben hatte, zeigte eine Frau von etwa zwanzig bis fünfundzwanzig Jahren. Sie hatte halblange schwarze Haare und volle rote Lippen, ihre Augen waren dunkelbraun, fast schwarz, und ihre Lider waren gesenkt, als wäre sie gerade im Begriff, aufzublicken, als sie fotografiert wurde. Was sie anhatte, ließ sich nicht erkennen. Der Hintergrund war rot, eine rote Tapete vielleicht, und irgendwo rechter Hand brannte eine weiße Kerze. Die Aufnahme war vermutlich mit einer Handykamera gemacht worden, möglicherweise in einem Restaurant. Genaueres sollte eine Computeranalyse der Kriminaltechnik herausfinden. Die Techniker würden auch einen Abgleich mit dem zerstörten Gesicht der Toten machen.

Eine präzise Beschreibung des Überbringers des Fotos hatten sie nicht. Ein Mann, Brillenträger, etwa fünfundvierzig Jahre – er hatte einen dunklen Mantel getragen und Deutsch gesprochen. Auf dem Umschlag stand in schwarzen Blockbuchstaben mit einem Filzstift geschrieben »Kommissarin L. Larcher« und auf der Rückseite des Fotos: »Die Frau mit den Flügeln«.

»Lena.« Während sie ihre Haustür aufschloss, kam ein Mann aus der Dunkelheit auf sie zu. David musste in seinem

Wagen auf sie gewartet haben. »Warum hast du mir nicht gesagt, was mit dir passiert ist?«, fragte er vorwurfsvoll.

In ihrem Kopf hämmerte ein dumpfer Schmerz, ihr war so übel, dass sie das Gefühl hatte, sich gleich übergeben zu müssen. »Entschuldige«, murmelte sie. »Wir hatten zu tun. Der Fall …« Sie floh beinahe ins Haus hinein.

Er folgte ihr und griff nach ihrem Arm. »Du hättest mir Bescheid geben müssen. Du bist angefahren worden … quasi vor meinen Augen.«

»Hast du denn etwas gesehen?« Sie schleppte sich die Treppe hinauf, die rechte Hand am Geländer.

»Nein«, antwortete er. Es klang verblüfft, als hätte er noch gar nicht darüber nachgedacht. »Ich bin zu meinem Auto, habe nichts mitbekommen und …« Er verstummte. »Lena, du solltest diesen Fall abgeben.«

Sie steckte den Schlüssel ins Schloss, doch ohne die Wohnungstür zu öffnen.

»Nein«, sagte sie. »Ich gebe den Fall nicht ab. Wir haben nun ein Foto der toten Frau und …«

Das Licht im Treppenhaus erlosch. Sie registrierte, wie David sich bewegte, an ihr vorbei tastete er nach dem Lichtschalter. Sie roch sein Rasierwasser. Noch immer kannte sie seinen Duft, und plötzlich begriff sie, warum er ihr auflauerte. Es war Einsamkeit. Er hatte niemanden.

Das Licht über ihr flammte wieder auf.

»Ich brauche ein paar Stunden Schlaf, dann bin ich wieder auf dem Damm.« Sie nickte ihm zu, ein Abschiedsgruß, während sie ihre Tür aufsperrte.

»Ich habe Erkundigungen über diesen Reporter eingezogen«, sagte David mit ernster Miene. »Jörn Falk hat ein paar krumme Sachen gemacht, er hat es mit der Wahrheit nicht immer so genau genommen. Einmal soll er sogar in ein Haus eingebrochen sein – bei einem Bankberater, der angeblich Geld seiner Kunden unterschlagen hat.«

Warum erzählte David ihr das?

»Entschuldige«, sagte sie. »Ich bin müde. Wir können morgen weiterreden.« Sie trat ein und schloss die Tür vor ihm, ohne ihn noch einmal anzusehen.

Mit dröhnenden Kopfschmerzen lehnte sie an der Tür und lauschte. Ging David, oder würde er sich nicht abweisen lassen und klingeln? Sie hörte nichts, hatte nur dieses dumpfe Hämmern in ihrem Kopf.

Nach vier langen Atemzügen löste sie sich von der Tür. Im Dunkeln bewegte sie sich durch die Wohnung. Schlafen, sie wollte nichts als schlafen.

Im Wohnzimmer blinkte das Licht ihres altmodischen Anrufbeantworters.

Ein Anruf.

Sie erwartete, die dunkle, herrische Stimme ihres Vaters zu hören, der sich darüber beschwerte, dass sie ihn nicht zurückgerufen hatte.

Mechanisch, während sie ihren Mantel abstreifte, drückte sie auf den Abfrageknopf.

Eine helle, freundliche Jungenstimme schwebte durch den dunklen Raum.

»Lena, you are not at home, unfortunately«, sagte ein fröhlicher siebzehnjähriger Junge, der ein seltsames gutturales Englisch sprach. »My ma said I should call you. I have a request … I want to come and visit you … at Christmas. Is that possible? … Please. Tomorrow I want to go to a travel agency around the corner and book the flight to Germany. I would love to celebrate Christmas with you.« Dann lachte Rashmi, und sie konnte sich vorstellen, wie seine schneeweißen Zähne blinkten und seine braunen Augen funkelten.

Er wollte kommen – über Weihnachten. Roberts Sohn aus Sri Lanka, mit dem sie bisher dreimal telefoniert und dem sie fünf E-Mails mit ein paar Fotos geschickt hatte.

Nein, sagte eine Stimme in ihr, das musste sie verhindern – sie würde es nicht aushalten, mit einem unbeschwerten Jungen aus Sri Lanka Weihnachten in Köln zu verbringen.

In der Nacht kam das Fieber. Sie spürte, wie es ihren Körper erfasste und langsam bis zu ihrem Kopf vordrang. Zusammengekauert lag sie da, schwitzend und schwer atmend. Robert und Simon würden niemals zurückkehren, begriff sie plötzlich. Bisher hatte sie diese bittere Wahrheit lediglich mit dem Verstand erfasst, aber ihr Herz hatte es noch nicht begriffen. Nun war es so weit – fast ein Jahr nach dem Unglück. Sie war allein, sie hatte Geisterstimmen im Kopf, hörte Geisterschritte in der Wohnung, aber niemand würde kommen und sich neben sie legen, und jetzt war auch noch ihr Vater krank.

Warum hatte sie David nicht in die Wohnung eingeladen? Nein, es war richtig gewesen. Sie konnte sich nicht mit einem einsamen Staatsanwalt einlassen, der in ihr noch das Mädchen aus seiner Vergangenheit sah.

Gegen drei Uhr nachts stand sie auf und öffnete ihren E-Mail-Account.

Dear Rashmi, schrieb sie, *it is three o'clock in the morning in Germany. I am alone and ill, but please book your flight. I want to see you und talk to you. Lena.*

Als sie aufwachte, war es hell im Zimmer. Die Sonne schien herein, eine sanfte, stille Morgensonne. Das Fieber war verschwunden, und für einen Moment glaubte sie, dass sie das Gefühl, krank gewesen zu sein, lediglich geträumt hatte. Bei dem Blick auf ihren Radiowecker erschrak sie. Es war dreizehn Minuten nach zehn Uhr. Sie hatte nach ihrer E-Mail an Rashmi noch sieben Stunden geschlafen. Henning, ihr Vater, Mona, alle hatten sie in Ruhe schlafen lassen.

So ausgeruht, wie sie sich seit Monaten nicht mehr gefühlt hatte, setzte sie sich eine halbe Stunde später auf ihr Fahrrad, ein uraltes schwarzes Damenrad, das sie seit einer Ewigkeit nicht mehr benutzt hatte. Nicht einmal die Kopfschmerzen waren zurückgekehrt.

Robert, sagte sie in Gedanken, ich glaube, ich habe nun ein paar Dinge begriffen. Zu große Trauer bringt einen um. Ich muss weiterleben, und ich möchte Rashmi kennenlernen, deinen Sohn.

Sie überlegte, diesen Tag zu schwänzen, einfach blauzumachen, zu ihrem Vater zu fahren oder am Rhein entlang, Richtung Bonn und vielleicht sogar noch ein Stück weiter, doch dann sah sie die Schlagzeile auf dem ›Express‹: »Feuertod! Grausamer Mord im Königsforst«.

Henning saß nicht an seinem Platz, als sie im Präsidium eintraf.

»Er kommt später«, sagte Mona und verzog das Gesicht. »Er fühlt sich nicht wohl. Ist bei ihm mitunter so.« Sie lächelte, als müsse sie sich für Henning und dessen gelegentliche Eskapaden entschuldigen. Hatte er sich gestern Nacht noch betrunken, oder war er in irgendeiner Spielhalle gelandet? »Es gibt auch nichts Neues«, fuhr Mona fort. »Wir haben das Foto der jungen Frau an die Presse weitergegeben, aber die Kriminaltechnik ist noch nicht so weit. Wir wissen also noch nicht, ob es wirklich die Frau mit dem Tattoo ist. Die Techniker haben im Moment eine Menge Stress.«

»Der Mord im Königsforst?«, fragte Lena, während sie ihren Computer anschaltete.

Mona nickte. »Eine Frau, Alter unbekannt. Sie ist so stark verbrannt, dass es schwierig sein wird, sie überhaupt zu identifizieren. Und die Leiche hat auch schon länger im Wald gelegen.«

Konnte es einen Zusammenhang zwischen ihrer Toten und der Unbekannten aus dem Königsforst geben?

»Wer hat den Fall übernommen?«, fragte Lena.

Mona lächelte wieder, diesmal fröhlicher. Die Lücke zwischen den Schneidezähnen ließ sie wie ein junges Mädchen wirken. »Keine Sorge, das kommt nicht auf unseren Schreibtisch. Larsen und Wiegand haben das übernommen, sie sind aus ihrem Kurzurlaub zurück. Manchmal denke ich, die beiden machen alles zusammen.«

Gunnar Larsen war der Aufsteiger im Präsidium. Er war

Mitte dreißig, hatte kurz geschorene Haare und trug eine modische Hornbrille. Er sah eher wie ein moderner Lehrer denn wie ein Polizist aus. Sein Partner Ralf Wiegand war Mitte fünfzig und ein hartnäckiger Schweiger. Lena konnte sich nicht erinnern, mehr als vier private Sätze mit ihm gewechselt zu haben.

»Wir sollten uns auf dem Laufenden halten, was Larsen und Wiegand herausfinden. Für den Fall, dass es einen Zusammenhang gibt«, sagte Lena.

Henning tauchte in der Tür auf. Er sah übernächtigt aus. Geduscht und rasiert hatte er sich unter Garantie nicht.

»Wo soll es einen Zusammenhang geben?«, fragte er mürrisch.

Mona berichtete kurz von der verbrannten Frauenleiche im Königsforst.

»Ja«, sagte Henning, während er an der Kaffeemaschine in ihrem Büro hantierte. »Ich schätze, es gibt einen Serienkiller in Köln, der eine Vorliebe für die vier Elemente hat. Feuer, Wasser, Luft und Erde. Ein Esoteriker, der Frauen hasst.«

»Demnach fehlen noch zwei Morde«, sagte Mona, als würde sie Hennings Idee ernst nehmen.

»Ist doch alles Unsinn.« Henning wandte sich um und griff sich durch sein ungekämmtes Haar. »Wahrscheinlich gibt es auch für unsere Wasserleiche eine einfache Erklärung.«

»Ja«, sagte Lena. »Vermutlich ein perfekter Selbstmord – wie bei Jörn Falk.«

Henning wartete, dass sein Kaffee fertig war, und schwieg, während Mona sich in ihr Büro verzogen hatte.

»Hör zu«, sagte er, »ich weiß, dass du glaubst, dass dein Unfall etwas mit Falks Tod zu tun hat. Ich kümmere mich um das Tattoo-Mädchen, und du kümmerst dich um Falk, okay?« Sollte das ein Friedensangebot sein, oder wollte er nur eine Weile seine Ruhe haben?

Sie nickte, ohne etwas zu entgegnen. Dann, als Henning nicht weiter auf sie zu achten schien, nahm sie ihre Jacke und ging. In Gedanken hatte sie sich schon eine Liste gemacht, wen sie sprechen wollte: Mitchi Vogel, Nolden, den Chefredakteur, und sie wollte sich in der Redaktion umsehen, bei der Falks Frau gearbeitet hatte: ›Frauenpower‹, ein Magazin, das seit über vierzig Jahren für Emanzipation kämpfte und das sie noch nie in die Hand genommen hatte.

Die Redaktion befand sich in einem alten, kunstvoll restaurierten Gebäude im Rheinauhafen, eine elegante Adresse, die sie überraschte. Eine junge Frau mit langen lockigen Haaren und Nickelbrille saß an einem Glastisch, offenbar eine Art Empfang. Aber bevor man dahin gelangte, musste man wie im Flughafen noch einen Metalldetektor passieren. Offenbar war die Redaktion häufiger bedroht worden. Lena zückte ihren Ausweis und erklärte kurz ihr Anliegen.

Die junge Frau legte die Stirn in Falten, dann griff sie zu dem Telefon neben sich. »Berit«, sagte sie. »Hier ist eine Polizistin, die etwas zu Linda und Falk wissen will.« Sie zögerte einen Moment, dann legte sie auf. »Geradeaus, hintere linke Tür«, sagte sie dann. »Berit Lange, unsere Redaktionsleiterin, erwartet Sie.«

Auf dem Gang roch es nach frischem Kaffee, eine dumpfe Stimme war hinter einer Tür zu hören. Die Redaktion hatte Lena sich ganz anders vorgestellt – offener, moderner, ein großer Raum, in dem es wie in einem Bienenkorb zuging.

Als sie vor der zugewiesenen Tür stand, vernahm sie leise Klaviermusik. Sie klopfte an, doch niemand reagierte, kein Ruf von innen. Vorsichtig öffnete sie die Tür.

Die Klaviermusik klang nun lauter, ein ruhiges Spiel, wie das Plätschern eines Baches. Niemand war in dem engen Büro zu sehen, doch nein, neben ihrem Schreibtisch saß eine etwa fünfzigjährige Frau mit kurzen, hennaroten Haaren auf einer Yogamatte. Sie öffnete ihre Augen erst, als Lena sich in den Raum gezwängt und die Tür hinter sich geschlossen hatte. Langsam richtete Berit Lange sich auf, nickte ihr zu und kletterte hinter ihren Schreibtisch, der mit Manuskripten und Zeitungen übersät war. Durch ein Fenster auf der Längsseite des Zimmers konnte man auf den Rhein blicken.

Mit einem Griff schaltete Berit Lange den CD-Rekorder neben sich aus. »Eine georgische Pianistin … sie spielt Eigenkompositionen. Genial!« Sie lehnte sich zurück und steckte sich eine Zigarette an. Dass sie eine Kettenraucherin war, ließ sich an den Nikotinspuren an ihrer rechten Hand ablesen. »Warum forschen Sie über Lindas Tod nach?«

»Ich möchte lediglich ein paar Ungereimtheiten aufklären, die uns beim Tod von Jörn Falk aufgefallen sind«, widersprach Lena, während sie, ohne aufgefordert worden zu sein, auf dem einzigen Stuhl vor dem Schreibtisch Platz nahm. »Vielleicht können Sie mir helfen.«

»Falk hat sich doch umgebracht, oder nicht?« Berit Lange nahm einen tiefen Zug aus ihrer filterlosen Zigarette. »Er war ein Arschloch, nein, mehr als das … er war Mister Superarschloch. Ein Egoist, ein Betrüger, ein Lügner … ich habe Linda mehr als einmal gesagt, dass sie einen anderen Mann verdient gehabt hätte …«

»Jörn Falk hat nicht geglaubt, dass seine Frau bei einem gewöhnlichen Unfall ums Leben gekommen ist. Stimmt das?«

Berit Lange schaute an ihr vorbei den Rauchschwaden nach, die durch den Raum trieben. Unter der Zimmerdecke hatten die Ecken sich gelb verfärbt vom Nikotin.

»Kann sein«, sagte sie. »Er war mal hier, wollte wissen, woran Linda zuletzt gearbeitet hatte, aber das konnte ich ihm nicht sagen, weil ich es selbst nicht wusste. Linda hatte sich für drei Monate freistellen lassen, sie wollte ein Buch schreiben. Worüber genau, hat sie mir nie verraten.« Berit Lange inhalierte wieder.

Ihre Augen sind das einzig Lebendige an ihr, dachte Lena, sie fixieren einen, während ihr Körper erstarrt zu sein scheint. »Wie war das Verhältnis zwischen Linda Rosen und Jörn Falk?«, fragte sie.

Berit Lange überlegte einen Moment, dann kniff sie die Augen zusammen, und ihr Mund verzog sich, ein mattes Lächeln. »Vor ungefähr zwei Jahren hat sie ihn rausgeworfen. Damals hatte sie was mit Richard Kuhn, einem Professor, nichts Ernstes wohl, aber ernst genug, dass sie genug von Falk hatte. Endlich!« Sie seufzte. »Wir Frauen«, fuhr sie fort, »wir sind sehr geduldige Wesen, viel zu geduldig. Das liegt so in unseren Genen – schon seit Tausenden von Jahren. Während die Männer durch die Steppe zogen, mussten wir geduldig das Feuer hüten und auf die Kinder aufpassen. Das haben wir immer noch nicht ganz überwunden – müssen wir aber.« Ihr altmodisches Telefon klingelte. Sie nahm den Hörer ab und ließ ihn auf die Gabel fallen.

»Ihnen ist also nichts an dem Unfall von Linda Rosen und an dem Tod von Jörn Falk verdächtig vorgekommen?«, fragte Lena.

Berit schüttelte den Kopf. »Nein, er war ein dummes Arschloch, aber immer noch klug genug, um zu wissen, dass er am Ende war. Ohne Frau, ohne Job, ohne Freunde. Er war leer, nur noch eine leere Hülle.«

Lena zog eine Visitenkarte hervor. »Wenn Ihnen noch etwas einfällt, können Sie mich gerne anrufen.« Sie wollte sich schon erheben, dann hielt sie inne. »Wie lange kennen Sie Linda Rosen schon? Wissen Sie etwas von ihrem Kind?«

»Von Lindas Kind?« Sie inhalierte wieder und beugte sich vor. »Allerdings«, sagte sie. »Deshalb ist Linda nie mehr glücklich geworden. Er hat es umgebracht, ist eingeschlafen und hat nicht gemerkt, dass bei dem Kind die Atmung ausgesetzt hatte. Er war betrunken … betrunken hat er neben seinem toten Kind gelegen.«

Sie hatte sich ein falsches Bild von Jörn Falk gemacht. Langsam fuhr sie durch die Kölner Südstadt, auf der Suche nach einem Café. Er war ein Betrüger, ein Ehebrecher, und er war schuld am Tod seines Kindes, weil er nicht aufgepasst hatte.

Hatte er sich deshalb umgebracht – konnte eine Schuld, die viele Jahre zurücklag, einen Menschen noch töten? Ja, so etwas war gewiss möglich.

Am Chlodwigplatz trank sie einen Kaffee. Henning hatte sie zweimal angerufen, doch statt sich bei ihm zu melden, las sie den Bericht über die verbrannte Leiche im Königsforst. Ein Hund hatte die Tote aufgestöbert. Jemand hatte sie vergraben, jedoch recht nachlässig. Dass es sich vermutlich um eine Frau handelte, konnten die Ermittler nur anhand des Gebisses und des Skeletts annehmen. Höchstwahrscheinlich hatte man die Frau auch am Fundort verbrannt. Spuren eines Feuers hatten sich an Bäumen in der Nähe befunden.

Wieso verbrannte man eine Leiche? Um sie unkenntlich zu machen – und genau das war auch mit der Frau passiert, deren Gesicht man zerstört hatte, bevor man sie in den Rhein geworfen hatte. Also mochte es doch einen Zusammenhang geben.

Brachte jemand Frauen um – aus Rache, weil sie ihm im Weg waren – und versuchte zuvor, ihre Identität auszulöschen? Henning hatte von einem Serienkiller gesprochen, der seine Morde nach den vier Elementen ausrichtete – er hatte es nicht ernst gemeint, aber konnte an diesem Gedanken nicht etwas wahr sein?

Lena trank noch einen Kaffee. Als ihr Smartphone klingelte, war sie sicher, dass Henning es erneut versuchte.

Der Name ihres Vaters leuchtete auf dem Display auf. Sofort erfasste sie ein Gefühl der Schuld.

»Ich bin gestürzt«, sagte er mit ungewohnt weicher Stimme. »Kannst du kommen?«

Er hatte eine Platzwunde auf der Stirn, die er notdürftig mit einem Pflaster abgeklebt hatte. Sie ergriff seine Hand und führte ihn ins Bad, ganz wie einen Blinden, doch er ließ es geschehen. Sie tupfte die Wunde ab, ein zwei Zentimeter langer Riss, desinfizierte sie und verband sie dann neu. Schweigend ertrug ihr

Vater die Behandlung. Wie ein Soldat stand er da, mit durchgedrücktem Rücken. Er war immer noch größer als sie.

»Mir ist schwarz vor Augen geworden«, sagte er, »und dann bin ich gefallen. Mit dem Kopf auf die Stuhllehne.« Ihm war anzusehen, wie sehr ihn dieser Schwächeanfall erschreckt hatte.

Langsam ging er zu seinem Stuhl im Wohnzimmer zurück. Er steckte sich eine Pfeife an. Allmählich wurde es draußen dunkel, doch als sie das Licht einschalten wollte, winkte er ab.

»Ich habe mein Testament gemacht«, sagte er. »Das Haus möchte ich dir baldmöglichst überschreiben und die Aktien auch …«

»Können wir nicht ein anderes Mal darüber sprechen?«, sagte sie. Warum fing er schon wieder davon an? Während sie in der Küche Kaffee gekocht hatte, war ihr zum ersten Mal aufgefallen, wie schmutzig das Haus geworden war. Zwei Tassen, die er aus dem Schrank geholt hatte, waren nur nachlässig gespült gewesen, in der Spüle klebten Marmeladenreste, und im Kühlschrank hatte sie drei Packungen alten, schimmeligen Käse gefunden. Sie hätte lieber über anderes, Alltäglicheres gesprochen. Was ist mit deiner Putzfrau? Kommt sie nicht mehr? Und deine Freundin, diese Rita aus der Nachbarschaft, die ich noch nie gesehen habe, was ist mit ihr?

»Heute Morgen«, sagte ihr Vater, »habe ich zum ersten Mal begriffen, was es heißt, blind zu werden. Ich war irgendwie halb wach und habe nur Schatten gesehen. Da ist das Fenster, habe ich gedacht, und da der Schrank mit dem Spiegel, aber irgendwie musste ich mich richtig anstrengen, es zu sehen. Verstehst du?«

Sie trank ihren Kaffee und nickte. Ihr Vater zog an seiner Pfeife. Der Verband leuchtete auf seiner Stirn. Sonst hockte er im Halbdunkel da.

So muss es sein, wenn die Welt im Dunkeln verschwindet, dachte sie, genau so, wie es jetzt in diesem Raum passiert.

Ganz langsam wich das trübe Winterlicht zurück, erst waren noch ein paar Schatten da, die aber immer mehr in die Dunkelheit eintauchten und sich dann ganz auflösten.

Plötzlich hielt sie es nicht mehr aus und schaltete eine Stehlampe ein, die sich hinter dem Fernseher befand.

»Die Aktien sind zurzeit etwa achtzigtausend Euro wert«, fuhr ihr Vater mit deutlich festerer Stimme fort. »Das Haus … nun ja, solange ich lebe, möchte ich natürlich hier wohnen bleiben, aber wenn du es verkaufen solltest …«

»Hör zu«, sagte sie, während sie spürte, wie Zorn in ihr aufwallte. Warum redete ihr Vater so, als würde er morgen beerdigt werden? »Du bist nicht todkrank, und du wirst hier so lange wohnen, wie du willst. Ich habe einen schwierigen Fall zu lösen und habe andere Dinge zu überlegen. Die Wohnung ist zu groß für mich, aber ich habe bisher nicht die Kraft gefunden, auch nur eine Hose wegzuwerfen, die Robert getragen hat …« Sie verstummte abrupt. Ein Abgrund tat sich vor ihr auf. Allein der Gedanke, sich um Roberts Nachlass zu kümmern, verursachte ihr Übelkeit. So viel Kraft würde sie niemals aufbringen können, nicht in hundert Jahren.

»Außerdem gibt es noch etwas anderes.« Sie redete weiter, versuchte, die Beklommenheit in ihr zu ignorieren. »Wir werden Weihnachten zu dritt verbringen. Ich bekomme Besuch, von einem Jungen aus Sri Lanka. Er heißt Rashmi, und er ist Roberts Sohn.«

Ihr Vater legte seine Pfeife beiseite und richtete sich auf. »Roberts Sohn?«, fragte er.

»Ja«, erwiderte Lena. »Robert hat einen Sohn, er ist siebzehn, fast achtzehn Jahre alt. Ich habe es auch erst vor ein paar Wochen erfahren.«

Dann redete sie von Roberts Urlaubsflirt, der nicht ohne Folgen geblieben war, von Rashmis Telefonanrufen und von den E-Mails, die sie bisher geschrieben hatte.

Ihr Vater sank in seinen Sessel zurück. Die Augen hinter seiner Brille wirkten trübe.

»Hat dieser Rashmi vor, hierzubleiben?«, fragte er. »Will er Geld von dir? Kommt er deshalb hierher?«

Für einen Moment stockte ihr der Atem. Wie kam ihr Vater auf den Gedanken, dass es bei diesem Besuch vor allem um Geld ging? Nicht einmal David, der ewig misstrauische Staatsanwalt, hatte so etwas gedacht. Wollte Rashmi Geld – Alimente für achtzehn entgangene Jahre? Schickte seine Mutter ihn deshalb?

»Nein«, sagte sie, »da bin ich ganz sicher. Rashmi will nur sehen, wie sein Vater gelebt hat. Er will einfach mehr über ihn erfahren. Es war ja nicht Roberts Schuld, dass er sich nicht um den Jungen kümmern konnte.«

Ihr Vater schnaubte unwillig. Du bist naiv, sagte dieses Schnauben, du begreifst mal wieder nicht, worum es eigentlich geht. Da saß er wieder vor ihr – Georg Larcher, der Polizist, der Besserwisser, der keinen Widerspruch duldete.

Als ihr Smartphone klingelte, erhob sie sich dankbar und ging in die Küche hinaus.

Jürgen Weiler meldete sich. »Lena«, sagte er. »Es ist etwas passiert, ein Fehler. Die Dose, die du uns geschickt hast … sie ist verschwunden.«

»Welche Dose?«, fragte sie, für einen Moment nicht im Bilde.

»Na, die Red-Bull-Dose, die du von der Straße aufgesammelt hast. Wir sollten sie doch auf Spuren untersuchen. Ich hatte sie hier auf meinem Schreibtisch, und nun ist sie weg, und ich habe einen schrecklichen Verdacht, wer sie mitgenommen hat.«

»Wer?«, fragte Lena, als Weiler einen Moment zögerte. »Wer hat sie an sich genommen?« Sie konnte hören, dass ihr Vater aufgestanden war und sich ihr näherte.

»Henning Mahn«, sagte Weiler, »dein Kollege. Er ist hier gewesen, und danach war die Dose nicht mehr da.«

20.

Die Frau hieß Lena, behauptete sie zumindest. Mehr verriet sie ihm nicht. Es war ein Spiel, das sie für eine Weile spielten. Zwei erwachsene Menschen, die sich ein wenig anflirteten. Die beiden Männer, die ihn verfolgt hatten, waren nicht zu sehen, doch dann stand Lena unvermittelt auf und ging, als habe sie nun genug von diesem Spiel.

Er sagte nicht: Ich brauche ein Versteck für diese Nacht. Ich werde verfolgt, ich muss eine Frau retten, die sich irgendwo versteckt. Stattdessen sah er ihr nur nach. Den Gedanken, ihr heimlich nachzulaufen, verwarf er.

Die Nacht konnte er auch bei Mitchi verbringen oder in einem Hotel irgendwo in der Stadt. Dann jedoch ging er ins Parkhaus zurück und fuhr in seine Wohnung in der Mainzer Straße. Wie schmutzig und eng sie war, fiel ihm nun, nach den Tagen im Haus in Fühlingen, noch stärker auf.

Du hast nichts aus deinem Leben gemacht, sagte diese Wohnung. Da waren ein Tisch in der Küche, vier rohe Holzstühle, ein Herd, ein Kühlschrank, alles heruntergekommen, ungepflegt. Zum Glück gab es keinen Tropfen Alkohol, und hinunter zum Kiosk zu gehen schien ihm eine viel zu große Kraftanstrengung zu sein.

Er stellte das Radio an, damit er eine fremde Stimme hörte.

Lena – er kannte ihren Nachnamen nicht. Sonst hätte er begonnen, sie zu suchen.

Auf seinem Stuhl schlief er ein, vorgebeugt, den Kopf auf den Armen, die auf dem Holztisch ruhten.

Als sein Smartphone klingelte, schreckte er hoch. Eine Nummer leuchtete auf seinem Display auf, die er nicht kannte.

»Ja?«, brachte er heraus.

»Hier bin ich«, sagte Dana. Ihre Stimme zitterte vor Aufregung. »Ich bin geklettert, aus der Wohnung. Kannst du kommen? Der Ort heißt Gemünd. Dort müssen wir uns treffen. Jetzt gleich.«

Es war Viertel nach eins in der Nacht, als er in seinem Auto saß. Wen konnte er informieren, dass er nun losfuhr, um eine Frau zu treffen, die sich seit ein paar Tagen versteckte und deren Schicksal etwas mit Lindas Tod zu tun hatte? Auf Anhieb fiel ihm niemand ein. Mitchi könnte er anrufen, sie war gewiss noch wach, doch sie würde mehr wissen wollen, als er ihr sagen konnte. Außerdem würde sie ihn nach Ruben, den Bilderbergern und nach seinen Recherchen fragen. Dann dachte er an Kathy, doch sie wollte er auf keinen Fall in Gefahr bringen.

Als er das Telefonverzeichnis in seinem Smartphone durchging, blieb er an dem Eintrag zu seinem Bruder hängen. Kurz entschlossen drückte er dessen Nummer, unterbrach den Anruf aber sofort wieder. Christian, sein braver Bruder, würde nicht verstehen, warum er ihn nachts aus dem Schlaf riss.

Also startete er den Motor und fuhr los. Gemünd lag in der Eifel, in fünfundsechzig Kilometer Entfernung, sagte ihm sein Navigationsgerät. Er fuhr die Bonner Straße hinaus, dann auf die Autobahn. Es herrschte kaum Verkehr. Im Radio lief klassische Musik.

Aus einem Gedanken heraus holte er sein Diktiergerät vor, das er immer im Handschuhfach liegen hatte.

»Liebe Linda«, sprach er in den Apparat hinein, »es ist Samstag, halb zwei in der Nacht. Ich fahre zu Dana, einer Frau, die ich nicht kenne, aber die dir ihr Geheimnis anvertraut hat. Weshalb hast du ihr meine Telefonnummer gegeben, ohne mir etwas zu sagen? Wer war ich für dich in den letzten zwei Jahren?« Er verstummte für einen Moment. Ein

Sportwagen überholte ihn, ein schwarzer Porsche, der gewiss mit mehr als zweihundert Stundenkilometern an ihm vorbeijagte. Ansonsten war die Autobahn leer.

»Wir hatten uns aus den Augen verloren … so war es wohl«, sprach er weiter. »Du hast mir nie verziehen, dass Maximilian gestorben ist. Ich kann das nicht wiedergutmachen, ich weiß … aber ich werde diese Frau retten, egal, was ich dafür tun muss. Das schwöre ich dir.« Er schaltete das Gerät ab und legte es wieder ins Handschuhfach.

Für einen Moment kam er sich wie befreit vor, als hätte er seine Schuld schon abgetragen, aber das war natürlich Unsinn. Ging es um Prostitution? Hatte Linda ein Mädchen versteckt, das vor einem gewalttätigen Zuhälter davongelaufen war?

Die Stimme des Navigationsgeräts wies ihn an, von der Autobahn abzufahren. Hier war es nun noch dunkler, nirgendwo eine Laterne oder ein beleuchtetes Haus.

Als hinter ihm zwei grelle Scheinwerfer aufleuchteten, erschrak er, und ein Gedanke kam ihm. Die zwei Männer, die ihn verfolgt hatten – hatten sie aufgegeben, weil ihnen etwas viel Besseres eingefallen war? Hatten sie möglicherweise einen Sender an seinem Wagen angebracht?

Warum hatte er nicht eher daran gedacht?

Als er den Ort Zülpich passierte, hielt er an einer Bushaltestelle, die von zwei Laternen erhellt wurde. Er stieg aus und ging um den Volvo herum. Wo würde man einen Sender platzieren? An der Stoßstange? Vorsichtig tastete er sie ab, dann beugte er sich vor, schaltete die Lampe an seinem Smartphone ein und besah sich den Unterboden, ohne etwas Auffälliges zu entdecken.

Ein Lastwagen rauschte dröhnend an ihm vorbei, kurz danach ein Jeep. Hatten die grellen Scheinwerfer zu dem LKW gehört?

Er stieg in dem Moment wieder ein, als sein Smartphone klingelte.

»Wo bleibst du?«, fragte Dana verzweifelt. Schon wieder

duzte sie ihn, als würden sie sich schon lange kennen. Ihr Akzent trat immer deutlicher hervor.

»Ich bin unterwegs«, sagte er unfreundlicher als beabsichtigt. »In zwanzig Minuten bin ich da.«

»Marienplatz«, sagte sie. »So heißt das hier. Komm schnell! Ich habe Angst.«

Er hatte seine Waffe dabei, die Beretta, die Mitchi ihm gegeben hatte. Vorsichtig steckte er sie in seine Hosentasche. Er hatte in seinem Leben noch nie einen Schuss abgegeben.

Eine dunkle Passstraße führte zu dem Städtchen Gemünd hinunter. Der Ort wurde nur von ein paar Laternen erhellt. Er passierte eine Kirche, an einem Restaurant brannte noch Licht, doch keine Menschenseele war zu sehen.

Dann bog er von der Hauptstraße ab. Noch hundert Meter, sagte sein Navigationsgerät.

Während er auf einen Kreisverkehr zufuhr, war er sich sicher, dass er in eine Falle lief. Konnte es jemand auf ihn abgesehen haben? Berit, fiel ihm ein. Sie hasste ihn. Schon von der ersten Sekunde, als sie sich begegnet waren, war er ihr unsympathisch gewesen. Trotzdem hatte Linda die Beziehung zu ihr aufrechterhalten.

Er rollte langsam auf einen dunklen Parkplatz, der sich vor einem langen, älteren Gebäude befand – keine Schule, wie er zunächst vermutete, sondern das Amtsgericht.

Mit laufendem Motor wartete er. Niemand kam. Er stieg aus. Die Nacht war kalt, sicherlich kaum mehr als ein, zwei Grad. Er hielt vergeblich nach einer Telefonzelle Ausschau, von der Dana ihn angerufen haben könnte.

Als er aus den Augenwinkeln eine Bewegung wahrnahm, tastete er nach der Beretta in seiner Hosentasche. Jemand war hinter einem geparkten Golf hervorgekrochen und hatte die Beifahrertür zu seinem Wagen geöffnet.

»Steig ein«, raunte eine Frauenstimme ihm zu, »und fahr los!«

Ein bleiches Gesicht schaute ihn an, als er einstieg. Sein Herzschlag hatte sich beruhigt. Von dieser Frau ging keine Gefahr aus, signalisierte sein Körper ihm. Schwarze Haare, ein modischer Pagenschnitt, rote volle Lippen, forschende schwarze Augen. Eine Schönheit.

»Du bist Dana?«, fragte er.

Die Frau nickte. »Bist du einer von den Guten?«, fragte sie. Das leicht gerollte R verriet, dass sie keine Deutsche war.

Er hätte beinahe gelacht, als er den Sinn ihrer Worte verstand. War er einer von den Guten? Gab es das überhaupt – Gut und Böse?

Er nickte ebenfalls. »Ja«, sagte er, »ich bin einer von den Guten. Ich will dir helfen. Sag mir, vor wem du dich versteckst.«

»Fahr los«, sagte sie, nun entschiedener. Ihre linke Hand griff nach ihm, berührte seinen rechten Arm, als müsse sie sich klarmachen, dass er wirklich neben ihr saß. Er bemerkte gepflegte, rot lackierte Fingernägel.

Während er den Volvo vom Parkplatz steuerte, blickte sie sich panisch um. »Es ist nicht weit«, sagte sie.

Irgendwo leuchteten zwei Scheinwerfer auf. Dana deutete ihm, eine schmale Wohnstraße hinaufzufahren.

»Du musst das Auto verstecken«, sagte sie. Immer noch blickte sie sich um. Die Scheinwerfer waren verschwunden.

Er spürte seine Müdigkeit. »Wohin wollen wir?«, fragte er.

Sie deutete nach vorn – auf einem Schild stand »Ferienpark Salzberg«.

»Da ist die Wohnung – mein Versteck.« Sie stöhnte auf, und es klang, als würde sie gleich in Tränen ausbrechen. Wieder griff sie nach seinem Arm.

Er fuhr an der Ferienanlage vorüber – zwei weiße, massige Häuserblocks mit einem Dutzend dunkler Fenster.

»Nicht hier«, rief sie warnend, als er langsamer wurde.

Ein Hund bellte plötzlich – es war wie ein Warnruf, der durch die Nacht gellte.

Er wendete, fuhr zurück und parkte in einer Parallelstraße.

Kein gutes Versteck, aber nun machte ihm seine Müdigkeit zu schaffen.

Ein kalter Wind fegte über die Straße, als sie auf das erste Gebäude des Ferienparks zusteuerten.

»Vor wem versteckst du dich?«, fragte er.

Dana beugte sich gegen den Wind, während sie neben ihm herhastete. Sie trug weiße Turnschuhe, blaue Jeans und einen langen schwarzen Pullover.

»Ich habe keinen Schlüssel. Ich muss hinten die Regenrinne hochklettern«, sagte sie, statt zu antworten. »Der Balkon liegt im zweiten Stock. Hoffentlich stürze ich nicht ab.«

Sie küsste ihn auf die Wange, dann packte sie die Regenrinne und schwang sich empor. Nein, wollte er rufen, das ist doch Wahnsinn! Er hörte ein Knirschen, die Regenrinne begann zu schwanken. Dana war schon auf Höhe des ersten Balkons. Sein Herzschlag hatte wieder Fahrt aufgenommen. Starr beobachtete er, wie sie weiter hinaufkletterte. In der Dunkelheit waren nur ihre weißen Schuhe deutlich zu sehen.

Schließlich war sie oben angelangt und schwang sich über das Geländer auf einen schmalen Balkon. Einen Moment verharrte sie da, als müsse sie zu Atem kommen. Dann winkte sie ihm zu.

»Komm an die Eingangstür!«, raunte sie durch die Nacht.

Das Apartment war überraschend geschmackvoll eingerichtet. Ein Doppelbett, zwei rote Sessel, zwei Stühle an einem schmalen Tisch und ein großer Fernseher, der angeschaltet war. Ein Schwarzweißfilm lief, eine junge Frau sprach mit einem Pferd, und das Pferd schien zu antworten. Gelegentlich wurden Lacher eingeblendet. Eine uralte Sitcom mit einem sprechenden Pferd. Abgetrennt von dem Wohnraum gab es noch eine kleine Küche.

Alles sah unbewohnt aus. Lediglich eine Segeltuchtasche stand neben dem Bett. Utensilien, die Linda gehört haben konnten, entdeckte er nicht.

Dana setzte sich auf einen Stuhl und schaltete den Fernseher aus.

»Ich habe nichts mehr da – keinen Kaffee, keinen Tee, nichts.« Sie zuckte mit den Achseln. »Seit acht Tagen bin ich hier eingesperrt.«

Er verharrte wie verloren im Raum. Nur eine Stehlampe in einer Ecke brannte. Die Vorhänge waren zugezogen.

»Tagelang habe ich gewartet. Nichts als gewartet. Was genau ist mit Linda passiert?«

»Sie ist gegen einen Baum gefahren«, antwortete er. »Die Polizei glaubt, es war ein Unfall.«

»Nein.« Dana schüttelte den Kopf. Zwei dicke Tränen liefen über ihre Wangen. Sie hatte angefangen, stumm zu weinen. »Das ist alles meinetwegen passiert.«

Der Radiowecker neben dem Bett verriet, dass es halb drei Uhr in der Nacht war. »Warum versteckst du dich hier?«, fragte er.

Dana lächelte und wischte sich die Tränen weg. »Weil ich dumm bin«, sagte sie, »weil ich dachte, dass alle Menschen gut sind, und weil ich etwas gesehen habe, das ich nicht hätte sehen dürfen.«

21.

»Ich habe noch einen Termin«, sagte sie zu ihrem Vater. »Dienstlich.«

Er saß in dem Lehnsessel da und schaute zu ihr herüber. Dann hob er die Hand – eine Geste der Zustimmung, und irgendwie rührte sie diese Bewegung. Es war, als wäre er in den letzten Wochen mit einem Schlag gealtert.

Sie ging ohne einen Gruß und stieg auf ihr Damenrad. Aus den Augenwinkeln bemerkte sie, wie sich eine Gardine bewegte. Ihr Vater sah ihr nach. Ja, er würde sich so seine Gedanken machen, dass sie immer noch nicht Auto fuhr.

Sie brauchte zwanzig Minuten bis nach Ehrenfeld.

Es war zehn Minuten nach einundzwanzig Uhr. Eigentlich war es nicht sehr wahrscheinlich, dass Henning schon in seiner Wohnung war. Doch dann bemerkte sie seinen roten rostigen Corsa vor seinem Haus.

Vor ein paar Monaten hatte seine Frau ihn hinausgeworfen. Seither bewohnte er eine karge Zwei-Zimmer-Wohnung in einer der schlechteren Gegenden Ehrenfelds. Er hatte gespielt, an Automaten, Online-Poker, und schließlich hatte er größere Summen im Spielcasino in Bad Neuenahr verloren.

Lena klingelte an der Tür, doch es dauerte etwa fünf Minuten, bevor ihr aufgedrückt wurde. Sie ging bis in die dritte Etage hinauf. Alles war still im Haus. Nur aus einer Wohnung drangen Stimmen. Eine Frau stritt sich mit einem Mann.

Henning stand im Bademantel in der Tür. Das Haar fiel ihm strähnig ins Gesicht.

»Ist etwas passiert?«, fragte er misstrauisch.

»Ich muss mit dir reden«, sagte Lena. »Über die Dose, die wir neulich von der Straße mitgenommen haben.«

Er hielt sich an der Eingangstür fest, als müsste er sich an etwas abstützen.

»Ich verstehe nicht«, sagte er. »Was ist mit der Dose?«

Aus der Wohnung war ein Geräusch zu vernehmen – eine Wasserspülung, dann klappte eine Tür.

Lena furchte die Stirn. »Du bist nicht allein?«

Henning erwiderte nichts. Er kniff die Augen zusammen und wandte den Kopf. Sein Haar war zerzaust. »Nein«, sagte er dann. »Nur ein Mädchen. Nora – sie wusste nicht wohin, und da habe ich …«

»Du nimmst immer noch Mädchen von der Straße mit?« Lena wollte sich an ihm vorbeischieben, doch er hielt die Tür fest.

»Das geht niemanden etwas an«, sagte er wütend. »Ich kann jedes Mädchen …«

»Du bist Polizist«, sagte Lena. »Wenn jemand im Präsidium erfährt, dass du noch immer spielst und Mädchen von der Straße auﬂiest, bist du erledigt.«

»Henning?«, rief eine Stimme, die allenfalls einem achtzehnjährigen Mädchen gehören konnte. »Was ist? Kommst du wieder?«

»Die Kleine ist garantiert noch minderjährig«, sagte Lena. »Schick sie weg. Sofort!« Sie nahm ihr Portemonnaie hervor, zog einen Hunderteuroschein heraus und gab ihn Henning. »Sie soll sich ein Hotelzimmer nehmen und dann zurück zu ihren Eltern gehen.«

Mit einer langsamen Bewegung nahm Henning den Schein entgegen, dann ließ er die Tür los.

»Ich warte in der Küche, bis die Kleine weg ist«, sagte Lena und drückte sich an ihm vorbei.

Ihr letzter Besuch mochte vier Wochen her sein, doch in der Küche hatte sich nichts verändert. Von der Decke hing eine nackte Glühbirne. Neben einer schmutzigen Spüle stand noch ein Karton mit Geschirr, den Henning bisher nicht ausgepackt hatte, und der einzige Stuhl war mit Farbklecksen übersät. Lena stellte sich ans Fenster und blickte in einen dunklen Innenhof hinaus.

Warum mochte Henning die Dose gestohlen haben? Das alles ergab keinen Sinn, aber so, wie er sich verhielt, war er immer weniger berechenbar. Junge, vermutlich minderjährige Mädchen mit in die Wohnung nehmen – das konnte sich nicht einmal der Pförtner im Präsidium leisten, geschweige denn ein Hauptkommissar.

Sie hörte, wie er mit dem Mädchen sprach.

»He, was soll das?«, rief sie. »Erst ficken und dann ab vor die Tür, oder was?«

Henning antwortete so leise und ruhig, dass er nicht zu verstehen war.

»Kann ich nicht hierbleiben?«, fragte das Mädchen dann. »Ich warte auf dich, und wenn du zurückkommst, koche ich uns was.«

Hennings Antwort war wiederum nicht zu hören.

Wenig später wurde eine Tür ins Schloss gezogen, und dann kam Henning in die Küche. Er war barfuß, aber nun trug er eine Jeans und ein weißes, verblichenes T-Shirt. Er sagte nichts, sondern ging zur Spüle und trank einen Schluck Wasser.

»Ich brauche kein Kindermädchen«, sagte er feindselig. »Also, warum bist du hier, wenn du mir nicht nachspionieren willst? Hat es was mit deinem dämlichen Fall zu tun? Mit diesem Journalisten?«

Für einen Moment lag ein so tiefer Ausdruck von Zorn auf seinem Gesicht, dass er ihr seltsam fremd vorkam. Ein anderer Mensch blickte sie an, der gewalttätig und voller Hass sein konnte. Sie hatte ihn bloßgestellt – darum war er so zornig.

»Ich spioniere dir nicht hinterher«, sagte Lena. »Weiler hat mich angerufen. Die Dose, die wir ihm zur Untersuchung gegeben haben, ist aus seinem Büro verschwunden, und er hat dich in Verdacht. Hast du die Dose gestohlen?«

Henning setzte sich auf den Stuhl mit den Farbklecksen und streckte die Beine aus. »Was soll das?«, fragte er beinahe provozierend. »Wieso sollte ich so eine beschissene Dose mitnehmen? Hat Weiler dir gesagt, warum ich bei ihm war? Weil er Unsinn über mich erzählt hat. Dass ich abends in irgendwelchen Kneipen abhänge und mich betrinke und dass ich herumvögele …«

»Und?«, unterbrach Lena ihn und deutete auf den Flur. »Du vögelst nicht herum?«

Henning starrte zu Boden. »Ich habe diese Dose nicht mitgenommen. Da waren noch andere bei Weiler. Ein Typ von der Bereitschaft, ein blonder Typ vom SEK … Eine Menge Leute kommen jeden Tag zu ihm, weil er so ein Schwätzer ist.«

»Weiler hat aber dich in Verdacht.«

»Weil er mich nicht ausstehen kann – und weil er glaubt, dass er dich vor mir beschützen muss.« Henning verzog das Gesicht. »Sie glauben alle, dass ich nicht der richtige Partner bin, damit du wieder Fuß fasst.«

Damit sie wieder Fuß fasste? Die Worte trafen sie unvermutet. Was hatte das zu bedeuten? Hatten ihre Kollegen noch immer das Gefühl, dass sie wie eine Kranke durch das Präsidium schlich?

»Ich glaube, dass du mich anlügst«, sagte Lena. »Keine Ahnung, warum du so eine Dose klaust. Ob du den Fall sabotieren und einfach Weiler ärgern willst. Aber morgen um zehn Uhr sollte die Dose wieder da sein, sonst …«

Henning lachte auf, als sie zögerte. »Sonst was? Willst du mir drohen, Lena Larcher? Aber das wird dir nicht gelingen.« Er breitete die Arme aus. »Habe ich noch viel zu verlieren? Sieh dich um! Manchmal denke ich, ich müsste meinem Scheißleben selbst ein Ende setzen.«

Sie ärgerte sich über sich selbst, als sie nach Hause fuhr. Ihr war kalt auf dem Fahrrad, und ihr Kopf schmerzte wieder. Sie hatte sich eindeutig überanstrengt, statt ein, zwei Tage im Bett zu verbringen, zog sie durch Köln. Ein unangenehmer Wind schlug ihr entgegen. Zum Glück war es nicht weit. Ihre Wohnung war immer noch eine Zuflucht – obwohl Robert und Simon nicht mehr da waren. Sie hatte Henning in die Enge getrieben, und er hatte ausgekeilt wie ein altes, ängstliches Pferd. Warum hätte er eine Dose stehlen sollen, die möglicherweise irgendjemand auf die Straße geworfen hatte? Sie verrannte sich in Dinge – das war ihr schon früher passiert. Sie erinnerte sich plötzlich daran, wie krank sie gewesen war, damals, als David sie verlassen hatte. Die Krankheit als Zuflucht, als dunkle Hölle, in die sich kein anderer hineinwagte. Sie war magersüchtig geworden, niemand hatte sie erreichen können, nicht einmal Ruth, ihre sanfte, verständnisvolle Mutter, während ihr Vater sie sogar hatte zwangsernähren wollen. Er hatte eine Schale mit Kinderbrei vor sie hingestellt und sie gezwungen, vor seinen Augen zu essen, Löffel für Löffel. Den vierten Löffel Brei hatte sie ihm ins Gesicht gespuckt.

Auf dem Anrufbeantworter waren drei Nachrichten. Rashmis helle Stimme erklang. »Oh, I am so happy«, rief er. »I will come to Frankfurt on the day before Christmas eve.« Dann fuhr er langsamer fort: »Ich … lerne ein bisschen Deutsch. Ich bin kein guter Lerner, aber ich bin … fleißig. Ich verspreche.« Seine Worte kamen abgehackt und waren kaum zu verstehen, aber es trieb ihr Tränen in die Augen.

Als sie den Apparat in die Ladestation gelegt hatte, klingelte ihr Smartphone.

»Hören Sie«, sagte eine Frauenstimme, offensichtlich verärgert, »was sind Sie eigentlich für eine Polizistin? Finden Sie nichts heraus? Was ist mit Jörn passiert?«

Lena brauchte einen Moment, um zu begreifen, dass Mitchi Vogel, das alte Hippiemädchen, sie beschimpfte. »Der Tote im Königsforst – wer war das? Stecken da auch die Bilderberger dahinter?«

»Frau Vogel«, sagte Lena betont förmlich, »es ist fast Mitternacht. Ich hatte einen harten Tag.«

»Heute ist Jörn begraben worden. Wo waren Sie? Nur zwanzig Leute sind gekommen, niemand von der Polizei, obwohl es wichtig gewesen wäre.« Ihre Stimme schlug plötzlich um, wurde alt und weinerlich. »Ich muss Sie sehen. Sagen Sie mir, wo Sie wohnen, und ich bin in ein paar Minuten da.«

Nein, wollte Lena antworten, kommen Sie morgen ins Präsidium, und Sie jagen ohnehin einem Hirngespinst nach. Die Verschwörungen der Bilderberger gibt es nicht … Stattdessen sagte sie erschöpft und müde: »Weißenburgstraße, Nummer 22.«

Sie setzte sich in den schwarzen Ledersessel, in dem Robert abends seine Zeitung gelesen hatte, nachdem er Simon ins Bett gebracht hatte. Immer mehr Einzelheiten über ihre kleinen Alltagsrituale kamen ihr in den Sinn. »Robert«, sagte sie laut vor sich hin, »was ist von einem Mann zu halten, der junge Mädchen von der Straße mitnimmt? Und was von einer alten Hippiefrau, die an Verschwörungen glaubt?«

Als Mitchi Vogel kam, bat sie die alte Frau in ihre Küche. Sie trug unter einem grauen Wollmantel ein langes gelbes Kleid. Ihre grauen Haare hatte sie zu zwei langen Zöpfen geflochten. Eine rote modische Brille baumelte an einer Kette um ihren Hals.

Nun war Mitchi Vogel wieder versöhnlicher gestimmt. Eine Flasche Rotwein hielt sie in der Hand.

»Ich weiß, dass ich manchmal eine Plage bin«, sagte sie, »aber das war ich schon als Kind. Haben auch meine Männer so empfunden – alle drei, mit denen ich verheiratet war.« Sie setzte sich, und Lena stellte zwei Rotweingläser auf den Tisch. Mitchi entkorkte die Flasche und schenkte ein.

»Die Bilderberger haben auch jemanden zu der Trauerfeier geschickt. Da bin ich ganz sicher.« Sie holte ihr Telefon hervor. »Ich habe Fotos gemacht. Viele Leute sind ja nicht zu der Beerdigung gekommen. Jörns Bruder hat nicht einmal seine Kinder mitgebracht.«

Sie tranken einen Schluck Wein und nickten sich zu.

»Ich glaube nicht, dass ich mir alle Fotos ansehen kann, die Sie bei der Beerdigung ...«, sagte Lena, doch Mitchi unterbrach sie.

»Ich schicke Ihnen die Fotos gerne noch an Ihre E-Mail-Adresse, ein paar Aufnahmen müssen Sie sich aber jetzt anschauen. Ich weiß, dass Sie nicht an die Bilderberger glauben, doch da, sehen Sie! Wer ist dieser Mann auf dem Bild?«

Mitchi hielt ihr ein nagelneues iPhone hin. Drei Männer waren auf der Aufnahme zu sehen. Einer war Nolden, der Chefredakteur des ›Express‹, daneben, leicht vorgebeugt und auf einen Stock gestützt, der greise Verleger der Zeitung. Der dritte Trauergast stand ein Stück versetzt, er hatte die Hände gefaltet, als würde er tatsächlich beten.

Lena spürte, wie sie erstaunt einatmete.

»Ich meine den dritten Mann«, sagte Mitchi, weil Lena zögerte. »Er ist nicht prominent, aber so wie er dastand ... Klar, dass die Bilderberger nicht Henry Kissinger höchstpersönlich vorbeischicken ...«

David Bauer trug einen dunklen Wollmantel, er hatte sich die Haare zurückgekämmt, sodass er ihr wirklich für einen Moment wie ein Fremder erschien.

Ja, er hatte Jörn Falk gekannt, aber war das Grund genug, zu dieser Beerdigung zu gehen?

»Ich kenne den Mann«, sagte Lena. »Er ist Staatsanwalt.«

»Staatsanwalt?« Mitchi klang enttäuscht. »Leitet er die Ermittlungen? Glauben Sie nun doch nicht mehr, dass es Selbstmord war?«

»Zeigen Sie mir doch noch die anderen Bilder?«, fragte Lena, statt zu antworten.

Mitchi überließ ihr das Smartphone, damit sie durch die Fotos scrollte.

Kathy Busch stand ganz vorne am Grab. Sie trug einen schwarzen Hut, der ihr Gesicht verschattete, und tupfte sich mit einem Taschentuch die Augen ab, fast so, als wäre sie die Witwe. Auch Berit Lange war gekommen, doch sie hielt sich abseits. Mit starrer Miene blickte sie vor sich hin. Christian Falk, ganz in Schwarz mit einem weißen Hemd, hielt eine blonde Frau an der Hand, die gewiss mindestens zehn Jahre jünger war als er.

»Es war eine traurige Beerdigung«, sagte Mitchi. »Und wenn ich nichts gesagt hätte, zu Jörns Ehren, wer er gewesen ist, dann …« Sie verstummte und trank mit einem langen Schluck ihr Weinglas aus. »Ich weiß genau, dass Jörn sich nicht umgebracht hat.« Sie ergriff Lenas Hand. »Und ich weiß noch etwas … So ein Gefühl!« Sie nahm ihr Smartphone und scrollte zum letzten Bild. Da war ein Baum zu sehen, neben dem jemand stand, eine Schattenfigur; ob es sich bei der Gestalt um einen Mann oder eine Frau handelte, konnte man auf die Entfernung nicht ausmachen.

»Ich bin zweiundachtzig Jahre alt, fast dreiundachtzig«, sagte Mitchi und lehnte sich zurück. Sie lächelte matt. »Ich mache mich meistens jünger. Vielen sage ich, dass ich erst sechsundsiebzig bin, und dann muss ich aufpassen, wenn ich etwas erzähle, vom Krieg und den ersten Jahren danach … Aber ich weiß immer noch, was Liebe ist.« Sie schwieg. Das Lächeln auf ihrem Gesicht wurde tiefer. »Liebe hört mit dem Alter nicht auf. Ganz im Gegenteil! Je näher man dem Tod kommt, desto mehr weiß man, was Liebe bedeutet. Liebe ist wie Musik – die positivste, schönste Energie, die wir Menschen kennen.« Plötzlich wandte sie sich um, ließ ihren Blick durch die viel zu aufgeräumte Küche wandern, als wolle sie hier ein Zeichen von Liebe, von Partnerschaft entdecken. »Ich habe Ruben wirklich geliebt, und ich tue es noch. Ich verzehre mich Nacht für Nacht nach ihm, und dann tue ich Dinge, die … Nun ja …« Mit einem Kichern brach sie ab. »Jörn habe ich angestiftet, nach Ruben zu suchen. Ob er tot ist oder nicht. Das Buch über die Bilderberger war mir nicht halb so wichtig, wie ich getan habe. Ich wollte Ruben wiederhaben, meine letzte große Liebe auf dieser Welt.« Sie verstummte erneut und schenkte sich Rotwein nach.

Ist sie deshalb gekommen?, dachte Lena. Um über ihren Liebeskummer zu sprechen?

»Ich verstehe«, sagte Lena schließlich, als Mitchi immer noch nicht weitersprach. »Dieser Ruben, dieser Mexikaner, sein Verschwinden …«

Mitchi beugte sich vor. »Nein, Sie verstehen nicht«, unterbrach sie Lena. »Ich war eine Zeit lang fest davon überzeugt, dass Ruben tot ist, weil er etwas herausgefunden hat, das zu gefährlich war, und dann hat Jörn mir eine SMS geschrieben und mir mitgeteilt, er sei heimlich zurück nach Mexiko, schon vor ein paar Wochen. Ich habe es nicht geglaubt, und hier …« Sie tippte auf die letzte Aufnahme, die sie auf Falks Beerdigung gemacht hatte. »Hier hatte ich plötzlich das Gefühl, dass er da war, ganz nah, dass er mich sehen wollte. Deshalb hatte er sich aus seinem Versteck gewagt … und ich habe es gespürt, seine Augen auf meiner Haut.«

»Sie glauben, dass diese Gestalt hier Ihr mexikanischer Liebhaber ist?«, fragte Lena entgeistert.

Mitchi nickte heftig, dann lächelte sie. In ihren alten greisen Zügen tauchte ein Kindergesicht auf, das da seit Jahrzehnten verborgen lag. »Ja«, sagte sie leise. »Ich glaube, dass Ruben da war.« Sie vergrößerte das Bild, aber der Schatten neben dem Baum bekam nicht mehr Konturen, sondern wurde lediglich noch dunkler und verschwommener. »Finden Sie Ruben! Vielleicht weiß er, warum Jörn sterben musste.«

Eine zweiundachtzigjährige Frau, die sich nach ihrem verschwundenen Liebhaber verzehrte. Irgendwie seltsam und doch trostreich. Was hatte Mitchi Vogel zum Ausdruck gebracht? Die Liebe hörte niemals auf.

Während sie versuchte einzuschlafen, dachte Lena für einen Moment daran, wie sie diese Geschichte Robert erzählte und dass sie ihrem Vater doch mit mehr Verständnis und Sanftmut begegnen sollte.

Als sie aufwachte, hatte sie das Gefühl, mitten aus dem

Schlaf gerissen worden zu sein. Zumindest fühlte sie sich kein bisschen ausgeruht.

Es war halb acht. Mona war in der Leitung. »Hör zu«, sagte sie aufgeregt. »Ein Unfall. Henning ist mit seinem Auto verunglückt. Wir wissen nicht genau, ob er noch lebt.«

22.

Samstag, 21. November

Sie saßen sich in den Sesseln gegenüber. Er war so müde, dass ihm übel war. Am liebsten hätte er sich auf dem Bett ausgestreckt und geschlafen. Dana hielt ihm ihre linke Hand hin. »Hier«, sagte sie, »diese Hand ist mein Unglück.«

Er nahm die Hand, sie war kalt, eine schöne Hand mit glatter Haut.

»Ich verstehe nicht«, sagte er.

Sie bewegte die letzten beiden Finger. »Er hat sie mir gebrochen«, sagte sie. »Nun habe ich kein richtiges Gefühl mehr in den Fingern.« Sie lächelte gequält. »In Slowenien habe ich Geige gespielt, Tag und Nacht. Deshalb bin ich eigentlich nach Köln gekommen – zur Musikhochschule. Ich wollte ein Star werden – wie Anne-Sophie Mutter.« Sie lächelte gequält. Ihr Mund verzog sich. Für einen Moment wirkte sie wie eine Frau, die zu viele Schmerzen hatte erdulden müssen. »Aber dann ist alles anders gekommen.«

»Vor wem versteckst du dich?«, fragte er.

»Vor John«, sagte sie, »und vor Carlos. Er ist der böse Mann.«

Er sah, wie sie ihre makellose Stirn in Falten legte. »Was haben Carlos und John getan?«

Sie lauschte, als hätte sie ein Geräusch gehört, dabei war alles still. »Linda hat mir deine Nummer gegeben«, sagte sie ernst. »Kannst du mich beschützen? Ich muss das wissen.«

Sie sah ihm in die Augen. Dann, als er nicht gleich antwortete, machte sie eine vage, wedelnde Handbewegung. »Ich halte das hier nicht mehr aus. Kannst du mich mitnehmen? Weg von hier?«

»Jetzt gleich?«, fragte er. Es war halb vier in der Nacht. Wo sollten sie um diese Uhrzeit hin? Ein Hotel, das noch geöffnet hatte, würden sie in dieser Gegend nicht finden. Blieb nur der Weg nach Köln in seine Wohnung.

»Am besten«, sagte sie. »Am besten jetzt gleich, wenn du mir sagst, dass du mich beschützt.«

»Wer sind John und Carlos?«, fragte er.

»Irena«, sagte Dana. »Sie war meine Freundin in Slowenien. Ich habe gedacht, sie hat hier eine gute Arbeit, aber das stimmte gar nicht. Irena hat sich an Männer verkauft, wenn du verstehst, was ich meine?«

Er nickte. Es hatte also doch mit Prostitution zu tun – Lindas Spezialgebiet. »Wo hat Irena gearbeitet?«

»In einem grünen Haus am Eigelstein. Es ist da ganz dunkel und schmutzig. Ein schrecklicher Ort – ich bin nur einmal da gewesen«, fuhr Dana fort. »Durch Irena habe ich John kennengelernt. Er hat mir gefallen.« Sie drehte den Kopf weg, zum Fenster. Sie hatten den Vorhang zugezogen. Ihre Schatten malten sich auf dem dunkelroten Stoff ab.

Vielleicht sollten sie doch am besten sofort verschwinden, dachte er für einen Moment, für den Fall, dass ihm jemand gefolgt war, doch nein, dieser Jemand wäre dann sicherlich schon aufgetaucht.

»John ist groß und blond und charmant, er weiß immer, was richtig ist, aber er hat auch eine andere Seite.«

»Hat er dich gezwungen, auch als Prostituierte zu arbeiten?«

»Erst nicht. Ich sollte nur in den Klub gehen, ein wenig reden und Geige spielen, aber plötzlich sollte ich auch noch tanzen, und dann …« Sie betrachtete ihre linke Hand. Nur wenn man genau hinschaute, konnte man sehen, dass das obere Glied der beiden letzten Finger ein wenig deformiert war.

»Ich verstehe immer noch nicht, warum du dich vor John und Carlos verstecken musst.« Er spürte, wie ihm die Augen zufielen. Warum hatte Linda all das arrangiert – ein Versteck, die geheime Telefonnummer?

Dana fing leise an zu schluchzen. »Weil ich gesehen habe, wie diese Frau gekommen ist, am Nachmittag in den Klub. Ich habe da an der Bar gesessen, ich war krank, Fieber, ich wollte Bescheid sagen, dass ich abends nicht kommen konnte, und dann stand da diese Frau. Sie war bleich wie ein Leichentuch, sie hat gezittert. Sie hat mir ihren Bauch gezeigt, der ganz geschwollen war, und dann ist Carlos gekommen. Er war furchtbar wütend, hat die Frau angeschrien, was sie im Klub wolle. Die Frau konnte gar nichts mehr sagen. Sie ist auf die Knie gesunken. Erst habe ich gedacht, sie ist gefallen, weil sie so viel Angst vor Carlos hatte, aber das war es nicht. Sie konnte sich nicht mehr bewegen, sie hat ihre Hand gehoben, so ganz leicht, und dann ist sie gestorben. Ich hatte plötzlich einen riesigen Schrecken.« Dana schluchzte noch lauter.

Er riss die Augen auf. »Die Frau ist gestorben?«

»Ja«, sagte Dana. »Carlos hat ihr mit der Hand ins Gesicht geschlagen, aber die Frau ist gestorben. Auf dem roten Teppich genau vor der Bar. Ich habe ein paar Fotos gemacht, als Carlos und Herrmann sich über sie gebeugt haben.«

»Wer ist Herrmann?«

»Der Barkeeper, ein netter Mann. Er hatte auch ganz viel Angst.«

»Kannst du mir die Aufnahmen zeigen?«, fragte er.

»Nein, ich habe Linda angerufen. Sie hat das Smartphone mit den Fotos mitgenommen. Deshalb bin ich ja hier. Linda kannte ich von einem Interview, das sie mit mir geführt hat. Heimlich. Wegen ihrem Buch. Irena hatte ihr meine Telefonnummer gegeben.«

Er versuchte, sich zu konzentrieren. Weil es Aufnahmen einer Frau gab, die in einem Klub gestorben war, hatte Linda dieses Versteck für Dana ausfindig gemacht?

»Diese Tote?«, fragte er. »Kanntest du sie?«

»Nein.« Dana schüttelte den Kopf. »Sie war keine von den Mädchen aus dem Klub. Sie sah auch ganz anders aus, hatte lange Haare mit Rastalocken. Sie hatte eine grüne Militärjacke und eine graue, ausgebeulte Hose an, und sie war mager, ihre Haut war fast gelb, aber so sehen solche Leute aus, hat Linda gemeint.«

»Was für Leute?« Er hatte das Gefühl, dass all diese Informationen nicht zusammenpassten.

»Na, Drogenkuriere«, sagte Dana, als hätte sie die ganze Zeit von nichts anderem gesprochen. »Die Frau war ein Kurier, sie hatte wahrscheinlich Tüten mit Kokain im Bauch. Deshalb sind John und Carlos doch so gefährlich.«

Als sie angezogen auf dem Bett lagen, spürte er, wie Dana sich an ihn drückte. Er roch ihre Haut, ein Geruch wie Minze, dann murmelte sie Worte, die er nicht verstehen konnte, vermutlich weil es Slowenisch war. Er wollte sie ein Stück von sich schieben, doch stattdessen rückte sie noch näher heran und legte einen Arm um ihn.

Er musste sie beschützen. Das war er Linda schuldig.

Linda kam auch zu ihm, aber da wusste er, dass er träumte. Sie hatte ihre blonden Haare hochgesteckt und drehte sich mehrmals um sich selbst, doch während sie sich bewegte, wandte sie sich immer weiter von ihm ab, und dann winkte sie ihm zu. Ihre Hand war dunkel oder voller Blut.

Als er aufschreckte, lag Danas Hand immer noch auf ihm. Jemand war an der Tür, ein lautes Klopfen.

Er blickte auf die Uhr. Es war kurz vor elf. Durch die dichten Vorhänge fiel kaum Licht herein.

»Hallo?«, rief nun eine Frauenstimme. »Ist da jemand?«

Dass da eine Frau rief, erleichterte ihn ein wenig. »Ja?«, entgegnete er.

Dana hatte sich abgedreht und ihren Kopf in ein Kissen gegraben, als wolle sie auf keinen Fall aufwachen.

Er schlich zur Tür. Er war noch angezogen. Wie zwei Wanderer, die sich nicht mehr auf den Beinen halten konnten, waren Dana und er am frühen Morgen auf das Bett gesunken.

Vorsichtig öffnete er die Tür einen Spalt. Eine grauhaarige Frau stand da, in einem geblümten Kittel, etwa sechzig, mit einer randlosen Brille. Sie schaute ihn neugierig an. Ungefährlich – dieses Wort ging ihm durch den Kopf. Ja, von dieser Frau ging keine Gefahr aus.

»Herr Falk?«, sagte die Frau.

Er glaubte für eine Sekunde, sich verhört zu haben. Diese Frau kannte seinen Namen?

»Bitte?«, fragte er.

»Nun«, sagte die Frau. »Bleiben Sie noch länger? Eigentlich hätten Sie gestern ausziehen müssen. Das Apartment ist noch frei, aber Ihre Frau …« Sie räusperte sich. Offenbar hatte sie seine Verwirrung bemerkt. »Die Wohnung ist nur bis gestern bezahlt, und …«

»Meine Frau hat dic Wohnung auf meinen Namen gemietet?« Er keuchte auf.

»Sie hat gesagt, dass man Sie nicht stören soll. Dass Sie ein Buch schreiben, ganz im Geheimen. Wir sollen niemandem etwas sagen. Haben wir auch nicht gemacht.« Forschend musterte die Frau ihn.

»Ja«, sagte er. »Richtig – das Buch. Nein, ich ziehe heute aus. Das Buch … es ist fast fertig. Den einen Tag bezahle ich Ihnen natürlich.« Er tastete seine Hosentasche nach seinem Portemonnaie ab, doch da steckte nichts. In der Nacht hatte er seine Börse und sein Smartphone neben das Bett gelegt.

»Keine Ursache«, erklärte die Frau. »Behalten Sie das Geld, aber schicken Sie mir das Buch, wenn es fertig ist.« Sie nickte ihm zu und wandte sich ab.

Wie ein Betrunkener wankte er ins Bad und spritzte sich Wasser ins Gesicht. Er war unrasiert, graue Bartstoppeln zogen sich über sein Kinn, seine Augen waren gerötet, als hätte er zu viel Alkohol getrunken. Auch seine Rippen schmerzten wieder. Linda hatte die Wohnung unter seinem Namen gemietet. Das erschreckte ihn beinahe mehr als all die Dinge, die er in der Nacht erfahren hatte. Drogenhändler bedrohten Dana, weil sie den Tod eines Kuriers mitbekommen hatte. Konnte das alles sein? Warum war Linda nicht einfach zur Polizei gegangen? Hatte sie geglaubt, dass sie so eine heiße Story hatte, dass sie sie erst wasserdicht recherchieren musste?

»Linda«, sagte er zu seinem fahlen Gesicht im Spiegel, »du hast mich am Haken. Du hast mich da mit hineingezogen. Ist das deine Rache? Dafür, dass ich dich irgendwann nicht mehr lieben konnte?«

Er setzte sich auf den Rand der Badewanne und begrub sein Gesicht in den Händen. Er musste nachdenken. Was sollte er tun? Den Beweis, dass Danas Geschichte stimmte, hatte Linda an sich genommen – das Smartphone mit den Fotos. Aber wo war dieses Smartphone? Im Auto und im Haus hatte er nichts gefunden – kein Telefon, kein Manuskript, keine Notizen.

Mit einem leisen Knarren wurde die Tür geöffnet. Dana stand in einem weißen Unterhemd da, das ihre Brüste kaum verhüllte. Ihre Haut war schneeweiß. Sie rieb sich das Gesicht.

»Wer war das?«, fragte sie noch schläfrig.

»Die Vermieterin«, antwortete er. »Wir müssen gehen. Du musst dich anziehen.«

Sie nickte, dann setzte sie sich ohne jede Scham auf die Toilette und urinierte. Als sie sich erhob, bemerkte er das Tattoo auf ihrem Rücken. Zwei große Flügel waren da zu sehen.

»Bringst du mich weg?«, fragte sie wie ein kleines Mädchen und schmiegte sich an ihn. »Nach Hause?«

»Nach Slowenien?«

»Ja«, sagte sie. »Ich möchte nach Hause, zu meiner Mutter, nach Velenje. Meine Mutter hat immer gesagt, dass ich zu viel vom Leben will. Es ist aber ein gutes Leben, Waschmaschinen zusammenzubauen und zu wissen, wohin man gehört.«

»Deine Mutter hat recht«, sagte er. »Es ist wichtig zu wissen, wohin man gehört.« Und ich weiß es auch nicht, hätte er hinzufügen können. Seit Linda fort ist, habe ich keine Ahnung mehr, wohin ich gehöre. Eine Zeit lang habe ich es ignoriert, dieses Nichtwissen, aber nun streckt es mich beinahe nieder.

»Du könntest mitkommen«, sagte sie und hockte sich nun neben ihn auf die Badewanne. »Slowenien ist ein schönes Land, sehr grün. Es gibt viele Wälder. Magst du Wälder?«

Er betrachtete ihre Brüste, schöne, junge Brüste, deren Brustwarzen sich unter dem Stoff deutlich abzeichneten. »Ich bringe dich nach Hause«, sagte er. »Ich verspreche es dir, aber vorher müssen wir noch ein paar Dinge herausfinden – über diesen Klub, über John und Carlos. Das bin ich meiner Frau schuldig.«

»Carlos wird uns umbringen«, erwiderte Dana ernst. Sie erhob sich. »Gegen ihn hast du keine Chance.«

Dana schaffte es, unbemerkt aus dem Haus zu gelangen. Er hatte den Volvo vorgefahren. Sie öffnete die hintere Tür und kroch auf die Rückbank. Zusammengekauert lag sie da, während er nach Köln zurückfuhr. Er hatte sich immer für einen hartgesottenen Journalisten gehalten, aber nun wusste er nicht, was er tun sollte. Wo sollte sich Dana verstecken, bis er ein wenig klarer sah? Ein Hotelzimmer mieten? Er überlegte, Mitchi einzuweihen, die ihn bereits dreimal angerufen hatte, aber nein, sie würde zu viele Fragen stellen.

»Wohin fährst du?«, fragte Dana von der Rückbank. Sie hatte die Augen geschlossen, als schlafe sie noch. »Bringst du mich nach Velenje?«

Er antwortete nicht.

»Jetzt noch nicht«, sagte er dann. »Ich habe eine andere Idee.«

Dana sang leise vor sich hin, offenbar auf Slowenisch, wie ein Kind, das Angst im dunklen Wald hatte und diese Angst vertreiben wollte.

»Du kannst dich hinsetzen«, sagte er. »Wir sind auf der Autobahn.« Doch sie reagierte gar nicht darauf.

Er überlegte, Kathy anzurufen. War etwas über den Tod eines Drogenkuriers bekannt geworden? Nein, wohl nicht. Solch eine Nachricht hätte die Polizei in Köln nicht geheim halten können.

Dann kam ihm ein anderer Gedanke. Was war, wenn er das Smartphone zu einem Geschäft machte, wenn er die Fotos an die Leute verkaufte, die sie unbedingt haben wollten?

»Warum hast du Linda nicht geliebt?«, fragte Dana aus dem Fond. Nun hatte sie sich doch aufgerichtet. Er sah ihr ernstes Gesicht im Rückspiegel. »Sie war so eine schöne, kluge Frau, und sie hatte einen viel schöneren Busen als ich.« Danas Augen waren auf ihn gerichtet. »John und Carlos haben sie umgebracht, nicht wahr?«

»Ich weiß es nicht«, sagte er. »Vielleicht. Wir müssen das Smartphone mit den Fotos finden und dann …« Er verstummte. Warum hatte er Linda nicht geliebt? Hatte sie diese Frage einer Frau wie Dana gestellt?

»Linda hatte auch Angst«, sagte Dana, als er nicht weitersprach. »Aber nicht Angst genug. Wie hältst du das aus, mit solchen Kerlen ins Bett zu gehen?, hat sie mich gefragt. John hat oft mit mir geschlafen. Ich habe mich geschämt. Das ist die Antwort. Ich habe mich geschämt, und ich war feige.« Sie wischte sich eine Träne von der Wange. »Wahrscheinlich wäre ich auch nie eine gute Musikerin geworden.«

»Wo hast du gewohnt?«, fragte er. »Hattest du eine eigene Wohnung?«

Sie schüttelte den Kopf. »Wir waren fünf Mädchen. Alle haben im Haus ein Zimmer. Carlos passt auf, dass wir keine Dummheiten machen – und Zita.«

»Wer ist Zita?«

»Die Hausdame – so nennt man das wohl.«

»Wo ist dieser Klub?«

»Hahnwald – gibt es einen Ort, der so heißt?«

Er nickte.

»Der Klub heißt Real Life – ein merkwürdiger Name, nicht wahr?«

Er war Journalist, aber von diesem Klub hatte er noch nie gehört.

Als sie nach Köln hineinfuhren, legte sich Dana wieder auf den Rücksitz. Wenn sie die Augen geschlossen hatte, sah sie noch jünger und verletzlicher aus.

Er hatte keinen Plan, musste er sich eingestehen. Wo sollte Dana sich verstecken?

Es war eine alte Gewohnheit, dass er zum Café Central fuhr. Einen Kaffee brauchte er, um klar denken zu können. Er steuerte eine Tiefgarage am Rudolfplatz an.

»Kannst du hier im Auto warten?«, fragte er Dana.

Sie schaute ihn an und nickte. Nun wirkte sie wieder völlig verängstigt. »Ich will nach Hause«, sagte sie. »Zu meiner Mutter.«

»Wir müssen noch ein paar Dinge erledigen, dann fahren wir.« Er stieg aus und schaute sich um. Niemand war zu sehen. Die Tiefgarage gehörte zu einem Teil zu einem Hotel, der andere war öffentlich. Mit jedem Schritt hinaus erhöhte sich seine Zuversicht. In einer Drogerie kaufte er ein paar Dinge ein: Zahnpasta, Shampoo, ein Haarfärbemittel, eine Schere, eine Damensonnenbrille, und bei einem Friseur erstand er eine blonde Perücke, die Dana ungefähr passen musste.

Dann ging er ins Café Central. Maria, seine Lieblingskellnerin, hatte Dienst. Sie lächelte ihm zu und brachte ihm sofort einen Milchkaffee.

»Na«, sagte sie, »was macht dein Buch über diese Maler, diese Bilderstürmer oder wie die heißen?«

»Bilderberger«, sagte er und nahm sofort einen Schluck Kaffee. »Ich habe die ersten Kapitel geschrieben, und nun habe ich Ärger. Jemand verfolgt mich. Ich brauche ein Zimmer. Meinst du, nebenan im Hotel Chelsea ist noch ein Zimmer frei? Es sollte aber niemand wissen, dass ich da wohne.«

»Du willst inkognito absteigen?« Sie legte den Kopf schief und betrachtete ihn herausfordernd. »Ich kann meinen Vater ja mal fragen.«

»Deinen Vater?«

»Ja«, sagte sie. »Ihm gehört das Hotel.«

Es funktionierte tatsächlich. Er hatte ein Zimmer für zwei Nächte, das Maria ihm auf ihren Namen gebucht hatte, vorgeblich für eine Freundin, die spontan aus Bochum, wo sie früher studiert hatte, nach Köln gekommen war.

Zwei Nächte, in denen Dana in Sicherheit sein würde. Das Chelsea war ein gutes Hotel mitten in der Stadt.

Eine neue Zuversicht erfüllte ihn. Es war Samstagnachmittag. Vielleicht hätte er bis Montag schon so viel herausgefunden, dass er sein Versprechen erfüllen und Dana nach Hause nach Slowenien bringen konnte.

Sie würde die Perücke aufsetzen müssen, und sie würden gemeinsam etwas einkaufen, bevor sie in das Hotel gingen.

Nichts Ungewöhnliches fiel ihm auf, als er die Zufahrt in die Tiefgarage hinunterschritt. Ein Hubschrauber war irgendwo über ihm, Verkehr rauschte um den Rudolfplatz. Ein gewöhnlicher grauer Tag in Köln.

Dana war nicht zu sehen, als er sich seinem Volvo näherte. Auch als er die Tür öffnete, zeigte sie sich nicht. Der Wagen war nicht abgeschlossen gewesen. Er beugte sich über den Fahrersitz, aber da war sie nicht. Dana war verschwunden.

23.

Henning lag im Krankenhaus in Kalk. Mona hockte in der Halle, sie war bleich und hielt einen Kaffeebecher in der Hand.

»Sie operieren ihn«, sagte sie. »Niemand gibt mir eine Auskunft.« Zum ersten Mal, seit sie zusammenarbeiteten, wirkte die stets gut gelaunte, nie verzagte Mona verzweifelt und hatte Tränen in den Augen.

»Wissen wir, wie der Unfall passiert ist?«, fragte Lena.

»Er ist von der Zoobrücke abgefahren und ist in die Leitplanken gekracht. Offenbar haben die Bremsen an dem alten Corsa nicht richtig funktioniert.«

»Wo ist der Wagen jetzt?«, fragte Lena. Unwillkürlich musste sie an ihren Fahrradunfall denken. Jemand hatte sie absichtlich angefahren – konnte bei Henning auch etwas anderes dahinterstecken als ein gewöhnlicher Unfall?

»Ich weiß nicht«, sagte Mona. »Ich glaube nicht, dass jemand sich den Wagen genauer angesehen hat.«

Eine junge Krankenschwester, deren Haare einen grünen Schimmer aufwiesen, trat mit einem Nicken auf sie zu. Offenbar wusste sie, dass da zwei Polizisten warteten. »Es ist nicht lebensgefährlich, was Ihrem Kollegen passiert ist, aber er war nicht angeschnallt. Er hat Verletzungen im Gesicht und am Brustkorb davongetragen. Sie können ihn heute nicht mehr sprechen.«

»Jemand muss seine Frau informieren«, sagte Mona, nachdem sich die Krankenschwester bereits wieder abgewandt hatte. »Die beiden leben ja nicht mehr zusammen. Sie wird es noch nicht wissen.«

Lena nahm wahr, dass auf ihrem Smartphone eine SMS eingegangen war. Sofort sah sie ihren Vater vor sich, wie er hilflos durch seine Wohnung tapste.

»I've booked my flight – Rashmi«, las sie dann. Darunter drei Smileys. Offenbar verwendete man auch auf Sri Lanka diese Zeichen. Sie musste unwillkürlich lächeln und begann zum ersten Mal, eine vorsichtige Freude zu empfinden, dass Roberts Sohn sie besuchen würde.

»Wir könnten kurz bei ihr vorbeifahren«, redete Mona weiter. »Sie wohnt in Hohenlind, in dem Haus, das Henning …« Dann verstummte sie abrupt. Eine blonde braungebrannte Frau hatte die Halle betreten, flankiert von zwei Männern, einem großen schwarzhaarigen Mann, den Lena nicht kannte, und Bohl, dem Kriminaldirektor. Bohl nickte ihnen zu, während der Schwarzhaarige und die Frau sie nicht beachteten und auf den Eingang zur Intensivstation zuhielten.

»Gut«, sagte Mona und seufzte. »Es hat sich also schon herumgesprochen. Wir sind das Fußvolk. Uns braucht man hier nicht mehr.«

Lena schaute der blonden Frau nach, sie wirkte viel zu dünn, fast magersüchtig. Anna oder Annelie, so hieß Hennings Frau. Sie musste sich eingestehen, dass sie es nicht genau wusste. Henning hatte sich angewöhnt, ihren Vornamen nicht zu nennen. Bei ihm hieß sie nur »die Frau«, wenn er von ihr sprach. Ich liebe sie noch, aber ich kann mit ihr nicht leben. Freudlos sah die Frau aus, wie jemand, der sich an ein paar Dingen zu viel abgearbeitet hatte. Lena dachte an Henning in seiner schäbigen, leeren Wohnung in Ehrenfeld, und auf einmal kam ihr der Gedanke, dass er aus einem Anflug von Verzweiflung in die Leitplanke gefahren war. Was hatte er ihr am Abend zuvor gesagt? Dass er nichts mehr zu verlieren habe und schon daran gedacht habe, seinem Leben ein Ende zu setzen. Und was war wirklich mit der Red-Bull-Dose passiert? Sie hatte es immer noch nicht herausgefunden.

Vor dem Krankenhaus verabschiedete sie sich von Mona, die mit ihrem Golf zum Präsidium fahren würde, und stieg auf ihr Fahrrad. Nun, da sie mit ihrem Damenfahrrad unterwegs war, würde sie sich noch lächerlicher machen, wenn sie irgendwo auftauchte. Ihr Vater hatte recht. Sie musste sich überwinden und wieder Auto fahren.

Hennings Corsa war bereits abgeholt worden, erfuhr sie, als sie sich die Unfallstelle ansah. Der Wagen stand in Ossendorf auf dem Parkplatz eines Abschleppunternehmens. Weiler versprach widerwillig, einen Kollegen der Technik vorbeizuschicken, der zumindest einen Blick auf die Bremsanlage werfen sollte.

»Weißt du nicht, was wir hier zu tun haben?«, fragte Weiler vorwurfsvoll. »Wir haben die Tote aus dem Königsforst mit all den Spuren, die wir auswerten müssen, und dann ist da auch noch die Frau mit den Tattoos. Immerhin wissen wir jetzt, dass auf dem Foto, das man euch anonym zugespielt hat, die Frau abgebildet sein könnte. Wir haben das Gesicht vermessen. Vor allem die unverletzte Halspartie hat uns weitergeholfen. Also, zu achtzig Prozent ist die Frau auf eurem Foto die ertrunkene Frau. Oder interessiert dich das gar nicht mehr?«

»Doch«, erwiderte Lena einsilbig. »Es interessiert mich sehr. Ich habe auch damit gerechnet.«

Ihr Herz klopfte so heftig, dass sie sich kaum auf den Verkehr konzentrieren konnte. Sie hatte sich einen Wagen von der Fahrbereitschaft geben lassen. Zweimal war sie seit dem Unfall selbst Auto gefahren, doch dabei war sie nicht allein gewesen. Henning hatte neben ihr gesessen. Er fehlte ihr nun, und das Gefühl des Verlustes war viel größer als bei ihrem Besuch im Krankenhaus, obwohl sie da noch nicht gewusst hatte, was mit ihm passiert war. Bohl hatte noch keine Anweisung gegeben, was mit ihren zwei Fällen passieren würde, nein, eigentlich hatten sie ja nur einen Fall – die Tote mit den Engelsflügeln. Zwölf weitere Hinweise waren eingegangen, die bearbeitet werden mussten. Sie hatte Mona am Telefon versprochen, sich darum zu kümmern.

Sie wusste, dass sie übertrieben langsam fuhr. Ihr Kopf schmerzte, und immer wenn sich ein Wagen an ihr vorbeischob, hatte sie das Gefühl, gleich würde wieder Blech auf Blech treffen. Die Geräusche des Unfalls, diese Wellen des Unglücks spukten ihr noch immer durch den Kopf.

Nass geschwitzt kam sie am Hochhaus der Staatsanwaltschaft an. Dabei war sie kaum vier Kilometer durch die Stadt gefahren.

Es war kurz nach zehn Uhr. Sie hatte sich nicht angemeldet, aber sie hatte Glück. David saß in seinem engen Büro in der zwanzigsten Etage. Überrascht blickte er von seinem Aktenstapel auf, als sie eintrat.

»Lena, was ist passiert?«, fragte er alarmiert und sprang gleichzeitig auf.

Sie berichtete kurz vom Unfall ihres Kollegen. »Aber deshalb bin ich nicht gekommen. Ich habe nur eine Frage: Warum warst du auf der Beerdigung von Jörn Falk?«

David sank wieder hinter seinen Schreibtisch. Er antwortete nicht sofort, sondern senkte den Blick und klappte die Akte zu, die vor ihm lag.

»Spionierst du mir nach?« Seine Stimme klang nun erheblich kühler. »Was soll diese Frage?«

»Ich will es nur wissen«, antwortete sie.

David bat sie mit einer Geste, sich zu setzen, doch sie blieb drei Schritte vor seinem Schreibtisch stehen. Ganz in der Ferne stiegen Wolken aus einem Kraftwerk auf und verteilten sich am Himmel wie auf einer grauen Leinwand.

»Ich verstehe nicht, warum du überhaupt noch ermittelst. Der Fall Jörn Falk ist abgeschlossen. Ein klarer Fall von Suizid«, erklärte David. Er zögerte einen Moment. »Aber ich werde es dir trotzdem sagen – privat, aus alter Freundschaft.« Er betonte das Wort »Freundschaft«. »Ich habe Falk nicht besonders gut gekannt, aber … seine Frau, Linda Rosen. Wir hatten eine Affäre, sehr kurz, ein paar Wochen. Du weißt, dass meine Ehe mit Hiltrud nicht sehr glücklich war.«

»Warum hast du mir nichts davon gesagt?« David war immer noch ein attraktiver Mann, sie konnte ihn sich jedoch nicht mit einer anderen Frau vorstellen, nicht bei einem heimlichen Treffen in einem Hotel, in irgendeiner Absteige.

»Warum hätte ich es erwähnen sollen? Es ist vor gut einem Jahr passiert. Linda hat mich angesprochen, sie recherchierte über organisierte Kriminalität, Zwangsprostitution. So sind wir uns eher zufällig nähergekommen. Mit Falk war sie da schon auseinander. Er hat sie wohl auch ziemlich mies behandelt.«

»Wann hast du Linda Rosen zuletzt gesehen?« Lena hatte ihr Smartphone auf stumm gestellt. Sie spürte eine leichte Vibration, jemand rief sie an, doch sie beachtete es nicht.

»Das ist eine Ewigkeit her, wahrscheinlich sechs Monate. Ich wollte meiner Ehe noch eine Chance geben.« Er zuckte mit den Achseln und schaute Lena beinahe flehend an, als müsse er sich bei ihr für diesen Fehltritt entschuldigen. »Aber kurz vor ihrem Unfall hat sie mich einmal angerufen.«

Eine SMS ging bei ihr ein, registrierte Lena. Sie zog ihr Smartphone hervor, ohne den Blick von David abzuwenden. »Und was wollte sie? Ein Treffen mit dir?«

»Nein.« Er lächelte. »Sie hatte eine Frage, eine ziemlich merkwürdige Frage. Sie hatte einen Bericht in einer Zeitung gelesen und wollte einen Hund kaufen, einen ehemaligen Drogenhund, und wollte wissen, an wen man sich da wenden muss, aber das konnte ich ihr auch nicht sagen.«

»Sie wollte einen Drogenhund kaufen, aber warum?« Lena spähte auf das Display. Weiler hatte ihr geschrieben.

»Keine Ahnung.« David stand plötzlich auf. »Was ich neulich gesagt habe … dass ich dich gerne wieder treffen würde …« Er breitete die Arme aus. »Ich verstehe ja, dass du noch immer um Robert trauerst.«

»Nein«, sagte sie. »Ich glaube nicht, dass du das verstehst.«

Abrupt wandte sie sich ab und ging auf den Flur hinaus. Die Nachricht, die Weiler geschickt hatte, bestand nur aus zwei kurzen Sätzen. »Kein normaler Unfall. Die Bremsleitungen waren angesägt.«

Der Rückweg ins Präsidium war einfacher. Sie spürte, dass sie das Lenkrad nicht mehr so sehr umklammerte und nicht mehr so intensiv schwitzte, und etwas anderes war passiert: Sie hatte eine Erkenntnis gewonnen – jemand legte sich mit ihnen an. Erst die Attacke auf sie, nun Hennings Unfall, aber warum? Worum ging es? Sie hatten keine Spur – weder im Fall Jörn Falk noch was die entstellte, tote Frau betraf, die man aus dem Rhein gefischt hatte. Und trotzdem versuchte jemand, Henning und sie aus dem Verkehr zu ziehen.

Sie schickte ihrem Vater eine SMS, um nicht mit ihm sprechen zu müssen. »Wie geht es dir? Was macht die Wunde am Kopf?« Dann setzte sie sich in ihrem Büro an den Computer.

Mona war auch an ihrem Platz. »Hennings Operation ist gut verlaufen. Wir können ihn morgen sehen, und Bohl hat dir eine Verstärkung zugesagt – einen Kollegen vom Einbruch, er kommt heute Nachmittag. Wir haben jetzt dreiundzwanzig Hinweise, was die Tote mit den Engelsflügeln angeht, aber keiner wirkt überzeugend.«

Zu dem Unfall, den Linda Rosen gehabt hatte, gab es nur eine einfache Meldung. Der Wagen war in einer leichten Kurve auf der B 265 in der Höhe der Ortschaft Wolfgarten gegen einen Baum geprallt, die Fahrerin war offenbar auf der Stelle tot gewesen, keine Defekte am Auto, kein Fremdverschulden. Ein karger, dürftiger Bericht. Der Unfall war vermutlich morgens in aller Frühe passiert.

Was hatte Linda Rosen um diese Zeit auf dieser Landstraße gemacht? Und warum hatte sie sich bei David nach einem Drogenhund erkundigt? Ihre Themen waren Frauenemanzipation, Menschenhandel, Zwangsprostitution, aber nicht Drogenvergehen.

Sie rief ein Foto im Internet auf. Linda Rosen war eine schöne Frau mit langen blonden Haaren gewesen, sie hatte spöttisch gelächelt, ihr Blick war selbstbewusst auf die Kamera gerichtet. Mit dieser Frau hatte David eine Affäre gehabt.

Als sich eine Hand auf ihre Schulter legte, zuckte sie zusammen.

»Nun ist Rettung nahe«, sagte eine Männerstimme ganz dicht an ihrem Ohr.

Verärgert wandte Lena den Kopf. Ein junger Bursche von allenfalls dreißig Jahren grinste sie an, blondes halblanges Haar, Dreitagebart und funkelnde blaue Augen, und er trug ein knallgelbes Sakko.

»Jonathan Mahlke«, sagte er und streckte ihr seine Hand entgegen, »ich bin jetzt dein Partner, schön, nicht wahr?«

»Jonathan?«, sagte sie fragend, während sie die Hand ergriff. Er drückte heftig zu.

»Ja«, erwiderte er. »Ist doch ein toller Vorname, oder? Man hat mich vor dir gewarnt, dass du schwierig bist, eine Zicke, aber keiner hat mir gesagt, dass du klasse aussiehst.«

»Man hat dich vor mir gewarnt?«

Er warf eine Mappe auf Hennings Schreibtisch und grinste sie weiter an. »Wiederholst du eigentlich immer alles, was man sagt? Bist du so eine? Ich hatte mal eine Freundin, die machte das auch – nervtötend mit der Zeit.«

Entgeistert schwieg Lena für einen Moment. Wieso hatte man ihn gewarnt? Und vor allem wer? Aber sie wagte es nicht, diese Frage auszusprechen.

»Ich habe mich schon eingearbeitet«, sagte Jonathan Mahlke und klappte die Mappe auf. »Die Frau mit dem Tattoo … Die Leute in der Kriminaltechnik haben nun ihr Gesicht rekonstruiert. Na, als Passbild geht diese Rekonstruktion nicht durch, aber wir haben ja das andere Bild. Ich wette, sie ist eine Professionelle, eine, die sich auf Sadomaso und solche Sachen versteht.«

»So, wettest du?« Allmählich gelang es Lena, ihre Fassung

zurückzugewinnen. Wen hatte Bohl ihr da geschickt? Ein Greenhorn mit einer großen Klappe? Oder jemanden, der sich doch auf gute Polizeiarbeit verstand?

»Wir müssen heute Abend ein paar Klubs ablaufen. Sollte mich wundern, wenn wir da nicht eine Spur finden. Dann lernen wir uns auch besser kennen.« Er grinste sie noch unverschämter an.

Als ihr Smartphone vibrierte, war sie beinahe erleichtert, ihm nicht sofort etwas entgegnen zu müssen. Ihr Vater schien allmählich ungeduldig zu werden, doch als sie das Gespräch entgegennahm, hörte sie eine schrille Frauenstimme.

»Waren Sie das?«, fragte Kathy Busch erregt. »Haben Sie Nolden von unserem Gespräch erzählt? Dass ich für den Verfassungsschutz gearbeitet habe?«

»Nein, wie kommen Sie darauf …«, erwiderte Lena, doch Kathy Busch ließ sie gar nicht ausreden.

»Es ist eine riesige Schweinerei … eine Gemeinheit …« Sie war so aufgeregt, dass man sie kaum verstehen konnte. »Er hat einen Tipp bekommen und mich entlassen, aber wenn Sie es nicht waren, wer soll es dann gewesen sein, verdammt? Ich glaube, Sie lügen mich an.«

24.

Fluchend rannte er durch die Tiefgarage. Verdammt, was sollte das? Wollte sie ihn zum Narren halten? Oder hatte man ihnen schon aufgelauert? Er spürte, wie ihm der Schweiß ausbrach. Wenn Dana etwas passiert war ... Er wollte sich die Einzelheiten nicht ausmalen. Am liebsten hätte er seine Waffe hervorgezogen, die in seiner Jackentasche steckte, und laut ihren Namen gerufen. Er suchte die ganze Garage ab, aber nirgendwo entdeckte er eine Spur von ihr. Kein Blut, kein verlorener Schuh. Nichts, das darauf hindeutete, dass hier vor ein paar Minuten eine Frau entführt worden war. Zwei BMW fuhren in dieser Zeit herein. Eine mittelalte Frau mit Kopftuch und ein grauhaariger, elegant gekleideter Mann von etwa sechzig Jahren stiegen aus und steuerten ohne jeden Blick für ihn den Ausgang an.

Dana war verschwunden.

Fahr nach Hause, sagte eine Stimme in ihm, sie bedeutet Ärger, soll sie sich auf eigene Faust durchschlagen. Vielleicht ist sie schon auf dem Weg zum Bahnhof oder zum Flughafen. Soll sie in Slowenien glücklich werden und alles vergessen, was sie in Köln erlebt hat.

Er kehrte zu seinem Volvo zurück. Ihre Segeltuchtasche mit ihren Sachen war noch da, und auch ihr Handy, ein altes Nokia, das einmal ihm gehört hatte, wie er mit einem gewissen Erschrecken bemerkte. Linda musste ihr das alte Mobiltelefon gegeben haben. Es war abgeschaltet.

Gab es eine Toilette in der Garage? Vielleicht hatte sie sich irgendwie erleichtern müssen, fiel ihm ein.

Er ging über die Treppe nach oben. Eine Welle von Lärm

zog über ihn hinweg. Auf dem Ring staute sich der Verkehr, jemand hupte, eine Straßenbahn rauschte den Rudolfplatz hinunter.

Fahr zurück, sagte die Stimme noch drängender in ihm, doch er ignorierte sie. Er scannte die Straße und versuchte, ein bekanntes Gesicht auszumachen oder jemanden, der sich verdächtig verhielt und ihn beobachtete.

Warum hast du Linda nicht geliebt? Wieso konnte ein Mädchen aus Slowenien, das er gar nicht kannte, ihm eine solche Frage stellen?

Hatte Linda ihr auch von Maximilian erzählt? Von ihrem Sohn, den er auf dem Gewissen hatte?

Ich habe sie geliebt, aber der Tod von Maximilian hat uns zerbrochen, danach war meine Liebe nichts mehr wert. Das wäre die Wahrheit gewesen, die er sich jedoch niemals eingestanden hatte. Nach seinem Tod hatten alle Worte, alle Gesten und halbherzigen Liebkosungen im tödlichen Schweigen geendet.

Und nun war dieses Schweigen zu Ende – nun war es, als könnte er wieder mit Linda sprechen, obwohl sie tot war.

Er versuchte, seine seltsamen Gedanken abzuschütteln. Er rannte über die Straße, passierte das alte Stadttor auf dem Rudolfplatz. Passanten eilten hin und her, jemand jonglierte mit goldenen Kugeln. Zwei Obdachlose stritten sich um einen Einkaufswagen mit ein paar Plastiktüten, und da sah er sie. Dana – sie saß im Fenster bei McDonald's, einen großen Pappbecher vor sich, und lächelte ihn an.

Musik drang aus einem altmodischen Rekorder, der Klang einer Geige. Er hatte keine Ahnung von klassischer Musik, aber selbst ihm fiel auf, dass da eine Könnerin am Werk war.

»Bach«, sagte Dana. »Bach war immer mein Lieblingskomponist.«

Sie saßen in dem Hotelzimmer, einer hübschen Dachkammer mit echten Gemälden an den Wänden, die Maria ihm organisiert hatte. Dana sprang aus ihrem Sessel auf. Sie schloss die Augen und tat so, als würde sie mit der linken Hand eine Geige halten und mit der rechten einen Bogen führen.

»Diese Aufnahme?«, fragte er. »Spielst du da?« Er war immer noch wütend auf sie. Von einer Telefonzelle hatte sie ihre Mutter in Velenje angerufen, damit die sich keine Sorgen machte, und dann hatte sie sich bei McDonald's etwas zu essen besorgt – das hatte sie zumindest behauptet.

Dana nickte, ohne die Augen zu öffnen. »Bach zu spielen ist so, als würde man auf den Grund eines klaren, wunderschönen Sees blicken.« Sie wiegte den Kopf. Dunkle Schatten lagen unter ihren Augen. Sie sah erschöpft aus, selbst wenn sie sich im Rhythmus der Musik bewegte.

Die Aufnahme war nicht sehr gut, es rauschte, und manchmal lief das Band nur unregelmäßig. Dana öffnete die Augen erst wieder, als das Stück beendet war.

»Das habe ich vor fünf Jahren gespielt – da dachte ich noch, dass ich Musikerin werden würde.«

»Du musst mir noch ein paar Dinge erklären«, sagte er. »Über John und Carlos und den Klub.«

Sie schaute ihn ernst an, dann ging sie auf ihn zu und küsste ihn auf den Mund, ein schneller, flüchtiger Kuss. »Ich bin mit zweitausend Euro in Köln angekommen. Mehr hatte ich nicht. Dann habe ich an der Musikhochschule vorgespielt, aber ich war nicht so gut, nicht gut genug. Ich habe meine Mutter angelogen. Ich bekomme Geld, habe ich gesagt, ich gebe schon Konzerte.« Sie ging zu dem Doppelbett hinüber und legte sich hin. »Ich bin eine Lügnerin. Vielleicht ist alles Gottes Strafe.«

Dana schloss wieder die Augen, und dann, wenige Momente später, hörte er sie regelmäßig ein- und ausatmen. Sie war tatsächlich eingeschlafen.

Er schaute sie an. Sie schien im Schlaf immer jünger zu werden, ja, es war, als würde sich ihr Gesicht verändern. Sie entspannte sich, und ein Kindergesicht trat zum Vorschein, sie war wahrscheinlich noch keine fünfundzwanzig.

Als sein Smartphone klingelte, drückte er den Anruf rasch weg. Ein unbekannter Teilnehmer.

Dana begann leise zu schnarchen, als er sich über ihre alte Segeltuchtasche beugte, in der sich all ihre Habseligkeiten befanden. Vorsichtig tastete er darin herum. Zwei T-Shirts, drei Slips, eine Jeans, ein blauer Kulturbeutel aus Plastik, den er, ohne ein Geräusch zu verursachen, herauszog, ein abgegriffenes Buch, das er ebenfalls herausnahm, ein Tagebuch, das mit einem Schloss gesichert war, eine Tasche mit zwei Paar Schuhen und ein iPod.

Draußen begann es zu dämmern. Schatten schienen in das Zimmer zu fließen. Nur gedämpft drang Straßenlärm zu ihnen herauf. Aus dem Hotel selbst waren keine Geräusche zu vernehmen. Er spürte, dass er hungrig wurde. Noch immer hatte er keinen Plan. Das abgegriffene Buch, erkannte er, war eine Bibel. Als er sie durchblätterte, fielen drei Fotos heraus. Die Schwarzweißaufnahme einer etwa fünfzigjährigen Frau mit kurzen lockigen Haaren, in deren Zügen man unschwer Danas Mutter erkennen konnte. Das zweite Foto zeigte ein etwa zehnjähriges Mädchen mit Zöpfen und in einem weißen Rüschenhemd, es stand auf einer Bühne und spielte mit hochkonzentriertem Gesicht Geige. Dana – offenbar bei einem Schulkonzert. Das dritte Bild war neueren Datums – auf ihm war ein etwa zwanzigjähriger Mann zu sehen, er hatte pechschwarze, halblange Haare und leuchtend blaue Augen, die irgendwie unecht aussahen. Er lächelte selbstsicher. Auf die Rückseite hatte jemand mit einem schwarzen Filzstift ein Kreuz gemalt.

Dana drehte sich auf die Seite und zog die Beine an. Er stand auf und deckte sie zu. Sie war in Tiefschlaf gesunken.

Mit dem Kulturbeutel ging er zum Fenster und öffnete ihn dort, um besser hineinsehen zu können. Als Erstes fiel sein Blick auf eine angebrochene Packung Kondome, dann auf ein Bündel Geldscheine, das mit einem Gummiband zusammengehalten wurde. Hundert-Euro-Noten, dicht an dicht – das mussten mindestens dreitausend Euro sein. Eine Zahnbürste fand er, Zahnpasta, einen kleinen, aufklappbaren Schminkspiegel, zwei Tuben Cremes, zwei Lippenstifte, eine Bürste, ein Klappmesser und einen slowenischen Pass. Dana hatte sich für das Foto ordentlich die Haare zurückgekämmt, sie schaute den Betrachter ernst, mit gefurchter Stirn an; ein Mädchen, das in eine ungewisse Zukunft blickte. Er wollte den Pass schon wieder zuklappen, als er auf den Namen blickte. Zoja Ema Golob, stand da, geboren am 23.3.1993 in Velenje.

Sie hatte ihm einen falschen Namen genannt. Wieder spürte er Zorn in sich aufwallen. Was war das für ein merkwürdiges Spiel, das sie spielte? Er legte die Sachen möglichst unauffällig in die Segeltuchtasche zurück.

Dann ging er ins Bad. Mit der Schere, die er in dem Drogeriemarkt gekauft hatte, begann er an seinen Haaren herumzuschnippeln, dann färbte er sie, ungeschickt und sicher nicht so, wie man es eigentlich machen sollte.

Als er fertig war, blickte ihn ein Mann mit blonden Strähnen und einer Frisur, die man für künstlerisch halten konnte, im Spiegel an. Obwohl er sich keine Mühe gegeben hatte, sich leise zu verhalten, war Dana nicht aufgewacht. Sie lag da, mit dem schlafenden Gesicht eines Engels, und atmete tief ein und aus. Nein, sie täuschte ihm ihren Schlaf nicht vor. Er schrieb ihr einen Zettel, bevor er hinausging. »Warte hier auf mich. Bin bald zurück.«

Er ging ins Café Central hinunter und trank einen schwarzen Kaffee. Maria war nicht mehr da, ein anderes Mädchen, das er nicht kannte, bediente nun. Es war fast neunzehn Uhr. Es sollte ganz einfach sein. Er wollte sich dieses Real Life anschauen. Konnte die Geschichte stimmen, die Dana ihm ansatzweise erzählt hatte? Doch im Internet fand er nichts – keinen Nachtklub, der Real Life hieß, nicht den kleinsten Hinweis auf solch ein Etablissement. Nach den anderen Namen brauchte er gar nicht zu suchen: Carlos und John reichten als Angaben nicht aus, um jemanden zu finden. Ihm fiel auf, dass er nichts hatte, was Danas Geschichte glaubhaft machte – nichts als ihre Angst und die Tatsache, dass Linda tot war. Nein, er hatte noch etwas anderes: Dana hatte von Irena erzählt, einer Freundin aus Slowenien, die in einem Bordell am Eigelstein gearbeitet hatte.

Während er durch das kalte, abendliche Köln lief, überkam ihn ein Gefühl der Fremdheit, als würde er sich durch eine Filmkulisse bewegen, als hätte diese ganze Stadt, durch die er sein halbes Leben gehastet war, um irgendwelche Storys zu finden, nichts mehr mit ihm zu tun. Er war herausgefallen.

Er überlegte, Nolden anzurufen. Wenn es einen Nachtklub mit Namen Real Life gab, dann würde er es wissen. Stattdessen wählte er Kathys Nummer. Er dachte an ihre weiße, schöne Haut. Sie hatten miteinander geschlafen. »Ich will dir Glück bringen«, hatte sie gesagt, und plötzlich begriff er, dass sie in ihn verliebt war, schon eine ganze Zeit, und dass er es nicht bemerkt hatte. Ich will dir Glück bringen. So einen Satz hatte Linda ihm nie gesagt.

Als Kathy ihren Namen sagte, unterbrach er die Verbindung. Nein, er würde ihr nichts von Dana erzählen können.

Zwanzig Minuten später war er am Eigelstein angekommen. Samstagabend. Es herrschte eine Menge Betrieb. Hier war Köln noch lauter und bunter, eine Gegend jenseits des Bahnhofs, in dem es mitunter etwas wilder und rüder zuging. Messerstechereien und Überfälle waren nicht selten. Gab es hier ein Bordell? Er erinnerte sich nicht, davon gehört zu haben.

Er lief in eine winzige dunkle Gasse hinein – Im Stavenhof – und musste gar nicht lange suchen. Das Haus war lindgrün gestrichen, und aus einem hell erleuchteten Glaskasten neben dem Eingang lächelten ihn zwei nackte Frauen an, die ihre Brüste mit einem roten und weißen Zylinder bedeckten. Die eine war rothaarig, die andere wasserstoffblond, keine Schönheiten, eher gewöhnliche Frauen, die sich zu grell geschminkt hatten und deren Posen ungeschickt affektiert wirkten. »Irena und Vanessa erwarten Sie! Lassen Sie sich verwöhnen!«, stand in roter Schrift unter den Fotos.

25.

Jonathan Mahlke nervte sie durch seine penetrant gute Laune. Am Telefon, während er die Liste derer abtelefonierte, die glaubten, Hinweise zu der Frau mit den Engelsflügeln geben zu können, war seine Stimme dröhnend laut, und dann wollte er sie tatsächlich zu einer Tour durch verschiedene Klubs überreden.

»He, wir sollten uns besser kennenlernen«, sagte er, als er ihr Zögern bemerkte. »Teams leben vom Teamspirit – das weiß doch jeder.« Er grinste, wie einer, der wusste, dass er jedes Ziel erreichte.

Zuerst fuhren sie in einen Klub in die Südstadt. Es war erst kurz nach neunzehn Uhr, viel zu früh also. Jonathan zeigte dem Barkeeper nachlässig das Foto von der Tattoo-Frau, und als der den Kopf schüttelte, steckte er es sofort wieder ein und bestellte zwei Caipirinha. Dann prostete er ihr zu.

Sie fühlte sich unwohl. Was sollte das Ganze? Er musterte sie, und einmal berührte er wie zufällig sogar ihr Haar.

»Kennst du den Fall ›Rosenmädchen‹?«, fragte er.

Sie nickte, aber er redete trotzdem weiter. »Da hat es vierzehn Jahre gedauert, bis man ein ermordetes Mädchen identifizieren konnte. Sie war aus Polen nach Köln gekommen und ist dann in den Niederlanden erschlagen worden. Wahrscheinlich kommt unser Mädchen auch aus dem Osten.« Er rückte näher an sie heran und trank sein Glas aus. »Ich weiß, dass du schwere Zeiten hinter dir hast«, fuhr er leiser fort. »Aber ich kann dir helfen, wieder Tritt zu fassen, ganz bestimmt.« Seine blauen Augen funkelten.

»Ich brauche keine Hilfe«, entgegnete Lena. Jedenfalls nicht von dir, fügte sie stumm hinzu, sprach die Worte aber nicht aus. Sie nippte an ihrem Cocktail. Der Alkohol tat ihr gut, er wärmte, und sie konnte ein paar unliebsame Gedanken beiseiteschieben. David Bauer und Linda Rosen – sie waren ein Liebespaar gewesen. Dieser Gedanke ging ihr jedoch nicht aus dem Kopf, sosehr sie sich bemühte.

»Jeder braucht Hilfe.« Jonathan grinste wieder. »Doch die meisten suchen sie sich an der falschen Stelle. Alkohol, Drogen, Tabletten …«

»Ich trinke nicht, und ich nehme keine Drogen oder Tabletten.« Sie hatte viel zu hastig geantwortet und ärgerte sich darüber.

»Habe ich auch nicht gesagt.« Er reagierte freundlich und kühl. »Ich habe deinen Mann einmal getroffen, vor Gericht. Da wirkte er superprofessionell und sehr freundlich, ein Einbruchsdelikt. Sein Mandant ist mit einer Bewährungsstrafe davongekommen. Habe noch gedacht: Wenn ich mal Scheiße baue, will ich auch so einen Anwalt haben.«

Sie trank ihr Glas aus und erhob sich von ihrem Barhocker. »Ich glaube, wir müssen weiter.«

Sie spürte, wie sie wütend wurde. Woher nahm sich dieser Jonathan Mahlke das Recht, über Robert zu sprechen?

Im Auto redete er ununterbrochen weiter – dass er einmal in eine Messerstecherei geraten sei, dass er sich beim Einbruch wohlgefühlt habe, aber nun beim KK 11, das sei ja eine ganz andere Nummer.

Kannst du nicht einmal den Mund halten?, hätte sie ihn am liebsten angeschrien, doch dann begann er sie nach Henning auszufragen, so intensiv, dass sie ein wenig misstrauisch wurde und beinahe den Eindruck bekam, jemand habe ihn beauftragt, solche Fragen zu stellen. Ob Henning noch mit seiner Frau zusammen sei, ob er seine Spielsucht überwunden habe.

Von einer Spielsucht habe sie nichts bemerkt, log sie. Henning sei ein prima Kollege.

»Prima?« Jonathan Mahlke lachte. »Klingt fast so bescheuert wie nett. Ein prima Kollege – was soll das denn sein?«

Sie fuhren noch zwei Klubs auf den Ringen an, doch wieder Fehlanzeige. Keiner der Barkeeper hatte die Frau gesehen. Während Lena den zweiten Klub schon verlassen wollte, lief Jonathan auf einen untersetzten muskulösen Mann zu, der eine FC-Kappe trug und an der Bar saß. Die beiden umarmten sich und sprachen gestikulierend aufeinander ein. Lena hob die Hand, zum Zeichen, dass sie sich verabschieden wollte. Einen vierten Klub musste sie mit einem Schwätzer wie Mahlke nicht mehr aufsuchen.

Auf der Straße spürte sie, wie kalt es geworden war. Zwanzig Minuten würde sie zu Fuß nach Hause brauchen, aber eigentlich musste sie noch ihrem Vater einen Besuch abstatten. Ihr Smartphone klingelte. Es war kurz nach einundzwanzig Uhr. Monas Nummer aus dem Präsidium leuchtete auf. Für einen Moment erfasste Lena die Angst, dass Hennings Zustand sich verschlechtert haben könnte.

»Lena«, sagte Mona fast flüsternd, »ich dürfte es dir gar nicht sagen, aber Bohl war vor einer Stunde höchstpersönlich hier. Er hat dir einen Brief auf den Schreibtisch gelegt.«

»Was für einen Brief?«

»Nichts Erfreuliches. Ich habe heute Nachmittag schon von anderer Seite davon erfahren. Es ist eine Vorladung. Du sollst beim Polizeiärztlichen Dienst vorstellig werden. Gleich am nächsten Dienstag um neun.«

Lena sah, wie Jonathan aus dem Klub kam. Er winkte ihr zu, ein strahlender Sonnyboy, dem nichts etwas anhaben konnte.

»Danke, dass du mich angerufen hast«, sagte sie zu Mona. Dann unterbrach sie die Verbindung. Polizeiärztlicher Dienst – man wollte überprüfen, ob sie diensttauglich war. Vielleicht würde man sie sogar zu einem Psychologen schicken. Ein Verdacht stieg in ihr auf: David – er hatte mitbekommen, dass sie zu einer Selbsthilfegruppe ging. Oder vielleicht wollte er sie auch ganz aus dem Verkehr ziehen.

Das Haus lag wie verlassen da. Kein Licht über der Eingangstür, kein Licht in der Küche. Schlief ihr Vater schon, oder saß er grübelnd oder Pfeife rauchend in der Dunkelheit, die ihn nun ohnehin umgab? Ihr fiel ein, dass sie einen Arzt hatte finden und sich über Glaukome informieren wollen, aber nein, sie könnte auch im Internet recherchieren. Wie lange dauerte es bis zur endgültigen Erblindung, und gab es keine neuen Erfindungen? Künstliche Linsen, irgendetwas, das ihrem Vater Hoffnung machen konnte? Sie hatte den ganzen Tag nicht daran gedacht.

Sie zögerte, ob sie überhaupt klingeln sollte, doch dann bemerkte sie, dass aus dem Wohnzimmer ein Lichtstrahl in die Diele fiel. Im Bett war ihr Vater also noch nicht.

Ein langer Schatten näherte sich, nachdem sie die Klingel betätigt hatte.

Jürgen Weiler öffnete die Tür. Er war Anfang sechzig und fast zwei Meter groß, ein hagerer, ausgezehrter Mann, der beste Kriminaltechniker der Kölner Polizei und seit dreißig Jahren einer der wenigen Freunde ihres Vaters.

»O Lena – schön, dich zu sehen.« Er wirkte genauso überrascht wie sie. »Ich wollte kurz mal deinen Vater besuchen. Habe neulich mit ihm telefoniert und …« Er brach ab, um sie zu umarmen.

Ihr Vater saß in seinem Sessel, ein helles weißes Pflaster auf der Stirn. Der Fernseher lief ohne Ton. Es roch nach Tabak.

»Ich wusste, dass du noch kommst«, sagte ihr Vater streng.

Lena ging auf ihn zu und küsste ihn auf die Wange. Offenbar hatten die beiden Männer ohne Licht dagesessen. Zwei leere Weingläser standen vor ihnen auf dem Tisch.

Weiler schaltete die Lampe über dem Fernseher ein. Auf dem Bildschirm lief ein Schwarzweißfilm.

»Habe ich euch bei wichtigen Männergesprächen gestört?«, fragte Lena und versuchte, belustigt zu klingen. Dabei hatte sie wirklich das Gefühl zu stören.

»Jürgen weiß Bescheid«, sagte ihr Vater förmlich. »Dass ich

blind werde, dass es keine Hoffnung gibt.« Dann räusperte er sich. Sein Blick suchte Weiler.

Sie haben nicht über ihn, sondern über mich gesprochen, dachte Lena. Es sah ihrem Vater ähnlich, dass er seine Erkundigungen einzog und wissen wollte, wie sie sich im Präsidium durchschlug.

»Ich wollte einen Rat von deinem Vater.« Weiler schien sich unbehaglich zu fühlen. Er hatte den zweiten Sessel, in dem früher immer ihre Mutter gesessen hatte, herangezogen. »Wir haben diesen Tatort im Königsforst ... die verbrannte Leiche. Es war eine Frau, vermutlich nicht älter als dreißig, wenn man sich ihren Zahnstatus anschaut. Die Obduktion hat aber nicht viel erbracht. Wir wissen nicht einmal genau, woran sie gestorben ist, aber jemand hat ihr brutal den Bauch aufgeschlitzt.«

»Bevor oder nachdem die Frau tot war?«, fragte Lena.

Weiler zuckte mit den Achseln. »Es ist kompliziert, das herauszufinden. Die Leiche ist vollständig verbrannt ... Wir vermuten, dass sie schon einige Zeit da im Wald gelegen hat, wahrscheinlich zwei bis drei Wochen ...«

»Warum sollte man einer Frau den Bauch aufschlitzen?« Lena schaute ihren Vater an.

Er hatte sich seine Pfeife wieder angezündet und starrte vor sich hin.

»Vielleicht ein Ritualmord ... Oder jemand war an Organen interessiert ...« Weiler blickte auf seine Uhr. »Ich muss gehen«, sagte er. »Morgen um sieben bin ich wieder im Präsidium. Ein Wochenende gibt es für mich nicht mehr.«

»Wir haben nun zwei Tote, die wir nicht identifizieren können«, sagte Lena. »Die Frau mit den Engelsflügeln auf dem Rücken und die Tote aus dem Königsforst. Ist das nicht merkwürdig?«

Weiler erhob sich, ohne eine Antwort zu geben. »Ich hoffe, Henning geht es bald besser ... Dein neuer Kollege ... dieser Mahlke«, sagte er, »ein cleverer Bursche, er hat nur einen Fehler: Er redet viel, manchmal sehr viel.« Weiler nickte ihr zu. Das war also eine leise Warnung, nicht zu vertrauensselig zu sein.

»Drogen«, meinte ihr Vater plötzlich, während Weiler schon an der Tür war. »Es geht um Drogen. Warum sollte man sonst einem Menschen den Bauch aufschlitzen? Das hat mit Organhandel nichts zu tun. Da würde man viel filigraner vorgehen. Es gibt Drogenkuriere, die in ihrem Magen Heroin oder Kokain transportieren. Einen ähnlichen Fall hatte die Polizei kürzlich in Holland.«

Im Taxi überfielen sie heftige Kopfschmerzen. Blitze zogen durch ihre rechte Schläfe. Es war, als würde sie Stromstöße bekommen. Wenn sie beim Polizeiärztlichen Dienst die Wahrheit sagte, würde man sie wahrscheinlich arbeitsunfähig schreiben. Aber sie hatte das Gefühl, dass sie, falls sie nun alles hinwarf, nicht noch einmal die Rückkehr ins Präsidium schaffen würde.

Wo kam eine kranke, ehemalige Polizistin unter?

Während sie sich steif und nicht eben freundlich von ihrem Vater verabschiedete, hatte Kathy Busch sie noch einmal angerufen, aber sie hatte das Gespräch nicht angenommen.

Drogen? War es auch bei Falk um Drogen gegangen? Hatte sie nicht die ganze Zeit ein zu gutes Bild von ihm gehabt, nur weil sie eine halbe Stunde mit ihm geplaudert hatte?

Kurz bevor das Taxi die Neußer Straße einbog, fiel ihr etwas ein. Sie hatte einen Fehler gemacht. Sie hatte den einzigen Zeugen, der einen Zusammenhang zwischen Falk und der Frau mit den Engelsflügeln herstellen konnte, nicht befragt.

In der Geestemünder Straße parkten Lastwagen an Lastwagen. Zu sehen war jedoch niemand, auch keine Prostituierten, die ihre Dienste anboten. Eine schmutzige, stille Straße am Rand von Köln.

Lena spürte, dass der Taxifahrer, ein älterer Mann mit einem grauen Zopf, ihr im Rückspiegel neugierige Blicke zuwarf. Was genau wollte sie um kurz vor Mitternacht in dieser Gegend?

Am Hotel Geestemünder Hof brannte nicht einmal die Leuchtreklame. Ein rostiges Wohnmobil stand genau in der Einfahrt.

Als sie Anstalten machte auszusteigen, sagte der Fahrer: »Hier werden Sie keinen antreffen. Die Bude ist abgebrannt, vor zwei Tagen. War sowieso ein übler Laden. Nichts für eine Frau wie Sie.«

Nun erkannte sie es auch – ein Berg von Schutt hinter dem Wohnmobil, verkohlte Holzbalken, ein ausgebranntes Bettgestell, ein herausgerissenes, geborstenes Fenster.

»Wissen Sie genauer, was passiert ist?«, fragte Lena den Fahrer.

Er wandte sich um. Er war viel älter, als er von hinten wirkte, sicherlich über siebzig. »Ein Feuer«, sagte er. »Brandstiftung. Wahrscheinlich hat der Besitzer die Bruchbude selbst angesteckt. Er ist aber wohl abgehauen, nach Holland oder so.«

Nein, hätte Lena beinahe erwidert, nein, das war nicht der Besitzer, das waren die Leute, die einen Journalisten und vielleicht auch eine junge Frau umgebracht haben und denen alles daran gelegen ist, jede Spur zu verwischen.

Die Nacht war wie eine Kathedrale, in der sie ganz allein saß. Sie hockte an ihrem Schreibtisch, um sie herum war alles dunkel, als würde nur noch sie wach sein. Die Kopfschmerzen hatte sie mit drei Tabletten bekämpft. Selbst auf ihrem Anrufbeantworter hatte Kathy Busch eine Nachricht hinterlassen.

»Wer, verdammt, hat mich hochgehen lassen? Niemandem habe ich erzählt, dass ich eine Informantin war – nur Ihnen.« Ihre Stimme klang schrill und verzweifelt.

Lena hatte ein weißes Blatt Papier vor sich hingelegt. Die Namen »Linda Rosen« und »Jörn Falk« schrieb sie in die Mitte. Dazu »Die Frau mit den Engelsflügeln«, »Die Tote aus dem Königsforst«. Alle vier waren auf mysteriöse Weise ums

Leben gekommen und so, dass es kaum Spuren gab. Dann schrieb sie »Kathy Busch« an den Rand – sie war enttarnt worden. Dazu kamen Hennings und ihr Unfall und die fehlende Red-Bull-Dose.

Ihr Sinn für Gefahr erwachte. Gab es zwischen all diesen Dingen einen Zusammenhang? Wenn ja, dann hatte sie es mit einem gefährlichen Gegner zu tun, aber sie hatte keine Ahnung, wie sie ihm begegnen sollte.

In Klammern schrieb sie »David Bauer«. Er war als ehemaliger Liebhaber von Linda Rosen auch beteiligt. Konnte er etwas über Kathy Busch wissen? Vermutlich schon.

Linda Rosen war der Ausgangspunkt. Bei ihr begann alles. Sie musste mehr über sie erfahren. Warum hatte sie sich nach einem Drogenhund erkundigt? Und was hatte sie auf dieser Straße in der Eifel verloren gehabt?

Sie nahm ein anderes Blatt hervor. »Suche als einen treuen Begleiter einen gutmütigen ehemaligen Polizeihund – gerne auch einen Drogenhund.« Darunter schrieb sie ihren Namen und ihre Handynummer. Diesen Zettel würde sie im Präsidium aushängen.

Es war halb zwei, als ihr Smartphone klingelte. Eine unterdrückte Nummer.

Kathy Busch schien nichts unversucht zu lassen, um ihre Wut loszuwerden.

»Tut mir leid«, sagte eine Männerstimme. »Ich konnte neulich nicht kommen … wegen der Frau mit dem Tattoo. War zu gefährlich, aber wenigstens haben Sie ja nun ein Foto.«

»Wer sind Sie?«, fragte Lena heiser. Schlagartig war sie wach.

»Ich hoffe, Sie sind noch an dem Mädchen interessiert, aber bitte seien Sie vorsichtig, vertrauen Sie niemandem …« Der Mann seufzte. »Ich melde mich bald wieder bei Ihnen. Zoja war ein wirklich nettes Mädchen. Man hätte sie nicht töten dürfen.«

Dann brach die Verbindung ab.

26.

»Wo bist du?« Danas Stimme klang panisch. »Ich bin aufgewacht, und du warst nicht da!« Sie benutzte das Telefon in ihrem Hotelzimmer. Sicherlich keine gute Idee.

»Ich muss ein paar Dinge herausfinden«, sagte er. Es war kalt auf der Straße vor dem Bordell. Ein leichter Regen fiel.

»Wo bist du?«, wiederholte Dana noch aufgeregter. Nein, sie hieß ja gar nicht Dana, fiel ihm ein. Sie hatte ihm nicht einmal ihren richtigen Namen genannt.

»Ich wollte deine Freundin treffen ... Irena«, sagte er.

»Sie ist nicht mehr da ... Ihre Mutter ist krank geworden.« Dana schien sich etwas zu beruhigen.

»Ja, das hat mir die alte Frau an der Rezeption auch erzählt.« Er bog in die Eigelstein-Straße Richtung Bahnhof ein. Ein schwarzer Mercedes mit getönten Scheiben raste an ihm vorbei. Kurz danach kam ein Polizeiwagen, langsam jedoch, offenbar nicht im Einsatz. Vor einem hell erleuchteten Wettbüro standen trotz des Regens ein paar Männer und tranken Bier aus Flaschen.

»Wann kommst du zurück?«, fragte Dana, nun mit Kleinmädchenstimme. »Ich fürchte mich ...«

»Bald«, erwiderte er unwillig. »Schalte den Fernseher an und bleib im Zimmer.« Er legte auf. Er würde Mühe haben, Dana unter Kontrolle zu halten, aber er brauchte sie noch. Die Geschichte, die sie erzählt hatte, hatte zu viele Lücken, und er musste das Smartphone mit den Fotos finden, auf dem der tote Drogenkurier zu sehen war. Danach würde er Dana höchstpersönlich nach Slowenien bringen.

Der erste Taxifahrer, den er bat, ihn ins Real Life zu fahren, schaute ihn nur mit leerem Blick an. »Kenne ich nicht.«

»Ein Erotikklub in Hahnwald«, erklärte er.

»Kenne ich nicht«, wiederholte der Fahrer und wandte sich bereits ab.

Auch die nächsten drei hatten von einem Klub mit Namen Real Life noch nie gehört. In Hahnwald gebe es zwar jede Menge Villen, aber sicherlich keinen Nachtklub.

Er spürte, wie er wütend wurde. Hatte ihn Dana schon wieder angelogen? Er überlegte, sie im Hotel anzurufen, ließ es dann jedoch. Sie waren da gewissermaßen inkognito untergekommen, und er konnte nicht riskieren, dass jemand ein Telefonat zu Dana durchstellte. Außerdem wusste er nicht, wie sie reagieren würde, wenn er sie nach der genauen Adresse fragte.

Von einem anderen Taxi ließ er sich nach Hahnwald fahren, eine ruhige, etwas abgelegene Villengegend im Süden von Köln. Als er am Hahnwaldweg ausstieg, war niemand auf der Straße zu sehen. Der Regen hatte aufgehört, doch nun war ein kalter Wind aufgekommen. Er fror. Läden und Restaurants gab es in diesem Stadtteil nicht. Die meisten Häuser lagen hinter Hecken oder Mauern verborgen und waren von der Straße nicht einzusehen. In diesem Winkel Kölns wohnten Schauspieler, Banker und berühmte Sänger, die ihre Ruhe haben wollten. Vor einigen Jahren hatte er hier einen Fußballtrainer in seinem Gartenhaus interviewt, in das Haupthaus hatte man ihn nicht hereingelassen, aber er konnte sich nicht erinnern, wo das genau gewesen war.

Ziellos lief er die verlassene Straße hinunter. Einmal kam ihm eine Frau in einem weißen Mantel entgegen, die einen riesigen Pudel ausführte. Kaum hatte die Frau ihn passiert, zog sie ein Telefon hervor, als müsse sie über ihn Meldung machen.

Er begann sich immer unwohler zu fühlen. In dieser Gegend, auf einer stillen, dunklen Straße, konnte ihm alles

Mögliche passieren. Lindas Mörder wäre er hier vollkommen ausgeliefert. Lindas Mörder … Zum ersten Mal war er ganz sicher, dass sie umgebracht worden war.

Zwei Autos fuhren die Straße hinunter, ein gelber Audi und ein dunkelgrüner Jaguar. Beide bremsten ab, als müsste der Fahrer einen Blick auf ihn werfen.

Er würde ein Taxi rufen. Den Klub – wenn es ihn denn gab – würde er durch zielloses Herumlaufen nicht finden.

Als er sein Smartphone hervorzog, bemerkte er, dass Mitchi ihm eine SMS geschickt hatte. »Wo bist du? Warum meldest du dich nicht?« Sie würde möglicherweise wissen, wo sich dieser Klub befand. Er tippte die Nummer eines Taxirufes ein, als er sah, wie ein weißer Bugatti die Straße heraufkam. Nolden! So viele Autos dieser Marke und Farbe gab es in Köln nicht. Sofort drehte er sich ab, damit sein Gesicht nicht zu erkennen war.

Der weiße Bugatti rauschte an ihm vorbei. Dann, nach etwa zweihundert Metern, leuchteten die Bremslichter auf, und der Wagen bog hinter einer hohen Hecke in eine Einfahrt ab.

Er steckte sein Smartphone ein und ging langsam die Straße hinunter. Nolden wohnte in Riehl, in einem alten, efeuumrankten Haus mit Blick auf den Zoo. Was tat er hier?

Der Bugatti parkte auf weißem Kies neben drei anderen Limousinen vor einem unscheinbaren weißen Haus. Die Fenster des Hauses waren dunkel. Zu dem Eingang führte ein schmaler Säulengang. Als er sich der schwarz lackierten Eingangstür näherte, sprangen verdeckte Lampen an. Neben der Tür hing unter einem Klingelknopf ein unscheinbares Messingschild: »Real Life – For Members only«.

Ein privater Klub – daher hatte kein Taxifahrer die Adresse gekannt.

Er überlegte zu klingeln, aber was sollte er sagen? Dass er ein Freund von Nolden war? Nein, stattdessen machte er mit seinem Smartphone ein paar Fotos. Auch die geparkten Autos fotografierte er.

Schließlich kehrte er auf die Straße zurück und begann auf und ab zu laufen. Ein weißer Lieferwagen fuhr vorbei, dann geschah gar nichts mehr. Niemand kam, niemand verließ den Klub. Es war Samstagabend, halb elf, aber hier im vornehmsten Viertel Kölns hatte das Leben scheinbar aufgehört. Die Kälte machte ihm zu schaffen. Er hätte nun einen Cognac gebraucht, irgendeinen Drink, der ihn wärmte. Hatte Linda es geschafft, in diesen Klub zu gelangen? War Kuhn vielleicht Mitglied? Diesem miesen Professor traute er alles zu. Oder gab es einen Nebeneingang, durch den man ungesehen in den Klub gelangte?

Er kehrte noch einmal in die Einfahrt zurück. Nichts hatte sich verändert. Kein Licht hinter den Fenstern, die vermutlich getönt waren. Keine Geräusche – weder Musik noch Stimmen.

Dann registrierte er die Kamera, die neben einem Scheinwerfer angebracht war, dezent, aber doch nicht ganz verdeckt. Also war es möglich, dass ihn jemand gesehen hatte.

Als sein Smartphone klingelte, hatte er plötzlich Sorge, dass man das Geräusch auch im Innern des Klubs wahrnehmen konnte.

»Warst du das?«, fragte Dana panisch. »Hast du eben an der Tür geklopft?«

Er musste sie beruhigen, dazu hatte er eingekauft: zwei Flaschen Crémant, eine Flasche Cognac, Chips, Schokolade und eine Schachtel Pralinen. Über den Crémant und die Pralinen machte sie sich sofort her. Dann fiel ihr auf, dass er seine Haare geschnitten und gefärbt hatte. Warum habe er das getan?

Er zögerte mit seiner Antwort. »Ich glaube, dass wir sehr vorsichtig sein müssen. Die Leute, die diesen Klub haben …«

»Ja«, sagte Dana. »John ist gefährlich … und Carlos auch.«

Die ersten zwei Gläser trank Dana auf ex. Er hielt sich lieber an den Cognac. Es war nach Mitternacht. Im Hotel war alles ruhig. Vermutlich hatte sich ein Gast nur an der Tür geirrt, hatte er ihr gesagt, ohne es selbst ganz zu glauben.

Er versuchte zu verstehen, wie der Klub funktionierte. Dana musste ihm mehr dazu verraten. Wer waren die Gäste? Wer die Mädchen? Und wem gehörte der Klub?

Dana hatte geduscht, sie war fast nackt. Unter ihrem Unterhemd waren ihre Brüste zu sehen. Sie trank hektisch.

»Zita und Herrmann, sie haben den Klub geführt. Sie waren immer da, und wir Mädchen, wir haben hinten im Haus gewohnt. Da gibt es einen Anbau mit vier Zimmern. Wir waren nicht wirklich eingesperrt, aber Zita hat immer wissen wollen, wo wir hingehen. Einen Tag in der Woche hatten wir frei – montags. Unseren Pass hat Zita behalten. Damit wir keine Dummheiten machen, so hat sie es gesagt. Aber wir waren ganz legal da – keine krummen Sachen, hat John jedenfalls gesagt.« Sie lächelte matt.

»Und wer waren die anderen Mädchen?« Er gönnte sich ein volles Wasserglas Cognac. Der Alkohol brannte in seiner Kehle, er spürte, wie ihn Zuversicht und Wärme erfüllten.

»Wir waren fünf Mädchen. Ella und Simja waren Zwillinge, sie kamen aus Ungarn und haben fast gar nicht geredet. Mara war, glaube ich, Deutsche, sie war eine Zicke. Am besten habe ich mich mit Ronja verstanden. Sie war aus Polen, irgendwo bei Warschau.«

»Und was genau haben John und Carlos gemacht?«

Dana hatte die erste Flasche geleert. Ihre Augen waren gerötet. Sie fuhr sich durch ihr Haar und leckte sich über die Lippen. Er konnte sich plötzlich vorstellen, wie sie in diesem Klub agierte, dass sie ein perfektes Spiel der Verführung beherrschte.

»John hat aufgepasst. Er hat uns Angst gemacht. Wir dürften mit niemandem über unsere Gäste reden, wir seien ganz besondere, exklusive Mädchen … so etwas …«

»Und Carlos?«

»Carlos hat gar nicht mit den Mädchen gesprochen, wir waren Luft für ihn. Er hat nur mit John und Zita geredet, aber als diese Frau vor unseren Augen gestorben ist … da hat er die Befehle gegeben, und ich habe gesehen, dass alle Angst vor ihm hatten, Zita und Herrmann …« Sie nahm die leere Crémantflasche und warf sie in eine Ecke. »Ich will nach Hause!«, rief sie, plötzlich erzürnt. »Ich will davon nichts mehr wissen … gar nichts mehr!« Sie stieß auf Slowenisch einen Fluch aus, und ihr Gesicht verzerrte sich.

Er streckte die Arme nach ihr aus, doch sie stieß ihn weg.

»Was willst du von mir?«, schrie sie ihn an. »Du bist auch so einer … so einer wie alle Männer.«

Er bedeutete ihr, still zu sein. Einen lautstarken Streit mit ihr – das konnte er nun ganz und gar nicht gebrauchen.

»Ich will nach Hause!«, schrie sie. »Ich will das alles vergessen … mein verfluchtes Leben und alles.«

Er sprang auf und nahm sie in den Arm. Erst wehrte sie sich, doch dann lehnte sie sich an ihn und begann zu weinen. Tröstend strich er ihr über die Wange. Ihr Körper zitterte, sie stammelte Worte, die er nicht verstand. Er meinte »draga Máma« herauszuhören. Ja, wahrscheinlich rief sie ihre Mutter an. Sie war jung, keine fünfundzwanzig, und statt eine große Karriere als Musikerin zu machen, war sie in einem Edelbordell gelandet.

»Morgen buche ich uns einen Flug nach Slowenien«, flüsterte er ihr zu. »Versprochen! Aber hast du eine Ahnung, wo Linda das Smartphone versteckt haben könnte? Mit den Fotos, die du gemacht hast?«

Sie schluchzte und schüttelte den Kopf. Dann begann sie ihn auf die Wange zu küssen, und ihre Hände knöpften sein Hemd auf.

»Nein«, sagte er und wehrte ihre Hände ab. »Ich glaube nicht, dass das eine gute Idee ist.«

27.

Wo hatte sie das gelesen? Manche Menschen leben, als wäre immer Nacht, als wäre ständig nur Dunkelheit um sie herum. So kam sie sich vor. Sie konnte nicht einschlafen. Mitten in der Nacht stand sie auf und hörte Rashmis Nachricht auf dem Anrufbeantworter ab. Es tat ihr gut, seine fröhliche Stimme zu hören. Seine Stimme war das Licht, das ihr fehlte. Früher, vor einer halben Ewigkeit, hatten Robert und Simon dieses Licht gebracht, schlicht und ganz unspektakulär, weil ihr gemeinsamer Alltag harmonisch gewesen war.

Gegen sechs Uhr, nach allenfalls drei Stunden Schlaf, verließ sie die Wohnung und fuhr mit dem Rad ins Präsidium. Sie kopierte ihren Aushang »Suche Polizeihund« und befestigte ihn am Eingang und vor der Kantine an den Schwarzen Brettern. Noch waren die Gänge verwaist, nur Ralf Wiegand saß schon in seinem Büro. Sie konnte sehen, dass er Fotos vor sich ausgebreitet hatte: die Leiche aus dem Königsforst. Er wandte sich zu ihr um. Müde blickte er sie über seine Hornbrille an.

»Ich kann nicht schlafen«, sagte er. »Sie verfolgt mich.« Er deutete auf ein Foto.

Lena nickte.

»Wir haben nichts«, fuhr Wiegand fort. »Keinen Namen, keine Spur. Da ist jemand wie vom Himmel gefallen.«

»Warum hat man der Frau den Bauch aufgeschnitten?«, fragte Lena.

Wiegand hob die Hände. »Wir wissen es nicht. Die Rechtsmediziner kommen nicht weiter. Die Leiche ist komplett verbrannt. Wir kennen nicht einmal die genaue Todesursache.

Vielleicht war es ein Perverser, der sich an ihr vergangen hat. In Schweden hat es einen Mann gegeben, der hat Frauen vergewaltigt, und dann hat er seine Hände in ihre Eingeweide gelegt, um sich zu wärmen. Hinterher hat er seine Opfer mit Benzin übergossen und angesteckt.« Er griff nach seiner schmutzigen Kaffeetasse, auf der »Big Boss« stand.

»Oder es ging um Drogen«, sagte Lena. »Die Tote war ein Drogenkurier.«

»Möglich«, sagte Wiegand. »Jedenfalls vermisst sie niemand.«

Genau wie die Frau mit den Engelsflügeln, dachte Lena. Sie holte sich einen Kaffee, dann ging sie in ihr Büro. Den Brief, der auf der Tastatur ihres Computers lag, legte sie achtlos beiseite.

»Zoja« war ein albanischer, bulgarischer oder tschechischer Name, fand sie bei Google heraus. Er bedeutete »wie Maria« oder auch »Dame, vornehme Frau«. Eine »Zoja« war nirgends in der Vermisstenkartei registriert.

Ein Mädchen aus Slowenien – das mochte ein Grund sein, warum niemand die Frau kannte. Nein, eine Person gab es doch, die etwas über Zoja wusste, der Anrufer aus der Nacht. Sie legte Mona einen Zettel hin, möglicherweise ließ sich herausfinden, woher der Anruf stammte, und dann bat sie ihre Assistentin noch, zu recherchieren, was mit dem Hotel passiert war, in dem sie Falk gefunden hatten. Vielleicht gab es ja Informationen darüber.

Bevor sich ein gut gelaunter, lärmender Jonathan Mahlke an Hennings Schreibtisch setzte, hatte sie das Präsidium wieder verlassen.

Sie würde sich krankmelden, nahm sie sich vor, für ein oder zwei Tage, aber erst einmal musste sie wissen, ob Henning auf dem Weg der Besserung war.

Mit einem Dienstpassat fuhr sie zum Krankenhaus. Es funktionierte schon besser, am Steuer zu sitzen, sagte sie sich. Kaum Herzrasen, kein Schweißausbruch. Doch dann, auf der

Rheinuferstraße, kreuzte ein etwa zehnjähriger blonder Junge in einer dunklen Regenjacke die Straße. Er hielt einen roten FC-Schal in der Hand und ließ ihn wie eine Fahne im Wind flattern. Dabei lächelte er ganz versunken, als gäbe es nur ihn und seine Fahne.

Für einen Moment war es, als wäre Simon wieder da – er war von den Toten zurückgekehrt. Alles war nur ein böser Traum gewesen.

Jemand hupte hinter ihr. Sie würgte den Wagen ab. Sie hatte links abbiegen wollen. Panik stieg in ihr auf. Der Junge war verschwunden, hatte sich in Luft aufgelöst, und sie bekam den Passat nicht wieder in Gang. Ein Autofahrer, der knapp an ihr vorbeizog, zeigte ihr den Vogel. Zwei andere stimmten ein wütendes Hupkonzert an.

Erst als die Ampel auf Rot gesprungen war, konnte sie den Motor wieder starten. Ihr Herz schlug ihr bis in den Hals hinauf, und die Kopfschmerzen waren blitzartig zurückgekehrt. Langsam ließ sie den Passat auf den Radweg rollen. Sie schloss die Augen. Hatte sie sich eingebildet, Simon zu sehen, oder war da wirklich ein Junge über die Straße gelaufen? Sie wusste es nicht.

Aus ihrer Tasche klaubte sie eine Ibuprofen und schluckte die Tablette trocken hinunter.

Ein lautstarkes Scheppern ließ sie drei lange Atemzüge später zusammenzucken. Ein Radfahrer, der erzürnt auf ihr Dach geschlagen hatte, drehte sich nach ihr um und drohte ihr mit der Faust.

Sie ließ den Motor wieder an. Als sie fünf Minuten später das Krankenhaus betrat, hatte sie sich ein wenig gefasst. Das redete sie sich zumindest ein.

Henning war auf ein normales Krankenzimmer verlegt worden. Er lag mit geschlossenen Augen da. Beinahe hätte sie ihn nicht erkannt. Sein Kopf war bandagiert, eine Gesichtshälfte war rötlich blau geschwollen, auf der anderen klebten zwei große Pflaster, die fast die ganze Wange bedeckten.

Hilflos setzte sie sich neben ihn. Es war kurz vor neun. Jemand hatte ein Foto auf Hennings Nachttisch gestellt. Seine blonde, ausgemergelte Frau und drei halbwüchsige Kinder, zwei Jungen, die wie Zwillinge aussahen, und ein Mädchen mit hüftlangen Haaren. Henning hatte seiner Frau den Arm um die Schulter gelegt. Doch während die Kinder alle lächelten, blickte die Frau ganz starr vor sich hin.

Ihr Smartphone klingelte. Unbekannte Nummer. Als sie ihren Namen nannte, wurde gleich wieder aufgelegt. Der Unbekannte aus der Nacht? Aber warum hatte er nichts gesagt?

Henning hatte die Augen geöffnet. Er schaute sie an, mit einem vagen, unsicheren Blick, als müsse er sich erst vergewissern, wer da saß. Dann hob er langsam eine Hand, in der eine Kanüle steckte.

»Hab Schwein gehabt«, krächzte er. »Eine Rippe hätte sich beinahe in die Lunge gebohrt.«

Sie beugte sich über ihn. »Zum Glück«, sagte sie. »Wir haben uns Sorgen gemacht, Mona und ich. Was war das für ein Unfall?«

Er schloss kurz die Augen und machte dann eine vage Handbewegung, die wohl bedeuten sollte, dass er etwas trinken wollte. Sie hielt ihm einen Plastikbecher mit einem Strohhalm hin. Er sog langsam etwas Wasser ein.

»Keine Ahnung«, sagte er dann. »Die Scheißkarre hat nicht mehr gebremst. Ich war gar nicht so schnell, vielleicht fünfzig, nein, nicht mal ... und die Handbremse ... die hat sowieso nicht richtig funktioniert ... Eine verdammte Schrottkiste ...« Er stöhnte. »Ich habe mir ein paar Rippen gebrochen und bin mit dem Kopf gegen das Lenkrad geknallt. Der Gurt funktioniert auch nicht mehr richtig.«

Er wusste noch nicht, dass die Bremsleitungen angesägt waren, fiel ihr ein.

»Gibt es etwas Neues?«, fragte er. »Im Präsidium?«

»Ja«, sagte sie. »Ich weiß jetzt den Vornamen der Frau. Unser Unbekannter, auf den wir neulich nachts gewartet haben, hat mich angerufen … und noch etwas.« Sie berichtete, was Weiler über den Corsa herausgefunden hatte. »Jemand hat es auf uns abgesehen – auf dich und mich.«

Er schaute sie an, als hätte er sie nicht verstanden. Seine Pupillen zuckten hin und her. Medikamente, dachte sie, seine Reaktionen sind verzögert, weil man ihn mit Schmerzmitteln vollgepumpt hat. Sein Blick glitt zu dem Foto auf dem Nachttisch.

»Lydia war hier, meine Tochter. Sie hat mir das Foto mitgebracht. Ist sieben Jahre her. Damals …« Er beugte sich vor, als wolle er das Foto ergreifen, doch dann sank er wieder kraftlos zurück. »Was soll das?«, fragte er mit festerer Stimme. »Wieso hantiert einer an meinem Auto herum? Wir haben doch nichts, keine Spur von der Frau mit dem Tattoo.«

»Vielleicht doch«, sagte Lena. »Vielleicht haben wir etwas und sehen es nur nicht.«

Henning schloss die Augen wieder. Die wenigen Worte hatten ihn angestrengt. »Diese Dose, die verschwunden ist …«, flüsterte er. »Glaub bitte nicht, dass ich das war. Das halbe Präsidium kann da gewesen sein.« Dann atmete er, als wäre er wieder eingeschlafen.

»Wer?«, fragte sie sanft. »Wer war noch in der Kriminaltechnik?«

Henning reagierte nicht sofort. »Ich muss nachdenken«, sagte er. »Es war ein Schock … dieser Unfall. Ich habe so viel falsch gemacht.« Er öffnete die Augen wieder. Nun stand ein Funkeln in ihnen, regelrechte Panik. »Weißt du … ich habe meine Tochter angesehen, sie ist jetzt neunzehn, und ich habe gedacht, dass ich Mädchen in ihrem Alter mit in meine Wohnung genommen habe … Manchmal, wenn ich nachts aufwache, ekele ich mich vor mir selbst.«

Um nichts erwidern zu müssen, reichte sie ihm den Plastikbecher mit dem Wasser. Er trank wieder.

»Du hast gesagt, dass du Kollegen bei Weiler gesehen hast«, versuchte Lena das Thema zu wechseln.

Er nickte. »Ich glaube nun doch, dass du recht hast. Auch an der Geschichte mit dem Journalisten stimmt etwas nicht.« Er atmete tief ein. »Gib mir einen Zettel. Ich muss nachdenken, ich schreibe dir auf, wen ich gesehen habe, und du musst Weiler fragen. Weiler muss es wissen.«

»Weiler glaubt, dass du es warst, der die Dose genommen hat.«

Henning begann zu husten, dann krümmte er sich vor Schmerzen zusammen. »Ich beginne ein neues Leben«, sagte er einen Moment später, leise und heftig um Luft ringend. »Wenn ich hier herauskomme, mache ich alles anders. Ich nehme keine Mädchen mehr mit, nie wieder.«

Lena strich ihm über die Hand, dann ging sie.

Mahlke erwischte sie, als sie in Euskirchen auf dem Schrottplatz nach dem Unfallwagen von Linda Rosen suchte. Der Schrotthändler hatte ihr nur eine vage Richtung gewiesen.

»Da hinten – der schwarze Golf. Totalschaden.«

»Meine Schöne …«, sagte er leicht spöttisch. Sie zuckte zusammen. Er rief von Monas Apparat an, weil er geahnt hatte, dass sie sonst das Gespräch nicht annehmen würde. »Ich habe Sehnsucht nach dir. Wo bist du?«

»Ich bin krank«, erwiderte sie. »Hat Mona dir das nicht gesagt? Außerdem ist Wochenende.« Irgendwo hinter ihr ging eine Säge an, ein helles, ohrenbetäubendes Kreischen erklang. Eilig drückte sie sich hinter eine Wand, die aus alten Kühlschränken bestand, die man in Viererreihen aufgeschichtet hatte.

»Ja«, sagte er spöttisch, »ich höre, du liegst gemütlich auf einem Sofa, trinkst einen Tee, ganz in Ruhe. Aber wenn du krank bist, warum bist du dann mit einem Dienstwagen unterwegs?«

»Hör zu, Jonathan …« Dem Geräusch der Metallsäge konnte sie kaum entgehen. »Ich muss etwas regeln, ganz privat. In drei Stunden bin ich zurück im Präsidium.«

»Schon in Ordnung.« Nun gab er sich versöhnlich. »Wir brauchen dich hier. Es gibt einen Hinweis, dass unsere Tote vom Straßenstrich an der Bonner Straße stammt. Ein Mädchen von dort hat sich gemeldet. Kann also sein, dass sie einem Zuhälter in die Quere gekommen ist. Bis später.« Er legte auf.

Sie brauchte zehn Minuten, bis sie den Wagen fand. Die Vorderseite war komplett eingedrückt. Linda Rosen musste mit hoher Geschwindigkeit gegen den Baum gerast sein.

Plötzlich stand der Schrotthändler neben ihr, ein rothaariger Mann mit einem struppigen Backenbart, dessen schmutzig blauer Overall sich um seinen Kugelbauch spannte. »Suchen Sie auch nach dem Laptop? Der Mann der Fahrerin war hier … hat unbedingt den Laptop haben wollen.«

Mit dem Mann war offenbar Jörn Falk gemeint.

»Und hat er den Laptop gefunden?«

»Erst war er nicht im Auto, dann doch … merkwürdige Sache.«

»Der Mann ist ebenfalls tot«, sagte Lena. »Er hat sich umgebracht – oder er wurde ermordet.« Sie ging um den Golf herum. Auf der linken Seite am vorderen Kotflügel war Lack abgeplatzt. Sie strich mit dem Finger über die Stelle und ertastete eine kleinere Beule. »Dieser Schaden hier … kann der etwas mit dem Unfall zu tun haben?«

Der Schrotthändler beugte sich vor. »Nee«, sagte er. »Die ist frontal gegen den Baum, aber das muss vorher passiert sein.«

»Oder jemand hat sie geschnitten und von der Straße gedrängt.« Sie dachte an ihren Unfall – ein schwarzer SUV hatte auf sie gewartet. Wenn so ein Gefährt einen Golf rammte, konnte man leicht die Kontrolle verlieren.

Der Schrotthändler schaute sie an. »Daher ist also die Polizei hier – weil die Sache nicht ganz koscher ist.«

Sie nickte. »Lassen Sie bitte den Wagen noch ein paar Tage hier stehen. Ich schicke jemanden von unserer Technik vorbei, der sich das ansieht.« Weiler würde begeistert sein, wenn sie ihm wieder einen privaten Auftrag erteilte.

Dann besah sie sich noch den Innenraum des Golfs, ohne jedoch etwas von Bedeutung zu finden. Vielleicht, dachte sie, sollte sie auch noch einen Drogenhund anfordern, der sich den Wagen vornahm, aber dann würde das halbe Präsidium mitbekommen, dass sie auf eigene Faust ermittelte.

Als sie vorsichtig nach Köln zurückfuhr, fiel ihr der Brief ein, der auf ihrer Computertastatur gelegen hatte. Nachher würde sie ihn öffnen müssen. Wut überkam sie. David … Seit sie zurück im Präsidium war, schien er sie zu beobachten. Sie nahm ihr Smartphone hervor und rief ihn an. Er hob nach dem zweiten Klingeln ab.

»Lena«, sagte er. »ich hoffe, du bist nicht mehr wütend wegen …«

»Ich muss ein paar Dinge wissen«, unterbrach sie ihn. »Über diese Linda … sie hat Falk verlassen. Kennst du den Grund?«

»Da war dieser Professor – Richard Kuhn, aber ich bin mir nicht sicher, ob er wirklich der Grund war. Falk war einfach ein Arschloch, egozentrisch, unberechenbar.«

Und du?, hätte sie beinahe gesagt. Was genau hattest du mit Falks Frau?

»Lena«, sagte er eindringlicher, »der Fall ist geschlossen. Du solltest deine Zeit nicht …«

»Ich weiß, dass ich dir die Vorladung zum Polizeiärztlichen Dienst verdanke, David. Deine aufdringliche Art von Fürsorge konnte ich schon als Sechzehnjährige nicht ausstehen.«

Sie unterbrach die Verbindung. Als er eine Minute später anrief, nahm sie das Gespräch nicht an.

Nachdem sie den Dienstpassat vor dem Präsidium geparkt hatte, fühlte sie einen heimlichen Stolz, dass sie fast ohne Herzklopfen nach Euskirchen und zurück gefahren war. Robert, sagte sie stumm, siehst du – es geht weiter, Schritt für Schritt, und wenn Rashmi kommt, werden wir einen richtigen Ausflug machen. Mit einem Mietwagen den Rhein entlang.

Dass ihr Zettel nicht mehr am Schwarzen Brett hing, fiel

ihr erst auf, als sie bereits ein gutes Stück vorbeigelaufen war.

Tatsächlich – jemand hatte den Zettel abgerissen. Unter den beiden roten Reißzwecken, die sie benutzt hatte, hingen noch Papierreste. Sie hatte ihren Zettel ganz vorne platziert, drei Meter hinter dem Eingangsbereich, den der Mann an der Pforte auf seinen Bildschirmen noch im Blick hatte. Der grauhaarige Alte, der da saß, arbeitete gewiss schon mehr als zwanzig Jahre am Empfang. Er war früher bei der Bundeswehr gewesen, er hieß Kurt oder so ähnlich, aber natürlich würde sie ihn nicht fragen können, ob er jemanden bemerkt hatte, der einen Zettel an sich genommen hatte.

Noch bevor sie den Fahrstuhl betreten hatte, rief sie ihren Vater an. Er meldete sich gereizt und erwiderte kaum ihren Gruß.

»Nun brauche ich deine Hilfe«, sagte sie. »Du kennst doch Kurt, diesen alten Mann im Präsidium an der Pforte, oder nicht?«

28.

Sonntag, 22. November

Er stand auf der Brücke, ein Zug ratterte hinter ihm, aber das nahm er gar nicht richtig wahr. Er war barfuß, und es war kalt, er fror, und dann sah er auf und konnte seinen Augen nicht trauen, ein Elefant schwebte da über dem Fluss, an seinem roten Rüssel hing ein roter Luftballon. Ein fliegender Elefant – er wusste, dass es ein Zeichen war. Er musste springen, in den Fluss hinunter und ertrinken.

Schweißgebadet wachte er auf. Dana lag in ihrem weißen Unterhemd neben ihm. Es war fünf Uhr zehn, erkannte er auf dem Radiowecker auf dem Nachttisch.

Großer Gott – er hatte vom Ertrinken geträumt.

Am Abend nach Maximilians Tod war er ziellos und auf einmal wieder völlig nüchtern durch die Stadt gelaufen, nachdem er Linda beteuert hatte, dass er nichts dafür konnte, dass er einfach eingeschlafen war, aber sie hatte kein Wort mit ihm geredet, hatte ihn nur mit ihrem Hass gestraft.

Schließlich war er irgendwann, als es schon dunkel geworden war, auf der Südbrücke gelandet und hatte in den Fluss gestarrt. Er würde sich umbringen, diesen Gedanken hatte er gehabt, er würde sich in den Rhein stürzen, wahrscheinlich würde er nicht sofort sterben, nicht vom Aufprall, obwohl es gut und gerne fünfzehn Meter waren bis zur Wasseroberfläche, doch die Strömung würde ihn in die Tiefe ziehen, dem Fluss entkam niemand, und bis die Wasserschutzpolizei oder irgendein Schiffer ihn entdeckt hätten, wäre es längst zu spät.

Fast zwei Stunden hatte er da gestanden und eine Zigarette nach der nächsten geraucht, misstrauisch beäugt von einigen wenigen Passanten, die gelegentlich die Brücke überquerten.

Dann hatte seine Feigheit gesiegt. Er würde weiterleben, und ja, eine Zeit lang hatte er sich sogar mit Linda arrangieren können. Der Kinderarzt hatte ihr gut zugeredet – plötzlicher Kindstod komme vor, da sei niemand schuld.

Fröstelnd ging er ins Bad und erleichterte sich. Dana richtete sich kurz auf und schaute ihn an, aber so schlaftrunken, dass er sicher war, dass sie ihn nicht wirklich bemerkte. Sie war noch ein halbes Kind, sie vertraute auf ihre Reize, sie hatte tatsächlich mit ihm schlafen wollen, gewissermaßen aus Dankbarkeit, weil er ihr Retter geworden war.

Um acht Uhr weckten ihn die Glocken einer nahen Kirche. Es war Sonntag, fiel ihm ein. Dana hockte in dem einzigen Sessel und sah ihn an.

»Schlafmütze«, sagte sie beinahe zärtlich. »Gehen wir irgendwo frühstücken?«

»Ja«, sagte er, »aber nur, wenn du dir die Perücke anziehst.«

Sofort sprang sie auf, nahm ihre Sonnenbrille und zog die Perücke auf, um vor dem Spiegel herumzuposieren.

»Mit der Sonnenbrille sehe ich beinahe wie ein Star aus Frankreich aus. Findest du nicht auch?« Sie kam zu ihm und küsste ihn auf die Wange.

Für einen kurzen Moment waren sie tatsächlich wie ein Liebespaar, er, ein älterer Mann, der ein junges Mädchen aus einer Bar mitgenommen hatte.

»Wohin fahren wir?«, fragte Dana ein wenig später, als sie zu seinem Volvo gingen.

»Eine Überraschung«, sagte er lächelnd.

»Oh!« Sie nahm die Sonnenbrille ab und zog einen Schmollmund. »Ich liebe Überraschungen!«

Als er zum Flughafen einbog, stieß sie einen schrillen

Schrei aus. »Kaufst du mir ein Flugticket?«, fragte sie atemlos. »Fliegen wir heute nach Hause?«

»Nein, noch nicht«, sagte er. »Wir frühstücken, und dann muss ich noch etwas erledigen.«

Nun war Dana enttäuscht. Sie frühstückte lustlos, Kräutertee, einen Orangensaft, ein Croissant, während er nur schwarzen Kaffee trank.

Das Gefühl, beobachtet zu werden, stellte sich wieder ein, doch immer wenn er den Kopf herumwarf und versuchte, jemanden in der Menschenmenge zu erspähen, der ihn im Blick hielt, traf er nur auf arglose Gesichter.

An einem Geldautomaten hob er tausend Euro ab und mietete bei Europcar einen geschlossenen Van mit einem Seitenfenster für zwei Tage, den er bar bezahlte.

»Was hast du vor?«, fragte Dana. »Willst du umziehen?«

»So etwas Ähnliches«, antwortete er.

Als sie mit dem Van in die Stadt zurückfuhren, war Danas Stimmung wieder in den Keller gesunken.

»Dieses Real Life«, sagte er, »ist ein privater Klub. Wie kommt man da hinein? Was muss man tun?«

Sie zuckte mit den Achseln. »Weiß nicht. Die Männer haben alle Geld, ja, klar, und einige mögen besondere Spiele. Mit Masken und so. Zwei habe ich auch fesseln müssen. Erst wusste ich gar nicht, wie das geht, aber Zita hat es mir gezeigt.«

Das war nicht die Antwort, die er hören wollte.

Er fuhr zu seiner Wohnung in die Mainzer Straße. Eine Matratze und ein paar Decken lud er in den Wagen, dann noch ein Radio und seine alte Nikon, mit der er früher für den ›Express‹ Fotos geschossen hatte, wenn Nolden ihm keinen Fotografen als Begleitung bewilligt hatte. Dann kaufte er ein paar Tüten Kekse, Zigaretten, Cola und Mineralwasser.

»Was soll das?« Dana wurde immer missgelaunter.

»Du musst dir deinen Flug nach Hause verdienen«, sagte er. »Heute Abend. Wir legen uns auf die Lauer.«

»Auf die Lauer? Was heißt das?«

»Wenn du mir schon nicht mehr über diesen Klub sagen kannst, dann will ich selbst so viel wie möglich herausfinden.«

Mitchi schickte ihm wieder eine Nachricht über die Bilderberger, die er nicht beantwortete.

»Bilderberger? Sagt dir das etwas?«, fragte er Dana. »Hast du dieses Wort schon einmal gehört?«

Wenn er Mitchi nach dem Klub gefragt hätte, wäre sie wahrscheinlich auch da mit ihren Bilderbergern gekommen – als könnte so ein Klub eine geheime Station für sie sein. Aber das war wahrscheinlich Unsinn. Drogen – es ging um Drogen, sonst wäre dieser Kurier nicht dort aufgetaucht.

»Bilderberger?« Dana schaute ihn mit großen Augen an. »Sind das Maler oder was?«

Gegen neunzehn Uhr machten sie sich auf, um nach Hahnwald zu fahren. Aus dem Volvo hatte er die Beretta mitgenommen. Er würde sie nicht gebrauchen können, trotzdem verlieh sie ihm ein Gefühl von Sicherheit.

Dana zeigte sich kratzbürstig. »Ich will das alles nicht! Hätte ich deine Frau bloß nie kennengelernt und wäre bloß nicht da gewesen, als diese Schlampe kam, dieser Kurier.«

Er hörte gar nicht zu. Er fand einen Parkplatz fast genau vor der Einfahrt zum Klub, nicht optimal, um zu fotografieren, aber für ein paar Fotos würde es reichen.

»Sollen wir hier den ganzen Abend herumhocken?«, fragte Dana, während sie im Laderaum saßen und er ein Tuch vor dem Seitenfenster befestigte, um von außen nicht gesehen zu werden.

»Den Abend und die ganze Nacht, wenn es sein muss. Ich will sie sehen, diesen Carlos und deinen John.«

»Es ist nicht mein John.« Dana trank den Crémant aus der Flasche. Der Alkohol würde sie eine Weile bei Laune halten.

Draußen war es kalt und regnerisch, sodass sich nur wenige Menschen auf den Straßen aufhielten. Drei ältere Ehepaare, die ihre Hunde ausführten, zwei Kinder auf Fahrrädern mit Sporttaschen auf den Gepäckträgern.

Zum Klub fuhren bis halb zehn nur drei Autos, die er alle fotografierte. Ein schwarzer BMW, ein Porsche und ein SUV. Noldens Bugatti war nicht dabei.

Der Sonntag war ein schlechter Tag, um auf der Lauer zu liegen. Da waren die meisten Männer brav bei ihrer Familie, kochten gemeinsam oder saßen vor dem Fernseher.

Dana grummelte vor sich hin. »In Velenje könnte ich ein Geschäft aufmachen – ich verkaufe Schokolade, die beste Schokolade des Landes, und ich könnte Geigenunterricht geben. Du solltest mich einmal spielen hören – ich kann spielen, wirklich.«

»Ja«, sagte er. »Ich glaube es dir.« Sie hatte anscheinend schon vergessen, dass sie ihm ein Band vorgespielt hatte.

»Was willst du eigentlich mit den Fotos machen?«, fragte sie dann. »Wenn du weißt, wie John und Carlos aussehen?«

»Ich kenne gern meine Gegner«, sagte er.

»Gegner!« Sie äffte das Wort nach. »Du bist kein Gegner für einen Mann wie John.«

»Wenn wir wüssten, wo dein Smartphone mit den Fotos ist, die du von dem Drogenkurier gemacht hast, dann wäre alles einfacher.« Sie begann, ihm auf die Nerven zu gehen.

Sie erwiderte nichts, nahm die Flasche Crémant, trank sie aus und schleuderte sie so heftig gegen die Wand, dass der Van erzitterte.

»Spinnst du! Sollen alle Nachbarn mitkriegen, dass wir hier drin sind?«

»Mir egal.« Sie nahm die zweite Flasche und öffnete sie. »Ich weiß nichts von einem Versteck. Linda hat das Smartphone mitgenommen. ›Das ist unsere Lebensversicherung‹, hat sie gesagt. ›Ich kenne einen Platz, den keiner kennt. Nur mein Mann hat da auch mal was versteckt.‹«

Er wandte sich abrupt um und starrte in die Dunkelheit im Van hinter sich, in der Dana hockte. »Das hat sie gesagt? Einen Platz, den keiner kennt. Warum verrätst du mir das erst jetzt?«

»Ist mir eben erst eingefallen.« Er hörte, wie sie trank, dann flammte ein Feuerzeug auf, und sie steckte sich eine Zigarette an.

»Du kannst draußen rauchen, wenn es sein muss!«, fuhr er sie an.

»Du bist ein Scheißkerl!«, zischte sie. »Du willst mir gar nicht helfen.«

Seit einer Stunde war kein Auto mehr auf den Parkplatz gefahren. Es war dreiundzwanzig Minuten nach zweiundzwanzig Uhr.

»Ich sehe mich ein wenig um«, sagte er. »Du bleibst hier. Es dauert nicht lange. Gibt es einen Hintereingang? Kommt man da irgendwie ungesehen ans Haus heran?«

Sie schnaubte nur, statt zu antworten.

Vorsichtig öffnete er die Hecktüre. Sofort fiel ein wenig Licht von einer Laterne herein. Dana saß auf einer Decke und musterte ihn, dann hob sie kurz die Hand. Ihre Lider waren auf Halbmast, sie war schon einigermaßen betrunken.

Leise schloss er die Tür. Niemand näherte sich dem Van. Er überquerte die Straße und bog in die Einfahrt hinein. Kurz blieb er stehen, um Autos, die auf dem weißen Kies geparkt waren, zu fotografieren. Diesmal hielt er sich jedoch außerhalb des Radius der Kamera auf, die über dem Eingang hing. Aus dem Haus drang wiederum kein Geräusch. Nun jedoch erkannte er, dass von innen Blenden angebracht waren. Neben der Eingangstür brannte eine künstliche Fackel, die ein wenig Licht spendete. Er wandte sich nach rechts. Eine hohe Hecke schloss an die weiße Hauswand an – und da gab es eine schmale hölzerne Pforte.

Als er die Klinke herunterdrückte, sprang die Pforte geräuschlos auf. Ein gutes Zeichen, dachte er. Mit der rechten Hand umklammerte er die Beretta. Aus einem Impuls zog er sie hervor und entsicherte sie.

Hinter der Pforte kam ein schmaler Kiesweg, der sich weiß im kargen Licht abzeichnete. Zum ersten Mal hörte er Geräusche – leise Musik, eine Frau sang, ein Klavier begleitete sie. Rechts des Wegs lag eine Rasenfläche, erkannte er, dann leuchtete ein Liegestuhl in der Dunkelheit auf.

Er spürte, wie sein Herzschlag sich beschleunigte. Warum tat er das?, fragte er sich unwillkürlich. Was, verdammt, glaubte er, hier herauszufinden? Dana hockte in dem Van und betrank sich, Linda war tot, ob Unfall oder Mord – spielte es wirklich eine Rolle?

Ja, sagte er sich, es spielte eine Rolle.

Er wischte sich über die Stirn, und dann hörte er es: ein kaum wahrnehmbares Klappen, als sei eine Tür geöffnet worden. Ein Lichtstrahl fiel auf etwas, das er bisher für die Rückwand des Hauses gehalten hatte.

Einen Wimpernschlag später preschte ein gedrungener Schatten auf ihn zu, beinahe lautlos. Der Schatten begann erst zu knurren, als er ihn schon fast erreicht hatte. Ein riesiger Hund schnappte nach seinem Bein und erwischte ihn lediglich an der Hose, weil er sich im richtigen Moment umgedreht hatte.

Panik erfasste ihn. Rückzug – er musste verschwinden, so schnell wie möglich. Er trat mit dem rechten Bein aus, um den Hund abzuwehren, aber der Köter zerrte an der Hose und knurrte immer lauter.

»Verfluchtes Scheißvieh!«

Er hatte plötzlich, ohne jeden Gedanken die Beretta hervorgezogen und sah das Licht, das auf sie fiel. Der Knall, der ertönte, überraschte ihn selbst. Eigentlich spürte er nur, wie ihm Schweiß in die Augen lief. Ein kurzes Jaulen erklang, dann war er frei, konnte laufen, ohne dass der Hund an seiner Hose zerrte.

Seine Beine gehorchten, ein schneller Schritt nach dem anderen.

Sollte er die Beretta wegwerfen? Diesen Impuls spürte er. Seine rechte Hand schmerzte auf einmal. Nein, besser nicht.

Vor der hölzernen Pforte wäre er beinahe ins Stolpern geraten. Er rannte weiter. Hastige Schritte auf weißem Kies. Vorbei an den Autos. Niemand zeigte sich. Er hörte lediglich sein eigenes Keuchen und sein wild pochendes Herz.

Dann schon saß er hinter dem Steuer des Van und fingerte am Zündschloss. Krachend legte er den Gang ein und raste die Straße hinunter.

Dana schrie hinter ihm im Laderaum und hämmerte mit den Fäusten gegen die Rückwand. Ohne Licht fuhr er los. Beinahe hätte er eine Katze gestreift, die vor ihm die Straße passierte.

Erst als er die Rheinuferstraße erreicht hatte, beruhigte er sich ein wenig. Sein Gesicht war schweißnass, seine Hände zitterten.

Verdammt, er hatte einen Hund erschossen – ein Riesenvieh, das ihm jemand auf den Hals gehetzt hatte.

Dana schrie und fluchte ohne Unterbrechung. Am Hauptbahnhof hielt er an und befreite sie.

»Was soll das, du Scheißkerl!«, schrie sie ihn an und stieß einen Fluch aus, den er nicht verstand. »Ich habe Angst gekriegt. Ich dachte, da entführt mich jemand.«

»Es ist alles gut«, sagte er atemlos und machte Anstalten, sie zu umarmen, doch sie wich vor ihm zurück. Sie roch nach Alkohol. Sie war genauso verschwitzt und aufgelöst wie er. »Wir sind davongekommen, aber ich glaube, ich habe einen Hund erschossen.«

29.

Am Dienstagmorgen um acht Uhr dreißig sollte sie sich bei Frau Doktor Marion Wohlfahrt beim Polizeiärztlichen Dienst zu einer Konsultation einfinden. Das Wort »Konsultation« war fett gedruckt. Blieben ihr nur noch drei Tage. Keine besonders lange Galgenfrist.

David hatte ihr noch eine SMS geschickt, während sie mit Mahlke zum Straßenstrich im Kölner Süden aufgebrochen war. »Du irrst dich. Ich habe mit dieser Vorladung nichts zu tun. D.«

Sie löschte die Nachricht sofort und antwortete ihm nicht.

Ihre Befragung von drei Frauen auf dem Straßenstrich erwies sich als der erwartete Fehlschlag. Eine glaubte, die Frau mit den zwei Engeltattoos zu kennen, die beiden anderen aber waren sich sicher, sie nie zuvor gesehen zu haben. Jonathan Mahlke ließ ihn ein paar Kopien des einzigen Fotos da, das sie besaßen, dann fuhren sie wieder zurück.

Sie hatte ihm noch nicht gesagt, dass sie einen Vornamen für die unbekannte Tote hatte. Auch den geheimnisvollen Anrufer hatte sie bisher nicht erwähnt.

Sie mochte ihn nicht – sein spöttisches Lachen, sein unentwegtes Reden, seine unangebrachte Neugier. Er hatte sie tatsächlich gefragt, wie alt ihr Sohn gewesen war, als er starb.

Beinahe hätte sie ihn ins Gesicht geschlagen.

»Wir könnten heute Abend unsere Klubtour fortsetzen«, sagte Mahlke, kurz bevor sie das Präsidium erreicht hatten. Es war siebzehn Uhr und wurde bereits dunkel. »Aber diesmal privat, nur du und ich.«

»Was soll das heißen?«, fragte Lena. Einen Abend allein mit ihm – ein wirklich abwegiger Gedanke.

»Ich weiß, dass du Sorgen hast«, erwiderte er, »und mir geht es auch nicht gut.« Zum ersten Mal, seit sie ihn kannte, wirkte er nicht aufgesetzt fröhlich. »Ehrlich gesagt fehlt mir jemand, mit dem ich reden kann. Meine Freundin hat mich vor drei Monaten verlassen. Sie ist nach New York gezogen, arbeitet dort als Maskenbildnerin an einem Musicaltheater. Na ja, richtig gut lief es zwischen uns beiden in den letzten Monaten wirklich nicht.«

»Ich habe keine Zeit«, sagte Lena. »Tut mir leid«, fügte sie hinzu, um Mahlke ein wenig versöhnlicher zu stimmen.

Er schaute sie von der Seite an. Er war nicht rasiert, sein Dreitagebart wurde allmählich grau, also musste er doch schon ein gutes Stück über dreißig sein. Seine braunen Augen funkelten sie an. »Ich weiß, dass du noch in Sachen Falk weiterermittelst. Du glaubst nicht, dass er sich umgebracht hat, nicht wahr? Aber du solltest mich einweihen. Ich könnte dir helfen.«

»Nein«, log sie ihn an, »ich ermittele nicht mehr. Ich muss zu meinem Vater. Er ist krank.«

»Ich hoffe, es ist nichts Ernstes. Jeder hier verehrt den großen Georg Larcher. Ich bin ihm ein-, zweimal begegnet, da war ich noch …« Er verstummte, während er auf den Parkplatz neben dem Präsidium einbog. »Ich würde dich wirklich sehr gerne besser kennenlernen«, sagte er völlig ernst.

Als sie mit dem Fahrrad die Berrenrather Straße hinauffuhr, glaubte sie, ihren Augen nicht zu trauen. Ein alter, dunkelgrüner Jaguar schlich an ihr vorbei. Kurz vor einer Ampel beschleunigte der Wagen und passierte die Kreuzung bei Rot. Ihr Vater war anscheinend verrückt geworden.

Sie traf ihn vor dem Haus an, während er seinen Wagen auslud.

»Bist du von allen guten Geistern verlassen?« So wütend auf ihn war sie lange nicht gewesen. Zum letzten Mal, als er sich nur widerwillig um ihre todkranke Mutter gekümmert hatte.

Er hob eine Kiste Wein aus dem Kofferraum und musterte sie durch die dicken Brillengläser seiner neuen Hornbrille. Auf seiner Stirn klebte nun ein kleineres Pflaster. »Dachte mir schon, dass du das auf dem Rad warst«, sagte er mürrisch und ging an ihr vorbei ins Haus.

Er hatte eingekauft – Konservendosen, Tüten mit Nudeln und Brot stapelten sich auf dem Küchentisch.

»Ich musste mal raus«, sagte er. »Mir fiel die Decke auf den Kopf.«

»Für Männer wie dich, die nicht mehr richtig sehen, gibt es so gewisse Autos – mit kleinen gelben Schildern auf dem Dach, auf denen ›Taxi‹ steht. Kapiert? Du hättest jemanden anfahren können, ein Kind …« Sie erschrak über ihre Worte und verstummte abrupt.

»Ist ja nichts passiert«, grummelte er. »Ich hatte heute einen guten Tag. Es war, als würde ich durch eine schmutzige Glasscheibe sehen. Wirklich, ich habe mich gut gefühlt, völlig sicher.«

Sie ging ihm ins Wohnzimmer nach. Er setzte sich in seinen Sessel und steckte sich eine Pfeife an.

»Versprich mir, dass du das Auto abmeldest. Ich kann dich fahren, aber … Ein Unfall, der unsere Familie zerstört hat, reicht ja wohl …«

Er beugte sich vor und strich ihr über die Hand. »Ich verspreche es«, sagte er ungewöhnlich sanft. »Es war meine letzte Fahrt. Der Wagen ist über zwanzig Jahre alt. Als ich das erste Mal mit ihm zum Präsidium gefahren bin, haben sie Fotos von mir gemacht, eines davon ist sogar im ›Express‹ erschienen. ›Der Kommissar und sein Jaguar‹.« Er lächelte. »Die Zeit ist wie im Fluge vergangen. Auch deine Mutter hat den Wagen gemocht, und wenn man eine Kassette mit klassischer Musik eingelegt hat, war es, als würde man in einem Konzertsaal sitzen.« Er seufzte.

Ja, so hatte sie ihren Vater auch gesehen: als stattlichen Polizisten in einem großen Wagen, dem niemand etwas anhaben konnte.

»Der Mann an der Pforte heißt übrigens Klaus, nicht Kurt«, sagte ihr Vater. »Er hat schon im alten Präsidium am Waidmarkt für die Polizei gearbeitet. Eigentlich wollte er Philosoph werden, er hat über Feuerbach promoviert, bei einem Kölner Professor, der einen Buckel hat … Na, ich komme jetzt nicht auf den Namen.«

»Der Alte hat promoviert?« Lena war aufgestanden und holte aus der Küche eine angebrochene Flasche Rotwein. Dann nahm sie zwei Gläser aus einem Schrank im Wohnzimmer.

»Manchmal sieht man den Leuten nicht an, wie klug sie sind. Wie kommt ein verhinderter Philosoph zur Kölner Polizei? Wahrscheinlich steckt eine Frau dahinter. Vermute ich jedenfalls.«

Sie schenkte ihrem Vater ein Glas Rotwein ein. Er besah sie mit einem wohlwollenden Blick, der sie bereits wieder ärgerte. Ja, sie spielte die gute Tochter, weil sie etwas von ihm wollte, und er wusste es genau und genoss es.

»Hast du ihn gefragt, ob er gesehen hat, wer den Zettel abgerissen hat?«, fragte sie, nachdem ihr Vater wieder verstummt war.

»Wie viele Zettel hast du eigentlich aufgehängt?«, fragte er. »Und warum?«

»An der Kantine hing noch einer, aber der ist ebenfalls abgerissen worden. Und warum? Die tote Journalistin hat sich nach einem Drogenhund erkundigt. Ich gehe ihren letzten Spuren nach. Möglicherweise hat jemand sie von der Straße gedrängt, und es war gar kein Unfall.« Sie berichtete kurz von ihrem Besuch auf dem Schrottplatz.

»Du handelst ohne Auftrag und Absprache«, sagte ihr Vater. »Zu meiner Zeit hätte es das nicht gegeben. Wir haben immer im Team gearbeitet, und wenn jemand nicht ins Team gepasst hat, musste er eben gehen. So einfach war das.«

Er schwieg. Die wenigen harmonischen Minuten, die es mit ihm geben konnte, waren offenbar wieder vorbei.

Er ist doch nur ein herrischer, alter Mann, dachte sie, der obendrein als Autofahrer jetzt noch zu einer Gefahr für die Allgemeinheit wurde.

»Und?«, fragte sie ein wenig gereizt. »Hat dieser Klaus etwas beobachtet?«

Ihr Vater trank und lächelte. »Klaus mag mich. Ich habe ihm auch einmal Geld geliehen. Ich glaube, er konnte eine Zeit lang seine Miete nicht bezahlen. Nein, er hat nichts beobachtet. Dazu hat er gar keine Zeit, aber er hat sich die Bänder angesehen, im Schnelldurchlauf, und er hat mir etwas geschickt, ganz inoffiziell natürlich.«

»Was genau hat er dir geschickt?«

»Ein Foto – an meine E-Mail-Adresse.«

Sie hatte bisher gar nicht gewusst, dass ihr Vater eine private E-Mail-Adresse besaß. Ihr jedenfalls hatte er noch nie eine E-Mail geschickt.

»Hast du dir das Foto schon angesehen?«, fragte sie.

Ihr Vater schaute sie verwundert an. »Wie könnte ich? Ich bin ein wenig durch die Stadt gefahren – am Rhein entlang, bis nach Zündorf. Da war ich Kaffee trinken.«

Er war also viel länger mit dem Auto unterwegs gewesen, aber das interessierte sie für den Moment nicht.

»Wo kann ich das Foto sehen?«, fragte sie.

»Gleich.« Ihr Vater machte eine beruhigende Geste. »Wir müssen oben in mein Büro an den Computer gehen.«

Sie zog ihr Smartphone hervor. »Gib mir deine Adresse und dein Passwort. Du kannst es ja morgen wieder ändern.«

»Nein«, sagte er. »Ich schicke es dir.« Er stand auf und ging schwerfällig aus dem Raum. Sie hörte, wie er die Treppe hinaufstieg, und fragte sich, was er in seinem Dachzimmer, das er Büro nannte, noch immer so trieb. Es war ihm zuzutrauen, dass er sich da alte Fälle ansah, die er penibel archiviert hatte.

Kathy Busch hatte ihr abermals eine SMS geschickt, erkannte sie, als sie auf ihr Display blickte.

»Wer, verdammt, ist der Verräter?«, stand da. »Wenn Sie es nicht sind?«

Ihr Vater ließ sich Zeit. Nach fünf Minuten war immer noch keine E-Mail bei ihr eingegangen. Konnte er nun auch die Tastatur seines Computers nicht mehr erkennen?

Dann aber kam die Nachricht, ordentlich mit »Foto 1« deklariert.

Dieser grauhaarige Klaus mochte ein verhinderter Philosoph sein, aber er verstand sein Handwerk. Aus dem Überwachungsband hatte er den perfekten Ausschnitt ausgewählt. Ein Mann mit zurückgekämmten Haaren, der einen modischen Blazer und Jeans trug, hatte bereits eine Hand zum Schwarzen Brett ausgestreckt, während er sich forschend umsah.

Sie spürte ein kurzes Erschrecken. Bisher hatte Jonathan Mahlke den coolen, souveränen Kollegen gemimt, auf diesem Bild jedoch stand ihm die Aufregung ins Gesicht geschrieben.

»Na«, sagte ihr Vater, während er schnaufend wieder in seinen Sessel sank, »hilft dir das Foto?«

»Ja«, entgegnete sie leise, ohne ihren Blick von dem Display zu heben, »ja, es hilft mir sehr.«

Wieso entfernte Mahlke einen harmlosen Zettel vom Schwarzen Brett? Sie konnte sich keinen Reim darauf machen. Und wieso hatte Linda Rosen einen alten Drogenhund haben wollen? Es ergab keinen Sinn. Sie musste mehr über Mahlke herausfinden, und auch ihr Vater versprach, sich umzuhören. Er hatte noch exzellente Kontakte ins Präsidium. Irgendwo musste es einen Zusammenhang zwischen Hennings und ihrem Unfall, dem Verschwinden der Red-Bull-Dose und diesem abgerissenen Zettel geben. Sie war sich beinahe sicher, dass Jörn Falk die Lösung gewusst hätte. Sie würde sich das Haus in Fühlingen noch einmal anschauen müssen und seine zweite Wohnung in der Mainzer Straße, in die sie bisher keinen Schritt gesetzt hatte. Aber offiziell könnte sie das nicht bewerkstelligen.

Den Schatten, der vor ihrer Haustür wartete, bemerkte sie erst im letzten Moment.

Kathy Busch trat auf sie zu. »Ich muss Sie sprechen«, sagte sie. »Dringend.« Sie hatte sich eine Kapuze über den Kopf gezogen.

»Kommen Sie mit hoch«, sagte Lena.

Jedes Mal, wenn sie in ihre Wohnung kam, fürchtete sie die abgrundtiefe Stille, die ihr entgegenwehte. Sie schloss auf und ging in die Küche voraus.

»Sie leben allein?«, fragte Kathy Busch. Als sie ihre Kapuze abstreifte, konnte Lena sehen, dass sie ihr langes Haar geschnitten hatte. Die neue Frisur ließ sie mager und abgehärmt erscheinen.

»Mein Mann und mein Kind sind tot – ein Autounfall«, erwiderte Lena, selbst davon überrascht, wie emotionslos sie klang.

Kathy Busch setzte sich, ohne etwas zu entgegnen.

»Wir können Wein trinken oder Tee«, sagte Lena. »Aber vielleicht ist Wein besser. Sind Sie gekommen, um mir Vorwürfe zu machen? Ich weiß, was Sie denken, aber ich habe Sie nicht verraten.«

Kathy Busch schaute sie an. »Ich bin am Ende«, sagte sie. »Aufgeflogen – buchstäblich. Jemand hat Nolden einen Tipp gegeben. Erst hat er sich ganz freundlich erkundigt, was ich denn so vom Verfassungsschutz halte. Natürlich habe ich gelogen. Ich habe auch noch abgestritten, mich mit irgendwelchen Leuten eingelassen zu haben, als er mich schon konkret befragt hat. Hätte ich vielleicht nicht tun sollen.«

Lena schob ihr ein Glas Rotwein hin, das sie sofort ergriff und zum Mund führte.

»Ich hatte gedacht, ich hätte mein altes Leben hinter mir gelassen, und nun das! Nolden hat mir ein Foto hingelegt, auf dem ich zu sehen war. Mit militanter Kurzhaarfrisur und Lederjacke bei einem Aufmarsch in Halberstadt. Scheiße, da war ich geliefert.« Sie trank wieder. Ihre Augen fixierten Lena, aber nun wirkte ihr Blick flehend, hilfesuchend. »Und das alles nur, weil ich in einen Typen verliebt war, der bei diesen Leuten mitgemacht hat, und meine Eltern schockieren wollte.«

»Es tut mir leid«, sagte Lena, »aber ich habe damit nichts zu tun. Warum auch sollte ich Ihnen schaden wollen?«

Kathy zuckte mit den Achseln. »Deswegen bin ich nicht gekommen. Es geht um Jörn. Mir lässt sein Tod keine Ruhe. Ich habe ein wenig recherchiert, auch bei der Polizei. Wenn man bei einem Blatt wie dem ›Express‹ arbeitet, gibt es ein paar Kontakte.« Sie griff in die hintere Tasche ihrer Jeans und zog einen zerknickten Umschlag hervor. »Diesen Brief habe ich heute bei Jörn aus dem Briefkasten geangelt. Ich habe einen Hinweis bekommen. Da hat die Polizei richtig schnell gearbeitet.« Sie nickte Lena auffordernd zu, sich das Schreiben anzusehen. Der Umschlag war bereits geöffnet.

Es handelte sich um einen Bußgeldbescheid. Jörn Falk, geboren am 14.3.1972, wohnhaft in der Mainzer Straße 12, war am 24.11.2015 auf der Zoobrücke genau achtzehn Kilometer zu schnell gefahren. Dem Bescheid lag ein Foto bei. Jörn Falk saß am Steuer, neben ihm eine junge blonde Frau, die genau wie er geradewegs in die Kamera blickte.

»Mit dieser Frau war Jörn drei Tage vor seinem Tod unterwegs«, sagte Kathy. »Finden Sie diese Frau!«

Lena blickte von dem Foto auf. »Die Frau hier trägt eine Perücke. Eigentlich hat sie halblange schwarze Haare. Sie heißt vermutlich Zoja und kommt aus Slowenien. Auf dem Rücken hat sie zwei tätowierte Engelsflügel.«

»Falk sitzt neben der Frau, die man mit zerschnittenem Gesicht aus dem Rhein gezogen hat?«, fragte Kathy.

Lena nickte. »Ja, das ist unsere Tote aus dem Rhein.«

30.

Als er bemerkte, dass sein rechtes Hosenbein nicht nur zerfetzt, sondern auch voller Blut war, hätte er beinahe einen Schreianfall bekommen. Das Blut des Hundes, den er höchstwahrscheinlich getötet hatte. Er hatte sich für einen hartgesottenen Reporter gehalten, jemanden, den nichts schockieren konnte, aber das stimmte nicht. Er hatte die Kontrolle über sein Leben verloren, und wenn er ehrlich war, wusste er nun nicht mehr weiter.

Dana hatte die zweite Flasche Crémant auch noch geleert und saß stumm und beleidigt neben ihm. Er sollte sie einfach in ein Flugzeug setzen – ab nach Velenje oder Vilnius oder wie immer das Kaff hieß, aus dem sie kam. Und wahrscheinlich wäre es am besten, wenn er auch irgendwohin flog – in die Sonne, Mallorca, Teneriffa, ganz egal.

Hatte man den Hund auf ihn gehetzt, oder war alles ein Zufall, und jemand hatte den Köter nur in den Garten lassen wollen?

»Du hättest mir sagen sollen, dass es in dem Klub Hunde gibt!« Er schaute Dana wütend an.

»John«, sagte sie, ohne ihn anzuschauen, »ich glaube, er hat manchmal einen Hund.« Sie nahm die Zigaretten vom Armaturenbrett und steckte sich eine an.

Im Hotel Chelsea wollte er auf keinen Fall noch einmal übernachten. Er parkte vor dem Haus, schlich in das Zimmer hinauf, packte eilig ihre Sachen zusammen und kehrte zum Van zurück. Dann fuhr er ganz langsam und unauffällig zu seiner Wohnung in die Mainzer Straße. Er brauchte drei Minuten, um seine Kleidung zu wechseln. Dann schlug er den Weg zum Flughafen ein und achtete darauf, dass ihnen niemand folgte.

»Wo sollen wir schlafen?«, fragte Dana müde.

»Hier«, sagte er. »Wir bleiben im Van.«

Sie war offenkundig zu erschöpft, um zu widersprechen.

Er parkte auf dem Abholplatz der Autovermietung in einer langen Reihe gleichartiger Vans. Irgendwie fühlte er sich so geschützt.

»Wir können im Flughafen einen Kaffee trinken«, sagte er, »und da kannst du auch pinkeln gehen.«

Dana schnaubte abfällig. Ihre blauen Augen schienen ihn zu durchbohren. Du bist auch nur ein Loser, sagte ihr Blick. Verdammt, warum habe ich mich auf dich eingelassen?

»Ich muss nachdenken«, sagte er laut vor sich hin. »Nachdenken, wie wir weitermachen.«

In dem einzigen Restaurant, das noch geöffnet hatte, trank Dana einen Kaffee, und er gönnte sich zwei Gläser Cognac. Er begann ruhiger zu werden. Es war alles ein dummer Zufall, sagte er sich. Richtige Profis, die ihn entdeckt hatten, wären anders vorgegangen, sie hätten ihm den Rückweg abgeschnitten und noch einen Mann am Van postiert.

Dieser Gedanke erleichterte ihn.

Auf dem Weg zum Van, während Dana neben ihm hertorkelte und auf Slowenisch vor sich hin brabbelte, ging eine SMS bei ihm ein. Es war fast Mitternacht. Mitchi versuchte wahrscheinlich wieder, ihn an das Buch über die Bilderberger zu erinnern.

Als er auf das Display blickte, blieb er unwillkürlich stehen. Er spürte, wie ihm die Luft wegblieb, als hätte ihm jemand in den Magen geschlagen. Dana, die sich bei ihm eingehakt hatte, blickte unter ihrer blonden Perücke zu ihm auf.

»Ist dir schlecht?«, fragte sie ihn.

Er schüttelte den Kopf. »Nein, alles in Ordnung«, krächzte er.

Ein Unbekannter hatte ihm geschrieben. »Morgen stirbst du, dreckiger Hundesohn!«

Er lag in einem Van auf einer alten Matratze, neben sich Dana, die sich an ihn schmiegte und leise schnarchte, er fror, und er hatte immer nur denselben Gedanken im Kopf. Er hätte gern einen Cognac getrunken oder eine Zigarette geraucht. Er saß in der Falle. Genauso fühlte er sich. Er war aus seinem Leben gefallen. Innerhalb von ein paar Tagen hatte er alles verloren.

Nein, wenn er ehrlich war, hatte sein Leben schon früher geendet – in der Nacht, als er betrunken eingeschlafen war, während ein Zimmer weiter sein Sohn starb.

Wie kann man so einen Fehler wiedergutmachen? Geht das überhaupt?

Diese Frage hatte er sich in Wahrheit nie gestellt – er hatte einfach gearbeitet, so viel wie möglich. Der selbstbewusste Chefreporter vom ›Express‹ mit der schönen, schweigsamen Journalistin an seiner Seite. Er hatte sich selbst betrogen.

Seit dem Tod ihres Sohnes hatten Linda und er höchstens zehn, zwölf Mal miteinander geschlafen, und wenn, dann war sie vollkommen sicher gewesen, dass sie nicht schwanger werden konnte.

Sie hatte kein Kind mehr gewollt – zumindest nicht von ihm.

Mitten in der Nacht zog er sein Smartphone hervor. Er hatte es ausgeschaltet, um eine Ortung schwieriger zu machen. Er gab seine PIN ein. Keine neuen Nachrichten. Doch die Botschaft stand immer noch da: »Morgen stirbst du, dreckiger Hundesohn.«

Eine Drohung, die ihn zittern ließ, doch er würde nicht einfach abhauen können – das hatte er schon nach Maximilians Tod gemacht. Wegschauen, weiterlaufen, so tun, als wäre nur ein kleines Unglück passiert. Und wenn diese Leute, die ihm nun drohten, Linda getötet hatten, dann durften sie erst recht nicht davonkommen. Er musste dieses verdammte

Smartphone mit den Fotos finden – dann hätten Carlos und John endlich ein Gesicht. Wo würde er etwas verstecken, das nur Linda und er finden würden? Gab es ein besonderes Versteck im Haus in Fühlingen?

Er würde zu Lindas Grab fahren, sagte er sich, gleich am Morgen. Er brauchte eine Idee.

Dana drückte sich an ihn und begann, ihn im Schlaf zu küssen, schlaftrunken, so wie ein Kind seinen Teddybären küsste. Er wehrte sie leicht mit der Hand ab. Ihr Kopf war erhitzt, als hätte sie Fieber, obwohl es in dem Van furchtbar kalt war, sicher nicht mehr als zehn Grad.

Plötzlich richtete sie sich auf, er konnte durch das wenige Licht, das durch das Seitenfenster fiel, ihre Silhouette erkennen.

»Ich habe etwas Schreckliches geträumt«, sagte sie mit fester Stimme. »Bitte bring mich nach Hause.«

31.

Nun endlich hatte sie die Gewissheit, dass eine Verbindung zwischen Falk und der Frau mit den Tattoos existierte – und sie hatte noch etwas anderes: Sie wusste, dass sie einen Kollegen hatte, dem sie nicht trauen durfte. Mahlke spielte ein eigenes Spiel. Plötzlich ergaben seine Neugier, seine Flirtversuche einen Sinn: Er versuchte, sie zu kontrollieren.

Kathy Busch hatte auch sofort begriffen, was das Foto aussagte. »Also hat Jörn sich ganz sicher nicht umgebracht. Ihr müsst den Fall nochmals untersuchen.«

»Ja«, hatte Lena vage erklärt, »ja, das müssen wir wohl tun.«

Um kurz nach Mitternacht schaffte sie es, Kathy zu verabschieden. Es war leicht zu sehen, dass sie gerne noch geblieben wäre. »Ich war in Falk verliebt«, gestand sie. »Ich bin eine Idiotin. Immer verliebe ich mich in die falschen Männer, und nun stehe ich auf der Straße, kein Job, kein Mann, kein Kind.«

»Ich rufe dich morgen an«, sagte Lena. »Ich werde deine Hilfe brauchen.« Sie hatte mit Bedacht die vertrauliche Anrede gewählt.

Vom Fenster aus beobachtete sie, wie Kathy ein Taxi anhielt. Als sie einstieg, schaute sie sich nach allen Seiten um. Kathy schien tatsächlich Angst zu haben, dass jemand ihr auflauerte.

Bevor sie endlich ins Bett gehen konnte, musste sie bei Google noch den Namen »Jonathan Mahlke« eingeben. Eine Adresse bei Facebook wurde ihr angeboten. Zwei Artikel beschäftigten sich mit einem DJ selben Namens. Nirgends ein

Hinweis auf einen Polizisten. Hatte er tatsächlich keine Spuren im Netz hinterlassen? Sie wollte sich schon ausloggen, als sie ein Foto mit ihm entdeckte. Mahlke trug eine olivgrüne Uniform, er lächelte in die Kamera, er war jünger und deutlich blonder. Mit seiner rechten Hand hielt er einen Schäferhund an der Leine. »Ausbildungslehrgang Kölner Hundestaffel, 2009«, stand unter dem Bild.

Obschon sie vollkommen erschöpft war, fand sie keine Ruhe. Halbe Träume wehten durch ihren Halbschlaf. Sie sah Jörn Falk vor sich, wie er im Stadtgarten rauchend auf einer Bank gesessen hatte. Was wäre gewesen, wenn sie ihn mit zu sich genommen hätte? Solche Gedanken hatte sie oft. Was wäre gewesen, wenn? Was wäre, wenn sie sich damals nicht mit Robert im Auto gestritten hätte? Wäre dann der Unfall passiert? Wieso hatte sie mit Adrian Farkas eine Affäre angefangen? Das Dilemma einer Ermittlerin, für die es nicht nur eine Wirklichkeit, sondern viele Varianten von Realität geben musste. Gewiss hatte Falk an jenem Freitagabend auch schon in Schwierigkeiten gesteckt, aber Zoja, die Frau mit den Engelsflügeln, war offenbar nicht in seiner Nähe gewesen.

Dann, im nächsten Halbtraum, sah sie Robert vor sich – groß, gesund, lachend, und selbst im Schlaf spürte sie, wie Sehnsucht nach ihm sie erfüllte. Er hätte ihr in diesem Fall weiterhelfen können, allein dadurch, dass er ihr zugehört hätte, wenn sie ihm all ihre Fragen darlegte, doch nun hatte sie nicht einmal mehr einen unzuverlässigen Partner wie Henning. Sie hatte niemanden an ihrer Seite, dem sie trauen konnte.

Als das Telefon sie weckte, war es kurz nach sieben.

Die Stimme ihres Vaters klang hellwach. »Kannst du meinen Jaguar fahren?«, fragte er ohne jede Begrüßung. »Ich selbst darf es ja nicht mehr.«

»Was ist passiert?«, fragte sie, von plötzlichem Schrecken erfüllt. »Musst du ins Krankenhaus? Hast du dich wieder verletzt?«

»Nein«, sagte er. »Ich habe nachgedacht. Mir ist eingefallen, woher ich diesen Mahlke kenne. Du weißt, ich vergesse nie ein Gesicht.« Er lachte kurz auf. »Na, ist vielleicht etwas übertrieben, aber …«

»Mahlke war bei der Kölner Hundestaffel«, unterbrach sie ihn.

»Ja, da bin ich ihm einmal begegnet. Das war 2010, in dem Jahr, bevor die Staffel auseinanderflog. Da hat es endlosen Ärger wegen Mobbing und anderen Unregelmäßigkeiten gegeben. Kurz vor meiner Pensionierung ist die ganze Staffel aufgelöst worden.«

»Und deswegen rufst du mich morgens um sieben Uhr an?«

»Ich kenne den Chef der Truppe. Ich dachte, wir statten ihm einen Besuch ab. Du willst doch wissen, wer dieser Mahlke genau ist, oder nicht?«

»Ja«, sagte sie. »Ich bin in einer Stunde bei dir.«

Ihr Vater stand schon in der Tür, als sie mit ihrem Damenrad vorfuhr. Er trug ein weißes Hemd mit Krawatte und eine Weste und sah aus, als hätte er sich für ein Rendezvous angezogen.

»Heute«, sagte er und schnaubte abfällig, »fällt es mir sogar schwer, meine Zeitung zu lesen. Und die Adressen in meinem Notizbuch kam ich auch nur schlecht entziffern.« Er hielt ihr ein kleines, abgegriffenes Büchlein hin. »Der Leiter der Hundestaffel heißt Rudolf Kaller.«

Sie hatte Mühe, die krakelige Schrift ihres Vaters zu lesen. »Schillerstraße 12«, sagte sie. »Liegt das nicht irgendwo in Bayenthal?«

Ihr Vater nickte. Seine Tatkraft, die er eben am Telefon noch gehabt hatte, schien er bereits wieder eingebüßt zu haben. »Ich denke oft an deine Mutter«, sagte er. »Sie hatte eine wunderschöne Stimme. Von ihr hätte ich mir gerne vorlesen lassen.«

Lena antwortete nichts darauf. Lag ein versteckter Vorwurf in seinen Worten – weil sie selten die Zeit haben würde, ihm etwas vorzulesen?

Vorsichtig lenkte sie den Jaguar aus der Garageneinfahrt. Sie hatte den Wagen nie steuern dürfen, auch ihre Mutter nicht. Autofahren war ganz die Sache ihres Vaters gewesen – und er war auch davon überzeugt, dass niemand besser fuhr als er.

Reglos blickte er vor sich hin, ohne jeden Kommentar, als sie auf die Berrenrather Straße einbog.

»Vielleicht«, sagte er unvermittelt, »lasse ich mich doch operieren. Eine Laserbehandlung, obwohl … der Arzt hat mir nicht viele Hoffnungen gemacht. Es sei zu spät, ich hätte früher kommen müssen, aber diese Schatten vor den Augen …« Er wedelte mit den Händen.

Ihr Telefon klingelte. Das Präsidium – Mahlke würde wissen wollen, wo sie bliebe. An einer Ampel zog sie das Smartphone hervor. Drei Anrufe waren verzeichnet. Kathy Busch, Mona und ein Anruf von Hennings Apparat, also hatte sie recht. Mahlke forschte ihr nach.

Ohne Mühe fand sie Kallers Adresse – ein kleines, weiß verputztes Reihenhaus mit einem verwilderten Vorgarten.

»Bist gut gefahren«, grummelte ihr Vater, während er ausstieg. Ein höheres Lob konnte es von ihm kaum geben.

»Rudolf und Margaret Kaller«, stand in blauer Schrift auf einer Kachel an der Tür, darüber das Bild eines Schäferhundes. »Hier wache ich!«

Als Lena auf den Klingelknopf drückte, bellte jedoch kein Hund, wie sie erwartet hatte. Es tat sich gar nichts, kein Geräusch, keine Schritte.

»Kaller schläft noch, oder er ist im Urlaub.« Lena schaute ihren Vater an.

Aufrecht, als wäre er im Dienst, stand er da. »Kaller ist kein Langschläfer – nicht einmal an einem Sonntagmorgen«, sagte er und drückte selbst auf den Klingelknopf. Lena bemerkte, wie seine Hand an der Hauswand herumtastete. Sie hatte vergessen, dass Sonntag war.

Ein längeres Klingeln zog durch das Haus, wenig später waren auch Schritte zu vernehmen. Hinter der Milchglasscheibe, die in der Tür eingelassen war, näherte sich ein Schatten. Zwei Schlösser wurden geöffnet, und eine Frau mit kurzen grauen Haaren blickte durch den Türspalt.

»Ja, bitte?«, fragte sie.

Ihr Vater kniff die Augen hinter seiner Hornbrille zusammen und trat einen Schritt vor. »Margarete«, sagte er. »Hier ist Georg – tut mir leid, wenn wir dich geweckt haben. Meine Tochter und ich, wir müssen Rudolf dringend ein paar Fragen stellen.«

Die Frau sah ihren Vater verständnislos an, dann glitt ihr leerer Blick zu Lena. Als hätte sie eine plötzliche Schwäche befallen, ließ sie die Tür los. »Der große Georg Larcher«, sagte sie tonlos, dann legte sie ihre rechte Hand vor den Mund und begann zu schluchzen. »Weißt du es denn nicht? Rudolf ist tot – vor acht Monaten hat er sich umgebracht.«

Ihr Vater wich einen halben Schritt zurück, als hätte ihm jemand einen Schlag versetzt. Er, der so stolz darauf war, über die besten Verbindungen ins Präsidium zu verfügen, hatte eine so tragische Nachricht nicht mitbekommen.

»Margarete«, sagte er zögernd, »mein Beileid. Dürfen wir hereinkommen?« Er stellte Lena nur mit den Worten »meine Tochter« vor.

Die grauhaarige Frau nickte wortlos, dann drehte sie sich um und schritt einen Flur hinunter. Sie trug einen halblangen gelben Bademantel, der ihre nackten, fahlen Waden kaum bedeckte. In einer Küche, die penibel sauber war, machte sie sich mit abgehackten Bewegungen daran, Kaffee zu kochen.

»Es tut mir leid«, sagte ihr Vater, nun eindeutig schuldbewusst. »Als damals die Hundestaffel aufgelöst wurde, haben Rudolf und ich uns versprochen, in Kontakt zu bleiben. Wir wollten gelegentlich zusammen angeln gehen oder mit dem Hund in die Eifel fahren …«

Margarete Kaller verzog das Gesicht. Wasser blubberte in einem Glaskolben auf, Kaffeeduft breitete sich aus. Sie fuhr sich durch ihr ungekämmtes Haar und nahm an der Vorderseite des Tisches Platz. Er war bereits zum Frühstück eingedeckt worden, erkannte Lena, zwei Gedecke lagen da.

»Georg«, sagte Margarete Kaller vorwurfsvoll, »niemand hat sich mehr um Rudolf gekümmert, nachdem sie ihn hinausgeworfen hatten. Du nicht, keiner seiner Kollegen. Er hat immer für seine Arbeit gelebt …« Sie seufzte.

Ihr Vater nickte. Er kniff die Augen zusammen, als bereite es ihm Mühe, die Gesichtszüge von Margarete Kaller zu deuten. »Aber er hatte doch seine Hunde«, sagte er. »Er hätte als Hundetrainer arbeiten können …«

»Arko, sein Hund, den er mitgenommen hat, ist vor einem Jahr gestorben. Danach war er ganz am Ende. Er hat nicht mehr geredet, hat im Garten gesessen, vor sich hin gestiert und gegrübelt.« Sie seufzte. »Oben auf dem Dachboden habe ich ihn gefunden – da hing er, er sah schrecklich aus, sein Mund verzerrt, seine Zunge …« Sie brach ab und schluchzte. »Ich weiß, die Leute fragen sich, wie ich hier noch wohnen kann.« Ihr Blick wanderte hilfesuchend zu Lena. »Aber hier fühle ich mich ihm nahe. Rudolf und ich, wir haben in diesen Mauern fast vierzig Jahre zusammengelebt. Es ist mein Zuhause. Vielleicht wäre alles anders gekommen, wenn wir Kinder gehabt hätten. Für Rudolf waren die Hunde seine Kinder.«

Das Wasser war durch den Glaskolben gelaufen. Lena stand auf, nahm die gläserne Kanne und schenkte Margarete Kaffee in die Tasse ein, die vor ihr stand. Danach stellte sie die Kanne zurück.

»Niemand hat ihm geholfen, jeder hat ihm Vorwürfe gemacht.« Margarete Kaller griff nach der Tasse und kippte den heißen, schwarzen Kaffee in sich hinein. »Was hat er damals alles zu hören bekommen! Er hätte seine Truppe nicht im Griff. Seine Leute hätten Polizistinnen belästigt, hätten Diebesgut an sich genommen. Angeblich wäre sogar Rauschgift beiseitegeschafft worden.«

»Wie hat Ihr Mann auf diese Vorwürfe reagiert?« Zum ersten Mal wandte Lena sich an Margarete Kaller.

»Er hat sich vor seine Leute gestellt. Das hat er getan! Wie es sich gehört!« Margarete Kaller klang empört. »Und manche Sachen, die wohl gelaufen sind, hat er nicht mitgekriegt. Deswegen haben sie ihn ja vorzeitig in den Ruhestand geschickt. Das hat ihm das Genick gebrochen.« Sie trank einen weiteren Schluck, dann blickte sie an sich herunter, und ihr schien aufzufallen, in welchem Aufzug sie ihre Gäste empfangen hatte. »Ich schlafe schlecht«, sagte sie. »Ich nehme jeden Abend Tabletten und liege trotzdem meistens bis vier Uhr morgens wach. So einen Abschied hatte Johannes nicht verdient.«

»Nein«, sagte ihr Vater, »gewiss nicht. Er war ein großartiger Polizist, ohne jeden Fehl und Tadel.«

Margarete Kaller schnaubte. »Ich muss gleich gehen«, sagte sie. »Ich gehe zur Messe, jeden Sonntag – nicht weil ich an einen Gott glaube, sondern nur weil ich da ohne Schuldgefühle an Rudolf denken kann.«

»Ich muss noch etwas wissen.« Behutsam beugte Lena sich vor. »Gibt es Material, Aufzeichnungen, wer in den letzten Jahren alles zu der Hundestaffel gehört hat? Auch Fotos könnten weiterhelfen.«

Margarete nahm ihre Tasse und setzte sie so heftig ab, dass sie beinahe umgekippt wäre. »Ich habe alles vernichtet, was Rudolf gesammelt hat. Hinten im Garten angezündet, ergab ein hübsches Feuer. Wollen Sie alles noch einmal aufrollen – die ganzen unschönen Geschichten?«

»Ein einziger Name würde helfen«, erklärte ihr Vater sanft. »Wie hieß die Frau, die damals alles ins Rollen gebracht hat? Die Polizistin, die sexuell belästigt wurde?«

»Sie ist schon lange keine Polizistin mehr«, erwiderte Margaret Kaller. »Sie heißt Leonie von Berg, und sie ist die Einzige, die Rudolf manchmal angerufen und sich nach ihm erkundigt hat. Aber ich glaube nicht, dass sie über die alten Zeiten mit irgendjemandem sprechen will.«

32.

Montag, 23. November

Montagmorgen. Vor einem Monat noch hätte er ausgeschlafen, hätte im Café Central gefrühstückt und wäre dann in die Redaktion gefahren, ein paar Ideen im Kopf über Geschichten, die er Nolden vorschlagen würde. Und nun? Er wusch sich notdürftig auf einer Toilette im Flughafen, danach weckte er Dana, die so mürrisch war, dass sie kaum ein Wort hervorbrachte. Er lud die Matratze in den Volvo, dann brachte er den Van zurück zur Autovermietung. Auch ein üppiges Frühstück in einem Restaurant mit Blick auf das Rollfeld konnte Dana nicht aufheitern. »Ich werde krank«, sagte sie. »Es war zu kalt in der Nacht.« Tatsächlich klang sie heiser.

Im Internet hatte er nichts davon gelesen, dass in der Nacht im vornehmen Stadtteil Hahnwald ein Hund getötet worden war, aber darüber wunderte er sich nicht. Er besah sich die Fotos, die er von den Autos auf dem Parkplatz gemacht hatte – zwei BMW und ein SUV, Marke Range Rover. Dann rief er Raimund Bahner an. Vermutlich war er der Einzige, der ihm weiterhelfen konnte. Nach dem dritten Klingeln war der Polizist am Apparat.

»Falk, ich habe erst jetzt mitbekommen, dass du beim ›Express‹ gefeuert worden bist«, sagte Raimund Bahner. »Hast du die Frau gefunden, die du gesucht hast? Tut mir leid, ich hatte eine Menge um die Ohren und konnte leider nichts für dich tun.«

»Ja«, entgegnete er vage, »die Frau … das Problem hat sich gelöst. Nun bin ich aber in echten Schwierigkeiten. Könntest du drei Autonummern für mich checken? Ich kenne da ein paar Leute …«

»He, Falk«, sagte Bahner. »Was hast du jetzt wieder für ein Problem? Mir scheint, du hast ein wenig die Orientierung verloren.«

»Kannst du drei Autonummern für mich überprüfen?«, wiederholte er. Dann gab er die Nummern durch. »Ich kann sie dir auch noch simsen.«

»Keine SMS«, erwiderte Bahner tonlos. »Ich habe mir die Nummern aufgeschrieben. Wozu brauchst du diese Informationen?«

»Ich schreibe an einer Geschichte.« Wieder antwortete er nur vage. »Und noch etwas: Kann man ein Smartphone orten, das abgeschaltet ist? Könnt ihr so etwas?«

Becher lachte. »Im Prinzip kann man alles orten. Worum geht es?«

»Auf einem Smartphone befinden sich bestimmte Fotos, die ich für meine Geschichte brauche. Doch leider ist das Gerät … nun ja, verschollen.«

»Sag mir die Nummer durch!« Offenbar hatte er Bahners Neugier geweckt.

Er nannte die Nummer, die Dana ihm für ihr Smartphone gegeben hatte.

»Falk«, sagte Bahner. »Ich weiß gar nicht, warum ich dir helfen soll. Jetzt, wo du nicht mehr beim ›Express‹ bist, kannst du ja auch nichts mehr für mich tun.«

»Vielleicht doch«, sagte er, dann verabschiedete er sich mit einem kurzen Gruß.

Dana blickte ihn an. »Kannst du diesem Mann trauen?«, fragte sie.

Er zuckte mit den Achseln. »Ich weiß nicht, aber vielleicht kommen wir auf diese Art an die Autonummern von deinem John oder diesem Carlos.«

»Es ist nicht mein John«, sagte sie verärgert.

»Ja, ich weiß.« Er zahlte das Frühstück. Sie ging ihm auf die Nerven, ihr Kleinmädchengehabe, dann wieder spielte sie die Diva.

»Was machen wir jetzt?«, fragte sie provozierend.

Er hätte sie am liebsten angeschrien: Ich weiß es nicht, verdammt. Stattdessen riss er sich zusammen. »In Velenje oder wie deine Stadt heißt – gibt es da überhaupt einen Flughafen?«

Sie schaute ihn verständnislos an. »Weiß nicht«, sagte sie. »Ich bin mit einem Transporter nach Deutschland gekommen – ich saß auf der Ladefläche. Es war ganz dunkel und …«

»Ich buche dir einen Flug für Freitag«, sagte er. »Wenn wir bis dahin nicht weiter sind, fliegst du zurück zu deiner Mutter.«

Sie lächelte und küsste ihn auf die Wange. Er dachte an die dreitausend Euro, die er in ihrem Kulturbeutel gefunden hatte. Warum hatte sie den Flug nicht längst selbst gebucht? Plötzlich war er wieder voller Misstrauen, ob ihre Geschichte stimmte. Aber nein, so voller Angst, wie sie in dem Apartment in der Eifel ausgeharrt hatte, musste wahr sein, was sie ihm erzählt hatte.

»Ich brauche deinen Pass«, sagte er. »Nur mit deinem Pass kann ich dir einen Flug buchen.«

»Mein Pass?« Sie hielt inne. »Ich habe keinen Pass. Zita hat ihn mir weggenommen.«

Sie log ihn an. Er hatte ihren Pass gesehen, aber anscheinend wollte sie ihm nicht verraten, wie sie in Wahrheit hieß. Oder sie vertraute ihm nicht.

»Ohne Pass kannst du nicht fliegen.«

»Vielleicht sollte ich Zita anrufen und fragen, ob sie mir den Pass zurückgibt.«

»Ja«, sagte er, »aber dann kannst du dir genauso gut eine Kugel durch den Kopf jagen.«

Dana log. Vermutlich war sie keine Sekunde in dem Klub

festgehalten worden. Fast hätte er Bahner noch einmal angerufen und nachgefragt, ob die Polizei in den letzten Wochen einen toten Drogenkurier gefunden hatte. In der Zeitung hatte darüber nichts gestanden. Oder er rief einfach bei der Pressestelle an, als Journalist vom ›Express‹, wie er es noch vor ein paar Tagen getan hätte.

»Dieser Drogenkurier, den du gesehen hast … hat diese Frau Deutsch gesprochen?«

Dana blickte ihn von der Seite an. »Sie war so schwach, dass sie gar nicht mehr reden konnte … Sie ist auf Herrmann zugegangen und hat ›Hilf mir‹ gesagt.«

»Also kannte der Barkeeper sie?«

Dana nickte. »Kann sein … Ja, deshalb ist sie wohl überhaupt gekommen. Sie wusste, dass Herrmann da war.«

»Was weißt du von Herrmann?«

»Er ist ganz anders als John, immer freundlich, richtig sanft. Er ist auch schon alt, sicher so sechzig. Er hat wenig Haare und eine goldene Brille, und er macht die besten Cocktails. Viele Gäste kommen auch wegen seiner Cocktails.«

»Und wie heißt Herrmann mit Nachnamen? Kennst du seinen Namen?«

Sie lächelte plötzlich. »Er heißt wie die Stadt. Das fanden wir Mädchen sehr lustig.«

»Wie Köln.«

»Kölner – er heißt Kölner.«

Sie fuhren in die Stadt zurück. Er nahm die Autobahn, rechte Spur, mit dem Blick im Rückspiegel, ob ihn jemand verfolgte. Dana schwieg. Die Frage nach dem Pass hatte ihr zugesetzt. Sie hätte ein Flugticket gegen die Wahrheit tauschen müssen – und sie hatte es nicht getan.

»Wo hast du Linda eigentlich zum ersten Mal getroffen?«, fragte er.

»Mit Irena zusammen … in einem Café für Omas am Dom.«

Sie sprach wahrscheinlich vom Café Reichardt, das dem Dom gegenüberlag. Der Ort mochte also stimmen.

»Und über was habt ihr gesprochen?«

»Irena ist bald gegangen, und da habe ich das mit dem Drogenkurier erzählt. Es war drei Tage zuvor passiert.«

»Und dann hast du Linda die Fotos gezeigt, die du heimlich gemacht hast?«

»Nein, nicht sofort. Erst beim nächsten Treffen. Zwei Tage später. In Rodenkirchen am Rhein, ich habe Zita gesagt, ich hätte Bauchschmerzen, damit ich zur Apotheke gehen durfte.«

Auch das klang plausibel.

»Du wolltest die Fotos zu Geld machen, nicht wahr? Deshalb hast du sie Linda gezeigt. Du dachtest, ihr könntet ein Geschäft machen.« Es war ein Schuss ins Blaue – aus einem Impuls heraus gesagt.

Dana schaute ihn an. Ihre blauen Augen unter der blonden Perücke funkelten auf. »Vielleicht«, sagte sie, »vielleicht … mit hunderttausend Euro hätte ich …« Sie schwieg abrupt.

Wenn sie Linda nur ein wenig gekannt hätte, dann hätte sie wissen müssen, dass sie sich niemals auf solch ein Spiel eingelassen hätte.

»Und wo ist nun das verdammte Smartphone? Warum sagst du es mir nicht? Vielleicht können wir das Geschäft machen – du und ich.«

Sie steckte sich eine Zigarette an und blickte vor sich auf die Straße. »Weißt du, wie es ist, wenn man sich von Männern betatschen lassen muss – von Männern, die alt sind und stinken?« Sie inhalierte tief. »Nein, das weißt du nicht. Auch deine Frau hatte davon keine Ahnung, obwohl sie so getan hat als ob.«

Er fuhr zu seinem Haus nach Fühlingen. Das war nicht ohne Risiko, aber er musste sich noch einmal umschauen, und dann würde er auf den Friedhof gehen, zu Lindas Grab.

»Ich kaufe dir ein Bahnticket«, sagte er. »Zu dir nach Hause. Dann brauchst du keinen Pass.«

Eine SMS ging bei ihm ein. Er zog das Smartphone heraus und betrachtete das Display.

»Morgen«, stand da, »... oder übermorgen.« Drei harmlose Worte, die nichts als eine weitere Drohung waren.

Dana nahm ein Bad, ganz so, als sei sie in dem Haus in Fühlingen zu Hause, während er umherlief und versuchte, das Versteck des Smartphones zu finden. Was hatte Linda gesagt? Ein Versteck, das sie und er schon benutzt hatten? Er schaute in der Garage nach, in der nur Gerümpel stand. Sogar auf dem Dachboden, den man, weil er so niedrig war, nur kriechend betreten konnte, sah er nach. Nichts! Er hatte keine Idee, sondern nur das diffuse Gefühl, dass er etwas übersehen hatte.

Dana sang im Bad, als er zurückgekehrt war. Beinahe ärgerte ihn ihre gute Laune. Er hatte ihr ein Ticket nach Velenje versprochen – deshalb war sie so ausgelassen.

Bis Freitag – diese Zeit hatte er sich gegeben.

Als er auf seinem Smartphone googelte, fand er im Telefonbuch für Köln nur einen H. Cöllner – ohne Adressangabe.

Mit unterdrückter Nummer rief er von seinem Smartphone an.

Es klingelte viermal, dann meldete sich eine verschlafen klingende Männerstimme. »Ja, bitte?«

»Hier spricht Schmitz vom Einwohnermeldeamt Köln, Abteilung Datenrevision. Ich spreche mit Herrn Herrmann Cöllner?«, fragte er. Die Nummer mit dem Einwohnermeldeamt hatte er als junger Journalist häufiger abgezogen, um an Adressen zu gelangen.

»Ja«, erwiderte der Mann, »was wollen Sie?«

»Tut mir leid für die Störung, Herr Cöllner. Wir haben eine Anfrage von der Steuerbehörde und müssen einige Daten abgleichen. Sie wohnen weiterhin in der Alteburger Straße 67?«

»Nein«, erklärte die Stimme unwirsch, »ich wohne in der Uferstraße 10. Was ist das für ein Datenabgleich? Und was will die Steuerbehörde von mir?«

»Kein Grund zur Sorge, Herr Cöllner«, sagte er. »Reine Routine. Auf Wiederhören.« Dann legte er auf.

Dana stand nackt, mit einem Handtuch um den Kopf gewickelt, in der Tür. »Ich bin richtig sauber«, sagte sie und seufzte übertrieben. »Und Linda hat ein tolles Parfüm. Das durfte ich doch benutzen, oder nicht?«

»Nein«, sagte er. »Durftest du nicht. Zieh dich an und denk an die Perücke. Wir haben gleich einen Termin – in der Uferstraße 10.«

Die Straße lag in Köln-Rodenkirchen. Wenn dieser Herrmann Cöllner tatsächlich der Barkeeper aus dem Real Life war, hatte er mit dem Fahrrad einen gemütlichen Arbeitsweg zu seinem Klub, den man auch mitten in der Nacht in gut und gerne fünfzehn Minuten zurücklegen konnte.

»Ich finde, du könntest freundlicher zu mir sein«, sagte Dana, während er aus Fühlingen abbog. »Ich helfe dir. Ich mache alles mit.«

Er schaute sie nur an. »Hat dieser Herrmann eine Waffe?«, fragte er. »Ist er gefährlich?«

»Hermann?« Sie lachte auf. »Er hat doch keine Waffe. Herrmann ist lieb. Er macht Cocktails und redet mit den Gästen und manchmal auch mit uns. Nachmittags, wenn er nichts zu tun hat, bügelt er Handtücher. So was macht Herrmann.«

»Und er hat nicht versucht, dich anzurufen? Ich meine, die müssen doch gemerkt haben, dass du weg bist? Hat keiner versucht, dich zu erreichen?«

»Ich glaube, Zita hat angerufen, aber ich hatte ja mein Telefon gar nicht mehr. Linda hatte es.«

»Warum ist Linda mit dem Smartphone nicht sofort zur Polizei gegangen? Was denkst du?«

Dana hatte schon wieder eine Zigarette im Mund. »Keine Ahnung«, sagte sie. »Vielleicht wollte sie auch ein Geschäft machen – oder sie wollte erst mit dir über diese Geschichte reden. Du warst für sie ganz wichtig. Weißt du das?«

Er sagte nichts darauf.

»Einmal haben wir zusammen geweint«, sagte Dana. »Linda und ich – es war spät in der Nacht, bevor sie verschwand. Sie hat mir ein Bild von eurem toten Kind gezeigt, und ich … ich habe ihr von Marko erzählt. Das war mein Freund. Er ist mit dem Motorrad umgekommen – vor fünf Jahren.«

Nein, wollte er sagen, ich war für Linda nicht mehr wichtig, und wieso sollte sie dir, einer Prostituierten aus einem Edelklub, von unserem toten Kind erzählen?

»Ich möchte auch mal ein Kind«, sagte Dana vor sich hin. »Irgendwann, wenn ich Geld habe, genug Geld, um …«

»Sei still!«, zischte er. »Ich muss mich konzentrieren. Wir werden gleich diesen Herrmann treffen. Lebt er allein? Hat er eine Frau? Können wir das Risiko eingehen und einfach bei ihm klingeln?«

Dana drückte wütend ihre Zigarette im Aschenbecher aus. »Lass mich hier aussteigen!«, schrie sie. »Ich will nach Hause! Sofort!«

»Freitag«, schrie er. »Freitag setze ich dich in einen Zug, und dann will ich dich nie wiedersehen.«

Sie ballte ihre schmalen Hände zu Fäusten und schlug auf das Armaturenbrett ein, ohne jedoch ein weiteres Wort zu sagen.

Hermann Cöllner wohnte am Ende von Rodenkirchen in einem ziemlich hässlichen Hochhaus, aber immerhin musste man von dort einen guten Blick auf den Rhein haben.

Dana steckte sich eine Zigarette an. »Manchmal möchte ich am liebsten in einer Welt leben, in der es nur Frauen gibt.«

Er parkte und entgegnete nichts darauf. Er blickte zu dem Hauseingang hinüber. Eine Glastür, Briefkästen neben den Klingelknöpfen, zwei Fahrräder, die aneinandergekettet waren. Nichts Ungewöhnliches.

»Was willst du eigentlich von Herrmann?«, fragte Dana.

»Die Wahrheit«, sagte er. »Ich will, dass er mir die Wahrheit sagt … von dem Drogenkurier. Und dazu würde ich ihm sogar eine Waffe an den Kopf halten.« Er nahm die Beretta hervor.

Dana sah sie zum ersten Mal. Sie kniff die Augen zusammen. »Den Hund … damit hast du den Hund erschossen?«

Er nickte. Eine alte Frau kam mit einem Rollator aus dem Haus. Wahrscheinlich gab es einen Fahrstuhl – das musste er bedenken.

»Ich will hier nicht ewig warten«, sagte Dana gelangweilt. Sie betrachtete ihre Fingernägel, dann schaute sie wieder ihn an.

Klar, dachte er, du hast eine Menge vor, Dana, du willst zum Friseur, zur Massage, ins Kino, in eine Bar …

»Wir warten noch«, sagte er.

Als die Alte mit dem Rollator zurückkehrte, sprang er aus dem Wagen. »Jetzt«, sagte er, als wäre es ein Befehl. Dana stieg auch aus, doch sie bewegte sich aufreizend langsam, während er zur Glastür lief. Kurz bevor sie ins Schloss fiel, stellte er seinen Fuß dazwischen. Er spürte, wie sein Herz härter in seiner Brust schlug. Ja, er war aufgeregt. Auch wenn dieser Herrmann angeblich völlig harmlos war, ging er ein Risiko ein.

Wortlos schlich Dana hinter ihm die Treppe hinauf. In der dritten Etage gab es wie in den beiden zuvor drei weiß lackierte Wohnungstüren ohne Fenster oder Guckloch – an einer Tür stand auf einem Messingschild »H. Cöllner«.

Er bedeutete Dana, dass sie ein Stück zur Seite gehen sollte, damit sie nicht sofort ins Blickfeld geriet. Dann drückte er mit der linken Hand auf den Klingelknopf, während er mit der rechten in seiner Jackentasche die Beretta umklammerte. Ein schrilles, hässliches Klingeln durchdrang die Wohnung. Es war kurz nach elf Uhr.

Er spürte die harten Schläge seines Herzens. Selten war er so aufgeregt gewesen.

Linda, dachte er, wenn du mich jetzt so sehen könntest. Ich versuche etwas zu klären, für dich und mich, obwohl es uns beide gar nicht mehr gibt.

Als er sich bereitmachte, ein zweites Mal zu klingeln, wurde die Tür geräuschlos geöffnet.

Ein Mann schaute ihn an – ein Allerweltsgesicht, rasiert, forschende Augen hinter einer altmodischen goldenen Brille, schüttere, zurückgekämmte Haare, dünne, zusammengepresste Lippen.

Er spürte, dass ihm für einen Moment die Worte fehlten. Er hatte sich keine richtige Eröffnung zurechtgelegt.

Der Mann wirkte gar nicht überrascht. Er lächelte plötzlich. »Ah, Herr Schmitz vom Einwohnermeldeamt, nehme ich an«, sagte er voller Spott. Dann brachte er eine kleine schwarze Pistole zum Vorschein. »Ich war vorhin etwas indisponiert. Was wollen Sie – Erkundigungen einziehen für die Steuerbehörde?«

»Nein, ich ...« Er räusperte sich. Die Pistole war wie ein drittes tödliches Auge, das auf ihn gerichtet war. »Ich benötige eine Auskunft.«

Unvermittelt tauchte Dana neben ihm auf. »Herrmann«, hauchte sie. »Was soll das? Wir brauchen deine Hilfe.«

Die Pistole in der Hand des Mannes begann ein wenig zu zittern.

Gleich, gleich würde sie losgehen. Er spürte bereits, wie seine Knie nachzugeben begannen. Ein kurzer Feuerstoß, und alles wäre zu Ende.

Danas Auftauchen hatte Herrmann Cöllner irritiert. Er kniff die Augen zusammen. »Zoja«, zischte er. »Du musst verschwinden, abhauen, sofort.«

»Aber Herrmann, du hast doch auch diese Frau gesehen, die gestorben ist. Wir können nicht einfach ...« Sie streckte eine Hand aus, fast als wolle sie Herrmann wie einem kleinen Jungen über die Wange streichen.

»Haut ab!«, raunte er. »Kommt nie wieder! Ich kann nichts für euch tun.« Dann stieß er Dana mit dem Lauf seiner Waffe zurück und schloss die Tür.

33.

Die Nachricht, dass Rudolf Kaller sich umgebracht hatte, hatte ihrem Vater zugesetzt, und er, der legendäre Hauptkommissar Georg Larcher, hatte nichts davon gewusst. Er saß schweigend neben ihr, den Kopf gesenkt, fast als würde er beten, dabei hatte sie ihren Vater noch nie in einer Kirche gesehen. Selbst damals, als sie ihre Erstkommunion empfangen hatte, hatte er ihre Mutter allein gelassen.

»Hast du noch Zeit?«, fragte er, während sie den Jaguar bereits die Berrenrather Straße hinauflenkte. »Wir könnten gemeinsam zum Grab fahren.«

Sie erschrak und bremste an einer Ampel zu scharf ab. Das hatte sie bisher immer vermieden – mit ihrem Vater am Grab ihrer Mutter zu stehen, das genauso wie Roberts und Simons auf dem Melatenfriedhof lag, allerdings in einem älteren Teil.

»Vielleicht später«, sagte sie. »Ich muss ins Präsidium – und dann würde ich gerne bald diese Leonie von Berg treffen.«

Er nickte. Sie hatte ihm nicht verziehen, dass er ihrer todkranken Mutter nicht einmal ihren letzten großen Wunsch erfüllt hatte – eine Schiffsreise die norwegischen Fjorde hinauf.

Als sie langsam in die Einfahrt einbog, stand eine Frau vor der Tür – sie hatte schulterlange graublonde Haare und trug einen schwarzen, eleganten Mantel. Lena glaubte, sie schon einmal zufällig auf der Straße registriert zu haben – so also sah Rita aus, die Nachbarin und heimliche Freundin ihres Vaters. Sie hatte sich eine viel ältere Frau vorgestellt.

Er hatte seine Nachbarin offenbar noch nicht bemerkt, so schlecht war seine Sehkraft, doch dann hob er den Blick und kniff die Augen zusammen.

»Ich habe Besuch?«, sagte er fragend.

Lena stellte den Motor ab. Nun erst spürte sie, wie sehr das Fahren sie angestrengt hatte. Ihr Rücken war nass vor Schweiß. »Eine schöne Frau mit langen Haaren.«

»Rita weiß nicht, dass ich blind werde«, sagte er, ungewohnt verzagt. »Sie denkt, meine Sehschwäche geht mit ein paar Augentropfen wieder weg.« Er seufzte, bevor er ausstieg.

Im selben Moment klingelte ihr Telefon.

»Sie sollten aufhören herumzuschnüffeln«, sagte eine Männerstimme. »Manche Dinge kann auch die Polizei nicht regeln – schon gar nicht eine einzelne Polizistin.«

Es war ihr unbekannter Anrufer, erkannte sie. Zum ersten Mal hatte er sich am helllichten Tag gemeldet.

»Was ist mit Zoja?«, stieß sie hervor, weil sie ahnte, dass er im nächsten Moment wieder auflegen würde. »Und was mit Falk? Die beiden …«

»Zoja war nur ein dummes armes Mädchen«, sagte der Mann. »Ich will nicht, dass Ihnen etwas Ähnliches passiert. Denken Sie an Ihren Vater – er braucht sie.«

Dann war die Leitung tot, und sie beobachtete, wie Rita, die Nachbarin, ihren Vater an die Hand nahm und ins Haus führte, ganz als wäre sie die fürsorgliche, wohlerzogene Tochter.

Denken Sie an Ihren Vater! Bis auf Weiler wusste nicht einmal im Präsidium jemand von den gesundheitlichen Problemen ihres Vaters. Also hatte der Unbekannte sie im Blick gehabt, hatte sie mit ihrem Vater beobachtet – einen anderen Schluss konnte sie nicht ziehen.

Sie begrüßte Rita, die Nachbarin, die ihr freundlich die Hand schüttelte, dann schwang sie sich auf ihr Fahrrad.

Mona hatte ihr eine SMS geschickt. »Teambesprechung um dreizehn Uhr. Bohl kommt auch.«

Mahlke erwartete sie bereits in ihrem Büro. Es war Viertel nach zwölf, als sie eintraf. Er lächelte. »Na, endlich ausgeschlafen? Wir haben einen neuen Fall. Im Worringer Bruch ist ein Obdachloser, der da offenbar gecampt hat, tot aufgefunden worden.«

»Das ist dein Fall«, sagte sie, »nicht meiner. Ich fühle mich krank. Migräne. Ich werde morgen zu meiner Ärztin gehen. Tut mir leid.«

Er verzog das Gesicht und musterte sie argwöhnisch. »Ich dachte, wir wären ein Team«, sagte er matt.

»Tut mir leid«, wiederholte sie. »Ich kann leider nicht an eurer Teamsitzung teilnehmen. Gibt es etwas Neues zu unserer Tattoofrau?« Sie würde ihre Hausärztin anrufen müssen, um sich eine Krankschreibung zu beschaffen, aber das dürfte nicht allzu schwer sein. Bei dieser Ärztin war sie nach dem Unfall monatelang in Behandlung gewesen – sie wusste von ihren Kopfschmerzen und Migräneanfällen.

»Nein«, sagte Mahlke. »Ich glaube auch nicht, dass wir da weiterkommen. Wir müssen auf einen glücklichen Zufall hoffen.« Er hatte sich neben ihr aufgebaut und wich nicht von ihrer Seite, während ihr Computer hochfuhr.

Eigentlich war sie nur gekommen, um die Adresse und andere Angaben zu Leonie von Berg herauszufinden.

»Auch wenn du krank bist …« Sie spürte, dass er ihr über die Schulter blickte. »Kann ich dich heute Abend sprechen … auf einen Kaffee oder ein Glas Wein?«

Sie schaute ihn an. Er wirkte ungewohnt ernst. In seinen Augen lag nicht dieses spöttische Funkeln wie sonst, und er hatte sich rasiert und sich für eine weniger auffällige Kleidung entschieden.

»Wenn ich krank bin, kann ich mich nicht mit Kollegen treffen«, sagte sie. »Das könnte Missverständnisse geben. Du verstehst?«

Er nickte und wischte sich über das Gesicht. Fast war sie doch versucht, einem Treffen zuzustimmen – so könnte sie unter Umständen herausbekommen, warum er ihre Zettel abgerissen hatte.

»Ich habe es dir schon gesagt.« Er flüsterte, offenkundig, damit Mona ihn im angrenzenden Büro nicht hören konnte. »Ich würde dich gerne besser kennenlernen. Du wirst mich für verrückt halten, aber ich glaube, ich habe mich in dich verliebt.«

Hatte sie ihm unrecht getan? War Mahlkes Interesse für sie doch in erster Linie von Zuneigung und Fürsorge bestimmt? Er hatte es geschafft, sie zu verunsichern. Zwei Tage Auszeit würde sie sich gönnen – und dann würden ihre Recherchen über ihn auch ein wenig mehr erbracht haben.

Kurz vor dreizehn Uhr verließ sie das Präsidium. Knapp schaffte sie es, Bohl, Larsen, Weigand und einem ganzen Tross von Kollegen auszuweichen, die alle in einem Konferenzraum zusammenkamen. Ganz offensichtlich war die Stimmung im Präsidium am Nullpunkt. Die Kölner Polizei hatte zwei rätselhafte Todesfälle nicht aufgeklärt. Offiziell kannte man nicht einmal den Vornamen der Frau mit den Engelsflügeln. Wenn jemand herausfand, dass ein Unbekannter mehrmals mit ihr telefoniert und Informationen weitergegeben hatte, dann würde ihre Karriere wohl endgültig den Bach hinuntergehen. Vielleicht wollte sie das, vielleicht legte sie es auch darauf an …

Da war es wieder: dieses große Vielleicht, das sie umtrieb und um den Schlaf brachte.

Vielleicht sollte sie sich doch einen anderen Job suchen.

Vielleicht sollte sie Urlaub machen.

Vielleicht sollte sie ihre Trauer endlich hinter sich lassen.

Statt zu Hause im Internet Erkundigungen über die Kölner Hundestaffel von Rudolf Kaller und über Leonie von Berg einzuziehen, von der sie, ohne dass Mahlke es bemerkt hatte, immerhin eine Adresse hatte, fuhr sie mit dem Fahrrad über den lauten, belebten Neumarkt die Aachener Straße hinauf.

Nur ein kurzer Umweg, sagte sie sich, während sie sich gegen einen heftigen Gegenwind anstemmte. Ein zehnminütiger Besuch bei Robert und Simon. Sie hatte beide vernachlässigt, war viel zu lange nicht mehr an ihren Urnengräbern gewesen.

Leichter Regen setzte ein, als sie den Friedhof betrat. Ein grauer, windiger Dezembertag. Die Weihnachtszeit hatte begonnen, das letzte Laub war von den Bäumen gefallen. Friedhofswetter, so hatte eine alte Frau einmal zu ihr gesagt, als sie mitten im Regen an den Gräbern gestanden hatte. »Bei diesem Friedhofswetter ist man ganz allein.«

Plötzlich sah sie Margarete Kaller vor sich, wie sie an ihrem Küchentisch saß, müde vor Schlaflosigkeit, vor zwei Gedecken. Ja, so war es, wenn man mit einem Gespenst zusammenlebte. Sprechen Sie auch mit Ihrem Mann?, hätte Lena sie am liebsten gefragt. Und antwortet er Ihnen?

Die beiden Kerzenlichter auf den Gräbern brannten. Robert und Simon trennte nur eine Handbreit Erde. Sie hatte keine Daten auf die beiden Grabsteine eingravieren lassen. Nur die Namen.

Sie schloss für einen Moment die Augen, und da wehten ihre Stimmen heran. Simon neben ihr, aufgeregt über sein Fußballtraining redend, und Roberts Lachen und sein Vorschlag: Sollen wir nicht heute Abend tanzen gehen? Ja, so war er manchmal gewesen, spontan, lebenslustig, gar kein dröger Norddeutscher.

»Ich brauche ein wenig Hilfe«, flüsterte sie vor sich hin. »Mein Fall, der tote Journalist …«

Sie müsste den Fall wieder aufrollen, sie hatte das Foto von Falk und der Tattoofrau neben ihm in seinem Auto.

Diesen Rat würde Robert ihr geben, ganz sicher. Stattdessen hatte sie sich krankgemeldet, weil sie niemandem mehr traute.

Das Friedhofswetter wurde noch schlechter. Ein Eichhörnchen sprang über den Weg, es verharrte kurz, schaute sie an und lief dann weiter.

Wozu ist Trauer gut? Diese Frage hatte Silvana Roth ihr vor ein paar Wochen gestellt. Ist sie dazu da, dass man endgültig festfriert? Oder verhilft sie einem zu Einsichten, um anders weiterzuleben? Sie hatte am Freitag ihr Treffen in der Trauergruppe verpasst, fiel ihr ein. Vielleicht ein gutes Zeichen.

Ihr Smartphone klingelte wieder. Auf dem Fahrrad hatte sie alle Anrufe ignoriert.

Sie wandte sich von den Gräbern ab. Irgendwie fand sie an diesem Tag keinen Kontakt zu Robert, als wäre er nicht mehr da, als wäre das Grab nun leer.

Drei Anrufe hatte sie verpasst. Mona, David und Kathy Busch.

Eine unbekannte Nummer leuchtete auf. Sie wappnete sich, dass ihr unbekannter Anrufer sich wieder meldete. Sie hatte bisher nichts unternommen, um seine Nummer herauszufinden.

»Ja?«, sagte sie.

Jemand hustete, dann ein Räuspern.

»Kindchen«, sagte eine ältliche Stimme. »Mir geht es gar nicht gut. Eine Herzattacke, aber ich muss wissen, ob ihr eine Spur von Ruben gefunden habt.«

Lena brauchte einen Moment, um Mitchi Vogels Stimme zu identifizieren.

»Sind Sie krank? Was ist mit Ihnen?«

»Ich bin in der Uniklinik«, erwiderte Mitchi heiser. »Gestern bin ich umgekippt. Ein leichter Herzinfarkt, aber das wird schon wieder. Ich glaube …« Sie räusperte sich. »… ich mache mir zu viele Sorgen um Ruben. Ich weiß, dass er noch da ist. Er ist in Schwierigkeiten.«

»Nein«, sagte Lena. »Über Ihren Ruben weiß ich nichts. Aber ich bin mir nun sicher, dass Falk getötet worden ist. Kennen Sie eine Frau mit Namen Zoja?«

Mitchi begann plötzlich zu schluchzen. »Glauben Sie, dass ich Ruben noch einmal sehe, bevor ich sterbe?«, fragte sie. »Eine Frau mit Namen Zoja kenne ich nicht.«

34.

»Er hat dich Zoja genannt«, sagte er, als sie wieder im Auto saßen und zurückfuhren. »Nicht Dana.«

»Nein, hat er nicht.« Ihr Gesicht war bleich vor Schrecken. Mit einer heftigen Bewegung riss sie sich die Perücke vom Kopf. »Ich habe genug. Ich will nach Hause.«

Er antwortete nicht. Sie log ihn wieder an. Ich darf nun nicht die Nerven verlieren, sagte er sich. Er hatte einen Fehler gemacht. Wie hatte er denken können, dass dieser Herrmann nichts weiter als ein freundlicher älterer Herr war, der zufällig als Barkeeper in einem Klub arbeitete, in dem anscheinend mit Drogen gehandelt wurde? Noch nie war eine Pistole auf ihn gerichtet gewesen. Die Angst, die ihm in die Glieder gefahren war, wollte nicht weichen. Sie beide, Dana und er, waren förmlich die Treppen hinuntergestolpert und mit weichen Knien zurück zum Volvo getaumelt. Seine Hände hatten so gezittert, dass er drei Versuche gebraucht hatte, um den Motor zu starten.

»Ich hätte nie gedacht, dass Herrmann so sein kann«, sagte Dana. Zum ersten Mal klang sie schuldbewusst. »Er ist eigentlich kein schlechter Mensch.«

»Ja«, erwiderte er, »das habe ich gesehen. Er hätte mich fast erschossen.« Er blickte in den Rückspiegel, ob ihm jemand folgte, doch irgendwie konnte er sich nicht einmal auf die Autos hinter ihm konzentrieren. Er war dieser ganzen Sache nicht gewachsen – das musste er nun einsehen.

Linda, sprach er stumm in sich hinein, wie komme ich aus dieser Angelegenheit wieder heraus?

»Bis Freitag«, sagte Dana, »so lange kann ich es nicht mehr aushalten … Ich will mit meiner Mutter telefonieren und dann einen Zug nehmen.«

»Hör zu«, sagte er mit schneidender Stimme, »ich ertrage dein Gejammer nicht mehr. Du hast Linda diese Fotos gezeigt, du hast ihr von diesem Drogenkurier erzählt, der gestorben ist, und nun ist auch meine Frau tot – ermordet, von deinen Leuten.«

Sie sagte nichts darauf, sondern senkte den Kopf. Er bemerkte, dass ihr Tränen über die Wangen liefen. »Vielleicht bin ich auch bald tot«, murmelte sie.

»Unsinn!«, stieß er hervor. Ihre Tränen zerrten an seinen Nerven, wahrscheinlich, weil er sich ähnlich schwach fühlte wie sie. »Wir müssen nur in Ruhe nachdenken. Dann fällt uns etwas ein.« Wenn er ehrlich war, glaubte er selbst nicht an seine Worte.

Er bog von der Autobahn ab und fuhr nach Fühlingen hinein. Bestenfalls eine Nacht könnten sie in dem Haus verbringen, dann jedoch brauchten sie ein neues Quartier. Nein, sie würden ihre paar Sachen holen und dann irgendwo ein Hotel suchen.

In der Straße fiel ihm nichts auf. Es war halb eins, Montagmittag. Die Ruhe in diesem Winkel ließ nicht erahnen, dass man sich eigentlich in einer Großstadt befand. Dana trottete hinter ihm her, mit verweintem Gesicht, immerhin hatte sie sich die blonde Perücke wieder aufgesetzt.

Als er die Tür aufschloss, spürte er, dass etwas nicht in Ordnung war. Er zögerte. Er hatte zweimal abgeschlossen, die Tür ordentlich verriegelt, als sie gegangen waren.

Nun war die Tür sofort aufgesprungen.

Hatte Mölln, der Nachbar, wieder nach dem Rechten geschaut? Aber der pedantische Sigmund hätte gewiss genauso sorgsam wieder abgeschlossen. Vermutlich hatte Kuhn auch einen Schlüssel. Ihm war es zuzutrauen, dass er im Haus herumschnüffelte.

»Was ist los?«, fragte Dana. Sie hatte die Stimme gesenkt. »Warum gehen wir nicht rein?«

Die Gestalt, die in dem schmalen Fenster auftauchte, das in die Tür eingelassen war, bemerkte er eher instinktiv, genau sah er jedoch einen schwarzen Handschuh im Türspalt. Da stand jemand, der sich an dem Rahmen abstützte, um sie gebührend, wahrscheinlich mit einer Pistole in der anderen Hand, in Empfang zu nehmen.

Er riss die Tür zu, drehte den Schlüssel herum und schrie Dana an: »Wir müssen weg! Zum Auto!«

Er nahm ihren Arm und zerrte sie mit sich. Sein Herz hämmerte wie ein alter Motor in seiner Brust. Zwanzig Schritte waren es bis zum Volvo. Dana schrie und zeterte. Er wagte es nicht, über die Schulter zurückzublicken, aber er erwartete einen Schmerz, der ihn zu Fall brachte – eine Kugel in den Rücken oder zumindest in die Schulter, um ihn außer Gefecht zu setzen.

Er sperrte zuerst die Beifahrertür auf, öffnete sie und stieß Dana hinein, dann lief er um den Volvo herum. Ein erster Blick zum Haus. Die Eingangstür lag nicht mehr in seinem Sichtfeld, doch meinte er, einen Schatten im Küchenfenster zu erkennen.

Sie hatten auf ihn gewartet, aber anscheinend hatten sie es nicht darauf abgesehen, Dana und ihn auf offener Straße zu erledigen.

Dana weinte wieder. Sie war am Ende ihrer Kräfte. »Ich möchte in den Dom, um zu beten«, sagte sie schluchzend und wischte sich die Tränen aus dem Gesicht.

In der Apostel-Kirche am Neumarkt konnte man auch beten. Dana kniete in der ersten Bank, den Kopf gesenkt, während er in der letzten Reihe Platz genommen hatte. Er musste nachdenken, irgendeine Lösung finden. Am liebsten hätte er seine Laufschuhe geschnürt und wäre am Rhein entlanggerannt, bis Wesseling und zurück. So war er zum Laufen gekommen –

wenn ihm nichts einfiel, dann war er um den Fühlinger See gehetzt, knappe acht Kilometer, und war mit ein paar guten Ideen zurückgekehrt. Nach Maximilians Tod war es eine regelrechte Sucht geworden – er war beinahe um sein Leben gerannt.

Er schickte Bahner eine SMS. »Hast du schon etwas wegen der Kennzeichen herausgefunden?«

Bahner antwortete sofort. »Ich bin dran. Wo bist du?«

»Ich sitze in meiner Wohnung und recherchiere«, schrieb er zurück.

Darauf kam keine Antwort mehr, und er schaltete sein Smartphone aus. Im Volvo würde er es wieder aufladen müssen.

Während Dana betete, schlichen zwei alte Frauen in die Kirche herein. Sie warfen ihm einen argwöhnischen Blick zu und setzten sich nebeneinander in eine Bank vor ihm. Doch schon nach drei Minuten erhoben sie sich schwerfällig wieder und gingen hinaus.

Dana saß reglos da, als würde sie irgendeinem unsichtbarem Maler Modell sitzen – die andächtige Beterin.

Sie würden ein Quartier für die Nacht brauchen – ins Chelsea konnten sie nicht, ebenso wenig in das Haus in Fühlingen oder in seine Wohnung. Vielleicht sollte er sich ein Wohnmobil mieten, dann wäre er flexibel, er könnte durch die Stadt fahren, irgendwo in einer dunklen Ecke parken, doch dazu hätte er seine Daten hinterlegen müssen, und mit Dana auf engstem Raum … diese Vorstellung gefiel ihm nicht.

Für einen Moment kam ihm die schöne blonde Frau in den Sinn, der er in der Trauergruppe begegnet war. Das war ein Zeichen gewesen – so war es ihm jedenfalls vorgekommen. Vielleicht sollte er die Psychologin anrufen und nach dem Namen der Unbekannten fragen.

Plötzlich stand Dana vor ihm. Sie schaute ihm ins Gesicht und nickte ihm zu. Als hätte sie ihrem Gott nicht unter falschen Vorzeichen gegenübertreten wollen, hatte sie ihre Perücke zum Beten abgekommen. Sie setzte sie jedoch brav wieder auf, während sie hinausgingen. Sie sah tatsächlich ein wenig erholt aus, als hätte sie nicht über eine Stunde im Gebet versunken dagesessen, sondern als hätte sie geschlafen.

Es war siebzehn Uhr. Mittlerweile war es dunkel geworden.

»Ich habe Hunger«, sagte Dana und hakte sich bei ihm ein. »Können wir nicht irgendwo schick essen gehen?«

Er hatte davon geträumt, seine Versöhnung mit Linda dort zu feiern – eines der besten Restaurants der Stadt mit einer perfekten Aussicht –, als er einmal eine Geschichte über den Concierge des Hotels im Wasserturm gemacht hatte. Später war er noch zweimal mit Nolden in der Bar im Erdgeschoss gewesen.

Er parkte den Volvo drei Seitenstraßen entfernt, dann liefen sie auf das Hotel zu. Sie sahen nicht eben wie ordentlich gekleidete Restaurantbesucher aus, und es war auch noch früh, kurz nach halb sieben, doch man ließ sie ein, ohne ihnen größeres Augenmerk zu schenken. Ein Tisch am Fenster mit Blick auf den Dom – das Restaurant lag in der elften Etage.

Dana hatte sich die ganze Zeit an ihn gedrückt. »Ja, an so etwas habe ich gedacht«, hatte sie ihm im Fahrstuhl zugehaucht. »In so einem edlen Hotel habe ich schon immer einmal essen wollen.«

Sie bestellten das Acht-Gänge-Menü, beinahe, als müssten sie sich eine besondere Henkersmahlzeit gönnen. Der billigste Wein kostete mehr als dreißig Euro die Flasche. Eine junge blonde Frau wieselte um sie herum, bereit, jeden Moment wieder nachschenken zu können.

»Einmal«, sagte Dana und lächelte glücklich, »da habe ich in Wien in einem so teuren Hotel gegessen. Da habe ich am Konservatorium für ein Stipendium vorgespielt. Meine Mutter ist auch mitgekommen und Marko, mein Freund.«

Sie prosteten sich zu, dann kam die Vorspeise – Makrele mit Avocado –, kurz darauf brachte der blonde Servierengel etwas,

was er »Tomaten-Krustentier-Essenz« nannte. Dana klatschte vor Freude in die Hände.

Die erste Flasche Wein hatten sie nach einer halben Stunde getrunken, die zweite nach einer guten Stunde.

Dana schien immer jünger zu werden. Sie erzählte von ihren Geigenstunden, was die Musik aus ihr gemacht habe – sie habe sich wie schwebend gefühlt, wie ein Mädchen, das mit der Geige in der Hand durch die Luft fliegen könnte, deshalb habe sie sich auch die beiden Flügel auf den Rücken tätowieren lassen, doch dann, nach Markos Tod, habe sie dieses Gefühl verloren. Alle Leichtigkeit sei ihr abhandengekommen. Deshalb habe man sie an der Musikhochschule auch nicht genommen. Ihr Spiel habe hölzern geklungen. Ihre Mutter glaubte noch immer, dass sie eine große, berühmte Musikerin werden würde.

»Hast du dich nie wieder verliebt?«, fragte er. »In einen anderen jungen Mann?«

Sie schüttelte den Kopf. Der blonde Engel brachte Entenleber mit Kiwi und Kapuzinerkresse, und wieder prosteten sie sich zu.

»Männer waren nur noch ein Weg, um an Geld zu kommen.«

Er dachte an die dreitausend Euro in ihrer Kulturtasche. Ein hübscher Betrag, aber viel zu wenig, um ein neues Leben zu beginnen.

Als sie bei der dritten Flasche angekommen waren, begriff er, dass er betrunken wurde und ihm die Dinge entglitten. Er redete von Linda, wie er sie kennengelernt hatte, dass sie sich Gedichte geschrieben und sie in dem hohlen Ast eines mächtigen Kirschbaums in ihrem Garten hinterlegt hatten – jeden Sonntag im Frühling ein Gedicht. Er kannte sogar noch ein paar Zeilen, die er geschrieben hatte und Dana zuflüstern konnte, weil sie neben ihn gerückt war: »Du bist für mich die Kerze in der Nacht. – In den Nachthimmel schreibe ich singend deinen Namen. – In deinem Mund wohnt das heiterste Lachen.«

Er küsste Dana auf den Mund, und während er ihre vollen Lippen spürte und sie ihre Zunge in seinen Mund schob, wusste er plötzlich, dass der Baum das Versteck sein musste, von dem Linda gesprochen hatte. Natürlich, nichts anderes war möglich. Wieso war er nicht früher darauf gekommen?

Er war viel zu alkoholisiert, um noch zu Lindas, nein, zu seinem Haus nach Fühlingen zu fahren. Auch schaute Dana ihn nur noch mit betrunken funkelnden Augen an, und wenn sie sprach, dann nun meistens Slowenisch oder mit so einem harten Akzent, dass er sie kaum noch verstand.

Daran, dass er bar bezahlte, konnte er sich nur noch vage erinnern, dann lagen Dana und er in einem gediegenen Doppelzimmer, irgendwo ein paar Etagen tiefer, das ihnen der blonde Servierengel besorgt hatte.

Eine gute Idee, dachte er betrunken. Die Trunkenheit hatte dafür gesorgt, dass sie in Sicherheit waren. In diesem noblen Hotel würde keiner es wagen, sie anzugreifen.

Dana kam nackt und ohne ihre Perücke aus dem Bad und legte sich auf ihn. Sie küsste ihn, und dann schob sie ihm ihre Zunge ins Ohr. »Wir sollten uns lieben«, flüsterte sie. »Wenigstens einmal.«

»Ja«, stieß er hervor. Seine Hände glitten über ihre Haut. Wann hatte er zuletzt bei einer Frau gelegen? Kathy Busch tauchte vor seinen Augen auf, die schöne Elfe, dann plötzlich kam ihm ein anderes Bild in den Sinn: der dunkelhäutige Mann mit den langen schwarzen Haaren, den er aus den Augenwinkeln im Restaurant bemerkt hatte, wie er allein vor einem Glas Wein gesessen hatte. Ruben, dieser merkwürdige Lover von Mitchi, hatte so ähnlich ausgesehen.

Er küsste Danas weiße, makellose Brüste. Ihre rechte Hand hatte seinen Penis umfasst. Er stöhnte auf.

»Du bringst mich nach Hause, ja?«, keuchte Dana in sein Ohr.

»Du bist gar nicht Dana.« Er hatte die Augen geschlossen und rang nach Luft. »Du bist Zoja, und ich schwöre, am Freitag fährst du zu deiner Mutter.«

35.

Hennings Anruf auf dem Festnetzanschluss riss sie um halb acht aus dem Schlaf. Sie hatte sich auf dem Sofa hingelegt, den Laptop neben sich. Bis um ein Uhr in der Nacht hatte sie im Internet recherchiert, doch viel hatte sie über die Kölner Hundestaffel nicht herausgefunden. Es hatte mächtig Ärger in der Staffel gegeben, zuerst über die Art, wie die Hunde erzogen werden sollten, dann waren Unregelmäßigkeiten bei Einsätzen aufgefallen. Verdächtige behaupteten, bestohlen worden zu sein, und eine Polizistin hatte sich beim Polizeipräsidenten über Belästigungen und Mobbing beklagt. Im Jahr 2011 war die Staffel nahezu komplett aufgelöst worden. Der Leiter war frühzeitig pensioniert worden, zwei Gruppenführer und vier Hundeführer hatte man versetzt.

»Ich langweile mich«, sagte Henning. »Sie wollen mich erst in der nächsten Woche entlassen. Was ist mit dir? Du bist krank, hat Mona mir gesagt?«

»Migräne – ich hatte wieder einen bösen Anfall«, sagte sie, während sie mit dem Telefon in die Küche ging. Es war noch dunkel. Verkehrslärm drang dumpf von der Neußer Straße herein. Sie stellte die Kaffeemaschine an.

»Du machst doch nichts Falsches? Keine Alleingänge?« Sie konnte hören, dass Henning wieder auf dem Damm war. Er klang argwöhnisch.

»Nein«, entgegnete sie. »Ich bleibe ein paar Tage zu Hause. Unsere Ermittlungen laufen ohnehin ins Leere.«

»Vielleicht«, sagte Henning, »steckt auch etwas anderes dahinter – hinter meinem Unfall, meine ich. Es gibt ein paar

Leute, denen ich noch Geld schulde. Neulich stand einer vor meiner Wohnung. Er wollte fünftausend Euro haben. Hatte ich ganz vergessen. Er hat gesehen, wie ich mit meinem Corsa weggefahren bin.«

»Henning …« Sie stöhnte auf. »Du bist ein guter Polizist, aber wenn du dein Leben nicht wieder in Ordnung bringst …«

»Ja, ich weiß«, sagte er. »Ich habe Annelie angeboten, wieder zu Hause einzuziehen, aber sie …« Er räusperte sich. »Ich glaube, sie hat das Vertrauen zu mir verloren. Na, kein Wunder. Kommst du heute vorbei? Gestern Nachmittag war unser neuer Kollege hier – dieser Jonathan Mahlke. Er hat mir von dir vorgeschwärmt.« Henning lachte kurz auf, doch das Lachen ging in ein Husten über.

Lena spürte einen Stich in ihrem Magen. »Was hat er gewollt?«, fragte sie, nachdem Henning wieder zu Atem gekommen war. Der Kaffee war inzwischen fast durchgelaufen.

»Er hat sich erkundigt, wie es mir geht, und war nach fünf Minuten wieder weg, aber er hat eine merkwürdige Frage gestellt. Er wollte wissen, ob du mal einen Hund gehabt hast. Hattest du mal einen? Ich meine, als dein Mann und dein Sohn …« Er schwieg.

Eine peinliche Pause entstand.

»Nein«, sagte sie schließlich, »wir hatten nie einen Hund. Als Kind wollte ich einen haben, aber meine Mutter hat behauptet, sie habe eine Allergie gegen Hundehaare, und Simon …« Sie verstummte abrupt.

»Wenn du mich besuchst«, sagte Henning, »könntest du mir etwas mitbringen – ein paar Dosen Bier und vielleicht noch irgendetwas anderes, das die Nerven beruhigt.«

Monreal war ein winziges Dorf bei Mayen in der Vordereifel. Dahin hatte Leonie von Berg sich zurückgezogen. Mit dem Auto waren es knapp hundert Kilometer, Fahrtzeit laut Routenplaner etwa eineinhalb Stunden. Mit einem alten Damenfahrrad oder mit der Bahn war die Anreise nicht zu schaffen, mit dem Taxi würde es einen halben Monatslohn kosten, und Hennings Corsa war schon so gut wie in der Schrottpresse. Sie würde ihrem Vater reinen Wein einschenken müssen, wenn sie sich seinen Jaguar ausleihen wollte – und er würde sie ganz sicher nicht alleine fahren lassen.

Eine krankgeschriebene Kommissarin und ihr sehbehinderter Vater als Dreamteam der Kölner Polizei? Seltsamer konnte es wohl kaum kommen.

Sie trank ihren Kaffee, dann rief sie ihre Ärztin an und besorgte sich eine Krankmeldung, was ohne Probleme ablief. Drei Tage – sie schenkte sich selbst drei Tage, in denen sie ein paar Dinge herausfinden wollte.

Als sie die Wohnungstür öffnete, um sich auf der Neußer Straße ein Frühstück zu gönnen, stand Kathy Busch buchstäblich auf der Matte. Sie hielt eine Ausgabe des ›Express‹ in der Hand und wirkte verärgert.

»Du hast deinen Leuten nichts von dem Foto gesagt«, stieß sie hervor, das »Du« betonend. »Die Polizei weiß angeblich nichts von einer Verbindung zwischen Falk und der Tattoofrau.«

Statt zu antworten, fragte Lena: »Hast du ein Auto? Wollen wir einen kleinen Ausflug machen?«

Kathy fuhr einen weißen Fiat 500 Kabriolet, und sie schien eine gespaltene Persönlichkeit zu sein. Von außen wirkte der Wagen fast wie neu und leuchtete, als würde sie mindestens die Motorhaube jeden Tag von Hand polieren, im Innern war es eine Müllhalde, die nach Fäulnis und Asche stank.

Kathy schaute Lena entschuldigend an. »Tut mir leid, auf eine Ausfahrt war ich nicht eingestellt. Mein Auto ist der einzige Ort, wo ich rauche – und in letzter Zeit rauche ich ziemlich viel.«

»Kein Problem.« Lena machte es sich auf dem Beifahrersitz bequem und tauchte ihre Schuhe in einen Wust aus alten Zeitungen, ungeöffneten Briefen, leeren Flaschen und zerknüllten Zigarettenschachteln. Zwei CDs und ein Buch ohne Umschlag drohten, in dem Müll unterzugehen.

»Es ist so«, sagte Kathy wie eine Bekanntmachung, »ich habe schon vorher ein paar Schwierigkeiten zu viel gehabt – bevor sie mich gefeuert haben.« Sie fuhr jedoch erstaunlich sicher und vollkommen konzentriert.

Lena spürte, dass ihre Anspannung, in einem Auto zu sitzen, bereits nachließ, als sie die Autobahn erreicht hatten.

»Verrätst du mir, wohin wir fahren?«, fragte Kathy. Sie war nun auch beharrlich beim Du geblieben.

»Später.« Lena nahm ihr Smartphone hervor und schrieb ihrem Vater einen kurzen Gruß. »Erzähl mir von deinen Schwierigkeiten. Ich bin fast sicher, dass Falk damit zu tun hatte, oder nicht?«

»Erst nicht«, erwiderte Kathy. »Es ist meine Fähigkeit, mir immer selber Knüppel zwischen die Beine zu werfen. Meine Eltern waren beide Lehrer, und was mache ich, statt die brave Tochter zu sein? Ich gehe zu den Neonazis. Komplett bescheuert.« Sie steckte sich eine Zigarette an. »In Köln, dachte ich, in Köln wird alles gut. Ich hatte einen Freund … Patrick ist Schauspieler, kein Star, aber er hatte eine gute Rolle in einer Soap. Ich dachte, er liebt mich, bis ich endlich begriff, dass er eine miese Ausrede hat, um jeden Menschen zu betrügen, mit dem er zu tun hat.«

»Und zwar?«, fragte Lena. »Eine miese Ausrede kann ich auch immer gebrauchen.«

Kathy inhalierte und warf ihr einen Blick zu, der beinahe schon verschwörerisch war. »Er war mal ein paar Minuten tot, ein Badeunfall – sie mussten ihn wiederbeleben, und nun erzählt er, dass er deshalb begriffen habe, dass er alles vom Leben haben wolle, was er kriegen kann.«

»Ihr habt euch getrennt?«, fragte Lena.

»Ich bin fünfunddreißig. Ich will ein Kind. Denkst du, mit so einem Menschen kann man ein Kind haben?«

»Und was war mit Falk?«

Kathy scherte auf die Überholspur aus. Die Tachonadel stand nun bei 150.

»Falk habe ich immer bewundert – er war nicht besonders charmant, aber er wusste, was er wollte. Seine Ansagen waren klar, und er machte kein großes Gewese um die Chefs, nicht wie die anderen in der Redaktion. Irgendwann dachte ich, so einen Mann bräuchte ich, eine Schulter zum Anlehnen. Na ja … wieder eine Täuschung.«

Sie schwiegen für eine Weile. Es war fast halb zehn, aber noch immer wurde es nicht richtig hell. Friedhofswetter.

Als ein schwarzer SUV an ihnen vorbeizog, zuckte Lena zusammen.

»Wer hat mich bei Nolden verraten?«, fragte Kathy unvermittelt. »Wer kann davon gewusst haben?«

»Ich weiß es nicht.«

Kathy drückte ihre Zigarette aus und steckte sich gleich die nächste an. »War es jemand von euren Leuten? Du vertraust deinen Kollegen nicht, habe ich recht? Deshalb sitzen wir hier, zwei Frauen, die ein paar Dinge zu viel erlebt haben.«

Lena schaute sie von der Seite an. Nun begriff sie: Kathy hatte ihre Hausaufgaben gemacht, sie hatte recherchiert, hatte sich umgehört – wahrscheinlich kannte sie die ganze Geschichte von Robert und Simon, von dem Unfall, und sie wusste auch, wer der große Georg Larcher war.

»Ja«, sagte Lena, »ich traue niemandem.«

Als ihr Smartphone klingelte, wusste sie gleich, wer es war. Die Nachricht, dass sie krank war, hatte, wenn man die normale Bürozeit bedachte, eine gute halbe Stunde gebraucht, um bei David zu landen. Sie nahm das Telefonat nicht an.

»Ich brauche aber deine Hilfe, Kathy«, sagte sie weiter, während sie darauf wartete, dass eine SMS eintraf, die auch sofort kam. »Bitte melde dich, David.« Sie löschte die Nachricht sofort. »Auch wenn wir vielleicht ein paar Dinge zu viel erlebt haben.«

Bei schönem Wetter konnte man sich Monreal als ein hübsches, herausgeputztes Museumsdorf vorstellen, in das man morgens ein paar lebendige Menschen karrte, damit sie den Anschein von Realität erweckten. Eine Handvoll Gassen, ein Flüsschen, ein paar Fachwerkhäuser, eine Kirche, die Ruine einer Burg auf einem Hügel über der Stadt. Anfang Dezember jedoch machte alles einen freudlosen Eindruck.

Leonie von Berg führte ein Lädchen mit Büchern, Blumen und Geschenkartikeln – so zumindest hatte es im Internet gestanden.

»Was genau tun wir hier?«, fragte Kathy, während sie auf den Marktplatz fuhren.

»Wir besuchen jemanden, eine ehemalige Polizistin«, entgegnete Lena. »Ich will von ihr wissen, warum sie ihren Dienst quittiert hat. Vielleicht täusche ich mich, aber nein, ich glaube, es wird uns weiterhelfen.«

Es war Viertel vor elf, als sie aus dem Fiat stiegen. In den sauberen Gassen war niemand zu sehen, nicht einmal Autos parkten vor den Häusern. Warum sollte man an einem grauen Montagmorgen in einem abgeschiedenen Dorf, in das sich allenfalls im Hochsommer Touristen verliefen, einen Laden offen halten? Doch das Lädchen war geöffnet. Ein Tisch mit Büchern und Gestecken stand vor der Tür. Im Innern lehnte eine Frau hinter einem Tisch, sie hielt einen Kaffeebecher in der Hand und musterte sie.

Leonie von Berg mochte knapp dreißig sein, sie hatte ihr blondes Haar zu einem Pferdeschwanz zusammengebunden und trug einen schwarzen Rollkragenpullover.

»Einen schönen Tag«, rief sie ihnen zu, nachdem Lena die Tür aufgeschoben hatte. »Kommen Sie nur herein. Darf ich Ihnen einen Kaffee anbieten? Geht aufs Haus.«

Ein Hund kroch hinter dem Tisch hervor, ein alter, sich schwerfällig bewegender Irish Setter. »Luna ist neugierig«, sagte Leonie von Berg, »aber der liebste Hund der Welt.«

Lena strich dem Hund über den Kopf, dann zog sie ihren

Dienstausweis hervor. »Sie sind Leonie von Berg, nicht wahr?«, sagte sie. »Wir trinken gerne einen Kaffee, aber gekommen bin ich, um Ihnen ein paar Fragen zu stellen.«

Leonie von Berg beugte sich vor. Als sie den Ausweis betrachtet hatte, ging ihre gute Laune sichtbar in den Keller. »Was wollen Sie von mir?«, fragte sie mit kühler Stimme. »Ich habe mit der Kölner Polizei schon lange nichts mehr zu tun.«

»Warum genau sind Sie ausgeschieden?«, fragte Lena.

»Das ist vier Jahre her, und ich habe beschlossen, darüber nicht mehr zu sprechen, schon gar nicht mit Polizisten aus Köln.« Sie wandte sich ab und blickte auf den Laptop, der aufgeklappt vor ihr stand. Von einem Kaffee für ihre Kunden war nun nicht mehr die Rede.

Lena schaute sich in dem Laden um. Ein paar Bücher in einem Regal, in drei Vasen frische Blumensträuße, die zehn Euro kosten sollten, ansonsten eine Menge Krimskrams – getöpferte Tassen, Kerzenhalter, Teekannen, gerahmte Fotografien von Sehenswürdigkeiten der Gegend und dergleichen.

»Sie sind nach Monreal geflohen – ein Rückzug aufs Land«, sagte Lena. »Kommen Sie von hier? Sind Sie hier geboren?«

Leonie von Berg sagte nichts darauf. »Schauen Sie sich um, ob Sie etwas kaufen möchten, und wenn nicht, gehen Sie am besten wieder.«

»Es geht um zwei Tote«, sagte Kathy abrupt und baute sich vor dem Ladentisch auf. »Zwei ungeklärte Morde in Köln – ein Mann und eine Frau. Den Mann, der nun tot ist, habe ich geliebt, und irgendwie haben wir das Gefühl, dass einige Polizisten da mit drinstecken.«

Lena zog ihre Augenbrauen hoch. Eigentlich wäre ihr es lieber gewesen, Kathy hätte im Auto auf sie gewartet, aber nun hatte sie Worte gefunden, die glasklar die Situation beschrieben, ohne dass sie überhaupt die Details kannte.

»Zwei Tote«, sagte Leonie von Berg nachdenklich. »Die eine Tote ist die Frau mit den Tattoos?«

Kathy nickte.

»Also gut«, sagte Leonie von Berg. »Ich rede mit Ihnen, aber Sie müssen mir versprechen, dass Sie niemals wiederkommen. Monreal existiert für Sie nicht mehr, nicht einmal für eine Durchreise.«

Dann ging sie zur Tür und sperrte sie ab.

36.

Dienstag, 24. November

Um kurz vor zwölf Uhr wurden sie aus dem Hotel hinauskomplementiert. Das Acht-Gänge-Menü und die Nacht im Doppelzimmer hatten ihn fast sechshundert Euro gekostet. Er wankte zum Volvo, ohne sich groß um Dana zu kümmern, die hinter ihm herstolperte. So betrunken war er schon seit Jahrzehnten nicht mehr gewesen, nein, eigentlich noch nie – nicht einmal in der Nacht, als Linda ihn mit dem Kind alleingelassen hatte. Ja, so hatte er sich gefühlt, wenn er es sich ehrlich eingestand; sie hatte ihn alleingelassen, schon vor der Geburt von Maximilian hatte sie sich kaum mehr um ihn gekümmert. Und nun hatte sie ihn wieder im Stich gelassen – mit einer Prostituierten, die von irgendwelchen Drogenleuten gesucht wurde.

Als wären es lästige Fliegen, versuchte er diese Gedanken zu verscheuchen.

Er ganz allein war schuld, dass er nun so tief in Schwierigkeiten steckte.

Sein Smartphone hatte er, um es aufzuladen, im Wagen gelassen. Drei Anrufe waren am Abend eingegangen. Mitchi, Kathy und eine unbekannte Nummer.

Dana steckte sich eine Zigarette an. Sie war bleich, als hätte sie sich in der Nacht übergeben, und vielleicht hatte sie das auch, und er hatte es nur nicht mitbekommen.

Einmal, ganz kurz, während sie sich neben ihm bewegt

hatte, hatte er geglaubt, neben Linda zu liegen – das blonde Haar … In Wahrheit war es nur Danas Perücke gewesen.

»Was machen wir nun?«, fragte Dana krächzend, nachdem sie eine Zigarette geraucht hatte. »Ich brauche einen Kaffee.«

»Ich auch.«

»Ich habe geträumt, dass ich ein Kind bekomme – es hatte ein Gesicht wie aus Porzellan, aber dann hat das Wasser es mir weggenommen.«

»Das Wasser?«

»Ja, irgendwie ist es ins Wasser gefallen – ich habe nicht aufgepasst.«

Er wollte ihr etwas Nettes sagen, dass die Nacht schön gewesen war, dass er ihre Brüste mochte, etwas in dieser Art, aber er konnte es nicht, kein noch so fades Kompliment kam ihm über die Lippen.

»Wir brauchen eine Bleibe«, sagte er. »Ein anderes Hotel, aber diesmal muss es billiger sein. Ich habe …« Er dachte an die dreitausend Euro, die Dana bei sich hatte. Er hatte keine dreihundert Euro mehr.

Dann fiel ihm das Smartphone ein, seine Gedichte und das Loch im Kirschbaum.

Er musste an das Smartphone kommen, und dann würde er zur Polizei gehen, oder er würde diesem Herrmann ausrichten lassen, dass er John und Carlos nun den Arm umdrehen könnte – um es freundlich auszudrücken. Und diesem Herrmann wollte er auch noch eine Lektion erteilen.

Dann kam ihm noch ein anderer Gedanke. Linda müsste doch die Fotos irgendwo gespeichert haben. Wenn sie auf dem Laptop gewesen waren, waren sie gelöscht worden, aber es gab auch noch ihren E-Mail-Account. Warum war er bisher nicht auf den Gedanken gekommen, sich in ihren Account einzuloggen?

Er startete den Wagen.

»Wohin fahren wir?«, fragte Dana.

»Frühstücken«, sagte er, »und ein Geheimnis lüften.«

Auf der Severinstraße kannte er ein Internetcafé, wo ihm garantiert keiner über die Schulter blicken würde. Es lag in einem schmalen, hässlichen Gebäude, nicht weit von der Stelle, an der vor etlichen Jahren das Stadtarchiv eingestürzt war.

Er parkte in einer Seitenstraße vor dem Chlodwigplatz. Wer hier seinen Wagen entdecken wollte, hatte eine Menge damit zu tun, sämtliche Gassen abzusuchen. Wortlos kehrten sie auf die Severinstraße zurück.

»Fünfzig Meter die Straße hoch gibt es ein Café«, sagte er zu Dana. »Da kannst du frühstücken. Ich hole dich in einer Stunde ab.«

Er blickte ihr nach, wie sie die Straße hinauflief, ohne sich nach ihm umzudrehen. Offenkundig war sie auch froh, für ein paar Momente allein zu sein. Eine schwarze Strähne lugte unter ihrer Perücke hervor, doch es war ihm plötzlich gleichgültig. Er hatte genug von ihr – am liebsten wäre ihm gewesen, wenn er sie noch vor dem Abend in einen Zug Richtung Osten hätte setzen können.

Ein junger Türke hockte hinter einem kleinen Empfang aus Sperrholz und schaute sich auf einem winzigen Bildschirm ein Fußballspiel an. Er ließ sich den Computer in der hintersten Ecke zuweisen. Eine Stunde musste ausreichen. Mit einem Becher schwarzem Kaffee in der Hand startete er den Computer. Er bemerkte, wie seine Hände zitterten, als er Lindas E-Mail-Adresse eingab. Dann tippte er ihr Passwort ein, mit dem er sich in ihren Computer eingeloggt hatte. »Maximilian.«

Für einen Moment schloss er die Augen, nippte an dem Kaffee und spürte dem bitteren Geschmack nach. Er musste sich wappnen – was würde er nun zu lesen bekommen?

Als er die Augen öffnete, registrierte er, dass ihm der Zugang verweigert wurde.

Das Passwort war falsch.

Er startete drei weitere Versuche. Erst probierte er es mit ihrem Namen, dann mit »Paula«, dem Namen ihrer toten Mutter, dann gab er ›Frauenpower‹ ein.

Alle Versuche scheiterten.

Verdammt! Er wurde wütend auf sich. Er schaffte es nicht einmal, Lindas Mails zu lesen. Er würde die Hilfe des Computernerds aus dem Laden in Kalk gebrauchen, doch wenn der sich in ihren Account hacken musste, würde er mindestens einen Tag Zeit verlieren.

Aus einer Laune heraus tippte er seinen eigenen Namen ein – Jörn.

Er schluckte den letzten Rest Kaffee hinunter, während der Bildschirm sich öffnete.

Er hatte sich in Lindas Account eingeloggt – mit seinem Vornamen.

Die Kehle schnürte sich ihm zu, und hätte er nicht in einem schmutzigen, stinkigen Internetladen gehockt, hätte er wahrscheinlich losgeheult wie ein sentimentaler Alkoholiker.

Die letzte E-Mail war vor einem Tag bei Linda eingegangen – von einem Reisebüro, das eine Traumreise auf die Malediven anbot. Berit hatte ihr geschrieben, eine andere Freundin namens Sylvia, aber alle diese Mails waren älter. Er entdeckte auch drei Mails von Kuhn, die er jedoch nicht öffnete.

Ihn interessierten vielmehr die E-Mails, die sie zuletzt verfasst hatte.

Die letzte Mail datierte drei Tage vor ihrem Tod – sie war an Kuhn adressiert und bestand nur aus vier Worten: »LASS MICH IN RUHE!!!«

Er starrte auf die Buchstaben und konnte sie nicht recht begreifen. Hatte er sich in allem getäuscht? War das Verhältnis mit Kuhn tatsächlich längst zu Ende gewesen?

Ansonsten waren die E-Mails nicht von Belang. Sie hatte sich mehrmals an ihre Redaktion gewandt, hatte mit der Redaktionsassistentin abgemacht, einen Artikel über Flüchtlingspolitik zu schreiben, und nach einem Honorar für einen älteren Beitrag gefragt. Einer Verwandten hatte sie geschrieben, dann der Gärtnerei, die sich um die Gräber ihrer Eltern kümmerte. Mit einem gewissen Michael hatte sie sich für eine

Zeit kurz vor Weihnachten verabredet – anscheinend ein ehemaliger Mitschüler.

Nichts in diesen Mails hatte eine Bedeutung.

Er wollte sich schon daranmachen, wenigstens ihr Adressbuch zu kopieren, als er bemerkte, dass sie eine E-Mail als Entwurf gespeichert und nicht abgeschickt hatte. Diese Mail war an ihn gerichtet.

Sie stammte vom 13. November, geschrieben um dreiundzwanzig Uhr siebenunddreißig. Ein paar Stunden später war sie auf der Landstraße ums Leben gekommen.

Er spürte, wie sich Tränen in seinen Augen sammelten. Verdammt, Linda, flüsterte er stumm in sich hinein, was soll das alles? Was hast du getan?

Lieber Jörn, las er, *solltest Du diese Zeilen jemals zu Gesicht bekommen, wird mir etwas zugestoßen sein. Du hast als Reporter mit Deinem siebten Sinn reagiert und Dich in meine Mails eingeloggt. Gut so! Ich hätte Dir gerne ein klareres Zeichen gegeben, dass ich Deine Hilfe brauche, aber vorerst hoffe ich, dass Du auch so an diese Zeilen herankommst.*

Ich wollte eigentlich nur einen Artikel über Zwangsprostitution schreiben, doch dabei bin ich viel tiefer in eine andere Sache hineingerutscht. In Köln gibt es einen Drogenring, der ausgerechnet in Hahnwald einen Erotikklub betreibt. Wahrscheinlich, um Geld zu waschen. Eine junge Frau, die dort gearbeitet hat, hat zufällig den Tod eines Drogenkuriers miterlebt und fotografiert – ihr Smartphone liegt an einer Stelle, die nur wir beide kennen. Ein Ort wie aus einem Sommergedicht.

Die Frau ist nun auf der Flucht – ich beschütze sie, so gut ich kann, obschon ich nicht weiß, ob alles wahr ist, was sie mir erzählt hat.

Ich habe versucht, die Hintergründe über diesen Klub zu erfahren. Er gehört einer Real Life Company, die angeblich ein Büro in Düsseldorf hat. In Wahrheit ist es jedoch nur ein Postfach, das von einer Firma angemietet wurde, die auf der

Isle of Wight ihren Sitz hat. Sie heißt »White Knights«. Aber was das für weiße Ritter sein sollen, habe ich noch nicht herausgefunden. Sind die Templer wiederauferstanden? Oder ist auch dieser Name eine Täuschung? Und was sollten irgendwelche Ritter mit Drogen zu tun haben?

Jedenfalls ist der Klub nicht auffällig geworden. Bei der Polizei kennt man ihn gar nicht. Keine Razzia, nichts Auffälliges. Aber vielleicht ist das auch kein Zufall. Geschützt wird der Klub in der Nacht von einem Schäferhund – er heißt Spoon und hat früher bei der Polizei Dienst getan. Ein Polizeihund in einem Erotikklub? Wie kommt der da hin? Ich habe den Verdacht, dass wenigstens ein Polizist an dem Klub beteiligt ist. Solange ich die Hintergründe nicht kenne, werde ich jedenfalls die Polizei nicht einschalten.

Kuhn habe ich aus der Sache herausgehalten – genauso wie Berit und die anderen in meiner Redaktion.

Ach, es wäre schön, Dich an meiner Seite zu haben.

Vielleicht kommt ja alles wieder ins Lot
Linda

Er zuckte zusammen, als sich eine Hand auf seine Schulter legte.

Dana starrte ihn mit weit aufgerissenen Augen an. »John«, sagte sie, »ich glaube, ich habe ihn auf der Straße gesehen. Wenn er mich findet, bin ich tot.«

37.

Leonie von Berg drehte sich um, nachdem sie die Tür abgeschlossen hatte. Ihr Gesicht wirkte wie versteinert. »Wissen Sie, was der Ku-Klux-Klan ist?«, fragte sie.

Lena spürte, dass sie über diese Frage erschrak.

»Das ist ein rassistischer Geheimbund in den USA«, sagte Kathy. »Weiße, die Schwarze ermorden – Rassisten, die glauben, sie stellen die Krone der Menschheit dar.«

»Ja.« Leonie von Berg nickte. Sie war zu ihrer Kasse zurückgegangen und lehnte an dem Tisch. »So einen Klan gibt es auch in Deutschland – allerdings kleiner und harmloser. Die bringen keine Leute um, noch nicht.«

»Was hat das mit der Hundestaffel zu tun?«, fragte Lena.

»Die meisten Polizisten in der Hundestaffel haben sich für Ritter gehalten, weiße Ritter, die gegen den Schmutz in der Welt kämpfen. Ich bin fast sicher, dass sie mit dem deutschen Ku-Klux-Klan Kontakt hatten, und sie haben etwas gegen Ausländer und Frauen. Mich konnten sie von der ersten Sekunde an nicht leiden. Erst hieß es nur, ich würde die Hunde falsch führen, ich würde sie verzärteln, aus ihnen Schoßhunde machen wollen. Das war kompletter Unsinn, aber …« Sie wandte sich ab und griff nach ihrem Kaffeebecher. Sie nahm einen Schluck und blickte Lena mit eisigem Blick an. »Dann begann ich, Nachrichten auf meinem privaten Handy zu empfangen. ›Ich will dich ficken!‹ – ›Machst du für mich die Beine breit?‹ – ›Bist du nicht eine läufige Hündin?‹ Etwa so in der Art. Ich bin zu Kaller gegangen, meinem Chef, aber er hat seine Jungs immer nur verteidigt. Nein, solche Dinge würde keiner seiner Leute schreiben. Die Nachrichten stammten von dem Handy, das jemand einem Junkie abgenommen hatte. War also völlig ohne Gefahr, mir einen solchen Dreck zu schicken.«

Eine Frau in einem hellen Mantel stand vor der Tür. Sie klopfte gegen die Scheibe, Leonie von Berg schaute sie nur an und schüttelte den Kopf. Einen Moment später ging die Frau wieder.

»Ich wollte durchhalten, wollte nicht kneifen, aber dann haben sie mir etwas in meinen Kaffee getan. Ich war wie betrunken, ich schwankte und fiel hin. Sie haben mir gezeigt, dass sie alles tun konnten, ohne belangt zu werden. Kaller hat mich bloß für hysterisch gehalten, und wenig später habe ich mitgekriegt, wie bei einem Einsatz ein Päckchen Heroin verschwand, nicht viel, vielleicht zweihundert Gramm. Da wusste ich, dass es gefährlich für mich wurde. Ich habe anonym an die Zeitung geschrieben. Wir bekamen richtig Ärger, vor allem Kaller, aber den anderen war natürlich klar, wer dahintersteckte. Ich habe den Dienst quittiert, die Staffel wurde aufgelöst, und nun bin ich hier. Ich vertraue Menschen nicht mehr. Am liebsten würde ich es nur mit Tieren zu tun haben.«

»Ich bin seit zwanzig Jahren bei der Polizei«, sagte Lena. »Mein Vater war Polizist. Ich habe noch nie gehört, dass es da weiße Ritter geben soll.«

Leonie von Berg schaute Kathy an und lächelte matt. »Ja«, sagte sie. »So ist es. Niemand kann sich das vorstellen. Man wird als Irre abgetan, als Verschwörungstheoretikerin, aber ich sage die Wahrheit, zumindest die halbe, denn die ganze kenne ich gar nicht. Es gibt Polizisten, die sich für die Elite halten, die um sich herum nur Schmutz und Abschaum sehen und meinen, dagegen kämpfen zu müssen.«

»Wie sieht dieser Kampf genau aus?«, fragte Kathy. »Was tun solche Polizisten mit einem Päckchen Heroin, das sie stehlen?«

Leonie von Berg zuckte mit den Achseln. Als spürte er, dass sie Zuspruch brauchte, kam ihr Hund hervor und drückte sich an sie. »Wozu brauchen solche Leute Geld? Sie treffen sich irgendwo, sie haben Waffen, manchmal benötigen sie einen Anwalt, wenn etwas dumm läuft, vielleicht haben sie auch mit anderen Kreisen Kontakt – die rechte Szene … Ach, ich will darüber gar nicht mehr sprechen.« Sie tätschelte ihrem Irish Setter den Kopf.

»Ist jemand angeklagt oder wenigstens suspendiert worden?«, fragte Lena.

»Nein, ich glaube nicht. Alle haben sich untereinander geholfen, haben sich gedeckt und abgesprochen, und Kaller …« Sie seufzte. »Ich habe selten einen argloseren Menschen bei der Polizei getroffen. Er war der Einzige, der gehen musste.«

Für einen Moment trat Stille ein. Luna, der Irish Setter, gähnte laut, dann blickte er sein Frauchen an, als hätte er alles mitbekommen und wollte ihr sagen: Keine Sorge, nun ist doch alles gut.

»Ich muss den Laden wieder öffnen«, sagte Leonie von Berg. »Es hat sich eine Reisegruppe angemeldet. Mitunter mache ich Ortsführungen … Wenn Sie nun bitte gehen würden?«

»Gleich.« Lena machte einen Schritt auf sie zu. »Ich ermittle in zwei Mordfällen, und möglicherweise haben Mitglieder Ihrer ehemaligen Hundestaffel damit zu tun. Ich brauche Namen. Wer war der Anführer dieser weißen Ritter?«

Leonie von Berg ging zur Tür und öffnete sie. Ein Schwall kalter Luft drang herein. »Bedauere«, sagte sie, »mehr erfahren Sie von mir nicht. Ich will hier in Ruhe weiterleben – mit meinem Lädchen, meinem Hund. Köln werde ich nie wieder betreten – das habe ich mir geschworen.«

Schweigend fuhren sie zurück. Kathy wirkte nachdenklich und in sich gekehrt. Sie fuhr langsam, immer auf der rechten Spur. Fast schien es, als würde sie um die Panik wissen, die Lena in einem Auto von einer Sekunde auf die nächste überfallen konnte.

»Hast du schon mal von weißen Rittern gehört?«, fragte Lena, als sie Köln fast erreicht hatten.

Kathy schaute sie an. »Du meinst, in meiner früheren Zeit, als ich noch für den Verfassungsschutz gearbeitet habe? Ich weiß, dass es viele rechte Gruppen gibt, vor allem im Osten. Auch von dem deutschen Ku-Klux-Klan habe ich schon gehört und von rechten Bands mit merkwürdigen Namen. Die heißen ›Brainwash‹, ›Stahlgewitter‹ oder ›Skrewdriver‹ und spielen in abgelegenen Gasthäusern oder in irgendwelchen Scheunen. Aber weiße Ritter hier, mitten in Köln? Nein, davon habe ich noch nie gehört, und ich glaube es auch nicht.« Sie seufzte. »Wer könnte uns helfen?«

»Ich weiß nicht«, sagte Lena. »Wir müssen herausfinden, wer alles in dieser Hundestaffel dabei war. Natürlich gibt es Unterlagen darüber. Im Präsidium wird der ein oder andere die Namen kennen, aber wenn ich zu offensiv nachfrage, werde ich einige Leute aufschrecken. Falls ich es nicht schon getan habe.«

Sie nahm ihr Smartphone hervor. Ihr Vater hatte ihr geschrieben, dass er wieder gestürzt sei, und Jonathan Mahlke hatte eine Nachricht hinterlassen. »Gute Besserung! JM.«

»Es gibt doch jemanden, den ich fragen könnte«, sagte sie dann. »Von einem weiß ich, dass er dabei war.«

»Mir geht es besser«, tippte sie als Antwort auf Mahlkes Nachricht. »Lust auf ein Glas Wein? Heute Abend um 8 im Fioretto?«

Die Antwort kam nach einer halben Minute. Ein Smiley.

Ihr Vater empfing sie mit einem neuen Pflaster auf der Stirn, er reichte ihr die Hand, und zum ersten Mal wirkte er kraftlos und gebrechlich.

»Schön, dass du kommst«, murmelte er und verzog sich in das Wohnzimmer in seinen Sessel. Er ging nun anders, registrierte sie, mit durchgedrückten Knien, als müsse er sich auf ein Hindernis, einen Sturz vorbereiten.

Er nahm seine Pfeife in die Hand und steckte sie in den Mund, ohne sie anzuzünden.

»Rita war da«, sagte er. »Ich habe mir in der Küche an einem Schrank den Kopf angeschlagen. Sie weiß nun Bescheid ... Na, jedenfalls mehr als vorher. Ich konnte sie nicht länger belügen.«

Eine Welle des Mitleids schwemmte über sie hinweg – so hatte sie ihn noch nie gesehen, so schwach und mutlos.

»Ich beginne über mein Leben nachzudenken«, sagte er vor sich hin. »Ich hätte mir ein paar Notizen machen sollen, hin und wieder.« Er lächelte matt. »Weißt du? Ich hätte gerne ein Buch über meine Arbeit geschrieben. ›Der kölsche Kommissar‹ – so etwas in der Art. Ein Kollege von mir hat einmal einen Roman verfasst, ich glaube, er hat ein wenig übertrieben, was die Arbeit der Polizei anging, aber ...«

»Polizeiarbeit ist langweilig«, unterbrach Lena ihn. »Das weiß doch jeder.«

Er nickte stumm und sah auf seine Hände. »Es ist erstaunlich, wie schnell ein Leben vergeht. Wenn man nachdenkt ... Ich weiß noch, wie aufgeregt ich war, als du geboren wurdest, und nun sitze ich hier, zweiundvierzig Jahre später, und es ist immer mehr Finsternis um mich herum ...« Er brach ab.

»Soll ich etwas für dich kochen? Hast du Hunger?«

Er schüttelte den Kopf und starrte auf seine Hände, als könnte er seine Gliedmaßen nicht mehr erkennen.

Eigentlich hatte sie mit ihm über die Hundestaffel sprechen wollen, darüber, wen er dort kannte, ob er ein paar Erkundigungen einziehen konnte und ob er schon jemals etwas von weißen Rittern bei der Polizei gehört hatte.

»Weißt du, was ich heute Morgen gedacht habe?« Er blickte auf. Sein Gesicht verzog sich zu einem bitteren Lächeln. Bartstoppeln glänzten an seinem Hals. Auch das Rasieren schien ihm schwerzufallen. »Ich habe gedacht, dass deine Mutter mit so vielen Dingen recht gehabt hat. Heute Morgen habe ich zum Beispiel gedacht, ich hätte häufiger ins Museum gehen sollen, um Gemälde anzuschauen – Farben sehen, bunte Menschen ... Deine Mutter hat mir oft von ihrem Lieblingsbild vorgeschwärmt. ›Hauptweg und Nebenwege‹ von Paul Klee.«

Lena spürte, dass sie unwillkürlich schluckte. Ja, dieses Bild hatte ihre Mutter ihr auch im Museum Ludwig gezeigt, da war sie sechs oder sieben Jahre alt gewesen. »Ein Gemälde voller Weisheit«, hatte ihre Mutter gesagt. »Es gibt einen Hauptweg und Nebenwege im Leben.«

»Nun ist es zu spät«, sagte ihr Vater. »Jetzt kann ich das Bild nicht mehr richtig sehen.« Er seufzte.

»Ich habe ein Problem«, sagte sie.

»Es geht um deinen Fall«, sagte er. Hinter seiner Brille begannen seine Augen wieder zu funkeln. Für Polizeiarbeit konnte man ihn immer noch interessieren. »Du hast die Frau aufgesucht, die alles ins Rollen gebracht hat ... Wie heißt sie noch gleich? Leonie von Berg – sie wohnt in Monreal, hat dort ein Geschäft. Wie bist du da hingekommen? Hast du dir ein Auto von der Fahrbereitschaft geben lassen?«

»Also hast du dich umgehört«, erwiderte sie, ohne seine Frage zu beantworten.

»Natürlich. Wenn ich dir nicht versprochen hätte, mich nicht mehr hinter das Steuer zu setzen, wäre ich sogar nach Brühl zu der Hundestaffel rausgefahren, aber ich habe auch so noch ein paar Kontakte.«

»Ich brauche eine Liste mit Namen«, sagte Lena. »Wer damals alles dabei war, als man Kaller in die Wüste geschickt hat.«

»Und das alles nur, weil der Neue in eurem Kommissariat diesen Zettel abgerissen hat?«

»Nein«, sagte sie. »Nicht nur – es sind noch andere Dinge passiert. Diese Dose ist aus der Kriminaltechnik verschwunden. Jemand hat eine Frau beim ›Express‹ auffliegen lassen, weil sie mal beim Verfassungsschutz war. Das kann auch nur ein Insider gewesen sein.« Von dem unbekannten Anrufer, der sie offenbar überwacht hatte, sprach sie besser nicht, damit ihr Vater sich nicht unnötig Sorgen machte.

»Du kriegst eine Liste«, sagte er. »Morgen oder übermorgen, und …« Zum ersten Mal lächelte er ohne einen Hauch von Verzagtheit. »… und ich werde ganz diskret vorgehen, versprochen.«

Sie hatte einige Fehler gemacht, fiel ihr auf. In einem Bistro am Chlodwigplatz gönnte sie sich einen Milchkaffee. Es war kalt und regnerisch. Die Menschen gingen gebückt gegen den Wind über den Platz. Sie hatte sich nicht Falks Wohnung angesehen, sie hatte nicht nach seinem Auto gefahndet und versucht, an seine Mails und Handydaten heranzukommen, und überhaupt war sie nicht ihrer Intuition gefolgt. Jörn Falk hatte sich nicht umgebracht, gewiss nicht. Er war bereits auf der Flucht gewesen, als er sie im Stadtgarten angesprochen hatte. Was wäre gewesen, wenn sie ihn mit in ihre Wohnung genommen hätte? Wären seine Mörder ihm gefolgt? War diese Frau, die offenbar Zoja hieß, da schon bei ihm gewesen? Und wo war die Verbindung zu der Hundestaffel, zu irgendwelchen weißen Rittern?

Christian Falk hatte sich sofort bereit erklärt, nach seiner Sprechstunde zu kommen und ihr die Wohnung seines Bruders zu öffnen. Er hatte im Haus in Fühlingen einen Schlüsselbund für diese Wohnung gefunden, hatte sich die Räumlichkeiten aber selbst noch gar nicht angesehen.

»Ich habe gar nicht gewusst, wo die Wohnung lag«, hatte er ihr entschuldigend am Telefon erklärt.

Sie wartete im Regen vor dem Haus Nummer zwölf in der Mainzer Straße. Mitchi Vogel hatte ihr eine SMS geschickt. »Bin noch im Krankenhaus. Das Herz! Es ist nicht schön zu sterben.«

Als Lena überlegte, ihr eine unverfängliche Antwort zu schicken, stieg ein Mann aus einem weißen Renault Kombi. Christian Falk hob grüßend die Hand. »Tut mir leid, dass ich zu spät komme«, sagte er. »Heute war in der Praxis der Teufel los.«

Christian Falk brauchte ein paar Versuche, um den richtigen Schlüssel für die Haustür zu finden. Er schien tatsächlich noch nie in der Wohnung seines Bruders gewesen zu sein.

»Sollte ich Sie fragen, warum Sie Jörns Wohnung sehen wollen?«, fragte er, während sie in dem engen Treppenhaus hinaufgingen. Einen Fahrstuhl gab es in diesem Mietshaus nicht. »Oder besser nicht?«

Lena schaute ihn an. »Besser nicht«, sagte sie. »Ich habe Ihren Bruder vor seinem Tod getroffen, ganz zufällig. Er war da schon in Schwierigkeiten, aber er wirkte nicht, als wollte er sich umbringen.«

»Ich muss es leider gestehen: Ich habe Jörn nicht gut gekannt. Seit unsere Eltern gestorben sind, hatten wir kaum noch Kontakt. Er war jemand, der immer nur sich selbst gesehen hat, schon als Kind. Mich wollte er nie dabeihaben, wenn er etwas unternahm, und er hat immer alles austesten müssen. Mit zwölf war er das erste Mal total betrunken, mit vierzehn hat er Drogen ausprobiert. Erst Linda hat ihm Halt gegeben.«

Die Wohnung lag in der vierten Etage, unter dem Dach. Ein muffiger Geruch schlug ihnen entgegen. Lena verschaffte sich rasch einen Überblick. Die Wohnung war winzig und wurde nur von zwei Dachfenstern erhellt; ein Raum mit einer Kochecke, ein Schlafzimmer in der Größe eines Wandschranks und ein Bad ohne Fenster. Auf Möbel hatte Jörn Falk offenbar keinen großen Wert gelegt. In dem Wohnraum befanden sich eine graue Couch, die neu aussah, ein ebenfalls neuer Flachbildschirm, der auf einem Stuhl stand, und ein schmaler, rot lackierter Holztisch. Keine Bilder an den Wänden, keine Bücher oder CDs. Keine Erinnerungsstücke. Lediglich ein Stapel Zeitungen in einer Ecke vor einem lauwarmen Heizkörper.

»Hier hat er zwei Jahre gewohnt?« Christian Falk strich sich über seinen Bart. »Kaum zu glauben!«

Wer hier etwas gesucht hatte, hatte leichtes Spiel gehabt. Lena ging zu der Kochecke und öffnete den Kühlschrank, der bis auf ein Stück Butter, zwei Joghurts und zwei Flaschen Bier völlig leer war. Auch der Schrank über dem Kühlschrank enthielt nur ein paar Teller und Tassen. Ein Telefon gab es nicht, lediglich eine Easybox, aber ein Computer war nirgends zu sehen.

Lena ging in das Schlafzimmer, das mit einer Schiebetür von dem Wohnraum abgetrennt war. Kleidungsstücke hingen über einem Stuhl. Ein Doppelbett nahm fast den gesamten Raum ein. Aber die Matratze fehlte. Ein Laken und eine dünne Bettdecke lagen über einem Lattenrost. Der Kleiderschrank aus billigem Sperrholz stand offen. Lena blickte hinein. Ein paar Hosen, Hemden und Unterwäsche entdeckte sie. Alles ziemlich durcheinander. Irgendwie machte es den Eindruck, als hätte Jörn Falk eilig ein paar Sachen zusammengerafft.

»Was wollten Sie hier finden?«, rief Christian Falk ihr zu.

Sie zuckte stumm mit den Achseln. Sie wusste es selbst nicht, ein Versteck vielleicht, eine Botschaft. »Ich wollte mir einen Eindruck verschaffen«, erklärte sie vage, während sie in den Wohnraum zurückkehrte.

»Linda und Jörn hatten ein wunderschönes Haus in Fühlingen, und so hat er hier gelebt.« Christian Falk schien sich immer unbehaglicher zu fühlen. »Ich muss das alles ausräumen lassen«, sagte er müde. »Ich bin nun der Erbe meines Bruders.«

Sie verließen die Wohnung. Christian Falk wirkte bedrückt. »Ich muss morgen zum Anwalt«, sagte er. »Jörn hatte ein Bankkonto und ein paar Aktien. Ich will das alles nicht.«

Als sie die Haustür beinahe erreicht hatten, wandte Lena sich noch einmal um. Wo war der Briefkasten, aus dem Kathy den Strafzettel geangelt hatte? Eine Reihe grauer Metallkästen hing im hinteren Teil des Treppenhauses.

»Haben Sie auch einen Schlüssel für den Briefkasten?«, fragte sie Falk.

Stumm reichte er ihr den Schlüsselbund.

Sie nahm einen kleinen grauen Schlüssel hervor und steckte ihn in das Schloss der Metallbox, auf der auf einem angeklebten Heftpflaster in blauer Handschrift »Jörn Falk« stand.

Sofort quoll ihr ein Wust von Papier entgegen. Zeitungen, Prospekte, der Brief einer Bank und ein gelb-schwarzer Abholzettel der Post.

Überrascht zog Lena die Augenbrauen in die Höhe, als sie las, wer Falk ein Päckchen geschickt hatte. Als Absender hatte er sich selbst angegeben – Jörn Falk, Am Kutzpfädchen. Das war seine Fühlinger Adresse.

Rasch schob sie sich den Zettel in die Tasche ihrer Jacke. Dann verstaute sie die Zeitungen und Papiere wieder in dem Briefkasten. »Nichts Interessantes dabei«, sagte sie und gab Christian Falk den Schlüsselbund zurück.

38.

Er hätte etwas zu trinken gebraucht, einen Cognac oder einen Wodka. Seine Hände zitterten, als er den Computer ausschaltete.

»Was machen wir jetzt?«, fragte Dana. »John hat mich nicht gesehen, da bin ich ganz sicher, aber trotzdem …«

Er nickte. Weiße Ritter – sie hatten sich mit weißen Rittern eingelassen? Das klang fast so unglaublich wie Mitchis Geschichte von den Bilderbergern, die die Welt beherrschten.

»Dieser John kennt mich vermutlich nicht. Ich werde mich umsehen«, sagte er. Nein, dachte er, das stimmte nicht. Wenn die Kamera ihn vor dem Klub eingefangen hatte, kannten sie sein Gesicht.

Dana umklammerte seinen Arm. »Willst du mich hier in …« Sie suchte nach Worten. »… in diesem Laden allein lassen?«

»Wir gehen zum Auto«, sagte er. »Ganz langsam.«

Auf der Severinstraße herrschte der normale Betrieb. Ein Lieferwagen parkte so, dass kein Auto mehr vorbeikam. Ein lautes Hupen entstand. Jemand rief einen Fluch. Ein anderer Wagen begann ebenfalls zu hupen.

Sie hasteten den Gehweg entlang. »Siehst du irgendwo diesen John?«, fragte er.

Dana schüttelte den Kopf. Dann aber erblickte er einen Mann mit einem schwarzen Basecap, der ihn einen Moment zu lange anschaute. Der Kerl war groß, sicher ein Meter neunzig, er trug eine schwarze Lederjacke, dunkle Jeans und Turnschuhe.

Er nahm Dana an die Hand und zerrte sie in eine Seitenstraße hinein. Severinskloster. Sie liefen weiter, umrundeten in einem Bogen die Kirche Sankt Severin. Von dem Mann mit dem Basecap war nichts mehr zu sehen.

Dana hatte zu schluchzen begonnen. Als er ihre Hand loslassen wollte, packte sie umso verzweifelter zu.

Sein Smartphone klingelte. Eine unbekannte Nummer. Hatte dieser John ihm die Drohungen geschickt? »Morgen bist du tot!«

»Falk«, sagte Raimund Bahner so seelenruhig, wie es seine Art war. »Störe ich dich? Können wir reden?«

»Ich bin unterwegs«, stieß er hervor. »Worum geht es?«

»Die Autonummern«, sagte Bahner. »Ich habe etwas herausgefunden. Können wir uns treffen – bei McDonald's in einer Stunde? Dann habe ich Mittagszeit.«

»Ich weiß nicht«, erwiderte er. »Ich will es versuchen.« Er unterbrach die Verbindung. Er hatte nun andere Sorgen als ein paar Autonummern. Warum hatte er diese Nummern überhaupt aufgeschrieben? Wenn er etwas über den Klub Real Life herausfinden wollte, musste er so recherchieren, wie Linda es gemacht hatte. Wem gehörte der Klub? Wer waren die Hintermänner? Vielleicht könnte Bahner darüber etwas in Erfahrung bringen.

Sie bogen wieder auf die Severinstraße ein. Sein Herzschlag hatte sich beruhigt. Auch Dana schluchzte nicht mehr.

Wenn dieser John wusste, welchen Wagen er fuhr, dann würde er hier irgendwo lauern, aber was hätte er tun können: sie mitten auf der Straße erschießen?

Er schloss den Volvo auf, dann stiegen sie ein.

Er wartete einen Moment, dass jemand auf ihn zukam, doch nichts geschah.

»Fahr endlich los!«, zischte Dana ihm zu.

Er startete den Motor. Nach fünfzig Metern gelangte er auf den breiten Sachsenring.

Sie brauchten eine Unterkunft, irgendein billiges, unauffälliges Hotel. Ihm fiel eine Absteige ein, in der er vor einem Jahr einmal eine junge Frau getroffen hatte, die ihm Informationen zu einem Bauskandal hatte geben wollen. Dann aber war an der Sache gar nichts dran gewesen. Geestemünder Hof hatte das Hotel geheißen – mehr als einen Stern hatte es bestimmt nicht verdient gehabt.

Dana steckte sich wieder eine Zigarette an. Er war froh, dass sie schwieg.

Was hatte er nicht beachtet? Er begriff einmal mehr, dass ihm die ganze Sache über den Kopf gewachsen war. Er sollte das Smartphone holen und dann die Polizei einschalten. Oder sollte er doch ein Geschäft eingehen: das Smartphone als Preis dafür, dass man sie in Ruhe ließ?

Ein schwarzer SUV wischte mit hohem Tempo an ihm vorbei, so schnell, dass er das Nummernschild nicht lesen konnte.

Er fuhr um den Barbarossaplatz herum, langsam und kontrolliert, doch statt nach Süden hielt er sich Richtung Osten. Wenn dieser John klug war und wenn er tatsächlich sie und ihren Wagen entdeckt hatte, dann müsste er lediglich an dem Volvo einen Peilsender anbringen. Die Dinger gab es im Internet für jedermann zu kaufen.

»Alles in Ordnung?«, fragte Dana. Sie starrte ihn an.

Er nickte. »Wir müssen noch etwas erledigen, dann suchen wir uns ein Hotel.«

Das Parkhaus an der Köln-Arena war an einem Dienstagnachmittag fast vollkommen leer. Er fuhr in die oberste Etage hinauf. Hier standen nur drei Autos, ein alter Citroën, ein beigefarbener Mercedes und ein Transit einer Autovermietung.

»Aussteigen!«, sagte er, nachdem er den Motor abgestellt hatte. »Und nimm deine Tasche mit.«

Der Peilsender bestand aus schwarzem Plastik und war kaum größer als ein Daumennagel. John hatte sich nicht viel Mühe gegeben und ihn unter den rechten Kotflügel geklemmt. Er nahm ihn heraus und ging zu dem Mercedes hinüber, um ihn gleichfalls unter dem Kotflügel anzubringen.

Dana schaute ihn an. »Was war das?«, fragte sie panisch. »Was hast du gemacht?«

»John hat uns ein kleines Geschenk dagelassen«, erwiderte er. »Ich habe es weiterverschenkt.« Er nahm seine Sachen aus dem Auto und verriegelte es. Dann gingen sie die Auffahrt hinunter. Verkehrslärm drang zu ihnen herauf, doch kein Auto kam ihnen entgegen. Hier, dachte er, hier hätte John eine echte Chance gehabt, sie einzukassieren. Die ganze Zeit hielt er die Waffe in seiner Jackentasche umklammert.

Schweigend trottete Dana neben ihm her. Sie schien in einen Zustand der absoluten Gleichgültigkeit verfallen zu sein.

Seit Bahners Anruf waren fünfzig Minuten vergangen – er würde es also noch pünktlich zu McDonald's in den Deutzer Bahnhof schaffen, der etwa zweihundert Meter von dem Parkhaus entfernt lag.

Sie luden ihre Sachen in den Kofferraum eines Taxis, das vor dem Bahnhof stand. Eilfertig kam der Fahrer heraus – ein etwa fünfzigjähriger Mann mit einem buschigen Schnauzbart.

»Meine Begleiterin steigt schon ein, aber ich muss noch etwas im Bahnhof erledigen«, erklärte er dem Fahrer. Dann wandte er sich Dana zu. »Ich bin gleich wieder da. Es dauert höchstens zehn Minuten.«

Bahner erwartete ihn bereits. Er saß nahe am Eingang, vor sich zwei Kaffeebecher. Er umarmte ihn kurz und bat ihn mit einer knappen Geste, sich zu setzen.

»Falk«, sagte er, »hast du dir die Haare gefärbt? Hat nichts genutzt. Du siehst schlecht aus. Was ist los?«

Die meisten Tische waren leer. An einem saßen drei Jugendliche, die alle auf ihr Smartphone starrten, an einem anderen fütterte eine junge Frau ihr kleines Kind mit Fritten. Nirgendwo ein Mann mit einem Basecap.

»Ich habe ein wenig Ärger«, sagte er.

»Du bist beim ›Express‹ rausgeflogen. Warum?«, fragte Bahner.

Er zuckte mit den Achseln. »Stress mit dem Chefredakteur, aber was ist mit den Autonummern?«

Bahner lächelte, entspannt und untypisch freundlich. »Kannst du mir ein wenig mehr sagen? Woher hast du die Nummern? Warum willst du etwas über die Halter wissen?«

»Bedauere. Ich recherchiere noch, aber wenn ich mehr weiß, verrate ich es dir zuerst.«

Bahner nippte an seinem Kaffee. »Eigentlich dürfte ich so etwas nicht tun, doch dir zuliebe bin ich über meinen Schatten gesprungen. Die Autos sind alle nicht auf Privatpersonen zugelassen. Der SUV auf eine Real Life Company, der BMW auf eine Vermögensgesellschaft, und der Mercedes gehört einer Privatbank, Bankhaus Lampe und Co. Tut mir leid, dass ich nicht mehr herausfinden konnte.« Bahner lächelte und schob ihm einen Zettel mit den Angaben zu.

Er spürte, dass sein Smartphone klingelte. Zum Glück hatte er es stumm geschaltet. Vermutlich verlor Dana bereits die Geduld. Er trank von seinem Kaffee. Erschöpfung machte sich in ihm breit. Vielleicht sollte er hier und jetzt einfach alles erzählen. Bahner war Polizist, Staatsschutz, er könnte diskret mit Informationen umgehen.

»Was ist mit diesem Smartphone, das du orten wolltest?«, fragte Bahner. »Hast du es gefunden?«

»Beinahe«, sagte er und steckte Bahners Zettel ein. »Ich werde deine Hilfe brauchen.« Dann stand er auf, trank im Stehen einen weiteren Schluck Kaffee und ging.

Der Geestemünder Hof war genau die Absteige, die er in Erinnerung hatte. Er buchte ein Zimmer im Erdgeschoss für drei Tage, bis Freitag, bis zu dem Tag, an dem Dana abfahren würde – für sich allein, auf einen falschen Namen. Der glatzköpfige Hotelier wollte zum Glück keinen Ausweis sehen. Er bezahlte im Voraus. Zweihundertvierzig Euro. Er würde Dana bei nächster Gelegenheit ein paar Scheine aus ihrem Kulturbeutel stehlen müssen.

Dana schlich durch die Terrassentür ins Zimmer. Sie legte sich gleich aufs Bett, rauchte und starrte zur Decke.

»Was tun wir hier?«, fragte sie.

Er versuchte sie aufzumuntern. »Hier wird uns niemand finden«, sagte er und bemühte sich, zuversichtlich zu klingen. »Der Volvo steht in dem Parkhaus, und mein Smartphone können sie nicht orten. Sonst hätten sie es längst getan.«

»Du bringst mich nach Hause?«, fragte sie.

»Ja«, sagte er. »Am Freitag, wie versprochen. Ich muss gleich noch etwas erledigen. Ich weiß jetzt, wo dein Smartphone mit den Fotos ist. Dann haben wir alles, was wir brauchen.«

Sie richtete sich auf. »Ganz sicher?«

»Ganz sicher.« Er beobachtete, wie sie zurücksank, und wenig später war sie eingeschlafen. Er löschte das Licht, ließ nur eine Lampe in dem geräumigen Bad nebenan brennen.

Es tat gut, in der Dunkelheit zu liegen und zur Ruhe zu kommen. Aus dem Hotel war kein Geräusch zu vernehmen. Wahrscheinlich gab es keine anderen Gäste, und Straßenlärm wehte nicht zu ihnen herüber. In diesem Teil Kölns herrschte abends absolute Ödnis – hier wohnte kaum jemand, in der Nähe gab es lediglich eine Schlosserei. Er überlegte, wie weit es bis zu seinem Haus in Fühlingen war – allenfalls fünf, sechs Kilometer. Ein ausgedehnter Spaziergang, nicht mehr. Er würde an der nächsten Tankstelle etwas zu essen und zu trinken besorgen und dann weitergehen. Selbst wenn sich jemand im Haus aufhielt, würde ihn niemand im Garten bemerken.

Dana hatte sich auf die Seite gedreht und schnarchte leise. Er deckte sie zu. Die Decke roch muffig und hatte zwei Brandlöcher.

Unbemerkt konnte er sich aus dem Hotel schleichen.

Fröstelnd ging er die Straße entlang. Zum Glück regnete es nicht. Es war kurz nach zwanzig Uhr. Auf der Neußer Landstraße reihte sich noch Wagen an Wagen. Scheinwerfer blitzten auf. Niemand, der ihn zu beachten schien. An der Tankstelle, die er früher selbst oft besucht hatte und die mitten in einem einsamen Waldstück lag, besorgte er sich einen Kaffee. Für Dana kaufte er drei Sandwiches, eine Tüte Chips und eine Flasche Crémant.

Er brauchte fünfzig Minuten bis Fühlingen.

Kathy, die schöne Elfe, hatte ihm eine Nachricht hinterlassen. »Warum meldest du dich nicht mehr?«

Er war drauf und dran, ihr zurückzuschreiben, aber dann unterließ er es. Wie hätte er ihr den ganzen Schlamassel erklären sollen, in dem er steckte?

Lindas Straße lag verlassen da. Ja, so dachte er: Lindas Straße. Er sehnte sich nach ihr – er sehnte sich nach Bürgerlichkeit, nach einem warmen Abendessen mit ihr, nach einem Glas Rotwein auf der Terrasse, nach einem ganz normalen Leben.

In den Häusern brannte Licht. Er glaubte, die Silhouette von Sigmund Mölln in der Küche des Nachbarhauses auszumachen.

Kein schwarzer SUV war zu sehen, aber so dumm würden sie auch nicht sein, hier in der Gegend zu parken.

Vorsichtig, mit gesenktem Kopf, ging er weiter. Das Haus war dunkel, nirgendwo ein Schatten, eine Bewegung. Ein weißer BMW parkte da, den er nicht kannte.

Er spähte durch die Hecke in den Garten. Der Rasen stand hoch, an vielen Stellen mit Laub bedeckt. Der Kirschbaum war fast völlig kahl.

Das Gartentor, das versteckt in der Hecke lag, wurde nur mit einem breiten Gummiband verschlossen. Er zog es ab und öffnete das Tor. Es knarrte laut. Die Scharniere waren verrostet. Linda hatte sich in den letzten zwei Jahren kaum noch um den Garten gekümmert.

Gebückt schlich er an dem Komposthaufen vorbei auf den mächtigen Kirschbaum zu. Seine Schritte knirschten auf dem nassen Laub. Sein Mund war plötzlich trocken, und wieder hielt er die Pistole umklammert. Er würde nicht schießen, niemals, trotzdem verlieh ihm die Waffe Sicherheit.

Nach zehn Schritten hatte er den Baum erreicht. Mit einer Hand griff er zu einer Gabelung hinauf, zu einer Stelle, an der sich der Stamm zu zwei kräftigen Ästen teilte. Dort war ein Hohlraum entstanden, ein größeres Astloch, in dem sie damals, vor einer halben Ewigkeit, ihre Gedichte hinterlegt hatten. Linda hatte damit angefangen, in dem ersten Sommer, den sie im Haus verbracht hatten. Er sah sie noch vor sich, sie hatte ein langes gelbes Kleid getragen, das so eng war, dass sie sich kaum darin hatte bewegen können. Er spürte noch ihren Duft – wie trockenes Stroh hatte sie gerochen.

Er hatte sich nicht geirrt – er ertastete einen kleinen, viereckigen Gegenstand, der in eine Plastiktüte eingeschlagen war. In dem Moment, als er das Smartphone aus dem Astloch hervorholte, sprang im Haus das Licht an. Nein, nicht im Haus, auf der Terrasse – die zwei weißen Lampen leuchteten grell auf. Ein großer Schatten fiel auf die Rasenfläche.

»Falk!«, rief eine Männerstimme. »Bist du das?«

Er ließ das Smartphone in die Plastiktüte mit den Chips und den Colaflaschen gleiten, dann trat er unter dem Kirschbaum hervor.

Kuhn – die Stimme gehörte Kuhn.

»Was tust du hier, Richard?«, rief er. Seine Stimme überschlug sich beinahe, dabei war er erleichtert, dass es Kuhn war, der da zehn Meter von ihm entfernt stand.

Er ging auf ihn zu.

Kuhn erwartete ihn breitbeinig, die Händen in die Hüfte gestemmt. Er trug einen langen dunklen Wollmantel. Die Haare hingen ihm ins Gesicht. Anscheinend war er eben erst ins Haus gekommen.

»Ich habe noch einen Schlüssel«, sagte Kuhn, nun leiser, defensiver. »Ich habe dreimal in der Redaktion angerufen, aber du hast es natürlich nicht für nötig befunden, mich zurückzurufen. Ich brauche sie wieder … meine Briefe an Linda.«

Offenbar hatte niemand in der Redaktion dem werten Herrn Professor richtig Auskunft gegeben.

»Ich …« Ich bin gefeuert worden, wollte er schon sagen, ließ es dann aber. »Ich hatte zu tun.«

»Du bist wirklich zurück ins Haus gezogen?« Kuhn deutete in den Wohnraum, auf das Durcheinander, das da entstanden war.

»Warum nicht?«, fragte er zurück.

Kuhn schaute ihn finster an.

Ihre Affäre war lang zu Ende, dachte er bitter, warum hatte Linda ihm das nicht gesagt?

»Weißt du, wo Linda die Briefe aufbewahrt hat?«, fragte er, während Kuhn ihm beinahe vorwurfsvoll ein Schlüsselbund entgegenstreckte – Ersatzschlüssel für das Haus und die Garage, die Linda ihm irgendwann einmal anvertraut haben musste.

Er nahm sie wortlos entgegen.

»Es sind zehn Briefe«, sagte Kuhn. »Ich glaube kaum, dass sie für dich interessant sind.« Nun hatte sich Spott in seine Stimme geschlichen. »Ich vermute, sie sind in dem Sekretär in ihrem Arbeitszimmer. Darf ich mich umsehen?«

Er zuckte mit den Achseln. Dann betraten sie gemeinsam das Haus durch die Terrassentür.

Während Kuhn die Treppe hinauf ins Lindas Arbeitszimmer ging, begab er sich in die Küche. Überall waren noch die Spuren seines letzten Besuches zu sehen, der Karton der Pizza, die er aufgetaut hatte, Kaffeereste in Tassen, Kleidungsstücke, Handtücher …

Er stellte sich, ohne Licht zu machen, an das Fenster und blickte auf die Straße. Über sich vernahm er Kuhns Schritte. Mühsam widerstand er der Versuchung, das Smartphone hervorzuziehen. Ein Gefühl der Erleichterung durchflutete ihn. Er hatte, was er wollte – die Bilder von dem Drogenkurier, der Grund, warum man Linda getötet hatte. Es war, als hätte er nun einen echten Trumpf in der Hand.

Dann entdeckte er den Mann mit dem Basecap auf der Straße. Er hielt einen Schäferhund an der Leine und blickte zum Haus hinüber, lief aber weiter, ohne innezuhalten.

Sie hatten ihn erwartet – sie wussten, dass er da war.

Sein Herz begann zu rasen. Er war nun doch einfach so in die Falle getappt, wie ein Idiot, der sich zu sicher gefühlt hatte.

Kuhn kam die Treppe hinunter, in der Hand einen Packen Briefe. Zwei oder drei waren offenkundig gar nicht geöffnet worden.

»Kannst du mir einen Gefallen tun?«, fragte er mit zitternder Stimme. »Ich … Mein Wagen ist kaputt. Kannst du mich mit in die Stadt nehmen? Ich habe da einen dringenden Termin.«

Kuhn nickte wortlos, während er mit leerem Blick auf die Briefe starrte. Für einen Moment sah es aus, als hätte er Tränen in den Augen.

»Wo steht dein Wagen? Vor der Tür?«

Kuhn nickte wieder. »Der weiße BMW.«

Vor der Tür hieß: die Haustür schließen, drei Stufen hinuntergehen, dann acht Schritte durch den Vorgarten bis zum Gehsteig.

»Kannst du schon mal vorgehen?«, fragte er behutsam. »Kannst du den Wagen anlassen? Ich hab es eilig. Ich komme in einer Sekunde.«

Er löschte das Licht und blieb im dunklen Flur stehen, um Kuhn hinterherzulauschen. Würde sich jemand auf ihn stürzen? Hatten sie gesehen, dass noch ein zweiter Mann im Haus war?

Kuhn startete den Wagen. Ein langes Röhren des Motors drang in den Flur. Wie ein Taucher, der sich gleich in kaltes, dunkles Wasser stürzen musste, atmete er tief ein und hastete auf die Straße hinaus. Er zog die Tür leise hinter sich zu und riss die Beifahrertür auf.

»Fahr los!«, herrschte er Kuhn an, der buchstäblich zusammenzuckte, aber sofort gehorchte.

Der Mann mit dem Schäferhund war nicht mehr zu sehen, während sie die schmale Straße hinunterfuhren.

39.

Was genau hatte Jörn Falk sich selbst geschickt? Der gelbe Abholzettel glühte förmlich in ihrer Hand. Die Post am Kartäuserwall hatte längst geschlossen, wie es zu erwarten gewesen war. Würde man ihr die Post für ihn überhaupt aushändigen, wenn sie morgen wiederkam?

Plötzlich spürte sie, wie eine tiefe Müdigkeit in ihr aufbrach. Nein, keine Müdigkeit, es war ein giftiges Gemisch von Erschöpfung, Verzweiflung und dem Gefühl, etwas völlig Sinnloses zu tun. Wieso stahl sie, eine ehrbare Kriminalpolizistin, einen Abholzettel der Post? Wieso spürte sie einem Mann hinterher, von dem alle Welt glaubte, er habe sich umgebracht?

»Robert«, flüsterte sie, »wenn ich jemals einen Partner gebraucht habe, dann wäre jetzt der Augenblick. Ich lasse mich fallen – rücklings, hier, auf dieser kalten Straße, und du fängst mich auf, nicht wahr?«

Sie hörte sein Lachen. Für ein paar Sekunden war er wieder lebendig. Was redest du da?, sagte er, aber ganz leise, sodass niemand sonst es hören konnte. Du bist übermüdet – ruhe dich aus! Komm auf andere Gedanken!

Er hatte die Fähigkeit gehabt, sich völlig in eine Sache zu versenken, in Musik, in einen Fall, den er in der Kanzlei bearbeitete, sodass er die halbe Nacht an seinem Schreibtisch verbrachte, und manchmal hatte er sich auch in Zärtlichkeiten zu ihr versenkt.

Sie steckte den Postzettel in ihre Jackentasche und wischte sich über die Augen, weil sie nicht sicher war, ob es da nicht zwei Tränen bis in ihre Augenwinkel hinauf geschafft hatten. Dann lief sie auf ein Taxi zu.

Sie wollte zum Melatenfriedhof fahren, um wenigstens für ein paar Minuten Simons und Roberts Grab aufzusuchen. Sie würde über die Mauer klettern müssen, aber das hatte sie schon häufiger getan. Ohnehin gefiel es ihr viel besser, wenn sie allein auf dem riesigen Friedhof war, wenn ihr allenfalls ein Fuchs begegnete, der sie anstarrte und nach kurzem Zögern weiterlief, als wäre sie nur ein Geist.

Im Taxi jedoch sah sie, dass es bereits kurz vor zwanzig Uhr war. Jonathan Mahlke würde nicht zu spät ins Fioretto kommen. Wahrscheinlich saß er schon da, erwartungsvoll den Eingang im Blick. Sie schloss die Augen, während das Taxi ruhig den Ring hinunterglitt. Sie war zu erschöpft für ein Treffen – sie sollte absagen, anrufen und sich entschuldigen.

Es war zwölf Minuten nach zwanzig Uhr, als das Taxi vor dem Fioretto hielt. Noch während sie bezahlte, spürte sie, dass Mahlke sie bereits erspäht hatte. Sie straffte sich, leckte sich über die Lippen und probte ein Lächeln, bevor sie das Restaurant betrat.

Er trug ein weißes Hemd und ein dunkelblaues Jackett, sein Haar wirkte kürzer, und er hatte sich rasiert. Ja, er hatte sich wie für ein erstes Rendezvous ausstaffiert.

Lächelnd sprang er auf und machte einen Schritt auf ihn zu. Sie entschuldigte sich. Ihr Vater … sie habe ihren Vater besucht … und die Zeit vergessen …

Ganz leicht küsste er sie auf die linke Wange. Seine blauen Augen musterten sie.

»Schön«, sagte er, »schön, dass du gekommen bist.«

Fabio, der junge Kellner, tat so, als hätte er sie noch nie gesehen, während er ihre Bestellung aufnahm. Nur ganz kurz zwinkerte er ihr zu.

»Ich hatte das nicht erwartet«, sagte Mahlke, »dass wir uns doch noch treffen würden.« Für einen winzigen Moment lag Misstrauen in seinem Blick.

»Mir hat der Gedanke plötzlich gefallen, dich zu sehen … und dich ein wenig besser kennenzulernen«, sagte sie leichthin und lächelte. Sie versuchte sich darauf zu konzentrieren, warum sie gekommen war. Mahlke und die Hundestaffel – darüber wollte sie mehr in Erfahrung bringen.

Als Fabio zwei Gläser Rotwein gebracht hatte und sie anstießen, betrachtete sie Mahlkes Hände. Die Szene, als er ihren Zettel vom Schwarzen Brett gerissen hatte, stand ihr vor Augen.

»Der Tote im Worringer Bruch …«, sagte er. »War falscher Alarm. Kein Mord! Er ist wohl gestürzt und in sein eigenes Messer gefallen. Ein armer Teufel, lebte da in einer Bretterbude. In einem Ofenrohr hat er ein paar Kohlen angezündet, wenn ihm zu kalt wurde.«

Mahlke betrachtete sie abwartend. Ihr fiel es schwer, in das Gespräch einzusteigen. Am liebsten hätte sie ihn direkt gefragt: Was ist mit der Hundestaffel? Und warum hast du meinen Zettel entfernt?

»Du bist eine schöne Frau«, sagte Mahlke. Er wagte sogar, nach ihrer Hand zu tasten, doch als er ihr Stirnrunzeln bemerkte, wich er zurück.

»Kennst du das Bild von Paul Klee, ›Hauptweg und Nebenwege‹?«, fragte sie. »Wie oft bist du auf Nebenwege geraten?«

Er lächelte unsicher und trank einen Schluck. »Oft«, sagte er. »Auf Nebenwegen war ich oft.«

Sie schwiegen für einen Moment. Lena griff nach ihrem Weinglas und spürte, wie seine blauen Augen sie fixierten, als wären es Brenngläser, die zwei tiefe Löcher in ihre Haut eingravieren wollten. Sie trank hastig ihr Glas aus.

»Was waren das für Nebenwege?«, hörte sie sich fragen.

Mahlke verzog den Mund – ein mattes Lächeln. »Lena«, sagte er ernst, »ich kann mir vorstellen, dass du mich für einen Schwätzer hältst, aber ich weiß genau, was du durchgemacht hast. Meine Eltern sind gestorben, als ich elf war – ein Autounfall. Sie sind in ihrem Wagen verbrannt. Mein Bruder und ich sind in ein Kinderheim gekommen, wir haben ein halbes Jahr mit niemandem mehr geredet, nur heimlich nachts haben wir uns erzählt, was uns passiert ist und wie viel Angst wir haben.«

Seine Worte trafen sie – er war viel klüger, als sie gedacht hatte. Aus den Augenwinkeln bemerkte sie, dass Kathy Busch das Fioretto betrat und sich an einen freien Tisch setzte. Ihr Auftauchen versetzte ihr einen Stich. Was sollte das alles? Wollte Kathy sie beobachten und beschützen?

»Ich möchte eigentlich nicht über diese alten Geschichten sprechen«, sagte Mahlke, wieder in einem heiteren Tonfall. »Wir müssen auch nicht über unsere Arbeit reden. Ich weiß, dass du nicht krank bist, dass du weiter in der Sache Falk ermittelst … Du solltest das nicht tun.« Er trank nun auch sein Glas aus und winkte Fabio heran, Nachschub zu bringen. Für eine Sekunde weilte sein Blick auf Kathy, aber ohne Zögern, als würde er nur einen einzelnen Gast abscannen.

»Wie hast du das Kinderheim überlebt?«, fragte Lena. »Und wieso bist du bei der Polizei gelandet?«

Fabio brachte eine Karaffe Rotwein und stellte sie mit einer eleganten Verbeugung auf den Tisch. Mahlke schenkte ihnen sogleich ein.

»Ohne meinen Bruder hätte ich nicht überlebt. Johannes hat mich auch zur Polizei gebracht. Er war immer mein Vorbild.«

Sie trank hastig und spürte bereits, was der Alkohol in ihr anrichtete. Sie wollte einfach nur dasitzen, nicht mehr reden, zumindest nicht über einen Mordfall. Doch sie hörte sich fragen: »Was macht dein Bruder? Warum bin ich ihm noch nie begegnet?«

»Er arbeitet jetzt am Flughafen in Düsseldorf – als Zollfahnder.«

Mahlke berührte plötzlich ihre Hand. »Wir sollten uns vertrauen«, sagte er. »Falk hat sich umgebracht, und diese Tattoofrau …« Er zuckte zurück, als sein Smartphone klingelte. »Entschuldigung«, sagte er und sprang auf.

Sie sah ihm nach, wie er, das Smartphone am Ohr, das Fioretto verließ. Mit ernster Miene ging er in die Weißenburgerstraße hinein und verschwand aus ihrem Sichtfeld. Kathy Busch nickte ihr zu, und dann ging eine SMS bei ihr ein. »Johannes Mahlke, der ältere Bruder, war auch in der Hundestaffel. Er ist wegen Belästigung suspendiert worden. Wegen ihm ging alles los.«

Als Mahlke zurück ins Restaurant kam, lächelte er. »Tut mir leid«, sagte er. »War nichts Wichtiges.«

Fabio brachte ihr Essen, und während sie ihre Dorade zerlegte, begriff sie, dass sie betrunken war. Mahlke sprach von seiner Freundin Mola, die nun in New York lebte, dass er schnelle Autos liebte und im letzten Sommer einen Tauchkurs auf Bali gemacht habe, ganz allein, ohne Mola und seinen Bruder.

Das Essen brachte sie noch hinter sich, dann stand sie auf, müde und angetrunken. »Ich muss gehen«, sagte sie. Kathy war verschwunden, erkannte sie.

Mahlke legte einen Geldschein auf den Tisch, dann war er an ihrer Seite und griff nach ihrem Arm. Sie atmete seinen Geruch ein, er roch nach einem Männerparfüm, nach Wein und nach Zigaretten, als hätte er eben noch mit jemandem eine Zigarette geraucht.

Er dirigierte sie zu ihrem Haus, offenbar wusste er genau, wo sie wohnte.

Vor ihrer Haustür beugte er sich über sie, als wollte er sie küssen. Sie sah ein winziges Licht in seinen Augen. Wohlwollen las sie da und das Gefühl, etwas erreicht zu haben.

»Was ist mit den Hunden?«, fragte sie. »Was ist in dieser Hundestaffel passiert?«

Er wich zurück. Das Wohlwollen in seinen Augen löste sich auf. »Nichts«, sagte er mit eisenharter Stimme, »nichts ist da passiert.«

Sie schlief sofort ein, doch mitten in der Nacht erwachte sie, weil in einem Traum jemand geweint hatte, lautlos und beinahe ohne Tränen. Vielleicht war sie es selbst gewesen, dachte sie, während sie sich in ihrem viel zu großen Bett wälzte, vielleicht hatte sie sich selbst schluchzen gehört. Dann stand ihr das Bild der Traumkatze vor Augen, diesem Geistwesen, das sie in manchen Träumen verfolgte: die magere Katze, die in ihrer Wohnung verhungerte, weil sie sich nicht um sie kümmerte, weil sie einfach vergaß, dass sie da war.

Um vier Uhr stieg sie aus dem Bett, warf sich einen Bademantel über und setzte sich an den Computer. Ihre Trunkenheit war verflogen, und die leichten Kopfschmerzen, die irgendwo in ihrem Schädel pochten, ignorierte sie. Über Johannes Mahlke fand sich so gut wie nichts im Netz; er hatte einmal im Jahr 2008 an einem Polizeiwettkampf teilgenommen, ein Mehrkampf; er war Fünfter geworden. In einem Artikel war von einem Hundeführer Johannes M. die Rede, der suspendiert worden war, weil er seine Hunde zu scharf abgerichtet hatte. Kein Wort von Mobbing oder sexueller Belästigung. Und ein Foto entdeckte sie im Netz. Johannes Mahlke war seinem Bruder wie aus dem Gesicht geschnitten, er war ebenfalls blond, die Nase und der Mund hatten eine ähnliche Form, er wirkte nur reifer, kantiger.

Sie wollte das Bild schon wegklicken, als sie ins Zögern geriet. Irgendwas irritierte sie. Sie brauchte einen Moment, um es zu begreifen. Es war eigentlich harmlos, doch sie erschrak, als sie das Logo auf der Kappe las, die er trug. Red Bull – es war eine Kappe mit einem Red-Bull-Logo.

40.

Kuhn fuhr langsam die Neußer Straße hinunter. Gelegentlich warf er ihm einen Blick zu, jedoch ohne etwas zu sagen. Um diese Zeit waren kaum noch Autos stadteinwärts unterwegs. Plötzlich bog Kuhn ab, steuerte seinen BMW auf einen Parkplatz, der mitten in einem Waldstück lag.

Er spürte, wie sein Herzschlag sich beschleunigte und seine Hände die Plastiktüte umklammerten, die er die ganze Zeit nicht losgelassen hatte. »Was soll das?«, fragte er.

Kuhn schaltete den Motor ab. Die Scheinwerfer erloschen, nur das Standlicht brannte und beleuchtete die kahlen Äste eines Baumes. Kein anderer Wagen war zu sehen, die Straße lag nun ungefähr fünfzig Meter entfernt.

»Ich will etwas wissen«, sagte Kuhn. Er klang heiser und so, als kosteten ihn seine Worte Überwindung. »Was ist mit Linda passiert? Wieso war sie auf dieser Straße in der Eifel?«

»Ich weiß es nicht«, sagte er, aber unsicher und ohne Kuhns Blick zu erwidern.

»Hast du eine Waffe?«, fragte Kuhn weiter. »Warst du deshalb im Garten? Um eine Waffe zu verstecken?«

Er spürte, dass sein Smartphone summte. Zum Glück hatte er es auf lautlos gestellt. »Nein«, antwortete er, »ich habe keine Waffe versteckt. Wie kommst du darauf?« Diesmal gelang es ihm, Kuhn offen anzusehen.

»Linda hat mich nach einer Waffe gefragt«, sagte Kuhn. »Vor zwei Wochen, als wir zum letzten Mal telefoniert haben. Natürlich habe ich keine Waffe. Ich habe auch keine Ahnung, wo ich eine hätte auftreiben können.«

Hinter ihnen rauschten die Autos vorbei. Gelegentlich verirrte sich ein Lichtstrahl eines Scheinwerfers bis zu ihnen.

»Sie wollte dich anrufen«, sprach Kuhn weiter. »Das hat sie mir gesagt. Sie wollte dich um Hilfe bitten.« Seine Worte klangen wie eine Anklage, als würde Kuhn ihm die Schuld an Lindas Tod geben. »Hat sie das getan? Hat sie dich um Hilfe gebeten?«

»Nein«, sagte er, »hat sie nicht.« Das Summen des Smartphones hatte aufgehört. Dana, dachte er, er hatte sie zu lange in diesem scheußlichen Hotelzimmer allein gelassen.

»Ich will wissen, was du aus dem Garten geholt hast«, sagte Kuhn. »Wenn es keine Waffe war – was war es dann?« Er deutete auf die Plastiktüte.

»Ich schreibe ein Buch«, sagte er. »Darum geht es – um die Bilderberger, eine weltweite Verschwörung …«

Kuhn schnaubte abfällig, und dann holte er mit dem Ellbogen aus und schlug ihm gegen die Brust. Der Schlag war nicht hart, Kuhn war kein trainierter Mann, und trotzdem raubte der Hieb ihm für einen Moment den Atem. Kuhn versuchte, diese wenigen Sekunden zu nutzen, um ihm die Plastiktüte zu entreißen.

Er zog die Beretta aus seiner Jackentasche. Sofort erstarrte Kuhn und kniff die Augen zusammen. Dann verzog sich sein Mund zu einem Lächeln.

»Du bist so ein Idiot, Falk«, sagte er. »Linda ist tot, aber sie hat dich geliebt, allein dich. Ich glaube, sie hat nur etwas mit mir angefangen, um dich aufzuwecken, aber es hat nichts genützt. Du bist nicht aufgewacht.« Er schnaubte wieder abfällig.

Am liebsten hätte er abgedrückt – Kuhn ins Gesicht geschossen, wie er es sich manchmal vorgestellt hatte.

»Ich könnte dich erschießen, Kuhn«, sagte er, »und wahrscheinlich würde es niemanden interessieren.«

Scheinwerfer leuchteten plötzlich auf. Ein großer schwarzer Wagen näherte sich ihnen, ein Van oder ein SUV. Er spürte, wie sein Gefühl für Gefahr erwachte. Er sprang aus dem Wagen und rannte in den Wald hinein.

Gegen zwei Uhr in der Nacht kehrte er in das Hotel zurück. Er war durchgefroren und müde. Dana stürzte sich auf ihn und versuchte, ihn ins Gesicht zu schlagen, als er leise ins Zimmer kam. Im Hotel hatte nirgends ein Licht gebrannt.

»Du Scheißkerl!«, schrie sie. »Wo warst du? Ich habe vor Angst gar nicht mehr atmen können.«

Er hielt ihr den Mund zu und schleuderte sie auf das Bett. Einen Moment lang ekelte sie ihn an, ihr Gekeife, ihre Mimik. Wenn Linda sie nicht getroffen hätte, wäre das alles nicht passiert …

Dann spürte er wieder Mitleid mit ihr.

»Ich habe das Smartphone«, sagte er. »Hat ein wenig gedauert.« Von Kuhn und davon, dass er verfolgt wurde, sprach er besser nicht. Er warf ihr eine Tüte Chips zu, dann eine Flasche Crémant, die sie sogleich mit zitternden Händen öffnete, als wäre sie eine Alkoholikerin.

Zuletzt holte er das Smartphone hervor. Ein iPhone 4, das Linda mehrfach in eine Plastiktüte eingeschlagen hatte. Die SIM-Karte hatte sie entfernt. Sie klebte, mit einem Stück Tesafilm befestigt, auf der Rückseite am Gehäuse.

Er hielt es Dana hin. »Gehört das dir?«

Sie hatte die Flasche am Mund, schluckte geräuschvoll und nickte.

Mit zitternden Händen versuchte er, die SIM-Karte einzulegen. Es gelang im dritten Versuch.

»Gib mir deine PIN«, sagte er, während er das Gerät anschaltete. Es erwachte sofort zum Leben.

Gehorsam nannte Dana die Nummer. Lächerlicherweise lautete sie 1, 2, 3, 4. Da hätte jemand keine zehn Sekunden gebraucht, um an die Daten zu kommen. Auch als Code, um das Smartphone zu entsperren, hatte Dana diese Zahlen benutzt.

Acht Telefonate und siebenundzwanzig Nachrichten waren eingegangen, aber das interessierte ihn nicht. Er loggte sich in den Ordner für die Fotos ein. Die letzten Fotos hatte Dana am 27. Oktober gemacht. Es handelte sich um neun Fotos. Das erste zeigte Herrmann, den scheinbar freundlichen älteren Mann mit der goldenen Brille, der sich über jemanden beugte. Das zweite war nur einen Moment später aufgenommen worden, es war verschwommen: Eine Gestalt lag am Boden, Turnschuhe waren zu sehen, eine fahle grüne Hose und zwei Hände, die vermutlich Herrmann gehörten.

Dana war plötzlich an seiner Seite, die Flasche in der Hand. Sie hatte Tränen in den Augen und schmiegte sich an ihn.

»Warum hast du diese Fotos gemacht?«, fragte er im Flüsterton.

Sie schüttelte den Kopf. »Ich weiß nicht«, sagte sie. »Vielleicht weil ich wütend war – vielleicht weil mir gefallen hat, dass sie so aufgeregt waren – so schrecklich durcheinander.« Sie trank weiter.

Er klickte ein nächstes Foto an. Neben Herrmann hatte sich ein weiterer Mann gesellt, er trug ein schwarzes T-Shirt mit einem Logo, das nicht zu erkennen war, dazu ein Basecap. Trotzdem war sein Gesicht zu erkennen. Es war der Mann aus der Severinstraße.

»Das ist John«, sagte Dana.

Auch auf den nächsten beiden Fotos waren John und Herrmann zu sehen. John beugte sich über das Gesicht der Gestalt, die am Boden lag. Vielleicht versuchte er, sie zu beatmen.

Das sechste Foto zeigte eine Frau mit langen graublonden Haaren – sie trug eine Hornbrille, hatte aufgespritzte rote Lippen und stand einfach nur da, stützte sich an einer Bar ab und machte ein betroffenes Gesicht.

»Wer ist das?«, fragte er.

»Das ist Zita! Sie war auch ganz aufgeregt.« Dana hatte fast eine halbe Flasche Crémant getrunken. »Sie hat vor Angst immer nur geschrien.«

Auf Foto Nummer acht war kaum etwas zu erkennen – eine verwischte Person, die ins Bild trat, ein schwarzer Rücken, vielleicht eine Lederjacke, eine ausgestreckte Hand.

Das letzte Foto jedoch zeigte diese Person in überraschender Klarheit: ein dunkelhaariger Mann mit einem langen schwarzen Zopf, der jemanden ansprach, offenbar völlig ruhig, ohne jede Aufregung, seine Augen waren auf sein Gegenüber fixiert. Er sah aus, als würde er einen Befehl geben, als wäre ihm bewusst, dass er diese schwierige Situation klären musste.

Dana schaute ihn an. »Was ist?«, fragte sie, als hätte sie gespürt, dass er unwillkürlich zusammengezuckt war. »Das ist Carlos«, sagte sie. »Er ist auch gekommen. Er hat die anderen weggeschickt. Er hat sich über die Frau gebeugt und gesagt: ›Sie ist tot. Wir müssen sie wegschaffen.‹ Carlos war der Einzige, der keine Angst hatte.«

Er nahm Dana die Flasche aus der Hand und trank sie aus. Der Crémant schmeckte, als hätte er Galle getrunken. Wegen dieser Fotos hatte man Linda aus dem Weg geschafft – und den wichtigsten Mann auf den Fotos kannte er. Beinahe hätte er gelacht. Mitchi Vogel hatte sich eine ungeheure Geschichte erzählen lassen. Über Bilderberger und Verschwörungen, dabei war Ruben in einem ganz anderen Metier unterwegs: Drogen.

Ruben war Carlos – Mitchis Lover war wieder aufgetaucht.

41.

Ein lautes, durchdringendes Läuten weckte sie. Ihr Festnetzanschluss. Warum geht niemand an den Apparat?, dachte sie … Robert, warum nimmst du nicht endlich ab?

Sie schreckte auf, erkannte, dass sie unter einer Decke auf dem Sofa lag, und nahm den Hörer ab. Es war Dienstagmorgen, zehn Minuten nach neun Uhr.

»Lena«, sagte eine sanfte Stimme, »ich wollte nur hören, was los ist. Du bist krank? Heute wäre dein Termin beim Polizeiärztlichen Dienst …« Ein verlegenes Räuspern.

David, begriff sie, er erkundigte sich nach ihr.

»Ja, ich bin krank«, erwiderte sie. »Ganz offiziell. Eine Krankschreibung von meiner Ärztin, aber kein Grund, dass sich ein überarbeiteter, pflichtbewusster Staatsanwalt zu viele Sorgen macht.«

Dann legte sie den Hörer auf.

Eine Minute später summte ihr Smartphone. »Verdammt, David«, zischte sie in den Apparat hinein, »lass mich mit deiner Fürsorge in Ruhe. Ich brauche …«

»Lena«, unterbrach sie eine Frauenstimme, »ich bin's, Kathy. Hast du schon gehört, was passiert ist?«

Sie straffte sich. »Was ist passiert?«

»Ich habe es von einer Kollegin vom ›Express‹ erfahren. Sie hat mich angerufen, weil sie wusste … Na, egal. Mitchi Vogel ist heute Nacht im Krankenhaus gestorben. Es wird auch nachher in den Nachrichten kommen. Mitchi war noch ziemlich bekannt in der Stadt.«

»Woran ist sie gestorben?«

»Sie hat anscheinend eine Lungenentzündung bekommen.«

»Also nichts Auffälliges?«, fragte Lena. Sie empfand Trauer, doch es beruhigte sie, dass die alte Hippiefrau offenbar eines natürlichen Todes gestorben war.

»Nein, sieht nicht so aus. Was war mit Jonathan Mahlke? Hast du irgendetwas herausgefunden?«

»Nichts«, erwiderte Lena, dann fiel ihr der Abholzettel ein. Sie musste zur Post – sicherstellen, was Jörn Falk an seine eigene Adresse geschickt hatte. »Er hat von seinem Bruder gesprochen – davon, dass sie gemeinsam im Kinderheim waren.«

»Sein Bruder war die übelste Gestalt in der Hundestaffel. Ich habe ein wenig recherchiert. Ich bin sicher, dass er zu diesen weißen Rittern gehört, von denen Leonie von Berg gesprochen hat. Diese Ritter haben eine Seite im Netz – anonym, versteht sich. Sie sehen sich als Verteidiger des Abendlandes, gegen Schmutz, Ausländer und Verbrechen. So in etwa steht es da.«

»Sein Bruder ist Zollfahnder am Flughafen in Düsseldorf, hat Mahlke mir gesagt.«

Kathy lachte auf. »Vielleicht ist er das, aber in Wahrheit hat er wohl ganz andere Interessen. Ich glaube, dass er dahintersteckt – vermutlich hat einer von diesen weißen Rittern Nolden einen Tipp gegeben.«

»Mein Vater wird herausfinden, wer alles zu dieser Hundestaffel gehört hat«, sagte Lena. »Vielleicht sollte ich ihn auch nach den weißen Rittern befragen.« Sie kannte seine Antwort aber bereits. Nein, würde er sagen, es hätten vielleicht ein paar Polizisten mit irgendwelchen rechten Parteien geliebäugelt, aber weiße Ritter, die zum Ku-Klux-Klan gehörten – solche Leute hätte es bei der Polizei nicht gegeben und gebe es auch heute nicht.

»Gleich gehe ich noch einmal in die Redaktion«, sagte Kathy. »Meine letzten Sachen abholen, dann bin ich endgültig draußen.«

Als sie aus der Dusche kam, klingelte zweimal hintereinander ihr Smartphone. Eine unbekannte Nummer, doch niemand meldete sich. Sie hörte Atemzüge, für einen Moment auch ein kurzes Räuspern, bevor aufgelegt wurde.

Ihr unbekannter Anrufer, der sich neuerdings auch am Tag meldete, dachte sie, oder Jonathan Mahlke – ja, Mahlke versuchte, sie zu kontrollieren, er wollte wissen, was sie tat.

Die Seite der weißen Ritter, die Kathy im Netz gefunden hatte, bestand aus nicht viel mehr als einem Sammelsurium von Sprüchen und Zitaten. »Wir sind eine Gemeinschaft von Gleichgesinnten – wir sind gegen Hass und Gewalt, und wir lieben unser Vaterland und wollen es verteidigen gegen jene, die Chaos und Unruhe säen. Wir sind keine Rassisten, aber wir treten für die Werte des Abendlandes ein, notfalls mit dem Schwert in der Hand.«

Es folgte eine längere Abhandlung über die Geschichte der weißen Ritter, die es angeblich schon in den Zwanzigerjahren des letzten Jahrhunderts gegeben hatte. Von Hunden oder genauer einer Hundestaffel war nirgends die Rede. Wie überhaupt an keiner Stelle klar wurde, was diese weißen Ritter eigentlich trieben. Trafen sie sich irgendwo, um gemeinsam zu trainieren oder irgendwelche Rituale abzuhalten? Oder hatten sie sogar Menschen im Visier, die sie bekämpften?

Dann entdeckte Lena, wann der letzte Eintrag auf der Seite verfasst worden war – im Dezember 2011. Die Seite war vier Jahre alt. Ungefähr zu dieser Zeit war auch die Hundestaffel aufgelöst worden.

Ihr Vater war sofort am Apparat, als sie ihn anrief. Er klang deprimiert. »Heute Nacht«, sagte er, »habe ich von deiner Mutter geträumt. Wir standen an einem Meer, die Sonne schien so hell, dass es mir in den Augen wehtat. Dann war deine Mutter plötzlich verschwunden …« Er verstummte für ein paar Sekunden. »Vielleicht hast du recht, und ich sollte doch noch einen anderen Arzt aufsuchen, eine zweite Meinung einholen … Ich habe Angst davor, wie es ist, blind zu sein.«

Das Mitgefühl, das sie ergriff, schnürte ihr die Kehle zu. Bevor sie etwas sagen konnte, fuhr er mit festerer Stimme fort: »Ich weiß, warum du anrufst – Kallers verdammte Hundestaffel. Ich habe ein paar Anrufe getätigt. Keiner will darüber reden, aber ich habe bereits fünf Namen. Einer, der dabei war, hieß Mario Kröger. Er ist ganz aus dem Dienst ausgeschieden und hat jetzt eine Tankstelle in der tiefsten Eifel, in Daun. Der zweite hat eine Security-Firma aufgemacht, er heißt Norbert Schlindwein. Einer hat wohl geheiratet und seinen Namen geändert, er hieß früher Ständel und ist ganz von der Bildfläche verschwunden, und dann die beiden Mahlkes, Johannes und Jonathan, ein saublöder Vorname, wenn du mich fragst. Den einen kennst du ja, der andere arbeitet jetzt am Flughafen in Düsseldorf.«

»Danke«, brachte sie mühsam hervor. »Toll, dass du es so schnell herausgefunden hast.«

»Telefonieren kann ich noch.« Ihr Vater lachte bitter. »Morgen habe ich auch die anderen Namen, aber was genau willst du mit ihnen anfangen?«

»Hast du schon einmal etwas von weißen Rittern gehört?«, fragte sie, statt seine Frage zu beantworten. »Gab es bei der Polizei so etwas – Leute, die sich Ritter nannten?«

Er schnaufte, unwillig und zornig – so war er früher oft gewesen. »Ach«, sagte er, »ich kenne all diese Geschichten – von Polizisten, die sich in irgendwelchen Geheimorganisationen zusammentun. Alles Unfug! Weiße Ritter – so eine Spinnerei können sich nur irgendwelche Journalisten ausgedacht haben. Bei mir in meiner Abteilung ist immer alles korrekt abgelaufen.«

»Heute Abend«, sagte sie versöhnlich, »komme ich vorbei und koche uns etwas Schönes.«

Sie legte auf, ehe er noch etwas entgegnen konnte. Kochen? Wann hatte sie sich zuletzt etwas zu essen gemacht? Sie konnte sich nicht erinnern. Kochen, den Tisch festlich decken – all das hatte in die Zeit mit Robert gehört.

Um Viertel nach zehn verließ sie das Haus und rief sich ein Taxi. Den gelben Abholzettel umklammerte sie in der Tasche ihres Mantels. Sie hatte sich eine Geschichte zurechtgelegt, um an das Paket zu kommen, das Falk sich selbst geschickt hatte: Ermittlungen, ein ungeklärter Todesfall, Gefahr im Verzug. Hoffentlich würde es reichen, um einen Postangestellten zu beeindrucken.

Als sie auf der Rückbank des Taxis Platz nahm, ertastete sie noch etwas in ihrer Manteltasche: einen kleinen schwarzen USB-Stick. Unwillkürlich musste sie lächeln. Jonathan Mahlke hatte wirklich alles versucht – er hatte ihr eine halbe Liebeserklärung gemacht, hatte sie mit seinem aufgesetzten Charme hofiert und sie betrunken gemacht, aber natürlich traute er ihr nicht. Also hatte er ihr einen Stick mit einem Peilsender in die Manteltasche geschoben, als sie sich zum Abschied umarmt hatten. Aber welche Botschaft sollte dieser Stick ihr geben? War es eine Warnung – oder wollte er sie tatsächlich auf diese plumpe Art überwachen?

Lena nahm den Stick und schob ihn unter das Polster der Rückbank. Wenn Mahlke und Co. ihre Wege wirklich verfolgen wollten, würden sie eine Menge zu tun bekommen. Dann ließ sie das Taxi am Rheinhafen anhalten. Die paar Hundert Meter zum Chlodwigplatz würde sie zu Fuß zurücklegen.

Farkas stand mitten auf dem Chlodwigplatz und breitete die Arme aus, als hätte er hier auf sie gewartet. Noch immer versetzte es ihr einen Stich, ihn zu sehen, und noch immer hatte sie sofort seine Hände vor Augen, die über ihre nackte Haut strichen. Er trug einen schwarzen Ledermantel, sein langes braunes Haar wehte im Wind.

»Lena«, sagte er lachend, »was treibt dich in meine Gefilde?«

Seine Gefilde! Er tat wirklich so, als gehörte die Südstadt ihm. Dann fiel ihr ein, dass er am Ubierring ein Penthouse bewohnte – dreimal war sie dort gewesen, heimlich, mit schlechtem Gewissen …

»Ich muss hier etwas erledigen«, sagte sie. Sie verweigerte eine Umarmung und deutete auf den Eingang zur Post. »Dienstlich!«

Er verzog das Gesicht. »Ich habe ein Lied über dich geschrieben – über dich und mich«, sagte er. »Es ist auf meiner neuen CD – ich wollte es dir eigentlich vorher sagen, dich bitten … aber …« Er griff nun doch nach ihrem Arm. »Keine Angst«, sprach er weiter. »Es geht nicht um unsere … Geschichte … keine Namen … Es geht darum, wie besonders ein Mensch sein kann.«

Ihr Smartphone klingelte. Sie zog es hervor, während ihr zu schwindeln begann. Ein Lied über sie? Was sollte das?

»Das Lied heißt ›Der traurige Engel‹«, sagte Farkas. »Es ist eine Ballade, nur Klavier und Gitarre und meine Stimme. Ich habe nie schöner gesungen.«

Eine junge Frau trat auf ihn zu, verlegen lächelnd. »Adrian«, stieß sie aufgeregt hervor, »darf ich ein Foto mit dir machen? … Vielleicht könnten Sie mit meinem iPhone …« Die Frau wandte sich mit einem koketten Augenaufschlag an Lena.

Mechanisch nahm Lena das Smartphone der Frau und machte das Foto von Farkas und dessen namenloser Verehrerin.

Routiniert lächelte Farkas in die Kamera, ohne auch nur ein Wort an die Frau zu richten. »Du musst mitkommen«, sagte er dann zu Lena, während die Frau, immer noch lächelnd, davonging. »Du musst dir das Lied anhören, sofort.«

Lena schüttelte den Kopf. Erneut klingelte ihr Smartphone. Eine unbekannte Nummer. Sekunden später ging eine SMS ein. »Denken Sie an Ihren Vater«, schrieb ihr geheimnisvoller Anrufer. Dahinter drei Ausrufungszeichen.

42.

Mittwoch, 25. November

Sie betranken sich, und dann schliefen sie miteinander, nein, sie vögelten, fickten, bumsten, jedes harte, unromantische Wort beschrieb, was sie taten. Dana stöhnte an seinem Ohr, sie murmelte irgendwelche slowenischen Ausdrücke. Schimpfworte oder Flüche, vermutete er, während er sich in sie hineinschob. Er küsste ihre Tattoos auf dem Rücken, die ihm plötzlich nicht wie Flügel, sondern wie zwei Spinnennetze vorkamen, in denen er sich verfing. Mit Liebe oder einer fernen Form von Zuneigung hatte das alles nichts zu tun. Es war, als wären sie zwei einsame Gestalten auf einer Insel, allein, abgeschieden, ganz auf sich gestellt.

Später saß Dana neben ihm, ein Kissen hinter ihrem Kopf, und rauchte eine Zigarette. Der Geruch von Schweiß hing in der Luft, aber Dana wirkte so klar, wie er sie noch nie erlebt hatte.

»Was willst du tun?«, fragte sie, die Hand auf seiner nackten Brust.

Er wusste es nicht. Dass er diesen Carlos kannte, dass ausgerechnet er ihm als sanftmütiger, geheimnisvoller Lover präsentiert worden war, hatte er ihr gegenüber mit keinem Wort erwähnt.

»Wir könnten zur Polizei gehen«, sagte er. »Nun haben wir ja einen Beweis.« Er deutete auf das Smartphone, das auf dem schäbigen Nachttisch aus Sperrholz lag, neben der altmodischen Lampe, die ein schwaches gräuliches Licht verbreitete. Er hatte das Smartphone abgeschaltet und sogar die SIM-Karte wieder herausgenommen, damit nicht irgendjemand anrief und man es nicht orten konnte.

»Oder?«, fragte Dana. »Was könnten wir noch machen?« Sie verzog den Mund zu einem ironischen Lächeln.

»Wir könnten versuchen, noch mehr herauszufinden«, erwiderte er. Was hatte Linda geschrieben? Von dem Polizeihund im Klub – davon, dass auch Polizisten mit der Sache zu tun hatten.

Sie beugte sich vor und küsste ihn auf den Mund, hart und unsentimental. »Am Freitag will ich zurückfahren, und ich hätte nichts dagegen, wenn ich dann einen Sack voller Geld hätte.«

Mit einem Seufzen drehte sie sich um, rollte sich zusammen, und schon drei Minuten später hörte er ihre ruhigen Atemzüge.

Wollte Dana wirklich ein Geschäft mit Carlos machen? Nein, das war verrückt. Sie hatten es mit jemandem zu tun, der ein Drogengeschäft aufgebaut hatte und der mit keiner Wimper zuckte, wenn ihm ein toter Drogenkurier vor die Füße fiel.

Es war vier Uhr in der Nacht. Er dachte an Mitchi, daran, wie sehr die alte Frau betrogen worden war. Warum hatte Carlos sich mit ihr eingelassen? Aus Tarnung? Weil er irgendwelche Informationen von ihr wollte? Er konnte sich keinen Reim darauf machen. Er überlegte, sie anzurufen. Hör zu, Mitchi, dein Lover heißt in Wahrheit Carlos, oder nein, vielleicht heißt er Ruben, aber manchmal nennt er sich Carlos, und dann geht er seinen Drogengeschäften nach, und eines ist er ganz sicher nicht, ein Journalist auf der Suche nach der großen Story.

Klug, er musste ausnahmsweise einmal klug vorgehen. Was hatte er in seinem Leben nicht alles vermasselt? Er hatte sich für einen grandiosen Reporter gehalten, für jemanden, der mit allen Wassern gewaschen war, aber nun erkannte er, dass es nicht stimmte. Er war ein Nichts gewesen, er hatte den Tod seines Kindes nicht verhindert, und er hatte nicht einmal erkannt, dass Linda ihn noch geliebt hatte.

Um kurz nach sieben Uhr war er wieder hellwach. Er hatte von Linda geträumt – sie waren im Zoo gewesen, und sie hatte Löwen gefüttert, mit Obst, das sie auf Spießen aufgezogen hatte. Mit wildem Gebrüll hatten die Löwen sich auf dieses eigentümliche Futter gestürzt und es verschlungen.

Dana schlief mit offenem Mund neben ihm. Draußen war es noch dunkel, aber die Schäbigkeit des Zimmers war selbst bei dem wenigen Licht, das von einer Laterne hereinfiel, auszumachen.

Linda, dachte er, du hast mir den Auftrag gegeben, deinen Tod zu rächen, und das werde ich tun.

Er würde Ruben ans Messer liefern, ja, aber vorher musste er ein Netz spannen, ein dichtes Sicherheitsnetz, das ihn auffangen würde, falls etwas schiefginge. Er würde diesen Scheißkerl aufscheuchen und ihn der Polizei in die Arme treiben.

Dana würde er wegschicken, sobald sie ihm ihre Geschichte erzählt hatte. Morgen Abend oder spätestens am Freitag, wie verabredet. Sie würde ihre Mutter in Slowenien wiedersehen.

Leise zog er sich an. In dem winzigen Frühstücksraum des Hotels saßen zwei Männer in blauen Overalls und frühstückten. Sie sprachen Polnisch und beachteten ihn nicht weiter. Eine dunkelhäutige Frau brachte ihm Kaffee und zwei pappige Brötchen mit etwas Marmelade. In einem Moment, als die Frau sich in ihrer Küche zu schaffen machte, nahm er die Thermoskanne, seine Tasse und die Brötchen und verzog sich in sein Zimmer. Er schenkte eine Tasse Kaffee ein und stellte sie auf den Nachttisch, dann weckte er Dana, die ihn mit leerem Blick anschaute, als hätte er sie aus einem schönen Traum gerissen.

»Du musst aufstehen«, sagte er. »Wir haben eine Menge zu erledigen. Wann bist du zuletzt in einem Zoo gewesen?«

Dana trug ein schwarzes Kopftuch über der Perücke und eine Sonnenbrille, obschon der Tag trüb war. Er hatte sich eine FC-Kappe gekauft, die sein blond gefärbtes Haar bedeckte. Keine besondere Tarnung, aber hoffentlich ausreichend. Kaum hatten sie den Zoo betreten, ergriff Dana seine Hand und zog ihn auf das Gehege der Kamele zu. Wie in einem Erinnerungsflash fiel ihm ein, wann er das letzte Mal hier gewesen war: An einem Samstagnachmittag vor zwölf Jahren, an dem Linda hatte arbeiten müssen, war er mit seinem Sohn hier gewesen – ein Foto, wie er stolz, mit einem Trenchcoat bekleidet, den Kinderwagen geschoben hatte, musste sich noch irgendwo in seinem Zimmer in Fühlingen befinden.

Er hatte ein einfaches Handy besorgt, das in einer Stunde betriebsbereit sein sollte, und ein Diktiergerät. Beides hatte er bar bezahlt, von Geld, das er Dana aus dem Kulturbeutel gestohlen hatte. Bevor sie nach Slowenien zu ihrer Mutter fuhr, würde er seine Schulden begleichen, nahm er sich vor.

An einem grauen Mittwochmorgen verloren sich nur wenige Besucher im Zoo. Drei alte Frauen, die sich unterhielten und sich kaum für die Tiere interessierten, sowie eine Schulklasse, die sie aber bald aus den Augen verloren.

Vor dem Elefantenpark setzten sie sich auf eine Bank, die ein wenig abseits stand. Von hier aus hatte man nicht nur das weitläufige Gehege, sondern auch die Zugänge gut im Blick. Er zog das Diktiergerät hervor und hielt es Dana hin.

»Wir fangen an«, sagte er. »Nenne deinen Namen, und dann erzählst du, wie du in den Klub gekommen bist, die ganze Geschichte, und was an dem Tag passiert ist, als der Drogenkurier aufgetaucht ist. In Ordnung?«

Dana blickte zu den Elefanten hinüber, die um einen Ballen Stroh rangen, dann nickte sie langsam. »Ja«, sagte sie und räusperte sich. »Ich heiße … Dana, ich komme aus Slowenien. Eigentlich bin ich Musikerin … Geige … ich spiele Geige, seit ich elf bin, aber an der Musikhochschule wollten sie mich nicht, und da gab es diesen Klub … Real Life …«

Einunddreißig Minuten brauchte Dana, um ihre Geschichte zu erzählen. Er unterbrach sie kein einziges Mal, auch wenn ihn fröstelte und sie sich manchmal in Details verlor, und es näherte sich ihnen auch niemand, der sie aus dem Konzept brachte. Als Dana endete, hatte sie Tränen in den Augen. Etwas grundsätzlich Neues hatte er nicht erfahren – mit einer Ausnahme: Sie war tatsächlich in John verliebt gewesen, und Herrmann hatte sich ihr als Seelentröster angedient, er hatte ihr erklärt, dass John seine Freiheit brauche, dass er vielen schwierigen Geschäften nachgehe und sehr schnell wütend werden könne. Wie John ihr den Finger gebrochen hatte, weil sie einmal den Klub ohne Genehmigung verlassen hatte, hatte Dana in aller Ausführlichkeit beschrieben, und wenn sie von Linda sprach, hatte sie stets ehrfurchtsvoll »Frau Linda« gesagt. »Frau Linda hat mir die Augen geöffnet … Durch Frau Linda habe ich begriffen, dass John mich nur ausnutzt … Frau Linda hat mich versteckt.«

Erst als er ihr das Diktiergerät abnahm und es in einen braunen Umschlag schob, fragte sie: »Warum sollte ich das alles aufsagen?«

»Damit du am Freitag nach Hause fahren kannst.«

Sie küsste ihn auf den Mund, und als sie den Zoo verließen, kaufte er das Foto, das ein junger Fotograf von ihnen gemacht hatte, als sie gekommen waren. Dana hatte sich bei ihm eingehakt und blickte ihn an, als sei er ihr Beschützer. Sie wollte das Foto einstecken, »ein Souvenir«, hauchte sie, doch er nahm es an sich und steckte es in den Umschlag mit dem Diktiergerät. Wie lange würde der Umschlag bis in seine Wohnung in der Mainzer Straße unterwegs sein? Nicht mehr als ein oder zwei Tage, hoffte er, aber dann wäre alles vorbei, und er könnte es selbst an sich nehmen.

Sein neues Handy hatte Empfang, stellte er fest, als sie vom Zoo zum Rhein hinunterliefen. Es war früher Nachmittag. Er tätigte zwei Telefonate – erst rief er Herrmann an, der sofort an den Apparat ging, danach Raimund Bahner.

43.

Farkas hatte sie aus dem Tritt gebracht. Wieso war er plötzlich aufgetaucht? Und was sollte das? Er hatte ein Lied für sie geschrieben? Sie floh förmlich in die Post hinein, ohne sich umzusehen. War Mahlke hier irgendwo? Lauerte ihr jemand auf?

Fünf Leute standen vor ihr. Eine Frau mit pinkfarbenen Haaren, ein alter, grauhaariger Mann, der sich auf einen Stock stützte, zwei junge Mädchen, die unaufhörlich auf ihr Smartphone starrten und dabei vor sich hin murmelten, und eine Frau in einem beigefarbenen Kostüm.

Ihr Smartphone klingelte. Dann ging eine SMS ein.

»Ich gebucht der Flug«, stand da. Dazu eine Uhrzeit. »Frankfurt, Tuesday 22nd of December, 9.34.«

Sie brauchte einen Moment, um zu begreifen. Rashmi – er hatte ihr mitgeteilt, wann er in Frankfurt ankommen würde. Sie rang nach Luft. Roberts Sohn – in Köln, in ihrer Wohnung … Eine Vorstellung, die ihr plötzlich Beklemmungen verursachte.

Eine Angestellte winkte ihr zu, während ihr Smartphone klingelte. Sie zog ihren Dienstausweis hervor und straffte sich.

»Lena Larcher, Kriminalpolizei, ich ermittle in einem ungeklärten Todesfall«, sagte sie förmlich. »Ich muss einen Gegenstand sicherstellen.«

Sie musste eine Erklärung unterschreiben, dann schob ihr die Angestellte einen Umschlag zu, grobes braunes Packpapier, mit einer Ausbuchtung, die offenbar so groß war, dass das Päckchen nicht in den Briefkasten gepasst hatte. Schnell steckte sie es in die Tasche und wandte sich ab.

Jonathan Mahlke hatte ihr eine SMS geschrieben. »Geht es dir gut?«, schrieb er. »Können wir uns sehen? Heute noch?« Daneben ein Smiley.

Sie hätte Handschuhe anziehen sollen, den Umschlag als das behandeln, was er war: ein Beweisgegenstand. Neben der Post lag ein Café, in das sie hineinstürmte. Es war schwach besucht, drei, vier Tische waren besetzt. Sie setzte sich an einen Einzeltisch, der von der Fensterfront möglichst weit entfernt war. Dann zog sie ihre Jacke aus, bestellte einen Milchkaffee. Erst als die Kellnerin sich entfernt hatte, wagte sie, den Umschlag hervorzuholen und vorsichtig zu öffnen.

Das Erste, was sie sah, nahm ihr den Atem. Ein Foto, zerknickt, mit zwei Rissen in der Mitte, doch wen es zeigte, war gut zu erkennen. Zoo Köln, stand auf dem unteren Rand. Eine junge Frau drückte sich an einen älteren Mann. Die Frau mit den Engelsflügeln und Jörn Falk. Wie ein Liebespaar sahen sie aus. Nein, die junge Frau wirkte ein wenig verliebt, sie schaute zu ihm auf, mit großen Augen. He, du starker Mann, sagte ihr Blick. Sie hatte sich auch bei ihm eingehakt. Ihre Haare waren blond, das war zu erkennen, obwohl sie ein Kopftuch trug. Falk hatte sich eine alberne FC-Kappe aufgesetzt, sein Haar war ebenfalls blond, also musste es nach ihrer Begegnung aufgenommen worden sein, kurz vor seinem Tod.

Die Kellnerin brachte den Kaffee. Rasch schob Lena das Foto in den Umschlag zurück.

Dann holte sie den Gegenstand heraus, er war mehrmals in Packpapier eingeschlagen worden. Umständlich faltete sie es auseinander. Ein Diktiergerät kam zum Vorschein, nagelneu, unbenutzt, kein Gerät, das ein Journalist ständig bei sich getragen hatte.

Sie spürte, wie sich ihr Herzschlag beschleunigte, und irgendwie hatte sie das Gefühl, als würde von diesem Apparat eine Gefahr ausgehen, als wäre es kein einfaches Diktiergerät, sondern etwas ganz anderes – eine Virenschleuder, eine Bombe, eine Waffe, die gleich losgehen konnte.

Erneut summte ihr Smartphone. Eine unbekannte Nummer. Die Stimme, die sich meldete, klang heiser und aufgeregt, doch erkannte Lena, dass es ihr heimlicher Anrufer war.

»Ich habe etwas für Sie«, sagte er. »Kann ich Sie treffen? Bald.«

»Ja«, erwiderte sie. »Bald. Melden Sie sich wieder.« Dann unterbrach sie die Verbindung und schaltete in der nächsten Sekunde das Diktiergerät an.

Ein kurzes Rauschen, dann ein Räuspern, eine junge Frauenstimme, die mit einem leichten Akzent sprach. »Ich heiße ... Dana, ich komme aus Slowenien. Eigentlich bin ich Musikerin ... Geige ... ich spiele Geige, seit ich elf bin, aber an der Musikhochschule wollten sie mich nicht, und da gab es diesen Klub ... Real Life ... Da war ich, bis dieser Drogenkurier kam.«

Auf einer Bank abseits im Volksgarten hörte sie das Diktiergerät ab. Einunddreißig Minuten sprach die Frau, die sich Dana nannte, nicht Zoja, den Namen, den der unbekannte Anrufer ihr gegeben hatte. Sie erzählte von dem Real Life, einem diskreten Erotikklub, von einem John und Carlos, von Drogen und von Linda Rosen und ihrer Flucht. Jörn Falk kam in dem Bericht der Frau nicht vor, aber natürlich war er es gewesen, der sie aus dem Apartment in der Eifel gerettet hatte. Mit der Schilderung, wie sie eines Nachts das Apartment verlassen hatte, um an einer Telefonzelle jemanden zu treffen, hatte Danas Bericht geendet.

Lena fror, als sie sich von der Parkbank erhob. Nur drei Leute hatten ihre Hunde ausgeführt. Sonst war sie ganz allein gewesen. Es hatte leicht zu nieseln angefangen. Was sollte sie nun tun? Jörn Falk und diese Dana waren getötet worden. Daran konnte kein Zweifel mehr bestehen. Dieser Bericht bewies es, und aus diesem Grund hatte Falk ihn auch aufgezeichnet und sich selbst geschickt, als eine Art Rückversicherung, die ihm aber nichts geholfen hatte.

Sie hätte ins Präsidium fahren sollen, mit Bohl reden, ihrem Vorgesetzten. Wer waren John und Carlos? Und wie passte Jonathan Mahlke da hinein? Dann dachte sie an die Leiche mit dem aufgeschnittenen Bauch, die man im Königsforst gefunden hatte. War das die Frau, die als Drogenkurier fungiert hatte? Vermutlich.

Die Dinge lagen klar vor ihr. Sie musste einen Durchsuchungsbeschluss erwirken und sich diesen Klub vornehmen, von dem sie noch nie gehört hatte. Carlos und John würde sie da finden – aber wie würde es weitergehen? Wie würde sie an das Smartphone herankommen, auf dem Dana die Szene mit dem toten Drogenkurier im Klub aufgenommen hatte? John und Carlos hatten es. Deshalb hatten sie Falk und diese Frau aus Slowenien getötet.

»Lena, kannst du mich anrufen? Es ist wichtig.« Mahlke schickte ihr eine weitere SMS. Sie hatte das untrügliche Gefühl, dass er sie suchte.

Den schwarzen SUV sah sie, nachdem sie den Volksgarten Richtung Südstadt verlassen hatte. Er kam ihr entgegen, als sie in die Metzer Straße einbog. Sie war so durchgefroren und erschöpft, dass sie dringend einen heißen Kaffee brauchte. Zwei Männer saßen im Wagen, dunkle Schatten, die sie offenbar nicht sofort bemerkt hatten, dann jedoch stoppte der SUV abrupt, wie sie aus den Augenwinkeln wahrnahm. Ein Mann sprang heraus, er trug eine Kappe, blaue Turnschuhe und einen dunklen Parka und eilte ihr nach. Wie viel Vorsprung hatte sie? Nicht mehr als fünfzig Meter. Sie zog ihren Kopf ein und schlug den Kragen ihrer Jacke hoch. Sah sie vielleicht doch Gespenster? Galt die Verfolgung tatsächlich ihr?

Als sie sich umschaute, registrierte sie, dass der Mann aufgeholt hatte. Er hielt den Kopf gesenkt, sodass sie sein Gesicht nicht sehen konnte, er lief nicht, sondern bewegte sich in einer Art Laufschritt, aber es war eindeutig, dass er die Verfolgung aufgenommen hatte. Dann tauchte auch der SUV hinter ihr auf. Die Scheinwerfer waren eingeschaltet, das Nummernschild konnte sie nicht lesen. Der Fahrer hatte auf der Volksgartenstraße gewendet, was ein wenig Zeit gekostet hatte, da zwischen den Fahrspuren Autos auf einem Grünstreifen parkten.

Drei Schritte, bevor sie die nächste Seitenstraße erreicht hatte, lief sie los. Sie war nicht in Form, ganz und gar nicht. Ihr Herz hämmerte in der Brust, und fast wäre sie gestolpert, doch bevor ihr Verfolger aufgeschlossen hatte, erreichte sie die Comedia Colonia, ein Theater mit einer Kleinkunstbühne und einem Restaurant, das auch um diese Zeit schon gut besucht war. Sie stürmte hinein und eilte sofort auf die Damentoilette. War es klug, sich hier zu verstecken? Vielleicht nicht, aber sie brauchte einen Platz, um zu Atem zu kommen.

Niemand kam herein. Fünf Minuten vergingen, dann weitere fünf. Waren diese Männer, die sie verfolgt hatten, Carlos und John? Hatten die beiden ihr aufgelauert und hatten sie dann mit dem SUV angefahren? Der Gedanke erschreckte und beruhigte sie zugleich. Dann waren es nur zwei Männer – keine Armee, die sie verfolgte.

Als ihr Smartphone klingelte, nahm sie das Gespräch sofort an.

»Sie sollten nicht auflegen, wenn ich mit Ihnen sprechen will«, sagte ihr unbekannter Anrufer.

»Wer sind Sie?«, fragte Lena. »Haben Sie etwas mit diesem Klub zu tun?«

Der Mann zögerte einen Moment. »Ich weiß, dass Sie in Schwierigkeiten sind«, sagte er. »Und ich bin wohl der Einzige, der Ihnen helfen kann. Ich habe etwas … Damit können Sie die Leute, die Ihnen auf den Fersen sind, fertigmachen.«

»Was haben Sie für mich?«

Eine Tür ging auf und klappte sofort wieder zu. Sie wollte das Gespräch schon abbrechen, aber anscheinend war niemand hereingekommen.

»Ich muss Sie treffen«, sagte der Mann. »Heute Nacht.«

»Wo?«

»Ich rufe Sie an«, sagte der Mann. »An der Zülpicher Straße, Ecke Marsiliusstraße, vor einem Gemüseladen gibt es eine Telefonzelle. Um zweiundzwanzig Uhr heute Abend. Erwarten Sie meinen Anruf.«

Sie musste ins Präsidium fahren. Sie brauchte ihre Dienstpistole, unbedingt eine Waffe. Dieser Gedanke hämmerte in ihrem Kopf. Ohne Waffe war sie wehrlos. Ihr letzter Schießunterricht lag über ein Jahr zurück, im Dienst geschossen hatte sie nur ein einziges Mal, und das war drei Jahre her, als sie bei einem Einsatz unter Feuer genommen worden war. Aber nun würde sie ihre Waffe einsetzen, wenn es sein musste. Carlos und John hatten mindestens drei Menschen auf dem Gewissen.

Kathy Busch nahm ab, nachdem es einmal geläutet hatte, fast, als hätte sie auf einen Anruf gewartet.

»Ich habe ein Problem«, sagte Lena. »Ich brauche jemanden, der mich abholt – sofort. Leider kann ich kein Taxi anrufen, und von meinen Kollegen kommt auch niemand infrage, daher dachte ich …«

»Wo bist du?«, fragte Kathy ernst.

»Auf der Damentoilette in der Comedia Colonia.«

Kathy schwieg einen Moment, und Lena kam der Gedanke, dass vielleicht ihr Telefon abgehört wurde, dass man sie möglicherweise durch eine stille Ortung gefunden hatte.

»Gibt mir fünfzehn Minuten«, sagte Kathy. »Dann stehe ich mit laufendem Motor vor der Tür.«

»Gut.« Lena legte auf. Dann schickte sie Mahlke eine SMS, bestellte ihn für achtzehn Uhr ins Fioretto und nahm die SIM-Karte aus ihrem Smartphone.

44.

In jedem Leben gibt es ein paar Momente, in denen man das Gefühl hat, die Zeit bleibt stehen – der eigene Pulsschlag hört auf, weil etwas Unerhörtes die eigene Existenz durchgeschüttelt hat. So war es ihm ergangen, als Linda ihm gesagt hatte, dass sie schwanger war. Sie hatte sich einen besonderen Ort ausgesucht. Sie standen auf der Südbrücke und blickten zum Dom hinüber. Es war zweiundzwanzig Uhr. Köln strahlte sie an – ein warmer heller Abend im August. Die Sonne schien gar nicht untergehen zu wollen. Er küsste sie und suchte Namen – verräterischerweise nur Namen von Mädchen. Marie oder Verena oder Regina, ja, warum nicht Regina, die Königin? »Mädchen lieben ihre Väter – ich hoffe, dass es ein Mädchen wird.«

Bis weit nach Mitternacht waren sie am Rhein geblieben, hatten auf einer Bank gesessen und geredet. Es würde sich eine Menge ändern, sie könnten nicht mehr die Tage und Nächte durcharbeiten, sie würden eine neue Wohnung brauchen, vielleicht ein Haus mit Garten.

Nun würde er das Treffen mit Carlos und John auf der Südbrücke arrangieren. Hier würde die Falle zuschnappen.

Linda, sagte er stumm in sich hinein, ich hoffe, du stehst mir bei. Alles ist seit damals aus dem Ruder gelaufen, doch wenigstens werde ich deine Mörder fangen.

Er hatte Herrmann gesagt, dass er Carlos und John sehen müsse, er habe etwas für sie.

»Ich will damit nichts zu tun haben«, hatte Herrmann erwidert.

»Du bist mit drin«, hatte er gesagt. »Wenn du nicht aufpasst, liegt die Schlinge auch um deinen Kopf.«

Doch nur für ein paar Sekunden war er sich stark vorgekommen. Allein könnte er das alles nicht durchziehen. Er brauchte Bahner, einen Polizisten, dem er vertrauen konnte, aber eigentlich kannte er ihn nicht gut genug. Hatte Dana ihn vielleicht schon einmal im Real Life gesehen? Kannte er Ruben und Carlos möglicherweise? Im Internet gab es nirgendwo ein Foto von Bahner, also hatte er ihn zum Bahnhof Deutz bestellt. Siebzehn Uhr dreißig bei McDonald's.

»He, Falk«, hatte Bahner gesagt, »warum machst du es so spannend? Was willst du von mir?«

»Ich habe da eine große Sache laufen«, antwortete er vage. »Ich brauche deine Hilfe.«

Bahner hatte gelacht. »Ich esse neuerdings zu viel Fastfood«, sagte er. »Immer wenn ich dich da treffe, muss ich mir einen Big Mac bestellen.«

Er hatte sich mit Dana an der Ecke zum Auenweg postiert, mit Blick zum Deutzer Bahnhof. Es war fünfzehn Minuten vor achtzehn Uhr. Bahner hatte anscheinend Geduld, aber wenn er herauskommen würde, würde er sich nach links wenden, Richtung Köln-Arena. Er wohnte irgendwo in Deutz, nahe am Präsidium, jedenfalls hatte er das einmal erwähnt. Dana würden nur wenige Momente bleiben, um ihn zu erkennen.

Kurz vor achtzehn Uhr tauchte Bahner vor dem Haupteingang auf. Ein großer, glatzköpfiger Mann, ein Telefon am Ohr. Er tat ihnen den Gefallen, auf der Treppe stehen zu bleiben.

»Das ist er«, sagte er zu Dana, die sich wieder bei ihm eingehakt hatte und rauchte. »Das ist der Polizist, der uns helfen soll. Bist du ihm schon einmal begegnet?«

Dana blickte zum Bahnhof hinüber, während Bahner sich in Bewegung setzte. »Nein, glaube nicht«, sagte sie leise.

»Er ist nie im Klub gewesen? Ganz sicher?«, fragte er.

Dana schnaubte. »He, da waren viele Männer, aber so ein Riese ohne Haare wäre mir wohl aufgefallen.«

Er löste sich von Dana, trat zwei Schritte vor und kniff die Augen zusammen. Eine Sekunde lang zweifelte er selbst daran, dass der Mann, der da langsam Richtung Arena ging, Raimund Bahner war. Dieser Mann war groß und wirkte mit seinem kahlen Schädel furchteinflößend, aber er hinkte, er zog sein linkes Bein nach, als wäre es eine Prothese.

»Ich muss etwas erledigen«, sagte er mit Blick auf Dana. Er zerrte sie mit, über die Straße in Richtung Bahnhof. »Ich sage dir, was du jetzt tun wirst. Du fährst ins Hotel. Ich habe die Terrassentür nur angelehnt. Du legst dich aufs Bett. Guck Fernsehen oder nimm ein Bad, aber lass keinen ins Zimmer.«

Sie schaute ihn an, mit geweiteten Augen. »Ich will nicht allein sein«, flüsterte sie.

»Ich bin in einer Stunde bei dir – ganz sicher.« Er winkte ein Taxi heran, öffnete die hintere Tür und schob Dana hinein. Dann eilte er zu dem Fahrer, drückte ihm einen Zwanzig-Euro-Schein in die Hand und nannte ihm die Adresse ihres Hotels.

Danas bleiches Gesicht schaute zu ihm auf, ihr Mund formte stumm ein Wort. »Nein«, las er von ihren Lippen. »Nein.« Beruhigend nickte er ihr zu und lächelte, dann wandte er sich ab.

Bahner hatte die Hauptstraße an der nächsten Ampel bereits beinahe überquert, noch immer hatte er sein Telefon am Ohr. Auf seinem kahlen Schädel spiegelte sich das Licht der Laternen. Er schien es nicht eilig zu haben, und ja, er zog ein Bein nach, er war behindert, ein Versehrter. Warum war ihm das nie aufgefallen? Sie hatten sich immer in irgendwelchen Lokalen getroffen. Bahner war stets schon da gewesen und hatte auf ihn gewartet.

Nolden hatte ihm Bahners Nummer gegeben, so war der Kontakt vor etwa zwei Jahren zustande gekommen. »Wenn du Informationen aus dem Polizeiapparat brauchst, dann rufe Bahner an«, hatte Nolden gesagt. Beim ersten Mal war es um eine Razzia gegen die Rockerbande Hells Angels gegangen, dann um Festnahmen bei einer Kurden-Demonstration. Bahner hatte ihm bereitwillig Auskunft gegeben, ohne Großes, Weltbewegendes kundzutun – und was hatte er ihm gesagt? Er konnte sich nicht genau erinnern. Einmal ging es um Gerüchte über den Bürgermeister, dessen Frau ausgezogen war und die angeblich einen Liebhaber hatte, dann um eine Richterin, die einen Korruptionsprozess führte, deren Mann aber selbst in undurchsichtige Börsengeschäfte verwickelt war. Bahner hatte diese Informationen dankbar entgegengenommen.

Er überquerte die Straße. Bahner war in eine Seitenstraße eingebogen. Nun telefonierte er nicht mehr, sondern ging schneller. Fröstelnd hatte er die Schultern hochgezogen. Einer Frau, die ihm entgegenkam, nickte er zu, ohne innezuhalten, und dann bog er wieder ab.

Siegesstraße – plötzlich begriff er, wohin Bahner wollte. Hier lag das Lommerzheim, eine schäbige Kölner Kneipe, die seit mehr als fünfzig Jahren existierte und die hier in Deutz eine Institution war. Hatte Bahner doch keine Frau, die zu Hause auf ihn wartete? War die Geschichte vom Paragliding, die er einmal erzählt hatte, erfunden gewesen? Konnte man mit einem steifen Bein überhaupt an einem Gleitschirm durch die Gegend segeln?

Bahner hatte wieder sein Telefon hervorgezogen, er blickte auf das Display und steckte es wieder ein, dann betrat er tatsächlich das Lommerzheim.

Die Fassade der Kneipe sah aus, als wäre sie seit fünfzig Jahren nicht mehr renoviert worden. »Gaststätte« stand da in großen, ehemals roten Buchstaben auf bräunlichem, löchrigem Putz. Durch die schmutzigen Butzenscheiben fiel kaum Licht auf die Straße. Bahner hatte an einem einzelnen Tisch Platz genommen. Noch war der Laden fast leer, aber das würde sich gewiss in der nächsten Stunde ändern.

Er bezog auf der anderen Straßenseite Position. Bahner würde vermutlich etwas essen oder ein, zwei Bier trinken, und möglicherweise war es auch interessant zu sehen, ob er sich mit jemandem traf, mit einem Kollegen oder einer Frau, und dann, kurz bevor Bahner nach Hause gehen wollte, würde er an dessen Seite treten, und sie würden reden.

Später, wenn er Bahner eingeweiht hatte, würde er sich noch die Südbrücke ansehen müssen, um alles vorzubereiten. Er hatte das Smartphone mit den Fotos im Hotel gut versteckt, hinter einer Kachel an der Badewanne, und das Diktiergerät hatte er auf die Post gegeben. Er war zufrieden mit sich.

Übermorgen würde Dana im Zug sitzen, auf dem Weg nach Slowenien, und er hatte eine große Geschichte. Nolden würde ihn bitten müssen, alles aufzuschreiben. Das würde das Comeback des Jahres werden – seine exklusive Story im ›Express‹. Fünf Folgen würden es mindestens werden. Ein Kölner Edelklub, der tief im Drogengeschäft steckte – der Mord an einer Journalistin, seiner Frau … ein Mexikaner, der vorgab, über einen Geheimbund zu schreiben, aber in Wahrheit ein gefährlicher Dealer war … Nur darüber, dass er einen Hund getötet hatte, würde er kein Wort verlieren, und Dana würde bei ihm anders heißen, vielleicht Natascha, nein, Natascha war zu klischeehaft, Laura, ja, Laura war viel besser …

Es begann wieder zu nieseln. Ihm wurde immer unbehaglicher. Er fror. Dana hatte hoffentlich getan, was er ihr gesagt hatte. Er hatte dafür gesorgt, dass sie nicht mitbekam, wo er das Smartphone verborgen hatte.

Die Kneipe füllte sich, doch Bahner saß immer noch allein am Tisch. Er las in einer Zeitung und löffelte dabei gemächlich eine Suppe – anscheinend sein Abendessen. Gleich würde er vermutlich gehen. Also … Er straffte sich. Die Geschichte, die er Bahner zu erzählen hatte, würde jedem Polizisten gefallen. Das Ganze würde ein großer Auftritt werden.

Bahner blickte auf, als er an seinen Tisch trat. Er zog überrascht die Augenbrauen zusammen, dann machte er eine Handbewegung. »Falk«, sagte er, »du bist mir gefolgt.«

Er nickte, dann sagte er, ohne nachzudenken, einen Satz,

der ihn sofort beschämte. »Du hinkst ... Ich wusste nicht, dass du ...«

Über Bahners Gesicht glitt ein Lächeln. »Kundus, Afghanistan«, sagte er, »da war ich als Ausbilder ... drei Monate ... dann ist unser Wagen auf eine Mine gefahren.« Er streckte sein Bein vor. »Hab Pech gehabt. Hat mich den Fuß und den Unterschenkel meines linken Beines gekostet.« Wieder deutete er einladend auf den Stuhl vor sich.

Er setzte sich. Bahner hatte in einer Hundezeitung gelesen, erkannte er. Jedenfalls zeigte ein Foto einen Schäferhund, der über eine Mauer sprang.

Langsam nahm Bahner die Zeitung, rollte sie zusammen und steckte sie ein. Ein lautes Stimmengewirr erfüllte die Kneipe, doch schien es eigentümlicherweise nicht an ihren Tisch zu dringen.

»Falk«, sagte Bahner ernst, »wir müssen über ein paar Dinge sprechen. Deshalb bist du doch gekommen, nicht wahr?«

»Ja«, sagte er. »Ich brauche deine Hilfe. Ich bin da an etwas dran, das ...«

Bahner hob seine große, fleischige Hand. »Du machst mir Kummer«, sagte er, und es klang beinahe wirklich traurig. »Richtig großen Kummer – das kannst du mir glauben.« Er senkte kurz den Blick, blickte auf seine Hände, die er auf dem Tisch gefaltet hatte. »Du läufst durch die Gegend, du kümmerst dich um Dinge, die dich nichts angehen, du lauerst Herrmann auf, du ...« Bahner verstummte, und ihn durchfuhr ein heißer Schrecken.

Herrmann? Wieso wusste Bahner von Herrmann?

Bahner schaute ihn an. Wissen lag in seinem Blick – und auch so etwas wie Mitleid. Dann blickte er an ihm vorbei, zur Eingangstür oder zumindest Richtung Tür.

»Carlos ist schon ganz ungeduldig. Er will unbedingt mit dir reden – über das Mädchen und ... Na, du weißt schon.«

Er wandte sich um. Sein Herz schlug ihm so heftig bis zum Hals, dass es wehtat.

Carlos oder Ruben oder wie auch immer der Kerl hieß, lehnte neben der Tür und nickte ihm zu. Er trug eine schwarze Kappe und eine Lederjacke, sein schwarzes Haar war zu einem Zopf gebunden. Eine Hand hatte er tief in seiner Tasche vergraben.

»Ich bin mir sicher, dass du eine Waffe trägst«, sagte Bahner leise, während er sich ein wenig vorbeugte »aber du solltest nicht auf die Idee kommen, sie hervorzuziehen, wenn wir nun langsam aufstehen und zur Tür gehen. Carlos versteht wirklich keinen Spaß, und es ist ihm egal, wie viel Zeugen er hat.«

Im nächsten Moment war Bahner auf den Beinen, er packte ihn am rechten Unterarm, ein schneller, wirksamer Polizeigriff, der ihn komplett überraschte. Drei Sekunden später standen sie vor dem Lommerzheim, ohne dass jemand etwas mitbekommen hatte.

Es hatte heftiger zu regnen begonnen.

45.

Es war zehn Minuten vor achtzehn Uhr, als sie vor dem Präsidium vorfuhren. Wenn sie Mahlke richtig einschätzte, würde er nun bereits im Fioretto sitzen und auf sie warten.

Sie nickte Kathy zu, dann verließ sie den Wagen. Zum Glück saß nicht Klaus an der Pforte, der alte Philosoph, den ihr Vater wegen der Überwachungskamera befragt hatte, sondern ein anderer, jüngerer Mann, der nur kurz aufblickte. Auch im Fahrstuhl begegnete ihr niemand.

In ihrem Büro war alles dunkel, Monas Büro war ebenfalls bereits verlassen. Irgendwo läutete ein Telefon, aber niemand ließ sich blicken.

Sie schaltete das Licht an, dann holte sie den Schlüssel hervor und öffnete das Metallschließfach in ihrem Schrank, in dem sich ihre Dienstpistole befand. Kaum hatte sie sich die Waffe in die Jackentasche geschoben, wurde die Tür geöffnet.

»Lena?«, sagte eine Männerstimme.

Es war nicht Mahlke, stellte sie zu ihrer Beruhigung fest.

Weiler stand vor ihr. Mit einem besorgten Blick schaute er auf sie herab. »Du bist krank, habe ich gehört? Sie wollen, dass du zum Polizeiärztlichen Dienst gehst?«

Rasch schloss sie die Tür des Schrankes. »Ich hatte etwas vergessen«, erklärte sie rasch. »Ein Medikament.« Nein, das war die falsche Erklärung. Wieso ein Medikament? Sie brauchte keine Medikamente.

»Ich will gar nicht wissen, was du hier tust«, sagte Weiler. »Ich bin deinetwegen in Sorge, genau wie dein Vater. Keine Angst …« Er lächelte, zwei Grübchen fielen in seine fahlen

Wangen. »Ich habe ihm nichts von deinem Termin beim Polizeiärztlichen Dienst gesagt.«

Ihr Smartphone klingelte. Kurz bevor sie das Präsidium betreten hatte, hatte sie die SIM-Karte wieder eingesetzt, um erreichbar zu sein, falls Kathy etwas auffiel.

»Ich habe es eilig«, sagte sie entschuldigend zu Weiler. Das Klingeln verstummte. »Ich muss …«

»Ich habe eine Nachricht für dich«, sagte er förmlich. »Diese Red-Bull-Dose … vielleicht habe ich deinem Kollegen unrecht getan … sie ist wieder aufgetaucht, sie lag auf der Fensterbank, unter einer Akte, keine Ahnung, wie sie dahingekommen ist.«

»Und habt ihr sie schon auf Spuren untersucht?«

»Nichts. Keine Fingerabdrücke«, erwiderte Weiler. »Tut mir leid.«

»Na, dann war es wohl falscher Alarm. Habe ich umsonst die Pferde scheu gemacht.« Sie drehte sich zur Tür und schaltete das Licht aus.

»Mir ist zu Ohren gekommen, dass Georg sich nach den Mitgliedern von Kallers Hundestaffel erkundigt.« Weiler rührte sich nicht von der Stelle. Im matten Licht, das vom Flur hereinfiel, wirkte seine Miene noch ernster. »Hast du ihn dazu beauftragt? Er sollte das lassen – das ist eine alte Geschichte, an die keiner mehr gerne zurückdenkt. Schnee von gestern.«

»Ich weiß nicht, was du meinst.« Sie schob sich an ihm vorbei aus der Tür. »Vielleicht will er nur einen alten Freund wiedertreffen.«

»Nein«, sagte Weiler. »Das glaube ich nicht. Er sollte nicht in alten Wunden stochern.«

Ihr Smartphone summte. Eine SMS. »Wo bist du?«, las sie auf dem Display. Mahlke wurde unruhig. Noch ein paar Minuten, dann würde er begreifen, dass sie nicht kommen würde.

»Kennst du jemanden, der einen schwarzen SUV fährt?«, fragte sie Weiler. Sie waren nun auf dem Gang. Er ging neben ihr, als wollte er ganz sicher sein, dass sie den Fahrstuhl ansteuerte.

»Nein«, sagte er nach einem kurzen Zögern. »Bei der Polizei kann sich keiner so einen Wagen leisten, nicht einmal unser Boss. Geht es um ein spezielles Fahrzeug? Hast du ein Kennzeichen?«

»Ein spezielles Fahrzeug?« Sie tat ahnungslos. Verdammt, sie hatte kein Kennzeichen. »Nein, es geht nicht um ein spezielles Fahrzeug.«

Den Klub Real Life gab es tatsächlich – am Hahnenwaldweg in der stillsten und vornehmsten Ecke Kölns. Hier stank es in jedem Winkel förmlich nach Geld und Diskretion. Kathy hatte lediglich einen Telefonanruf benötigt, um die Adresse herauszufinden. Ein weißes unauffälliges Gebäude mit einem kleinen Parkplatz aus Kies davor. Die Kamera über dem Eingang war verdeckt angebracht, aber nicht so, dass man sie nicht sehen konnte. Kein Licht brannte im Haus, nirgends. An der Tür klebte ein handgeschriebenes Schild, das in seiner Schlichtheit gar nicht passte. »Wegen Renovierung geschlossen.«

Als Lena um das Haus herumgehen wollte, bellte irgendwo ein Hund, und sie beschloss, zu Kathys Fiat zurückzukehren.

Der SUV war nicht wieder aufgetaucht, und Mahlke hatte sich auch nicht mehr gemeldet. Ihr Vater aber hatte ihr eine SMS geschrieben. »Kommst du heute Abend?«

Statt zu antworten, hatte sie ihre SIM-Karte wieder aus ihrem Smartphone herausgenommen.

Kathy rauchte und blickte vor sich hin. »Woher hast du von diesem Klub erfahren?«

Lena zog das Diktiergerät hervor. »Falk hat die Frau mit den Engelsflügeln ihre Geschichte erzählen lassen.« Sie stellte das Gerät an, und Danas Stimme erfüllte den Innenraum des Fiats.

Erst jetzt, beim zweiten Hören, fiel ihr auf, wie aufgeregt Dana war und dass sie irgendwo draußen gesessen haben musste. Das Geräusch von Wind war zu hören, gelegentlich auch entfernte Kinderstimmen und einmal ein heftiges Geschnatter wie von Vögeln oder Enten.

Kathy blickte sie an, nachdem Dana geendet hatte. »Wir sitzen hier, und niemand kennt diese Aufnahme?«

Lena nickte. »Niemand.« Sie seufzte. Ja, sie beging einen Fehler und machte sich eines schweren Dienstvergehens schuldig. »Ich weiß nicht, wem ich trauen kann. Henning, meinen Partner, könnte ich einweihen, aber er liegt im Krankenhaus. Außerdem … wo ist die Beziehung zu Mahlke? Ich verstehe das einfach nicht.«

Ein weißer BMW mit einem Bonner Kennzeichen rauschte an ihnen vorbei, er bog auf den Parkplatz vor dem Klub, bremste kurz ab und wendete dann. Anscheinend hatte es sich noch nicht überall herumgesprochen, dass das Real Life geschlossen war.

»Wozu braucht man so einen Klub?«, fragte Kathy, während der BMW wieder verschwand. »Haben sie hier ihre Drogen an den Mann gebracht?«

»Vielleicht«, erwiderte Lena, »aber ich vermute eher, es geht um Geldwäsche. Für die Drogen haben sie ihre eigenen Kanäle, und das Geld, das sie da verdienen, waschen sie hier. Wenn eine Flasche Champagner vier-, fünfhundert Euro kostet, kann man ordentlich was in die Bücher schreiben.«

Kathy drückte ihre Zigarette aus. »Was machen wir jetzt?«

»Ich habe noch ein Rendezvous heute Abend«, sagte Lena. »Mit einer Telefonzelle. Wäre schön, wenn du mitkommen würdest.«

Das Haus ihres Vaters war hell erleuchtet. Sie sah ihn in der Küche stehen, mit seiner Hornbrille im grellen Licht, das zwei Neonröhren warfen. Unschlüssig stand er da, wartend oder so, als wüsste er nicht genau, was er tun sollte. Mitleid erfüllte sie. Er schien mit jedem Tag mehr zu altern. Sie hatte ihn angelogen. Sie hatte ihm eine SMS geschrieben, dass sie morgen für ihn kochen würde. Heute Abend müsse sie sich um den Nachlass von Mitchi Vogel kümmern. Die alte Frau sei unerwartet verstorben.

Plötzlich rührte sich ihr Vater. Er beugte sich vor. Erleichtert erkannte sie, dass er dabei war, sich einen Toast zu machen. Er hatte lediglich gewartet, dass die beiden Brotscheiben geröstet wurden. Mit langsamen Bewegungen schmierte er sich Butter auf die Brote, dann nahm er einen Teller und setzte sich an den Küchentisch – seltsamerweise auf den Platz, auf dem ihre Mutter immer gesessen hatte.

Mühsam riss sie sich von dem Anblick los und ging zum Eingang des Hauses. Sie hob den Deckel des Briefkastens an und ließ den Umschlag mit Falks Foto und dem Diktiergerät hineingleiten.

Dann ging sie zu Kathys Fiat. Niemand hatte sie beobachtet, meinte sie aus den Augenwinkeln zu erkennen, nirgendwo war ein SUV aufgetaucht.

»Was wird dein Vater denken, wenn er morgen das Diktiergerät findet?«, fragte Kathy.

»Gar nichts«, sagte Lena. »Ich werde morgen früh da sein und die Post ins Haus holen.«

Es war achtzehn Minuten nach einundzwanzig Uhr. Es blieben noch zweiundvierzig Minuten, bis ihr nächtlicher Anrufer sich melden würde. Sie hatte ihr Smartphone nicht mehr in Betrieb genommen. Was würde Mahlke nun tun? Würde er vor ihrer Tür stehen und ihr auflauern?

Als Kathy den Fiat startete, hielt ein Taxi vor dem Haus ihres Vaters. Sie sah, wie ein Mann mit längeren dunklen Haaren sich nach vorne beugte, um zu bezahlen. David trug wieder seinen unmodernen hellen Trenchcoat. Er straffte sich und atmete einmal tief durch, als er auf die Tür ihres Vaters zustrebte.

»Wer ist das?«, fragte Kathy, die aufmerksam in den Rückspiegel blickte.

»Das ist der Herr Staatsanwalt – David Bauer«, erwiderte

Lena. »Der Mann, der mich beim Polizeiärztlichen Dienst sehen und aus dem Verkehr ziehen will. Ich wusste gar nicht, dass er Hausbesuche macht.«

»Er ist bei Jörns Begräbnis gewesen«, sagte Kathy. »Ja, jetzt erkenne ich ihn. Willst du mit ihm reden?«

Lena schüttelte den Kopf. »Es schadet nicht, wenn ich ein paar Minuten zu früh an der Telefonzelle bin«, sagte sie.

Es war zehn Minuten vor zweiundzwanzig Uhr, als sie aus Kathys Fiat stieg und zur Telefonzelle hinüberging. Ein gewöhnlicher Dienstagabend. Auf der Zülpicher Straße herrschte wenig Verkehr, ein paar Autos, gelegentlich eine Bahn. Das Café hinter der Telefonzelle hatte bereits geschlossen, aus der Kneipe auf der anderen Straßenseite drang gedämpft kölsche Musik.

Lena sah auf die Uhr und wartete. Um Punkt zweiundzwanzig Uhr klingelte es.

Sie hob ab. »Ja?«

»Es ist schön, dass man sich auf Sie verlassen kann, Frau Larcher«, sagte ihr Anrufer. »Ich hoffe, das bleibt auch so. Ich habe ein Angebot für Sie.«

46.

Er hatte keine Ahnung, wo er sich befand. Etwa zwanzig Minuten hatte er im Kofferraum eines alten Mercedes gelegen, die Hände mit Kabelbinder gefesselt. Tränen waren ihm über die Wangen gelaufen, Tränen der Wut und Verzweiflung. Er hatte alles so gut planen wollen und war geradewegs in die Falle gelaufen. Er war am Ende – ein gescheiterter Reporter, den man in den nächsten Stunden töten würde.

Oder gab es noch einen Ausweg?

Die Tränen schmeckten salzig. Wann hatte er zuletzt geweint? Nie, nicht einmal, als Maximilian gestorben war. Er hatte nie für etwas Tränen gehabt.

Und was würde aus Dana werden? Sie saß in seinem schäbigen Hotelzimmer und wartete auf ihn.

Sie fuhren in eine Tiefgarage, dann ging es mit einem verdreckten Fahrstuhl voller Graffiti in den achten Stock eines Hochhauses hinauf. Weder Bahner noch Carlos sagten ein Wort.

Carlos öffnete eine rote Wohnungstür ohne Namensschild, die direkt neben dem Fahrstuhl lag. Ein fast leeres Apartment. Bahner schaltete eine Stehlampe ein und deutete auf einen der vier weißen Plastikstühle, die vor einem Resopaltisch standen. Dahinter befand sich eine Küchenzeile aus dunklem Holz – eine Spüle, ein Herd, ein gelblicher alter Kühlschrank mit einem abgebrochenen Griff. Bahner ging zu einer Fensterfront und zog die Vorhänge zu. Dann setzte er sich in einen zerschlissenen gelben Sessel. Carlos blieb neben der Tür stehen und starrte ihn feindselig an.

All seine Papiere, sein Portemonnaie, seine Waffe, sein Handy und das Smartphone, aus dem er die SIM-Karte entfernt hatte, hatten sie ihm bereits abgenommen. Zum Glück waren seine Tränen getrocknet. Er versuchte eine aufrechte Haltung zu bewahren.

Bahner stöhnte und steckte sich eine Zigarette an. »Hier scheißen sich unsere Kuriere aus«, sagte er und inhalierte. »Dann bleiben sie eine Nacht hier, und weiter geht es.« Er deutete auf eine Matratze in einer Ecke und stöhnte wieder. »Ich habe dich immer für einen mittelmäßigen Reporter gehalten, Falk«, sagte er. »Und nun das! Wir haben dich gewarnt! Die Prügel am Friedhof, du erinnerst dich? Du hättest dich nur aus allem heraushalten müssen. Wäre besser für uns alle gewesen.«

Carlos steckte sich auch eine Zigarette an. Er packte einen der Stühle, drehte ihn herum und nahm Platz, die Lehne vor sich. »Wir müssen dich töten«, sagte er heiser und mit so schwerem Akzent, dass er kaum zu verstehen war, »aber vorher musst du uns sagen, wo die Nutte Dana ist.«

Er hob den Kopf. Fast hätte er gelächelt. Sie wussten nicht, wo Dana war.

»Überlass das mir«, sagte Bahner freundlich. »Falk und ich sind Freunde, nicht wahr? Ist doch beinahe so.«

»Beinahe«, sagte er. Seine Stimme zitterte.

Bahner zog die Jeans an seinem linken Bein hoch, sodass die Prothese zu sehen war. »Ja, tatsächlich, ich hinke, ich bin ein Krüppel, verdammte Scheiße. An meinem letzten Tag fährt ein Idiot von der Bundeswehr kurz hinter Kundus auf eine Mine, umkurvt so einen verdammten Holzkarren, der mitten im Weg steht und – wumm!« Er riss die Arme hoch. »Ich habe erst gar nichts gespürt, segele durch die Luft und spüre nichts. Dann sehe ich, dass mein Bein Matsch ist, blutiger Matsch. Scheiße, denke ich, das sieht nicht gut aus, aber noch keine Schmerzen. Pures Adrenalin rast mir durch die Adern. Vielleicht war ich nie lebendiger, aber dann …« Er senkte den

Kopf und nahm einen tiefen Zug aus seiner Zigarette. »Ich sollte eine Hundestaffel in Kundus aufbauen, Hunde, die Bomben erschnüffeln. Na ja …«

»Willst du uns einen Roman erzählen?«, fragte Carlos unfreundlich.

Bahner hob die Hand. »Ich will, dass mein Freund Falk versteht, was hier so vor sich geht. Ich habe schon vorher gelegentlich Drogen genommen, ein wenig Marihuana hier und da, aber dann, nach der Amputation, habe ich das Zeug wirklich gebraucht. Und hier, in diesem tollen Land, hat mir keiner geholfen. Im Gegenteil, als sie mich zusammengeflickt hatten und ich zurückkam, war meine Hundestaffel im Arsch, aufgelöst, mir haben sie einen langweiligen Schreibtischjob gegeben, für den ich noch dankbar sein sollte. Erbsen zählen, jeden Tag Erbsen zählen.« Er strich sich über seine Glatze. »Mann, ich war ein Elitepolizist, einer von den Besten der Besten.«

»Bist du ein weißer Ritter?«, fragte er. »Hast du auch zu denen gehört?«

Bahner winkte ab. »Das war doch Kinderkacke. Nicht ernst zu nehmen. Kröger hat sich das einfallen lassen, er wollte immer irgendwelche Leute beeindrucken. Kinderkacke!«, sagte er noch einmal.

Carlos warf seine Zigarette zu Boden und trat sie aus. Er machte ein Gesicht, als würde er gleich die Geduld verlieren.

Bahner schaute ihn an. »Wir haben ein richtig gutes Geschäft aufgezogen«, sagte er ernst. »Carlos und ich. Hier die Drogen, eine wunderbare Route von Curaçao nach Düsseldorf, und da der Klub, ganz seriös. Und dann kommst du und machst alles kaputt.« Er verstummte und inhalierte. Dann schaute er Carlos an und fragte in einem vorwurfsvollen Tonfall. »Warum meldet sich John nicht? Er muss doch mitgekriegt haben, wo die Nutte hingefahren ist.«

Carlos zog die Schultern hoch. »Hier, er weiß es«, sagte er

und nickte in Richtung Falk. »Wir müssen ihn nur richtig befragen, dann wird er es uns sagen.«

Er schaute Carlos offen an, er sah dessen dunkle Augen, die grobporige Haut, die helle Narbe auf der Wange. »Mitchi macht sich wirklich etwas aus dir, Carlos oder Ruben oder wie immer du heißt. Sie sucht dich. Ich soll dich suchen.« Er lächelte matt. »Eine fast achtzigjährige Frau hat sich in dich verliebt.«

Carlos funkelte ihn an. »Rede nicht von ihr«, zischte er. »Ich mag Mitchi, sie ist … wild und richtig.«

Sie schwiegen wieder. Mitten in die unheilvolle Stille hinein klingelte Bahners Smartphone. Ohne jede Regung nahm er das Gespräch an. »Wie? Du suchst sie immer noch? Du hast sie aus den Augen verloren?«, knurrte er. »Es kann doch nicht so schwer sein, einem Taxi hinterherzufahren.« Ein kurzes Zögern. »Such weiter!«, sagte er barsch.

Bahner zog die Augenbrauen hoch und warf Carlos einen Blick zu. »John fährt durch die Gegend und sucht«, sagte er. »Dieser Volltrottel!«

Carlos stand auf und trat auf ihn zu. »Wo ist die Nutte?«, fragte er leise. »Wo ist euer Versteck?«

Er starrte auf seine gefesselten Hände. Immer wenn er sie bewegte, stach der Kabelbinder schmerzhaft in seine Haut. »Sie wollte zum Bahnhof – zurück nach Hause. Velenje, Slowenien. Sie sitzt im Nachtzug nach Wien.«

»Nach Wien?« Bahner lachte auf. Dann nahm er Falks Handy und das Smartphone hervor. »Du wolltest besonders schlau sein, nicht wahr? Es war ein Anfängerfehler, mich nicht von deinem Smartphone anzurufen. Da war ich gewarnt und habe dann Carlos hinzugezogen. Was hattest du eigentlich vor? Du hast Herrmann angerufen, um uns ein Geschäft vorzuschlagen. Was für ein Geschäft?«

»Ich wollte euch auf der Südbrücke treffen, morgen um Mitternacht. Das Smartphone mit den Bildern aus dem Klub gegen freies Geleit.«

»Freies Geleit? Ehrlich? Du glaubst an das Gute im Menschen, was?« Bahner stand ebenfalls auf und ging zum Tisch. Er breitete all die Dinge aus, die sie ihm abgenommen hatten. Dann nahm er das iPhone, steckte die SIM-Karte ein und sagte: »Gib mir deinen Zugangscode, Falk.«

»Lass das Mädchen in Ruhe, Bahner«, sagte er. »Ich habe das Smartphone mit den Fotos, gut versteckt. Ich gebe es euch, wenn ihr Dana nach Hause fahren lasst.«

Carlos kam auf ihn zu. Wut blitzte in seinen Augen auf. »Du willst mit uns verhandeln?« Er streckte eine Faust vor. »Ich kann dich auf der Stelle töten.«

Bahner hob die Hand, ganz lässig. »Lass das, Carlos«, sagte er sanft. »So läuft das nicht. Er will uns ein wenig hinhalten. Ich glaube aber nicht, dass die Nutte im Zug sitzt. Sie wird anrufen, auf seinem Telefon.« Er wedelte mit dem Apparat. »Ich wette, irgendwo in deinem Portemonnaie finde ich die Nummer. Man hat so viele PINs mittlerweile. Die kann man nicht alle im Kopf behalten.«

»Die Bilder gegen Dana«, sagte er, bemüht, mit fester Stimme zu sprechen.

Bahner schüttelte den Kopf. »Machen wir es ganz anders.« Er seufzte. »Ist also ordentliche Polizeiarbeit gefragt. Verdammte Scheiße.« Er ging mit seinem Telefon zum Fenster. »Olli?«, sprach er nach ein paar Sekunden fragend in den Apparat. »Ich brauche deine Hilfe, ganz inoffiziell. Es geht um eine Ermittlung gegen einen Rechtsradikalen, wahrscheinlich ein NSU-Sympathisant, höchste Geheimhaltung. Er ist heute zwei Minuten nach achtzehn Uhr in ein Taxi am Deutzer Bahnhof gestiegen. Ein beigefarbener Mercedes, Kennzeichen K – PA. Rest unbekannt. Ich muss wissen, wohin die Fahrt gegangen ist. Könntest du da mal dezent eine Erkundigung einziehen? Danke dir.« Er unterbrach die Verbindung und lächelte. »Ich bin schließlich Polizist, nicht wahr, Falk? In spätestens zwanzig Minuten wissen wir, wohin deine kleine Freundin entschwunden ist.«

Er lernte zu beten. Kindergebete. Das ging ganz schnell. Die Augen schließen, die Tränen zurückdrängen und nur in sich hineinatmen. Lieber Gott, mach, dass sie Dana nicht finden, mach, dass mein Leben noch nicht zu Ende ist.

Sein Herz schlug so laut, dass er gar nichts mehr hörte. Carlos hatte sich aus dem Kühlschrank eine Dose Bier geholt und trank in kurzen Schlucken, und Bahner hinkte unruhig auf und ab. Alles ohne Ton.

Er dachte daran, wie er Linda zum ersten Mal wirklich berührt hatte, sie mit den Händen abgetastet hatte, vom Kopf bis zu den Füßen, in der engen Dusche in ihrem Apartment in der Moltkestraße. Heißes Wasser war über ihre Haut geronnen, zehn Minuten lang, dann war der Tank leer gewesen, und doch hatten sie nicht aufgehört, sich zu streicheln und zu küssen.

Und mit zehn Jahren hatte er sein erstes Tor geschossen, E-Jugend bei Fortuna, ein Spiel auf einem Aschenplatz. Der Ball war von der rechten Seite gekommen, halb hoch, und er war mit seinem Kopf abgetaucht und hatte den Ball förmlich ins Tor gedroschen. Dabei hatte er sich beide Knie aufgeschrammt, aber es war gleichgültig gewesen. Er hatte zu den Siegern gehört.

Und das Gefühl, Maximilian zum ersten Mal in den Händen zu halten, ein winziges, atmendes Wesen, mit faltigen Augen, die es kaum öffnen konnte, ein Wesen, das einen ganz reinen Geruch verströmte. Und dann hatte es den Mund geöffnet und herzhaft gegähnt. Ja, hatte sein Gähnen gesagt, ich bin auf dieser Welt angekommen, bei euch.

Nach einer halben Stunde rief dieser Olli zurück. Bahner hockte wieder in dem zerschlissenen Sessel. »Okay«, sagte er. »Vielen Dank. Du hast was gut bei mir.« Er lächelte Carlos an. »Wir haben sie, die kleine Schlampe. Wir wissen, wo sie ist.«

47.

»Ein Angebot?«, fragte sie.

Der Anrufer räusperte sich. Er wirkte aufgeregt, viel aufgeregter als bei seinen früheren Anrufen. »Ja«, sagte er. »Ich habe etwas für Sie. Sie haben doch von dem Klub gehört, von dem toten Drogenkurier. Nun, es gibt Fotos … auf einem iPhone. Es befindet sich, wie es der Zufall will, in meinem Besitz.«

Lena wartete. Sie hörte den Anrufer atmen. Eine Straßenbahn rauschte vorbei, sie war fast leer, nur drei, vier Köpfe waren zu sehen. Kathy war ausgestiegen, sie stand hinter ihrem Fiat und scannte die Straße. Dann nickte sie. Nichts, kein Auto, keine Auffälligkeiten.

»Wieso haben ausgerechnet Sie dieses iPhone? Und wer sind Sie überhaupt?«

»Ich habe in diesem Klub gearbeitet, und ich … ich bin nicht schuldlos, dass das alles passiert ist … Zoja … ich mochte die Kleine …« Er zögerte. »Ich kann Ihnen das iPhone heute Nacht übergeben, um Mitternacht auf der Südbrücke. Nur Sie und ich, niemand sonst. Dann haben Sie die Beweise, die Sie brauchen.« Er sprach schneller, hektischer.

»Warum sollte ich Ihnen trauen?«, fragte Lena. Ein Krankenwagen raste ohne eingeschaltete Sirene die Straße hinunter, ihm folgten ein weißer Golf und ein dunkler Van. Keines der Fahrzeuge bremste ab.

»Das müssen Sie … Sie müssen mir trauen. Ich habe diese Fotos«, sagte der Mann.

»Wer sind die beiden Männer in dem SUV, die mich verfolgen?«, fragte sie. »Carlos und John?«

»Hören Sie …« Der Mann wurde ungeduldig. »Sagen Sie Ja oder Nein zu meinem Angebot. Wir sprechen schon viel zu lange miteinander.«

»Ich brauche einen Beweis, dass Sie es ernst meinen. Wie viele Fotos haben Sie? Schicken Sie mir eines auf mein Smartphone. Sofort. Dann komme ich vielleicht.« Sie hängte auf. Ihr war übel. Vielleicht war sie zu weit gegangen. Wenn der Mann es ernst meinte, hatte sie ihn möglicherweise vergrault.

Im Laufschritt eilte sie über die Straße. Kathy saß bereits hinter dem Steuer und startete den Motor.

»Und?«, fragte sie.

»Er will mir ein iPhone mit Fotos aus dem Klub übergeben. Heute Nacht auf der Südbrücke«, sagte Lena. Ihre Übelkeit hielt an. Sie fühlte sich erschöpft wie nach einer viel zu großen Anstrengung. Sie schloss die Augen.

»Und willst du dich mit ihm treffen?«, fragte Kathy.

Lena öffnete die Augen wieder. Sie setzte die SIM-Karte ein und checkte ihr Telefon. Keine Anrufe. Was war mit Mahlke? Warum hatte er aufgegeben?

»Das wäre töricht«, sagte sie zögernd. »Total töricht, aber ja, ich mache es – ich treffe ihn.«

Kathy lächelte vor sich hin. »Zwei törichte Frauen gegen den Rest der Welt.«

»Wir haben zwei Stunden«, sagte Lena. »Zwei Stunden, um uns vorzubereiten.« Sie hörte, dass eine Nachricht auf ihrem Smartphone eingegangen war. Eine MMS. Auf dem Foto war nicht viel zu sehen, es war von schlechter Qualität. Jemand lag auf dem Boden, ein Mann oder eine Frau, die helle Turnschuhe trug, zwei Hände tasteten an den Beinen der Gestalt herum. Das war nicht viel, aber es bewies, dass der Anrufer es ernst meinte.

»Wohin sollen wir fahren?«, fragte Kathy. Sie war nach rechts auf den Sülzgürtel abgebogen. »Zu mir?«

»Zu meinem Vater«, sagte Lena. Ihr war immer noch mulmig zumute. Konnte sie ihre Kollegen einweihen – einen großen Polizeieinsatz wagen, das große Rad drehen, wie sie es eigentlich sollte? Würde Mahlke dann nicht in der nächsten Minute davon erfahren? Aber wenn sie es allein durchzog, würde sie dann nicht geradewegs in eine Falle laufen?

Zwei törichte Frauen gegen den Rest der Welt.

Sie nahm das Telefon. Die Nummer war immer noch eingespeichert. Sie spürte, dass ihre Hände zitterten. Sie brauchte jede Hilfe, die sie bekommen konnte. Aber wahrscheinlich hatte er gar keine Zeit – er saß mit Freunden zusammen oder lag neben einer anderen Frau, oder nein, er gab ein Konzert. Ja, vermutlich stand er irgendwo auf einer Bühne, umjubelt, umschwärmt.

»Lena«, sagte Farkas nach dem dritten Klingeln, »du rufst mich an? Wollen wir uns irgendwo treffen?«

Sie leckte sich über die Lippen. Sie war erstaunt, wie freudig er klang, beinahe, als hätte er auf ihren Anruf gewartet. »Hast du dein Boot noch, das Motorboot im Rheinauhafen?«, fragte sie. Einmal waren sie damit gefahren, heimlich, bei Regenwetter den Rhein hinauf bis zu einem Ort namens Widdig, von dem sie noch nie gehört hatte.

»Möchtest du eine kleine Spritztour machen?«, fragte er spöttisch.

»Ja«, sagte sie voller Ernst. »In etwa zwei Stunden – so gegen Mitternacht. Und bitte … bringe ein paar saubere Handtücher mit.«

Das Haus war dunkel, kein Licht in der Küche, nicht in der Eingangstür und auch nicht in dem Wohnzimmer, das zum Garten hinauswies. Hieß das: David war bereits wieder gegangen, oder saßen die beiden Männer ganz heimlich im Dunkeln da, tranken und redeten? David war ein Risiko, er könnte alles kaputt machen.

Kathy blickte sie skeptisch von der Seite an, als Lena auf den Klingelknopf drückte. Es dauerte fast zwei Minuten, bis ihr Vater in der Tür erschien – in einem blau-weißen Bademantel, den er seit mehr als dreißig Jahren besaß, mit zerzausten Haaren, die Hornbrille tragend.

Er war nicht ängstlich und hatte ohne Umschweife die Tür geöffnet.

»Ich dachte mir, dass du noch kommst«, sagte er. »Hatte ich so im Gefühl.« Dann drehte er sich um und schlurfte barfuß in sein Wohnzimmer.

»Ich habe eine Freundin mitgebracht«, sagte Lena, während sie ihm folgte. »Kathy Busch, sie ist Journalistin und …«

Er hob die Hand, als wüsste er das alles längst. Im Wohnzimmer schaltete er die Stehlampe ein und ließ sich in seinen Sessel sinken. Es roch nach Tabak. Vermutlich hatte ihr Vater mit David hier geraucht. Ihr Vater griff nach seiner Pfeife. »Kathy«, sagte er, »ein schöner Name.« Dabei lächelte er über das ganze Gesicht. »Dieser Junge war hier, der mal in dich verliebt war.« Es schien ihrem Vater nichts auszumachen, dass er sie in einem Bademantel empfing. Zumindest war es ihm keine Erklärung oder Entschuldigung wert.

Lena rückte einen Stuhl für Kathy heran und setzte sich dann in den zweiten Sessel. »Du sprichst von David Bauer? Er ist jetzt Staatsanwalt.«

Ihr Vater winkte ab. »Ja, sicher, aber für mich ist er immer noch der vorlaute Junge von damals. Er wollte wissen, was mit dir los ist.« Er nahm seine Pfeife und steckte sie sich kalt in den Mund. »Er ist in dich verliebt, nicht wahr? Nach all der Zeit …« Er seufzte, als müsste ihm das Kopfzerbrechen bereiten.

Lena antwortete nichts darauf. »Kathy hat Jörn Falk gekannt«, sagte sie. »Er hat sich nicht umgebracht. Er war hinter einer großen Sache her, deshalb musste er sterben.«

Ihr Vater betrachtete sie abschätzend, als müsste er eine Veränderung an ihr wahrnehmen. »Du machst einen Alleingang, nicht wahr? Du hast Witterung aufgenommen und willst das Wild ganz allein erlegen.« Er sog an seiner kalten Pfeife. »Meine Augen sind schlecht geworden, aber ich spüre es genau. Du hast etwas vor, einen Plan. Habe ich recht? Gefällt mir irgendwie.«

»Ich habe einen halben Plan, nicht mehr«, sagte sie. »Die andere Hälfte brauche ich von dir.«

»Das hast du noch nie gesagt.« Er lachte auf, ganz heiter und sorglos. »Wie viel Zeit haben wir?«

Lena blickte auf ihre Uhr. Sie sah, wie der Zeiger sich bewegte. Es war Wahnsinn, was sie vorhatte. »Willst du es genau wissen?« Sie atmete tief ein, der Zeiger marschierte unter ihrem Blick unbeirrt weiter. »Wir haben noch vierundneunzig … nein, dreiundneunzig Minuten und … sechsundfünfzig Sekunden.«

48.

Donnerstag, 26. November

Dass er mit Lindas Mördern in einem Apartment zusammensaß – diese Erkenntnis sickerte langsam in ihn ein. Sie würden nicht nur Dana und ihn töten, sie hatten auch bereits Linda umgebracht, und sie waren geschickt darin gewesen.

Er könnte aufspringen und zum Fenster laufen, hinausstürzen durch die Fensterscheibe aus dem achten Stockwerk in den Tod. Dann hätte er zumindest jemanden auf sich aufmerksam gemacht.

Bahner saß in seinem Sessel, er hatte die Augen geschlossen und schien zu schlafen. Manchmal seufzte er leise, als bereite sein fehlendes Bein ihm Schmerzen. Sein Gesicht wirkte eingefallen, gealtert. Offenbar war er nur noch ein paar Stunden am Tag der starke, selbstbewusste Polizist.

Carlos hatte sich eine zweite Dose Bier aus dem Kühlschrank geholt, seine Waffe lag neben ihm auf dem Tisch. Die erste Dose hatte er zerdrückt, dann begann er, das dünne Metall auszubreiten und zu glätten. Geschickt riss er das Blech auseinander, um eine Figur daraus zu formen.

Plötzlich stand Bahner schwerfällig auf und verließ das Apartment. Im hinteren Teil gab es eine Tür, die vermutlich in ein Bad führte.

»Wie habt ihr es gemacht?«, fragte er. Seine Stimme klang heiser und ängstlich. Er blickte auf die Pistole. »Wie habt ihr meine Frau getötet?«

Carlos sagte nichts, er hob nur kurz den Blick, seine schwarzen Augen musterten ihn, dann formte er eine zweite Figur aus dem Blech der Dose. Eine Minute später lehnte er sich zurück und trank genüsslich einen Schluck. »Ich war wirklich Reporter«, sagte er mit seinem schweren Akzent. »In Mexiko. Da habe ich Mitchis Mann getroffen. Viele Jahre her. Ist ein großer Artikel geworden. Vor zwei Jahren haben sie mich gefeuert. Wer liest noch Zeitung? Mierda!« Er beugte sich vor, berührte mit den Fingerspitzen seine Waffe und trank dann wieder.

Bahner kehrte zurück. Er hatte sich offenbar das Gesicht gewaschen, es glänzte feucht. Er hinkte zum Kühlschrank und nahm sich auch eine Dose Bier. Dann ging er zurück zu seinem Sessel. »Wir wollten deine Frau nicht töten«, sagte er, während er die Dose öffnete. Er hatte vom Bad aus zugehört. »Sie sollte anhalten, hat sie aber nicht, ist stattdessen immer weitergerast. Wir wollten das Mädchen, nur das Mädchen.«

»Ihr habt sie von der Straße gedrängt«, sagte er.

Bahner schwieg, und Carlos fingerte weiter an seinen Blechfiguren herum.

»Ein Unfall, wenn du so willst«, sagte Bahner. »Pech gehabt.« Er sah auf seine Armbanduhr. Es musste nach Mitternacht sein.

Im nächsten Moment war aus dem Treppenhaus ein Geräusch zu hören. Eine Metalltür fiel zu. Carlos griff, langsam und ohne von seinen Blechfiguren aufzusehen, nach seiner Waffe.

Die Wohnungstür wurde geöffnet. Ein Mann mit einer schwarzen Kappe kam herein. John zerrte Dana hinter sich her. Sie trug keine Perücke und war ebenfalls an den Händen mit Kabelbinder gefesselt, über ihren Mund zog sich ein weißes Handtuch. Sie stolperte und stöhnte auf. Panisch blickte sie sich um und zuckte zusammen, als sie ihn entdeckte.

Das Handtuch war eine Art Knebel, begriff er.

»Schönen Abend, allerseits«, sagte John, als wäre er in eine fröhliche Kneipenrunde geraten. Er gab Dana einen Stoß, sodass sie zu Boden fiel. »Hier ist unser Täubchen endlich. Hat mich in die Hand gebissen, das Luder.« Er betrachtete seine rechte Hand und wandte sich dann Bahner zu. »Danke für den Tipp«, sagte er.

Bahner verzog keine Miene. »Hast dir eine Menge Zeit gelassen.«

Dana krümmte sich am Boden zusammen. Sie gab dumpfe, schluchzende Laute von sich.

»Ich wollte eigentlich warten, bis sie eingeschlafen war«, sagte John. »Hat mir dann aber zu lange gedauert.«

Bahner nickte. Carlos hatte nicht aufgehört, seine Blechfiguren zu formen. Entweder verabscheute er John, oder er war wirklich die Ruhe in Person.

Bahner erhob sich. Er hinkte zu Dana hinüber und half ihr auf, ganz fürsorglich, als mache er sich etwas aus ihr. Sie kam mühsam auf die Beine, er nahm ihr den Knebel ab und führte sie zum Tisch zu einem der Stühle. Mit einem Blick forderte er Carlos auf, seine Waffe einzustecken.

»Dana, alles in Ordnung mit dir?«, fragte er sanft.

Sie nickte, den Kopf gesenkt.

»Gut«, sagte Bahner. »Es ist zwar schon spät, aber dann wollen wir unsere kleine Konferenz mal eröffnen. Wir sollten uns rasch einigen. Wäre besser für jeden von uns. Ihr habt etwas, das wir dringend brauchen. Ein iPhone mit ein paar hässlichen Fotos.«

»Ich habe es schon gesagt.« Er hob den Kopf und schaute Bahner an. »Lasst Dana nach Hause fahren, dann gebe ich euch das Smartphone. Sie hat keine Ahnung, wo es ist.«

John hatte sich unterdessen in den Sessel sinken lassen. Er machte Anstalten, etwas zu sagen, doch Bahner hob gebieterisch den Arm. »Falk«, sagte er leise und irgendwie traurig, »du hast immer noch nicht verstanden, dass es hier nichts zu verhandeln gibt.«

Eine Stille entstand, die sich auszudehnen und jeden einzuhüllen schien. Nur das Summen des Kühlschranks war zu hören, und von draußen ein weit entferntes Motorengeräusch. Ein Flugzeug über der Stadt.

Unvermittelt stand John auf. Er tippte sich an die Stirn. »Ich muss nachher nach Düsseldorf, habe Frühschicht. Wäre besser, wenn ich mich da wieder einmal sehen ließe.« Er ging ein paar Schritte, verharrte dann, als sei ihm etwas eingefallen. »Kommt diese Woche noch ein Kurier?«, fragte er.

Carlos schnaubte unwillig, und Bahner sagte: »Wir machen Pause, bis alles geklärt ist.«

Ohne ein weiteres Wort verließ John das Apartment.

»Also«, sagte Bahner seufzend. »Dann wollen wir mal.« Er stand auf und stellte sich hinter Dana, deren Augen ängstlich hin und her glitten, als suche sie verzweifelt nach einem Ausweg. Er strich ihr über das Haar. »Ich habe dir manchmal zugesehen, wenn du Kunden hattest«, sagte er leise. »Vom Büro aus, sind ja in jedem Zimmer Kameras zu eurer Sicherheit. Es hat mir gefallen, wie du die Männer behandelt hast – höflich, zuvorkommend, richtig kultiviert. Besonders deine Nummer mit der Maske war eine echte Kunst der Verführung, sehr stilvoll. Kein Wunder, dass du deine Stammkunden hattest.« Mit jedem Wort strich er ihr weiter über den Kopf. Es war eine sanfte Geste, die absolut gefährlich wirkte. »Habe manchmal gedacht: Wie wäre es, wenn du dir von der Kleinen einen blasen lässt? Ging ja leider nicht. Ich bin nicht so ein Scheißkerl wie John, der von keinem hübschen Mädchen die Finger lassen kann. Ein richtiger Boss lässt sich nicht mit seinen Mädchen ein.«

Dana zuckte unter seinen Berührungen zusammen, während Carlos scheinbar gelangweilt das Ganze aus den Augenwinkeln beobachtete.

»Dana weiß nicht, wo ihr iPhone ist«, flüsterte Falk. »Ich habe es an einem sicheren Ort untergebracht. Sie kann dir nicht helfen.«

Bahner hielt in seinen Bewegungen inne. Dann schnellte

sein rechter Arm vor und riss ihn heftig an den Haaren. »Halt's Maul, Falk«, zischte er.

»Du musst mich töten, Bahner«, sprach er leise weiter. »Und dann weißt du immer noch nicht, wo das Smartphone ist.«

Bahner stöhnte auf. Seine rechte Hand glitt zurück. »Du verstehst wirklich gar nichts, Falk, es geht nicht ums Töten, es geht um Schmerzen. Weißt du, was Schmerzen sind? Schmerzen sind das furchtbarste Land, aus dem man nicht fliehen kann. Hat irgendein kluger Mann einmal gesagt.« Er drehte sich um und hinkte zu der Küchenzeile. »In Afghanistan habe ich mitgekriegt, was die Taliban so mit ihren Geiseln treiben. Kann man sich hier bei uns gar nicht vorstellen. Zehen und Finger abschneiden, ja gut, aber das ist für die Kleinkram … Kinderkacke.«

Mit einem silberfarbenen Taschenmesser und einem weißen Geschirrtuch in der Hand kehrte Bahner zurück. Er sah müde aus.

Falk spürte, wie sich sein Herzschlag beschleunigte. Auch Dana auf dem Stuhl neben ihm begann, unruhig hin- und herzuruckeln.

Bahner klappte das Messer aus. »Wie spät ist es, Carlos?«, fragte er.

Carlos sah auf eine protzige Armbanduhr. »Gleich halb zwei«, sagte er tonlos.

»Na egal«, sagte Bahner. »In diesem ehrenwerten Haus interessiert das sowieso niemanden. Das Apartment neben uns ist leer, und die Polizei ruft hier keiner.«

»Dana weiß nichts«, wiederholte er.

Bahner schaute ihn an. In seinen Augen funkelte ein Licht – Wut oder Ärger oder so etwas wie Entschlossenheit. »Ich sage dir, was ich gleich machen werde. Ich werde unserer hübschen Freundin mit diesem Schweizer Präzisionsmesser einen kleinen Schnitt in die Wange beibringen. Höchstens fünf, sechs Zentimeter, aber ziemlich schmerzhaft. Nennen wir diesen ersten Schnitt Falk eins. Dann werde ich dich fragen, wo dieses verdammte Smartphone ist. Wenn du es mir sagst, ist die Operation schon beendet. Wenn nicht, geht es weiter. Falk zwei, Falk drei …« Er hob die Hände. »Verstanden?«

Dana begann zu schluchzen, ein Weinkrampf schüttelte sie. Dann wandte sie sich um und starrte ihn hasserfüllt an. »Sag es ihm!«, schrie sie. »Sag es ihm, Scheißkerl!«

Er zögerte. Von seinem Magen breitete sich eine Übelkeit aus, die ihm bis in die Kehle hinaufstieg. Er hatte das Gefühl, erbrechen zu müssen.

Bahner seufzte wieder. Dann setzte er das Messer an, eine kurze, abrupte Bewegung. Dana schrie auf, ein langer Blutfaden quoll hervor und lief über ihre Wange.

Bahner betrachtete das Messer, scheinbar erstaunt. »Sind wirklich verdammt scharf, diese Schweizer Klingen.« Dann drückte er das Geschirrtuch auf Danas Wange.

Sie krümmte sich schluchzend zusammen, Tränen liefen ihr aus den Augen.

Er spürte, dass auch ihm Tränen gekommen waren. Er hatte alles falsch gemacht. Warum war er nicht zur Polizei gegangen? Zumindest hätte er irgendeine Sicherheit einbauen müssen. Nun hockte er hier – wehrlos und verloren.

»Das war der Schnitt Falk eins«, sagte Bahner. »Falk zwei wird etwas länger und tiefer ausfallen.«

Carlos blickte auf und schaute ihn mit seinen schwarzen Augen an. »Lass es doch«, sprach er. »Sag es einfach.«

Er seufzte. Wir sind tot, dachte er, Dana und ich sind so gut wie tot, ich kann sie nicht retten, wie ich auch Linda nicht gerettet habe. Eine große Träne rollte ihm über die Wange. »Im Hotel … Geestemünder Hof«, flüsterte er, »unten in der Badewanne … man kann vier Kacheln herausnehmen … Dahinter liegt eine Plastiktüte mit dem iPhone.«

49.

Krähen waren am Wolkenhimmel – Mitternachtskrähen. Eine Krähe stieg auf, flog krächzend über ihren Kopf und verschwand dann in der Dunkelheit. Was trieben die Vögel um diese Zeit hier am Rhein?

Lena ging langsam an der Promenade auf die Südbrücke zu. Die drei Restaurants, die es hier gab, hatten schon geschlossen, und nur in einigen Fenstern in den neuen, schicken Apartmenthäusern brannte noch Licht. Der Geruch von Diesel lag in der Luft. An der Kaimauer hatte ein Schiff angelegt, das Brummen eines Motors drang zu ihr herüber. Kein einziger Passant war ihr begegnet. Es war noch kälter geworden, die Temperatur konnte allenfalls knapp über dem Gefrierpunkt liegen. Zumindest regnete oder schneite es nicht.

Sie hatte keine Waffe dabei, lediglich ihr Smartphone. Beinahe gemächlich schritt sie weiter, mit erhobenem Kopf, damit man sie schon von Weitem erkennen konnte.

Vielleicht würde tatsächlich nur ihr heimlicher Anrufer auf sie warten. Vielleicht ging es wirklich bloß um den harmlosen Austausch eines Telefons.

Kathy wollte versuchen, auf das Dach eines der Apartmenthäuser zu gelangen. Sie hatte sich den alten Feldstecher ihres Vaters ausgeliehen.

Ihre Unruhe nahm mit jedem Schritt auf die Südbrücke zu. Ein Güterzug hatte die Brücke vor einer Viertelstunde überquert, sonst geschah da nichts, was man mit bloßem Auge wahrnehmen konnte. Autos befuhren die Brücke nicht, sie war lediglich für die Eisenbahn vorgesehen – und für Fußgänger und Radfahrer. Lena bewegte sich mühsam und ungelenk. Für die Jahreszeit war sie viel zu dünn angezogen.

Kurz vor der Brücke blieb sie stehen und schlug den Kragen ihrer Jacke hoch. Das war ein Zeichen an Kathy. Alles in Ordnung so weit – ich gehe jetzt hoch.

Hätte sie das Gefühl gehabt, jemand würde eine Waffe auf sie richten, hätte sie sich nun in die Dunkelheit geflüchtet.

Eine Möwe schrie. Wieder segelte eine Krähe umher. Schliefen die Vögel am Fluss nicht?

Robert, sprach sie stumm vor sich hin, was tue ich hier? Retten kann ich niemanden mehr, aber ich gehe trotzdem das Wagnis ein, geradewegs in eine Falle zu laufen.

Tust du nicht, sagte er in ihrem Kopf. Du bist eine Polizistin, eine ganz besondere Polizistin.

Ihr Telefon klingelte, als sie die erste Stufe zur Brücke hinauf nehmen wollte. Sie zuckte zusammen – es war ein eisiges, furchterregendes Geräusch.

Kathy … sie wollte anrufen, wenn etwas falschliefe, wenn sie eine Beobachtung gemacht hatte, die darauf hindeutete, dass Lena in eine Falle tappte.

Die Nummer war unterdrückt.

Nicht Kathy, ihr heimlicher Anrufer schien sich zu melden.

»Lena«, sagte eine verwischte Stimme, die ihr einen Schauer über den Rücken jagte. »Lena, hörst du mich?«

»Ja«, sagte sie. Langsam ging sie die Treppe hinauf. »David, was ist? Warum rufst du an?« Sie zögerte, blieb stehen. Hatte er von ihrer Aktion etwas mitbekommen?

»Ich muss dir was sagen.« Er war betrunken, eindeutig, er lallte beinahe. »Hast du das auch manchmal … das Gefühl, alles falsch gemacht zu haben? Dein Leben ist … verwirkt.« Er betonte das letzte Wort und wiederholte es gleich darauf. »Verwirkt.«

»David«, sagte sie leise. »Ich bin müde, ich muss schlafen. Es passt jetzt gar nicht.«

Ein Vogel schrie wieder. Sie zuckte zusammen.

»Wo bist du?«, fragte er, nun wacher. »Du bist nicht zu Hause, da habe ich schon angerufen. Außerdem waren deine Fenster dunkel, ich bin …«

»Nein.« Sie fiel ihm ins Wort. »Ich habe einen Liebhaber«, sagte sie. »Er ist kurz im Bad, aber er kommt jede Sekunde zurück.« Sie unterbrach die Verbindung und steckte das Smartphone ein. Hoffentlich würde David nicht noch einmal anrufen.

Sie ging schneller die Treppen empor. Wenn Kathy sie im Blick hatte, würde sie sich mittlerweile Sorgen machen. Sie sprang die letzten Stufen förmlich hinauf. Dann passierte sie den alten Torbogen und gelangte auf die Brücke. Erst jetzt fiel ihr ein, dass ihr Anrufer ihr nicht gesagt hatte, auf welcher Seite der Brücke sie sich treffen sollten. Sie hatte unwillkürlich die Seite zum Dom genommen, damit Kathy sie besser im Blick behalten konnte.

Wind erfasste ihr langes blondes Haar. Die Brücke war spärlich erleuchtet, doch niemand war zu sehen. Sie ging ein paar Schritte, dann verharrte sie und richtete erneut den Kragen ihrer Jacke.

Sie spürte, dass ihr der Schweiß ausgebrochen war, obwohl sie eigentlich fror.

Brich das Unternehmen ab, sagte eine Stimme in ihr. Kehr um – sofort!

Nun war sie einem Angreifer wehrlos ausgeliefert. Sie hatte nichts, keine Waffe, nicht einmal eine Verkabelung mit einem Mikrofon, um sofort Hilfe zu holen. Ihre Dienstpistole hatte Kathy an sich genommen. Wenn man ihr eine Falle gestellt hatte, würde eine Schusswaffe ihr ohnehin nichts nutzen.

Sie blickte zu dem grauen Wasser hinunter. Ihr schwindelte. Die Brücke war 368 Meter lang und etwa zehn Meter breit. Sie hatte die Angaben im Internet recherchiert. Da gab es sogar einen Film über die Brücke, wie sie Anfang des 20. Jahrhunderts erbaut worden war. Der Rhein mochte bei dem mittleren Hochwasser gut zehn Meter unter der Brücke liegen.

Langsam ging sie weiter.

Sie nahm ihr Smartphone hervor. Es war sieben Minuten nach Mitternacht. David hatte nicht mehr angerufen. Sie hatte ihn entmutigt.

Als sie das Gefühl hatte, mitten auf der Brücke angelangt zu sein, blieb sie stehen und lehnte sich an das Geländer. Der Dom lag wie ein düsteres, steinernes Gebilde in der Nacht. Auf der Hohenzollernbrücke, drei, vier Kilometer entfernt, konnte man einen hell erleuchteten Zug einfahren sehen. Aber nirgends ein Mensch, niemand, der sich näherte.

Wieder glaubte sie eine Krähe zu hören, dann dachte sie an Jörn Falk, wie er am Stadtgarten auf sie gewartet hatte, ein Mann, der ausgesehen hatte, als hätte er mit ihr gehen wollen, und wahrscheinlich hatte dieser Eindruck sogar gestimmt.

Plötzlich erfüllte ein Rauschen die Brücke. Als sie sich umwandte, sah sie, dass ein Zug heranraste. Ein lauter, rumpelnder Güterzug. Die Brücke erzitterte, ein heftiger Luftzug erfasste sie, sodass sie sich an dem Geländer festhalten musste.

Er wird nicht kommen. Dieser Gedanke baute sich in ihr auf, wie eine Mauer, die höher und höher wurde. Es war ein Test. Würde sie tun, was er ihr sagte?

Die letzten Waggons, braune schmutzige Tankwagen, polterten über die Brücke.

Plötzlich schob sich eine Gestalt neben sie, scheinbar aus dem Nichts. Nein, wahrscheinlich hatte sie sich bloß hinter einem der Metallpfeiler versteckt und war, während der Zug heranfuhr, über den Metallzaun geklettert, der den Fußweg von den Gleisen trennte.

»Schön, dass Sie gekommen sind«, sagte eine Männerstimme. Die Gestalt wischte sich die Kapuze eines schwarzen Parkas vom Kopf.

Es war ein Mann, etwa fünfzig Jahre alt – schütteres Haar, eine unmoderne goldene Brille. Er lächelte zaghaft. Über seine linke Wange lief ein breiter, roter Strich.

Eine Wunde, erkannte Lena, als hätte er sich beim Rasieren zu unvorsichtig angestellt. Oder jemand hatte ihn da mit einem Messer verletzt.

Er machte Anstalten, ihr die Hand zu geben, und zuckte dann zurück.

»Sie sind es«, sagte sie, »der Mann, der mich angerufen hat.« Ihr Sinn für Gefahr war erwacht. Sie versuchte, aus den Augenwinkeln die Brücke im Blick zu halten. Nichts, niemand kam heran.

»Ich bin Herrmann«, sagte er. »Ich war in diesem Klub … Ich habe alles gesehen.«

»Geben Sie mir das iPhone mit den Fotos«, sagte sie drängender. »Wer sind diese Männer, Carlos und John?«

Der Mann runzelte die Stirn. Wind fuhr durch sein schütteres Haar. Er trug Handschuhe und schwere Stiefel.

»Ich hätte nie gedacht, dass Sie wirklich kommen würden«, sagte er und wirkte auf einmal traurig. »Und Sie sind tatsächlich allein?«

Sie nickte. »Das iPhone«, sagte sie und streckte ihre Hand aus. »Geben Sie es mir!«

»Ich würde alles tun«, sagte er und blickte zum düsteren Dom hinüber. »Um alles ungeschehen zu machen. Das Mädchen im Klub, die Sache mit den Drogen … einfach alles.«

»Das iPhone!«, wiederholte sie.

Dass etwas nicht stimmte, merkte sie daran, dass ihr ein Schauer über den Rücken lief. Ja, ihre Nackenhaare stellten sich buchstäblich auf.

Eine schwarze Lederhand legte sich auf Herrmanns Schulter und drückte ihn beiseite. Ein Mann mit einem dunklen Zopf sah sie an. Carlos, begriff sie, der Mann, den Mitchi Vogel gesucht hatte. Er sagte nichts, starrte sie bloß mit Augen wie zwei Kohlestücke an.

Von der anderen Seite trat ein Mann mit einem Basecap neben sie – John.

Und dann tauchte noch ein dritter Mann auf. Jonathan Mahlke.

Lautlos waren sie aus ihrem Versteck jenseits der Schienen hervorgekommen.

Lena verharrte eine Sekunde lang.

Die Falle, dachte sie, es ist tatsächlich eine Falle.

Als sie wieder einatmete, war es wie ein langes, letztes Seufzen.

»Du hast uns Ärger gemacht«, sagte John, der Kappenmann ohne große Regung. »Wirklich viel Ärger. Es wäre doch so viel einfacher gewesen, alles auf sich beruhen zu lassen. Besser, du wärst ein paar Tage länger im Krankenhaus geblieben, hättest die Schnüffelei aufgegeben …« Er hatte eine Waffe in der Hand, die er aber nicht auf sie richtete, er hielt sie wie ein Spielzeug, wie etwas, das gar keine Bedeutung besaß.

»Ja«, sagte sie, »das wäre wohl besser gewesen.« Sie schaute Jonathan Mahlke an. Er senkte den Blick und zuckte mit den Achseln.

Tut mir leid, sagte diese Bewegung, ich kann nichts für dich tun, selbst wenn ich es wollte.

»Was passiert jetzt?«, fragte sie. Ihre Stimme zitterte. Ihr war kalt, und wenn sie sich nicht am Geländer festgehalten hätte, wäre sie vermutlich vor Angst und Schwäche auf die Knie gesunken.

»Du bist depressiv«, sagte John ganz tonlos und so, als würde er einem begriffsstutzigen Kind etwas erklären. »Dein Mann und dein kleiner Sohn sind tot – es war deine Schuld. Du hast sie getötet. Daran denkst du jeden Tag. Du hast auch im Dienst keinen guten Eindruck gemacht. Kann mein Bruder bestätigen.« Er drehte sich kurz zu Mahlke um, der immer noch zu Boden blickte. »Die letzten Tage ist es dir besonders schlecht gegangen. Und dann … heute Abend … Ein Anfall von Verzweiflung. Dein Leben ist verpfuscht. Du hast keinen anderen Ausweg mehr gesehen, als mitten in der Nacht von der Brücke zu springen. Ins eiskalte Wasser. Deinen Schrei hat keiner gehört, und die Strömung hat dich sofort in die Tiefe gerissen. Ein schneller, gnädiger Tod. Kannst froh darum sein.«

»Gut«, sagte sie nach einem Moment der Stille. »Ich war wohl zu naiv, weil ich dachte …« Sie brach ab und suchte den Blick von Herrmann, aber der hatte sich drei Schritte entfernt. Er hatte den Kopf abgewendet und wischte sich über das Gesicht, als würde er weinen. »Darf ich noch etwas wissen?«, fragte sie. »Ihr habt Jörn Falk und die Frau mit den Engelsflügeln getötet, nicht wahr? Vorher habt ihr der Frau das Gesicht zerschnitten, damit wir ihre Identität nicht feststellen können.«

»Schon möglich«, sagte John ohne Regung. »Aber das spielt für dich keine Rolle mehr.« Die Waffe hatte er nun erhoben. »Wir wollten niemanden töten, wir wollten nur unseren Geschäften nachgehen.«

Sie wollte noch etwas sagen, eine Warnung ausstoßen, dass sie doch möglicherweise jemanden eingeweiht haben könnte, aber das schien niemanden zu interessieren. Carlos drückte sich an sie heran. Er kniff die Augen zusammen und straffte sich, weil er sie gleich über die Brücke hieven wollte.

Lena schloss die Augen. Irgendwo bellte ein Hund. Sie dachte an Krähen, dass eine Krähe in ihrer Lage nun einfach davongeflogen wäre. Angst erfüllte sie. Dann streckte sie den rechten Arm zum Himmel. Das Signal, von dem sie nicht wusste, ob es überhaupt jemand registrierte.

»Ihr seid Mörder!«, schrie sie voller Zorn. »Verdammte Mörder!«

Sie sah die ersten grellen Lichtblitze noch, hörte das Dröhnen und Knallen, bevor sie sich, den Kopf voraus, über das Geländer stürzte.

50.

If I lay here would you lay with me and just forget the world. Er hörte im Halbschlaf Musik. Snow Patrol, eine Band, die Linda geliebt hatte. Ihm war die Musik zu glatt und gefällig gewesen. Er schmiegte sich an sie. Ja, er würde irgendwo mit ihr liegen, Autos nachschauen und die Welt vergessen. Auch ein Journalist sollte das können – fernab der Welt ganz bei dem einen Menschen sein, den er liebte. Das Glück konnte in einer Achselhöhle liegen, es konnte der Anblick eines Muttermals auf einem Rücken sein, oder es lag in dem Hauch eines tiefen Atemzugs, der die eigene Haut streifte.

Linda, murmelte er.

Dann schreckte er hoch. Sie hatte sich neben ihm bewegt, hatte gewimmert …

Nein. Ein bitterer Geschmack kroch seine Kehle hinauf. Er war kurz eingeschlafen, er nahm den muffigen Geruch der Matratze wahr, auf der er lag. Seine Hände, um die der Kabelbinder lag, taten weh.

Dana neben ihm wimmerte, sie hatte ihr Gesicht abgeschirmt und starrte gegen die Wand.

Er richtete sich auf.

Das Apartment war dunkel. Nur über dem Herd brannte noch ein Licht. In dem Halbdunkel konnte er erkennen, dass Bahner in dem gelben Sessel saß. Er hatte die Augen geschlossen, die Waffe, die Carlos ihm dagelassen hatte, lag auf seinem Schoß. Er schlief. Jedenfalls atmete er ruhig ein und aus.

Carlos hatte sich vor einiger Zeit aufgemacht, um das iPhone aus dem Hotel zu holen.

Dana wandte den Kopf. Ihre Augen waren vom Weinen gerötet.

»Leise, bitte«, zischte er ihr zu.

Wenn er es schaffen würde, lautlos auf die Beine zu kommen und zu Bahner zu gelangen, dann ...

Er würde ihn erschießen, ihm eine Kugel zwischen die Augen jagen, falls er die Waffe zu fassen bekäme.

Mit langsamen Bewegungen erhob er sich. Seine Schultern schmerzten, weil die Fesseln um seine Hände sie in eine bestimmte Stellung gezwungen hatten. Dana schien den Atem anzuhalten, ihre Augen verfolgten panisch, was er tat.

Er stand auf. Der erste Schritt in den Raum hinein – sieben weitere Schritte müssten folgen.

Der Fußboden war mit billigem Linoleum überzogen, keine Dielen, die unter seinen Füßen knarrten.

Bahners Atemzüge veränderten sich nicht. Sein Gesicht war von einer tiefen Ruhe überzogen. Ein Soldat am Rande der Erschöpfung, ein Mann, den das Leben auszehrte.

Ein zweiter und dritter Schritt.

Würde er mit der Waffe zurechtkommen, wenn er sie in die Hände bekäme?

Seine Waffe, die Beretta, hatte Carlos offensichtlich an sich genommen. Auf dem Tisch lag sie nicht mehr.

Ein vierter und fünfter Schritt.

Hinter ihm atmete Dana tief ein.

Er spürte, wie ihn Hoffnung erfüllte. Sein Herz schlug heftig, Adrenalin pumpte in seinen Adern. Er hatte die Waffe im Blick.

Die Rettung ...

Sein Leben war doch nicht zu Ende. Bahner würde nichts riskieren, wenn er die Pistole auf ihn richtete, er würde nicht wissen, ob er eine Waffe benutzen konnte oder nicht.

Der sechste Schritt.

Er beugte sich vor, streckte die Hände aus, und hinter ihm entfuhr Dana ein leises, heiseres Schluchzen, das ihm so laut vorkam, dass es ihm in den Ohren dröhnte.

Unvermittelt schlug Bahner die Augen auf, seine rechte Hand legte sich in aller Seelenruhe um seine Pistole.

»Falk«, sagte er ohne jede Spur von Schläfrigkeit in der Stimme. »Ich bin wie eine Katze, ganz schlafe ich nie.« Sein Gesicht verzog sich zu einem matten Lächeln, er richtete die Pistole auf ihn. »Aber wenigstens bist du nicht so feige, wie ich immer geglaubt habe.«

Er war stehen geblieben. Eine Hitzewelle pulsierte durch seinen Körper, schwächte ihn und ließ ihn um Luft ringen.

Dann hörten sie draußen ein metallisches Klappen – der Fahrstuhl. Im nächsten Moment stand Carlos in der Tür. Er verharrte einen Moment, schaute sie stumm mit seinen Kohleaugen an, als betrachtete er ein Stillleben, das er nicht ganz verstand. Ein paar Sekunden später fuhr seine rechte Hand in die Höhe. Die Plastiktüte mit dem iPhone baumelte da.

»Mission accomplished«, sagte er und zeigte ein weißes strahlendes Gebiss. Das war ein Lachen. Zum ersten Mal wirkte Carlos heiter.

Sie werden euch töten, sagte eine Stimme in ihm, heute Nacht noch.

Nein, sagte eine andere, sie können euch laufen lassen, sie haben nun alles, was sie wollten, das verdammte iPhone mit den Fotos.

Er beobachtete von der Matratze aus, zu der er förmlich geflohen war, wie die beiden Männer sich umarmten, nachdem Carlos das iPhone auf den Tisch gelegt hatte. Erleichterung und Triumph lagen in diesen Gesten. Sie hatten gesiegt, Linda hatte dieser Sieg das Leben gekostet.

Während Bahner stumm die Fotos anschaute, nahm Carlos sich eine Dose Bier aus dem Kühlschrank, doch bevor er trank, kam er herüber, er zog einen Kabelbinder aus der Tasche, um ihm auch die Füße zu fesseln.

»Ich muss pissen«, sagte er. »Kann ich kurz ins Bad?«

Carlos zögerte einen Moment, dann zerrte er ihn auf die

Füße und stieß ihn in Richtung der einzigen Tür im Apartment.

Das Bad war überraschend groß – eine Badewanne, eine Dusche, ein Waschbecken mit einem Spiegelschrank darüber. Aber kein Fenster, nur ein Oberlicht mit Milchglas.

Er erleichterte sich. Carlos war an der Tür stehen geblieben und sah ihm zu.

Langsam gingen sie zurück. Bahner hockte wieder in seinem gelben Sessel.

»Was ist mit Mitchi?«, wagte er hervorzupressen, während Carlos geschickt den zweiten Kabelbinder um seine Füße legte. »Wirst du sie wiedersehen?«

Carlos schaute ihn hasserfüllt an. »Halt's Maul«, zischte er und versetzte ihm einen Stoß, der ihn gegen Dana prallen ließ.

»Was werdet ihr nun tun?«, rief er. »Ihr habt doch jetzt, was ihr wolltet.« Seine Stimme bebte.

Bahner hob den Kopf. »Sei still«, sagte er. »Schlaf ein wenig!« Er klang völlig unaufgeregt, wie ein Lehrer, der einem Schüler, der ihn nervte, einen freundlichen Rat erteilte.

»Komme ich zu meiner Mutter?«, flüsterte Dana. »Werde ich sie wiedersehen?«

»Ja«, sagte er. »Freitagabend fährst du, wie ich es versprochen habe.« Er schloss die Augen. Er wusste, dass er log.

Dana küsste ihn auf die Wange. In ihren Augen stand ein Glitzern. Sie wollte ihm so gerne glauben, dann drehte sie sich herum, das Gesicht wieder zur Wand.

Bahner hinkte zur Tür und verließ das Apartment. Carlos saß am Tisch und formte aus der nun leeren Bierdose eine weitere Blechfigur.

Er dachte an Linda und daran, dass morgen oder übermorgen das Diktiergerät mit Danas Geschichte in seinem Briefkasten in der Mainzer Straße landen würde. Er hatte eine Flaschenpost ins Meer geworfen, aber er hatte keine Ahnung, wer sie finden würde.

Als er erwachte, war es hell im Apartment. Fahles Licht sickerte durch die Vorhänge. Es roch nach Kaffee. Er war tatsächlich eingeschlafen. Erschreckt fuhr er herum. Dana lag nicht mehr neben ihm. Wo war sie?

Bahner saß am Tisch. Er hatte sich umgezogen. Er trug nun eine braune Cordhose.

»Sie musste pissen«, sagte er. »Kein Sorge. Und nun nimmt sie ein Bad. Wir sind ja keine Unmenschen.« Er lachte heiter, dann winkte er ihn heran.

Mühsam versuchte er aufzustehen, verwundert darüber, dass jemand die Kabelbinder an seinen Beinen entfernt hatte.

Aus dem Bad drang Musik. Das verwunderte ihn noch mehr.

Bahner deutete auf den Tisch. Zwei Kaffeetassen standen auf dem Tisch.

»Setz dich und trink«, sagte Bahner und deutete einladend auf einen Stuhl.

Er rückte sich den Stuhl zurecht. Seine Schultern schmerzten. Wie hatte er überhaupt schlafen können? Aber vermutlich war es eine Art Flucht gewesen. Er spürte, dass er Hunger hatte.

Gitarrenklänge drangen aus dem Bad, jemand sang auf Spanisch. Er hätte gern gewusst, ob Dana wirklich noch im Apartment war oder ob man sie schon weggebracht hatte.

Er trank einen ersten Schluck, der bitter schmeckte. Heiß rann die Flüssigkeit die Kehle herunter.

»Was werdet ihr mit uns tun?«, fragte er.

Bahner hielt seine Tasse in der Hand und musterte ihn. Er zog eine Augenbraue in die Höhe. »Was denkst du?«

»Ich weiß nicht«, sagte er. »Es kommt darauf an, ob ihr wirklich Mörder seid.«

Im nächsten Moment hörte er einen schrillen Schrei aus dem Bad, kurz danach platschte Wasser. Carlos stieß einen Fluch aus, dann nahm er heftige Bewegungen wahr. Noch ein Fluch, heftiges Atmen. Eine zweite Stimme sagte etwas. Das war John, er war ebenfalls zurückgekehrt.

Bahner hielt seine Augen auf ihn gerichtet.

Er nahm noch einen Schluck, einen weiteren, dann begriff er, was er da trank.

Es war Kaffee – aber nicht nur. Ihm wurde heiß, er spürte, wie sich sein Sichtfeld zu verengen schien.

»Ich sage dir, was wir machen. Wir fahren dich gleich in dein Hotel zurück, und dann bist du frei. Wir legen dir sogar noch ein paar Klamotten in den Schrank.« Er wies hinter sich auf einen großen Plastikbeutel. »Haben wir dir besorgt. Einen schönen Anzug mit Weste. Damit du etwas zum Anziehen hast.«

Er nickte, aber allein diese Bewegung fiel ihm schwer. Er atmete mühsam. Er blickte auf seine Kaffeetasse, auf die schwarze Flüssigkeit.

»Ihr habt mich ver… giftet«, stammelte er. Seine Zunge fühlte sich an, als wäre sie auf das Doppelte ihrer Größe angeschwollen.

»Beruhigt«, sagte Bahner. Sein Gesicht verschwamm. »Wir haben dich ein wenig beruhigt. Wir wollen sichergehen, dass du uns keinen Ärger machst, wenn wir dich in dein Hotel bringen.« Seine letzten Worte klangen undeutlich und wie aus großer Entfernung gesprochen.

Er hob den Blick. Jemand war aus dem Bad gekommen, erkannte er, eine schemenhafte Gestalt. Sie lächelte, nein, ihr Gesicht war ein weißer Fleck, das Lächeln war nur eine Ahnung, die ihn überfiel.

Er versuchte aufzustehen, er musste wegrennen, ganz schnell weg. Er musste Bahner und dem Leben und dem Tod und allem davonlaufen.

Er schwankte, hielt sich am Tisch fest. Ich bringe euch um, wollte er sagen, er wollte einen Fluch ausstoßen, der sie vernichten würde, aber dann gaben seine Knie nach.

Linda war neben ihm und hielt seine Hand, während sie ihn aus dem Apartment in den Fahrstuhl bugsierten.

Es tut mir leid, alles so leid, sagte er. Das mit Maximilian und überhaupt … die Liebe … die verlorene Liebe …

Sie nickte und schaute ihm in die Augen. Ich weiß, sagte sie. Aber keine Sorge, alles wird gut.

Er glaubte ihr diese Worte nur allzu gern.

Vage spürte er, wie man ihn auf die Rückbank eines Wagens verfrachtete.

Auch jetzt wich Linda nicht von seiner Seite. Sie trug seltsamerweise eine rote Bluse und eine rote Hose. Diese Kleidung hatte er noch nie an ihr gesehen.

Ich werde alles wiedergutmachen.

Bestimmt, sagte sie, die rote Frau.

Ja, ich fange gleich damit an. Kuhn und du, ich hätte wissen müssen, dass es nicht ernst war, aber morgen, wenn ich mich besser fühle, fahren wir ans Meer.

Nein, sagte Linda, das tun wir gleich. Wir fahren gleich ans Meer. Wirst sehen. Ihre Worte wurden von einem Lächeln untermalt.

Er nickte. Auch wenn ihm dieses Nicken Schmerzen verursachte. Er spürte vage, dass er krank war, dass etwas mit ihm ganz und gar nicht stimmte, aber noch immer hielt Linda seine Hand. Nein, zwischendurch veränderte sich der Händedruck, die Hand, die ihn hielt, war rauer, die Haut rissiger. Das war die Hand seiner Mutter, auch sie war gekommen, um ihn zu trösten.

Als man ihn aus dem Auto brachte, wäre er fast gestolpert. Wieder war bitterer Kaffee in seinem Mund, und wäre Linda nicht neben ihm gewesen, hätte er die Flüssigkeit wohl ausgespuckt.

Jemand zog ihn aus, er fror und fühlte sich unwohl. Einmal stieß er wütend mit seinen Fäusten zu, traf aber niemanden.

Vorsicht, flüsterte Linda, was tust du da?

Sie oder irgendjemand zog ihm andere Kleidung an. Er versuchte an sich herabzusehen. Was trug er da? Aber er konnte nichts erkennen. Sein Körper hatte sich verformt – er war ein

Riese geworden, er war so groß, dass er nicht mehr wusste, wo er anfing und wo er aufhörte.

Plötzlich war auch dieses Lied da. ›If I lay here would you lie with me.‹

Trauer überfiel ihn für einen langen Moment. Trauer darüber, dass es für alles eine Zeit gab, dass alles einmal zu Ende ging.

Aber noch war Linda neben ihm, auch wenn der Druck ihrer Hand schwächer geworden war.

Kurz flackerte Danas Bild vor ihm auf. Musste er Linda gestehen, dass er mit ihr geschlafen hatte? Nein, wohl nicht. Missverständnisse sollte er besser vermeiden.

Als er spürte, wie ihn warmes Wasser umfing, war er kurz erstaunt. Waren sie schon am Meer? War er tatsächlich einen Strand hinuntergelaufen? Aber wozu hatte man ihn angekleidet?

Er versuchte erneut, an sich herabzuschauen, seine Augen funktionierten jedoch nicht mehr, auch das Atmen fiel ihm schwerer. Ein Gewicht lastete auf seiner Brust, oder war es eine Hand, eine Eisenhand, die ihn da beschwerte?

Dann spürte er, dass Linda ihn losgelassen hatte.

Ein Kind hielt nun seine Hand umklammert, ein winziges Kind. Er wollte lächeln und einen Namen sagen, aber seine Zunge gehorchte ihm nicht mehr. Er versuchte die Augen aufzureißen. Er versuchte zu atmen, gegen das Gewicht auf seiner Brust, er versuchte einen Namen auszustoßen. Maximilian. Aber er bekam keine Luft mehr in seine Lungen. Ihm wurde heiß und kalt.

Eine große Welle schlug über ihm zusammen.

51.

Lena breitete die Arme aus, als besäße sie Flügel, als wäre sie ein Vogel, der in der Luft stehen und schweben konnte. Mehrere Lichtblitze erfassten die Brücke, sie hörte lautes, vielstimmiges Hundegebell, dazu Kommandos. Von beiden Seiten schien die Brücke eingenommen zu werden. Männer schrien, ein Schuss fiel.

Dann spürte sie eine eisige Kälte, die sie erfasste. Ihre Zähne schlugen aufeinander. Die Angst vor dem, was gleich passieren würde, ergriff sie, als sie sich unterhalb der Brücke befand. Sie stürzte nun durch die Dunkelheit. War Farkas da irgendwo? Wo war sein Boot? Er musste die Lichter, den Einsatz auf der Brücke doch auch gesehen haben.

Schwach meinte sie, ein Motorengeräusch zu hören, aber vielleicht war es auch das Rauschen des Windes in ihren Ohren.

Ganz nah unter ihr war plötzlich das Wasser. Sie versuchte sich für das Eintauchen zu wappnen, doch zu spät. Sie prallte auf. Ein heftiger, eisiger Schlag schüttelte sie durch. Schmerzen durchzuckten ihren Körper, ihr Kopf geriet unter Wasser. Panik erfüllte sie. Hatte sie genug Luft in den Lungen? Die Schmerzen breiteten sich aus. Sie riss die Augen auf, doch da war nichts als Schwärze – schwarzes, kaltes, unheimliches Wasser. Wie sollte sie jemals wieder an die Oberfläche gelangen? Sie griff mit ihren Händen aus, riss sie nach oben, aber sie spürte selbst, wie schwach sie war. Sie machte einen Schwimmzug, dann noch einen, ohne zu wissen, ob sie sich in die richtige Richtung bewegte.

Licht schimmerte irgendwo, doch plötzlich war sie sicher, dass sie ertrinken würde. Ihr schöner Plan war fehlgeschlagen.

Dann geriet ihr Kopf für einen Moment an die Oberfläche, sie riss den Mund auf, presste kostbare Luft in ihre Lungen. Im nächsten Moment jedoch war es, als würde sie jemand an den Beinen in die Tiefe reißen.

Eine Männerstimme rief etwas. Farkas. Ihr Name, laut, zweifelnd. Ein Lichtkegel glitt über das Wasser. Panisch machte sie Schwimmbewegungen. Wieder schaffte sie es, den Kopf aus dem Wasser zu reißen.

Ein paar Sekunden später, als sie nicht mehr atmete, sondern nur noch Wasser schluckte, lag ein harter Gegenstand in ihren Händen. Ein Rettungsring. Farkas oder wer auch immer hatte ihr einen Rettungsring zugeworfen.

Sie klammerte sich an den Plastikring, rang um Atem. Nun war ihr kalt, bitterkalt, sie zitterte, an ihren Füßen schien wieder jemand zu zerren, doch da war auf einmal seine Hand mitten in der Dunkelheit. Sie sah sein Gesicht, groß und rund über sich.

»Komm!«, sagte Farkas voller Zuversicht, als wäre es das Einfachste der Welt, sich nun in sein Boot zu hieven.

Er zog sie hoch, sie hing an ihm, ohne Kraft, ohne jede Chance, ihre tauben Muskeln einzusetzen.

Dann lag sie im Boot, doch so schwach und elend hatte sie sich noch nie gefühlt. Er legte ihr eine große Decke über, wickelte sie darin ein.

»Wahnsinn«, sagte er. »Du bist tatsächlich gesprungen. Mir ist fast das Herz stehen geblieben – und dann das!« Er deutete zur Brücke hinauf.

Hunde bellten noch immer, Lichtblitze waren jedoch keine mehr zu sehen, dafür war alles in helle Rauchschwaden gehüllt.

»Was ging denn da ab?«

Lena versuchte etwas zu erwidern, sie brachte aber kein

Wort heraus. Ihr Herz pochte bis zum Hals hinauf. Es schüttelte sie, ihr ganzer Körper zitterte.

»Mein Vater …«, würgte sie dann hervor. »Ich glaube, nun ist er wirklich eine Legende geworden.«

Farkas steuerte in aller Seelenruhe eine Treppe an der Kaimauer am Rheinauhafen an. Mit langsamen Bewegungen versuchte sie sich auszuziehen, ihre nassen Klamotten loszuwerden, doch es gelang ihr erst, als er ihr half.

»Wahnsinn«, sagte er immer wieder. »Ich habe geglaubt, du willst mich zum Narren halten, als du mich angerufen hast.«

Ja, ja, sie nickte. Er hatte einen Trainingsanzug mitgebracht, der ihr viel zu groß war, dazu einen Wollpullover mit einer Kapuze, ein T-Shirt, beides ebenfalls in seiner Größe, aber die Unterwäsche und die Turnschuhe hatten eindeutig einer Frau gehört. Sie fragte nicht nach, es war nun auch gleichgültig. Ihr Smartphone funktionierte nicht mehr. Sie hatte keine Ahnung, wo Kathy war.

Hastig wollte sie die Treppe hinaufsteigen, doch beinahe wäre sie ins Wasser gestürzt. Ihr Kreislauf spielte verrückt. Farkas hielt ihren Ellbogen und lächelte sie an.

»Vielleicht sollte ich dich besser nach Hause fahren«, sagte er. »So ein Sprung ins kalte Wasser ist keine Kleinigkeit.« Er lächelte spöttisch. So gefiel er ihr.

Sie sah ihn an. »Du spinnst wohl.« Sie blickte zur Südbrücke hinüber. Die Rauchschwaden hatten sich verzogen. Gelegentlich bellte noch ein Hund, Stimmen waren zu hören, aber unaufgeregt, nicht so, als bestände noch Gefahr.

Dann erklang von irgendwoher eine Sirene, eine Sekunde später noch eine.

Über die Rheinuferstraße rasten zwei Streifenwagen heran, gefolgt von einem hellroten Krankenwagen.

Als sie die Promenade erreicht hatten, versuchte Lena zu laufen. Langsam kehrte das Leben in ihre Glieder zurück. Ihr Gesicht hatte sich erhitzt.

»Du musst mir das alles noch erklären«, sagte Farkas, der im Laufschritt an ihrer Seite blieb.

»Ja, später.«

Ein Streifenwagen hatte den Zugang der Brücke bereits erreicht. Auch ein Mannschaftswagen stand da, nein, kein Mannschaftswagen, das war ein Wagen der Hundestaffel. Zwei Schäferhunde, die einen Maulkorb trugen, wurden in den Wagen verfrachtet – als wäre der Einsatz bereits zu Ende.

Plötzlich hörte sie einen langen spanischen Fluch. »Puta!«, schrie jemand. Dann folgte eine weitere Schimpfkanonade, die sie nicht verstand.

Carlos starrte zu ihr herüber. Er stand gebeugt da. Er blutete, sein rechtes Hosenbein war zerfetzt, das lange schwarze Haar war zerzaust, seine Hände waren gefesselt. Zwei Polizisten in blauen Uniformen hatten ihn gepackt, doch er schien das alles nicht zu registrieren. Er fixierte sie mit seinen schwarzen Augen.

»Marrana!«, schrie er. Dann: »Ich töte dich.« Als ein Polizist ihn weiterschob, wandte er wütend den Kopf.

Langsam ging Lena näher. Ein Gefühl des Triumphes beschlich sie. Was hatte sie in den letzten Stunden getan? Sie hatte einen waghalsigen, völlig verrückten Plan in die Tat umgesetzt. Zusammen mit ihrem sehbehinderten Vater und Kathy.

Suchend wandte sie sich um. Wo war ihr Vater eigentlich? Und wo war Kathy?

Auch Johannes Mahlke und der Mann mit der goldenen Brille, ihr heimlicher Anrufer, wurden von der Brücke geführt. Der Mann mit dem Basecap war ebenfalls am Bein verletzt. Doch im Gegensatz zu Carlos wich jeder der beiden ihrem Blick aus.

Zwei weitere Streifenwagen waren nun eingetroffen. Uniformierte Polizisten eilten heran, um die Männer der Hundestaffel zu unterstützen.

Als Letzter wurde Jonathan Mahlke die Treppen hinuntergeführt. Er wirkte unverletzt. Ihm hatte man als Einzigem die Hände nicht gefesselt. Er wischte sich über das Gesicht, dann blickte er auf, als hätte er ihren Blick gespürt.

»Lena«, sagte er. Es klang beinahe wie ein Hilferuf. Sie standen sich gegenüber, zwei Meter Abstand. »Ich weiß … ich …« Er verstummte. »Mein Bruder und ich, wir sind Überlebende, ich habe immer getan, was er gesagt hat. Es ging nicht anders.« Sein Blick wurde noch flehender.

»Ihr wolltet mich töten«, sagte sie. »Ihr hättet mich von der Brücke geworfen und zugeschaut, wie ich ertrinke.« Wut flammte in ihr auf. Am liebsten hätte sie ihm ins Gesicht geschlagen. Farkas schob sich neben sie, ohne jedoch einzugreifen.

Mahlke erwiderte nichts. Im Hintergrund fuhr ein Wagen ab. Zwei uniformierte Polizisten, die zwei Schäferhunde eng am Halsband führten, verließen die Treppe zur Brücke, sie nickten Lena zu, wie Männer, die zufällig des Weges gekommen waren.

»Ich bin ein Gefangener«, sagte Mahlke. »Mein Bruder und ich …«

»Ihr habt drei Menschen umgebracht«, sagte Lena. »Mindestens drei Menschen …«

Plötzlich stand Kathy neben ihr. Sie legte ihr eine Hand um die Schulter und küsste sie auf die Wange. Dann hob sie ihr iPhone hoch. »Ich habe alles aufgenommen. Deinen Sprung von der Brücke … einfach alles.« Ihre Stimme klang schrill vor Aufregung.

Während Mahlke zu einem Streifenwagen geführt wurde, nahm Lena das iPhone, doch sie wollte gar nicht sehen, wie sie über das Geländer gestürzt war und sich mit ausgebreiteten Armen dem Wasser genähert hatte.

»Wo ist mein Vater?«, rief sie. »Ich muss ihn anrufen.« Sie wählte seine Mobilnummer, es klingelte einmal, zweimal, ein drittes Mal, doch er nahm das Gespräch nicht an.

Kathy und Farkas betrachteten sie stumm. Wo war ihr Vater? Lena spürte, wie Aufregung und Unruhe sie erfasste. Es war doch sein Plan gewesen, heimlich, ohne den Polizeiapparat einzuschalten, die Hundestaffel zu alarmieren und den Einsatz zu leiten. Eine Viertelstunde vor Mitternacht hatten sie sich am Römerpark getrennt. Während Kathy und sie zum Rheinauhafen gegangen waren, hatte er per Telefon die Polizisten einweisen wollen.

»Er wird hier irgendwo sein«, sagte Kathy tonlos. »Jeder der Polizisten hat auf seinem Platz gestanden. Es war alles perfekt geplant, wenn man bedenkt, wie wenig Zeit wir hatten.«

Er muss hier irgendwo sein … Sie stellte sich ihren Vater vor, wie er, ein Telefon am Ohr, am Rhein entlangtapste. Ein falscher Schritt, und er konnte stürzen oder – schlimmer noch – ins Wasser fallen.

»Dein Vater hat den Einsatz geleitet, er wird irgendwo in einem Polizeiwagen sitzen«, sagte Farkas, um sie zu beruhigen.

Sie schüttelte den Kopf. Nein, die Streifenwagen waren erst später gekommen, aber möglicherweise hatte er in einem Wagen der Hundestaffel Platz genommen.

Ein Mann trat auf sie zu. Er hatte blonde, militärisch kurz geschnittene Haare und war braun gebrannt. Wenn er keine Polizeiuniform getragen hätte, hätte man ihn für einen Bodybuilder halten können.

»Sie sind Georgs Tochter, nicht wahr?«, sagte er und streckte ihr seine Hand entgegen. »Ich bin Roland Kumpfmüller, Leiter der Hundstaffel. Ihr Vater hat mich angerufen. O Mann, was für eine Geschichte! Wenn die Sache schiefgelaufen wäre, hätte ich heute meinen Abschied nehmen müssen. Ist sie aber wohl nicht.« Er lächelte.

Lena schüttelte seine Hand. »Nein«, sagte sie. »Ist sie nicht. Vielen Dank, dass Sie gekommen sind. Was hat mein Vater Ihnen erzählt? Dass Gefahr im Verzug ist, dass wir nicht im Polizeifunk vorkommen dürfen?«

Kumpfmüller schüttelte den Kopf. »Er hat gesagt, er brauche jetzt den Gefallen, den ich ihm vor zwanzig Jahren mal versprochen habe.«

»Vor zwanzig Jahren?«, fragte Kathy. »Wie alt waren sie da? Zwölf oder dreizehn?«

»Ich war fünfzehn«, erwiderte Kumpfmüller. »Leider schon strafmündig. Da hat Georg Larcher mich beim Klauen erwischt. Saturn am Ring, ich hatte zwölf CDs unter meiner Jacke und war schon draußen auf der Straße. Eine Hand hat mich am Kragen gepackt und mich auf das Pflaster geworfen, ziemlich unsanft. Wahrscheinlich wäre ich in den Knast gekommen.«

»Und da haben Sie meinem Vater einen Gefallen versprochen, wenn er Sie laufen lässt?«, fragte Lena. Ihre Unruhe hatte sich nicht gelegt. Mahlke und sein Bruder waren inzwischen abtransportiert worden, der eine von der Polizei, der andere mit einem Krankenwagen, doch von ihrem Vater war nichts zu sehen.

Kumpfmüller lachte. »Nein, erst später. Ihr Vater hat mich dazu verdonnert, mit ihm ein paar Schichten zu arbeiten. Ich war eine Woche lang sein Praktikant, sozusagen, danach bin ich zurück zur Schule und habe beschlossen, Polizist zu werden.«

»Wow, was für eine Geschichte!« Farkas klatschte in die Hände.

»Wo ist mein Vater?«, fragte Lena. »Wissen Sie das?«

Kumpfmüller nickte. »Ich habe vor zehn Minuten mit ihm gesprochen. Zweihundert Meter den Fluss hinauf steht ein schwarzer SUV. Da sitzt Ihr Vater und raucht eine Pfeife.«

Lena wandte sich abrupt ab. Hatte ihr Vater den Verstand verloren? Sie kam fast um vor Sorge um ihn, und er rauchte gemütlich eine Pfeife.

Der schwarze SUV stand in der Dunkelheit da wie ein wachsames, lauerndes Tier. Lena ging allein auf ihn zu, Kathy und Farkas waren ein paar Schritte zurückgeblieben, als würde es nun eine intime Begegnung geben, das Wiedersehen von Tochter und Vater – eine Art Happy End.

Lena spürte die Anspannung, als sie die letzten Meter zurücklegte. Nicht mehr lange, und sie müsste sich irgendwo still in eine Ecke setzen, einen Tee oder Rotwein trinken und die Augen schließen. Sie war am Ende ihrer Kräfte. In dem SUV rührte sich nichts. Aber warum kam ihr Vater nicht heraus?

Es war der SUV, der sie verfolgt hatte, das schwarze Monstrum, in dem Carlos und der ältere Mahlke gesessen hatten.

Zwei Silhouetten zeichneten sich ab – eine größere auf der Fahrerseite, ihr Vater saß auf dem Beifahrersitz.

Sie hob die Hand, unsicher, ob sie näher kommen sollte. Was tat ihr Vater hier? Hatte er den SUV kurzerhand beschlagnahmt, ihn gewissermaßen zur Kommandozentrale seines Einsatzes gemacht? Für einen Moment glaubte sie, Weiler sitze neben ihm, er habe seinen alten Polizistenfreund als Verstärkung zum Einsatzort bestellt.

Der Mann auf dem Beifahrersitz starrte sie an, ein verschlossenes, ernstes Gesicht – eindeutig nicht Weiler.

Ihr Vater beugte sich vor, dann winkte er ihr zu, eine leichte, wedelnde Bewegung, und er hielt tatsächlich etwas in der Hand, doch keine Pfeife, sondern eine Pistole.

Sie machte drei eilige Schritte, dann war sie an der Beifahrertür. »Vater!«, rief sie und bemerkte, wie aufgeregt sie klang.

»Alles gut gegangen, Lena?«, sagte ihr Vater. Er schaute sie nicht an. Sein Blick blieb auf den Mann neben ihm gerichtet. »Ich habe mir Sorgen gemacht.«

»Alles gut«, sagte sie atemlos. »Was tust du hier?«

Der Mann auf dem Beifahrersitz, ein Glatzkopf von etwa fünfzig Jahren, starrte immer noch vor sich. Seine muskulösen Hände umklammerten das Lenkrad.

Dann vernahm sie unvermittelt Stimmen, leise blecherne Stimmen. Funkverkehr. Polizeifunk. Von weiteren Einsatzkräften war die Rede, von einem Krankenwagen, der einen Mann mit Bisswunden zur Uniklinik brachte. Man brauche noch einen Wagen mit drei Einsatzkräften, die den Verletzten an der Klinik übernehmen konnten.

Ihr Vater antwortete nicht sofort. Die Pistole, die er hielt, war wie beiläufig auf den Mann auf der Fahrerseite gerichtet. »Auch ich habe mich ein wenig nützlich gemacht«, sagte er dann. »Ich habe hier einen alten Bekannten wiedergetroffen.« Er deutete mit dem Kopf neben sich. »War allerdings kein erfreuliches Wiedersehen. Hier hat jemand gewartet – war gewissermaßen die Rückversicherung für die Männer auf der Brücke.«

Der Mann schnaubte, während der Funkverkehr unaufhörlich weiterging. Der Einsatz auf der Brücke hatte einige Aufregung bei der Polizei verursacht.

»Georg«, sagte der Mann dann mit heiserer Stimme, »vielleicht hast du mir sogar einen Gefallen getan. Unsere beste Zeit ist längst vorbei.«

Mit einer überraschend schnellen, heftigen Bewegung fuhr der Glatzkopf herum. Einen Moment später hatte er eine Pistole in der Hand, die irgendwo neben ihm gelegen haben musste. Er riss die Waffe hoch. Lena sah, wie sie in dem wenigen Licht, das von einer Straßenlaterne herüberdrang, aufschimmerte. Ein Schrei formte sich in ihrer Kehle, der aber sofort erstarb. Ihr Vater wich zurück, instinktiv, weil er wohl einen Schlag oder einen Schuss erwartete. Doch da hatte der Mann sich schon die Pistole an die Schläfe gesetzt und drückte ab.

Der Knall war ohrenbetäubend, er schleuderte sie förmlich von den Füßen. Taub taumelte sie herum, sah, als wäre nun nicht nur ihr Hörvermögen, sondern auch ihre Sicht verzerrt, ihren Vater wie durch einen Schleier. Er war voller Blut, die Pistole hielt er von sich, ganz zusammengekrümmt, dann sank er gegen sie, fiel langsam aus dem SUV, als wäre er getroffen worden.

Doch das war er nicht.

Der Mann auf dem Fahrersitz war gegen ihn gesunken – er hatte sich das halbe Gesicht weggeschossen.

Ihr Vater wimmerte. Die Brille war ihm aus dem Gesicht gefallen. Er kroch auf dem Boden herum, tastete mit blutigen Händen um sich, als wäre er nun blind, und gab Laute von sich, die sie noch nie von ihm gehört hatte.

Wimmern und Flüstern. »Nein, nein«, hörte sie. Und: »Was habe ich getan?«

Sie ging neben ihm in die Hocke und ergriff seinen Arm, als müsse sie ihm aufhelfen. In ihren Ohren hallte noch immer der Schuss, und ein Zittern war in ihre Glieder gefahren – Schrecken und Furcht und das Gefühl, gerade in einen Albtraum geraten zu sein.

»Was war das?«, fragte sie laut und hörte ihre Stimme wie aus weiter Ferne.

Von irgendwo tauchte ein Licht auf, ein Scheinwerfer oder eine Taschenlampe, und erfasste den Toten, der nun auf dem Beifahrersitz lag, eine fahle, kräftige Hand ragte aus der Tür.

Ihr Vater wimmerte weiter. »Er hat sich erschossen«, flüsterte er vor sich hin. »Raimund hat sich erschossen – und ich bin schuld.«

»Nein.« Sie hielt ihn fest und wiegte ihn wie ein Kind. »Nein«, wiederholte sie. »Du hast keine Schuld, gewiss nicht.«

Epilog

Sie spürte die Trauer, es war, als hätte sie ein Gewand aus Trauer an, das sie niederdrückte, ein Kleid wie eine Metallweste. Sie dachte an die Verluste der letzten Jahre, so viele Namen, die sie aufzählen musste. Ruth, ihre Mutter, Simon, Robert …

Die Trauerhalle auf dem Friedhof Kleineichen war viel zu klein, um all die Trauergäste aufzunehmen, die zu Ehren von Mitchi Vogel gekommen waren. Doch ihrem Vater, Kathy Busch und ihr hatte man einen Platz in der zweiten Reihe reserviert. Viel Prominenz war vertreten, der Oberbürgermeister, die Intendantin der Oper, der Zeitungsverleger, Neuenfels, der Polizeipräsident. Aber ihr Vater und sie gehörten nun ja auch zur Prominenz. Die Zeitungen waren voll von den Ereignissen auf der Brücke gewesen. »Geheimer Polizeieinsatz gegen Drogendealer!«, »Tochter und Vater stellen Drogengangster!«.

Neuenfels hatte es so gedreht, dass der gesamte Einsatz mit ihm abgestimmt gewesen war.

Eine Lüge, die so groß war, dass jeder sie offenbar geglaubt hatte.

Nun war sie, Lena Larcher, Hauptkommissarin, die eigentlich beim Polizeiärztlichen Dienst auf ihre Arbeitsfähigkeit hin untersucht werden sollte, Kölns beste Polizistin – und zudem hatte ihr Vater seinen Ruf als Legende der Polizei erneuert.

Nur eine Zeitung hatte gewagt, einen Artikel mit der Überschrift »Polizisten als Drogenbosse« aufzumachen.

Da ihr Vater sich geweigert hatte, im Präsidium mit auf das

Podium zu steigen, hatten Neuenfels und sie alles erklären müssen. Von seiner Krankheit hatte niemand etwas erfahren.

Vier Violinistinnen begannen zu spielen – ein wirres, dissonantes Stück, das vermutlich Mitchis Mann komponiert hatte.

Danach begann ein grauhaariger Mann, der in Köln als Krimiautor bekannt war und der zu Mitchis engen Freunden gezählt hatte, Gedichte vorzulesen. Zuerst intonierte er mit leicht kölschem Zungenschlag Gryphius: »Es ist alles eitel.«

Von Zeit zu Zeit drückte ihr Vater ihre Hand, und Kathy nickte ihr lächelnd zu.

In den letzten drei Tagen seit dem Einsatz auf der Brücke hatten die beiden sich regelrecht angefreundet. Kathy hatte einmal sogar für ihn gekocht, und ihr Vater hatte ihr von seiner Zeit bei der Polizei erzählt – und von Bahner, dem Mann, der einmal kurz bei ihm im Kommissariat gewesen war und der sie vermutlich beim ›Express‹ angeschwärzt hatte. Nun planten die beiden, ein Buch zusammen zu schreiben. »Georg Larcher, der Bulle von Köln.«

Lena hatte beschlossen, sich aus dieser wundervollen Zusammenarbeit herauszuhalten. Noch mehr Aufmerksamkeit hätte sie ohnehin nur schwer ertragen. Selbst Reporter von wichtigen Nachrichtenmagazinen besaßen nun ihre Mobilnummer.

Ein älterer Mann, der eine viel zu große gelbe Cordhose trug und rote Hosenträger unter seinem Wolljackett, ging nach vorne, nachdem der Krimiautor geendet hatte. Sie umarmten sich. Klar, Köln war klein, man kannte und schätzte sich.

Der Mann in der Cordhose hob an, von Mitchi zu sprechen – wie sie in den Sechzigerjahren als junge, betörend schöne Frau einen koreanischen Videokünstler am Rhein vor aller Augen verführt hatte.

Die Trauergäste lachten. Ja, so hatte Mitchi sich das Ganze vorgestellt – keine düstere, bleierne Veranstaltung, sondern ein heiteres Totenfest.

Aber da hatte sie noch nicht gewusst, dass ihr letzter Liebhaber ein Drogendealer und Mörder gewesen war – und sie nur als Tarnung benutzt hatte.

Ruben hieß in Wahrheit Javier Sánchez, er stammte aus Curaçao, und er war nicht als Journalist nach Deutschland gekommen, sondern einzig mit dem Ziel, die Drogenroute von seiner Heimat nach Düsseldorf zu überwachen. Johannes Mahlke hatte dafür zu sorgen, dass die Kuriere unbehelligt durch den Zoll kamen, und für den Vertrieb der Drogen und den diskreten Klub in Hahnwald, in dem sie ihr Geld wuschen, war Raimund Bahner verantwortlich gewesen. Ein beinahe perfektes Geschäft.

Neuenfels hatte behauptet, dass man dem Treiben der Bande schon länger durch verdeckte Ermittler auf der Spur gewesen sei. Lena – als Außenstehende – habe diese geheime Aktion geleitet.

Der Mann in der Cordhose verließ seinen Platz neben dem weißen, mit Sonnenblumen geschmückten Sarg. Die vier Frauen begannen wieder zu spielen, diesmal etwas Klassisches. Bach, wahrscheinlich. Lena wusste es nicht genau.

Sie spürte, wie die Trauer einem Unbehagen wich. Von Jörn Falk und dessen Frau war in den Artikeln fast gar nicht die Rede gewesen – nur von ihrem Vater und ihr. Dabei hatte Linda Rosen mit ihrem Mut alles bewirkt – und wenn Zoja Ema Golob nicht gewesen wäre, das Mädchen aus dem Klub, das alles erst ausgelöst hatte, wären die Dinge nie ins Rollen gekommen. Immerhin hatte man ihren Leichnam nach Slowenien zu ihrer Mutter überstellen können.

Lena registrierte, dass die Trauerfeier zu Ende war. Die Trauergäste erhoben sich alle, eine Reihe nach der anderen, und strebten dem Ausgang zu. Irgendwo hatte sie auch Davids Gesicht ausgemacht. Für einen Platz in den ersten Reihen war er als Staatsanwalt jedoch in diesen Kreisen nicht prominent genug.

Kathy lächelte ihr wieder zu. Für sie war diese Feier ein

Triumph – sie hatte allen gezeigt, dass sie mit ihren Ahnungen recht gehabt hatte. Der Verleger höchstpersönlich hatte sie angerufen und ihr einen Posten beim Stadtanzeiger angeboten. Sie hatte sich Bedenkzeit erbeten.

Während sie zum Grab schritten, war für einen Moment Farkas an ihrer Seite.

»Lena«, flüsterte er, »sehen wir uns heute Abend? Ich habe frei – heute kein Konzert.«

»Vielleicht«, flüsterte sie zurück, dabei wusste sie genau, dass sie keine Zeit für ihn haben würde. Sie hatte ein ganz anderes Rendezvous.

Ihr Vater furchte die Stirn. Er hatte jedes geflüsterte Wort verstanden. »Was bildet dieser Sänger sich ein?«, fragte er leise.

Er bildet sich ein, dass ich ihn noch immer liebe, dachte Lena und sagte nichts darauf.

Am Grab von Mitchi Vogel erklang ein seltsames Glockenspiel, in das sich Vogelstimmen mischten, und dann wurde eine Fahne gehisst. Die Deutschlandfahne – allerdings mit verdrehten Farben: erst Schwarz, dann Rot, dann Gold.

Die ersten Trauergäste stöhnten vor Überraschung auf.

Lena hätte beinahe laut gelacht. Mitchi hatte alles genau geplant. Diese Fahne war ihr letzter irdischer Gruß.

Ihre Laune hob sich, als sie sich für ihr Rendezvous schminkte. Sie hatte ihr Haar gewaschen und noch ein wenig heller getönt. Sie legte einen roten Lippenstift auf, zog ihre Augenbrauen nach. Außerdem hatte sie sich für ein Kleid entschieden, weiß, mit einem roten Blumenmuster. Sie wusste nicht, wann sie dieses Kleid zuletzt getragen hatte. Es musste Jahre her sein. Dann gönnte sie sich einen Schluck Prosecco, den ihr Fabio aus dem Fioretto geschenkt hatte, weil sie ja nun eine Heldin sei.

Um zweiundzwanzig Uhr war sie parat.

Sie schaltete den Computer an und setzte sich zurecht.

Ein lächelnder Junge erschien auf dem Bildschirm. Sein Teint war dunkel, aber nicht so dunkel, wie man es bei einem Jungen aus Sri Lanka erwartet hätte, und sein Haar war dunkelblond. Lena versuchte für einen Moment Ähnlichkeiten mit Robert auszumachen, aber ganz augenfällig gab es keine.

Das Besondere an diesem Jungen waren seine braunen funkelnden Augen und seine glänzenden weißen Zähne, wenn er lachte.

»Hallo, Lena«, sagte Rashmi. »Wie geht es dir?« Er sprach langsam und so, als würde er die Worte von einem Blatt ablesen. »Mein Deutsch ist sehr schlecht«, schob er nach und lachte dann ganz laut.

»Nein«, sagte sie. »Gar nicht. Dein Deutsch ist gut.«

Er hob eine Hand und winkte ab. Er trug ein langärmeliges gelbes Hemd. »Du bist sehr freundlich und sehr …« Er stockte. Sein Blick schweifte kurz ab. »… sehr hübsch.« Wieder lachte er.

Seine Heiterkeit nahm sie förmlich gefangen. Es war, als würde all die Schwere des Tages und der Wochen zuvor von ihr abfallen.

»Was hast du gemacht an diesem Tag?« Er blickte sie nun direkt mit seinen großen braunen Augen an.

Was sollte sie antworten? Ich war auf einer Trauerfeier, ich habe meinen halb blinden Vater nach Hause gefahren, ich habe zwei Zeitungsinterviews gegeben, ich habe meinen Termin beim Polizeiärztlichen Dienst abgesagt …

»Rashmi«, sagte sie. »Ich freue mich sehr, wenn du am 22. Dezember kommst. Ich habe ein Geschenk für dich gekauft.«

»Ein Geschenk?«, wiederholte er und rollte mit den Augen. Dieses deutsche Wort kannte er noch nicht.

»A gift – a Christmas present«, erklärte sie.

Er lachte laut und wiehernd. »Wie schön!« Dann blickte er wieder vor sich hin. Da schien ein Blatt mit ein paar deutschen

Sätzen zu liegen. »Es ist schön, dich zu sehen. Ich treffe nicht meinen deutschen Vater, sondern ich treffe deutsche Mutter.«

Deutsche Mutter? Sie zuckte zusammen.

Er spürte ihr Zögern. »Was that wrong?«, fragte er. Seine Stirn legte sich besorgt in Falten.

»Ich bin deine deutsche Freundin«, sagte sie. »Your German friend.«

»Yes!« Er lachte wieder. »I am so lucky to have a German friend.«

Nachbemerkung

Jeder fiktionale Text beruht auf Material, das ihm die sogenannte Realität zur Verfügung stellt. Die Bilderberger sind keine Erfindung. Wie im Roman beschrieben, treffen sich seit 1954 einmal im Jahr hochrangige Persönlichkeiten an einem geheimen Ort, um sich auszutauschen. Vom 9. bis zum 12. Juni 2016 haben sie sich ausgerechnet in Dresden getroffen, das durch Pegida ohnehin stets in den Schlagzeilen war. Diese Treffen sind privat, es werden keine Tagesordnung, keine Protokolle veröffentlicht. Geschützt werden diese Tagungen von einem vielköpfigen Polizeiaufgebot. Für Verschwörungstheoretiker bieten die Bilderberger Stoff für alle möglichen Szenarien. Auch wenn es in diesem Buch nur am Rande um die Bilderberger geht, werden ein paar von den Dingen erwähnt, die man in gewissen Kreisen dieser Gruppierung zuschreibt.

Ein deutscher Ku-Klux-Klan-Ableger existiert ebenfalls. Im NSU-Prozess bzw. bei den Untersuchungen um den Polizistenmord von Heilbronn am 25.4.2007 kam heraus, dass einige Polizisten diesem Klan nahestanden.

Danksagung

Mein Dank geht an Karoline Adler für ihre Unterstützung, an das gesamte Team bei dtv, das sich so für meine Bücher einsetzt, sowie an Maike Kleihauer für ihr kluges, behutsames Lektorat.

Reinhard Rohn